DROEMER

CHRISTINE GIRARD

Mademoiselle Edith

Hymne an die Liebe

ROMAN

DROEMER

Besuchen Sie uns im Internet:
www.droemer.de

FSC
www.fsc.org
MIX
Papier aus verantwortungsvollen Quellen
FSC® C014496

Originalausgabe Dezember 2019
Droemer Paperback

Ein Imprint der Verlagsgruppe
Droemer Knaur GmbH & Co. KG, München

Redaktion: Dr. Clarissa Czöppan
Covergestaltung: ZERO Werbeagentur, München
Coverabbildung: © Mark Owen / Trevillion Images;
© PixxWerk®, München unter Verwendung von
Motiven von Shutterstock.com
Abbildung im Innenteil: Ron Dale / Shutterstock.com
Satz: Adobe InDesign im Verlag
Druck und Bindung: GGP Media GmbH, Pößneck
ISBN 978-3-426-30728-1

2 4 5 3 1

*»Doch unser Leben gehört uns nicht.
Und Mut ist nichts anderes,
als bis ans Ende zu gehen.«*

Édith Piaf

Prolog

New York 1949

Ihre Hände zittern nicht mehr vor einem Auftritt, auch wenn sie es nicht mag, im Dunkeln hinter dem Vorhang zu stehen. Allein. Édith fasst sich an den Hals, um zu kontrollieren, ob ihr kleines Kreuz auch da ist, das mit den sieben Smaragden. Sie atmet tief ein und aus, hört auf die Geräusche, die aus dem Zuschauerraum zu ihr hinter die Bühne dringen. Das Stimmen der Instrumente, das Rascheln und Raunen der Zuschauer, ihr Gemurmel. Noch wird gehustet, noch einmal eine Nase geschnäuzt, werden Stühle gerückt. Diese Menschen, die alle an irgendetwas, ihre Lieben, ihre häuslichen Sorgen denken. Die jeden Abend überzeugt werden müssen. Man muss sie überrumpeln, sie mitreißen. Sich ihnen so präsentieren, dass sie ihr glauben, von Anfang an. Dann plötzlich, wie auf ein geheimes Zeichen hin, tritt Ruhe ein. Solche Macht hat sie: Als würde ihre Konzentration sich schon jetzt, von hier aus auf den Saal erstrecken. Ihr Wille Wellen ausstrahlen, ihre Gegenwart allein die Menschen zwingen, ihr zuzuhören.

Es ist wie immer.

Und doch ist es anders, alles ist anders. Édith kann es sich nicht leisten, daran zu denken, was diese Veränderung verursacht hat (nicht jetzt, nicht bald, am liebsten nie), aber sie weiß darum. Sie wird dieses Anderssein nutzen, herausholen aus sich und mit ihrem Publikum gemeinsam betrachten, wenn es Zeit dafür ist.

Durch ihre Lieder, ihre Chansons. Nur nicht sofort. Noch muss sie funktionieren.

Noch einmal der Griff zur Kette, das Kleid heruntergestrichen, das kleine Schwarze. Nie war es passender als heute. Dann nimmt sie ihren Mut zusammen, denn den braucht es schon, auch wenn ihre Hände nicht mehr zittern. Bergeweise Mut.

Als Édith Piaf an diesem Abend die Bühne betritt, stehen den Musikern Tränen in den Augen.

1.

Paris 1947

Die Männer warten schon auf sie, sie warten immer. Das ist für Édith nichts Ungewöhnliches. Sie genießt das Wissen, dass die Welt sich um sie dreht, dieser Morgen, diese Stadt: Paris liegt ihr zu Füßen. Kein Radio, das nicht ihre Lieder spielt, keine Zeitung, die nicht über sie berichtet. Sie muss lächeln, als sie an einem der grünen Kioske vorbeikommt, mit seiner typischen Kuppel und den Postkarten davor, dahinter aber sie, sie, sie. Die Presse ist voll von ihren Auftritten, ihren Konzerten, ihrem Ruhm. Von *France Soir* über *Le Monde* bis hin zum *Figaro* berichten alle über Édith Piaf, die große, unvergleichliche Piaf, das Naturereignis, das Wunder. Sie ist schon lange nicht mehr der Spatz von Paris, das kleine, abgerissene Mädchen, sondern die »Nachtigall der Nation«, wie ein Kritiker sie erst jüngst bezeichnete. Und im *Journal du Dimanche* werden ihr Liebschaften mit nicht weniger als neun jungen Männern nachgesagt. Was dann selbst für ihre Verhältnisse und ihr Alter nicht schlecht ist, schließlich hat sie die dreißig schon überschritten!

Édith lacht, sie ist bester Laune. Zur Feier des Tages kauft sie dick mit Sahne und Pudding gefüllte Eclairs in der nächsten Patisserie, für ihre neun Männer gleich mit. Die Luft ist wundervoll frisch, die typische Pariser Frühlingsluft, die Édith so liebt, geschwängert vom Duft der Veilchen. Die Cafés und Restaurants haben ihre Stühle und Tische bereits nach draußen gestellt, im Jardin du Luxembourg blühen die Bäume. Die Spuren der deutschen Besatzung sind noch zu sehen, natürlich, doch die Stadt ist dabei, sie abzuschütteln. Das Grau der Steine wird überstrahlt vom blauen Himmel, den weißen Tischtüchern, dem roten Lippenstift der Französinnen: den Farben der Trikolore. Am Ufer der Seine haben sich die ersten Sonnenhungrigen zu einem Apéro verabredet, ihrem ersten Picknick unter freiem Himmel in diesem Jahr, und teilen sich eine Flasche Wein, ein Baguette und etwas Käse.

Paris im Frühling ist einfach unwiderstehlich!

»*Salut!*«, ruft Édith in ihr Appartement in der Rue de Berri und schließt mit dem Fuß die Tür. Das Klavierspiel, das eben noch zu hören war, verstummt. »Habt ihr schon auf mich gewartet?« Sie strahlt in die Runde der versammelten Männer, drückt dem Nächstbesten, in diesem Fall René, das Tablett mit den Eclairs in die Hand und streift Jean-Louis' Wange mit einem Kuss. Wie ein Wirbelwind fegt sie durchs Zimmer, zieht die Handschuhe ab und wirft ihren Mantel achtlos in die Ecke.

Ihre Männer, die neun Mitglieder der Compagnons de la Chanson, haben sich über das ganze geräumige Wohnzimmer verteilt und sich die Wartezeit mit Zeitschriften und Kartenspielen vertrieben. Jo balanciert einen Teller mit einem Sandwich auf den Knien, Gérard kritzelt Noten. Hubert am Flügel spielt einen Tusch.

»Wieso sollten wir gewartet haben, *chérie?*«, fragt Jean-Louis. »Du bist doch erst seit ...« Er sieht auf die Uhr an seinem Handgelenk, die Édith ihm geschenkt hat. »Erst seit drei Stunden überfällig. Nein. Vor Mitternacht haben wir nicht mit dir gerechnet.«

Édith lacht und verwuschelt ihm zärtlich und besitzergreifend zugleich das Haar, was ihn den Kopf wegdrehen lässt. Ihr Lachen ist dunkel und tief, voller Timbre, das die Menschen immer wieder in Erstaunen darüber versetzt, wie eine so kleine, schmächtige Person ein solches Stimmvolumen haben kann. »Paris im Frühling ... Ich konnte einfach nicht widerstehen. Und ich habe mich mit Loulou getroffen. Es gibt Neuigkeiten.«

Die Männer im Wohnzimmer horchen auf. Louis Barrier ist Édiths Berater, ihr genialer Freund und Impresario und stets für eine Überraschung gut. Was hat er ihnen nicht schon alles für Engagements und Gastspielreisen besorgt! Immer als Anhängsel der großen Édith Piaf, als ihre musikalische Begleitung, sicher. Doch ohne Louis, ohne Loulou, wie Édith ihn nennt, hätten die Compagnons de la Chanson sicher nicht Frankreich und Europa erobert.

Hubert schließt die Klaviatur. »Eine neue Tournee?«, fragt er erwartungsvoll. Er kommt rüber, setzt sich zu den anderen an den Tisch.

Eine Tournee, das käme jetzt genau recht. Nicht nur, dass sie das Geld gebrauchen könnten, vor allem Édith, die ihre Einnahmen mit vollen Händen verteilt. Ständig muss irgendein Kurort, ein Saal oder ein Kino in der Provinz eingeschoben werden, damit die Diva ihre Rechnungen begleichen kann. Es macht jedoch Spaß, mit der Sängerin zusammen zu sein. Anstrengend ist es, sicher, denn sie kann launisch und besitzergreifend sein, was der arme Jean-Louis wohl am besten weiß. Aber normalerweise ist die Piaf immer noch mehr lustiger Spatz als ernsthafte Nachtigall, wenn sie nicht auf der Bühne steht. Frech und flatterhaft und fabelhaft unkompliziert. Sie kann, wenn sie will, ein leeres Zimmer unterhalten, und die Männer verehren, fürchten und schätzen sie gleichermaßen. Wisst ihr noch: Biarritz, Aix-les-Bains, Stockholm … Zigaretten machen die Runde, die Luft wird schnell schwer von Rauch und Erinnerungen.

»Geht's wieder nach Schweden?«, will Guy wissen. Er ist einer der Jüngsten der Compagnons, verfügt aber über einen wundervoll tiefen Bass. Zudem dokumentiert er eifrig die Reisen der Gruppe.

»Das könnte dir so passen.« Édith droht ihm spielerisch, dann setzt sie sich auf die Sessellehne zu Jean-Louis und fährt ihm mit dem Finger den Haaransatz entlang. »Nein, ich fürchte, deine Ginou muss dieses Mal zu Hause bleiben, aber …« Sie blickt auf, ihre Augen blitzen. »Wir brauchen Champagner. Für die Neuigkeiten, die ich habe, ist Champagner genau das Richtige.«

Während einer der Männer in die Küche eilt, ergötzen sich die anderen an Geschichten ihrer letzten Göteborg-Reise. Wie Guy das Kunststück vollbracht hatte, seine sechzehnjährige Geliebte mit auf die Tour zu schmuggeln. Als Édiths Coiffeuse hatte sich das Mädchen frech ausgegeben, obwohl sie vom Haareschneiden so wenig verstand wie die Piaf vom Kochen.

»Bei meinen Haaren konnte sie aber auch nicht viel verkehrt machen«, scherzt Édith großzügig und schüttelt die strubbeligen kaum zu bändigenden Locken. Normalerweise leidet sie unter ihrem Äußeren. Unter ihren großen Augen, dem widerspenstigen krausen Haar, ihrer geringen Körpergröße. Sie muss schon besonders gute Nachrichten haben, wenn sie über sich selbst lachen kann. »Außerdem war die kleine Ginou meine Rettung. Sie konnte die Kellner in den Hotels so wunderbar bezirzen, dass sie uns noch nachts um vier etwas zu essen brachten.«

Guy wird rot. »Und dann das Abenteuer mit dem Flugzeug«, wirft er ein, um von sich und seiner jungen Geliebten abzulenken. »Die schwedischen Zeitungen waren voll davon.«

»Ah, *oui,* als Édith in Stockholm schlecht geworden ist und sie dachte, sie müsse sterben«, fällt einer der Männer ein.

»Ich dachte ja auch, ich müsse sterben. Und mir ist eben nicht nur schlecht geworden, ich war wirklich krank«, ergänzt die Diva.

»Und deshalb musstest du auf der Stelle nach Paris«, sagt Jean-Louis, immer noch verletzt, dass sie ihm nicht Bescheid gesagt, ihn nicht mitgenommen hat.

»Sofort. Und es gab keinen Flieger, zumindest wollte diese *pimbêche* am Flughafen mir kein Ticket geben.«

»Also hast du gleich das ganze Flugzeug gekauft.«

»Ich habe das Flugzeug nicht gekauft, *mon chérie,* ich habe es nur gemietet.« Wieder will sie Jean-Louis durch die Haare fahren, der ihre Hand jedoch abfängt.

Und, um die Geste abzumildern, ihre Fingerspitzen küsst. »Fünfundvierzig Plätze nur für dich allein. Ist dir nicht einsam zumute gewesen?«

»Ich hatte ja den Kapitän, um mir Gesellschaft zu leisten«, erwidert Édith ein wenig boshaft, winkt dann aber beschwichtigend ab. »Aber nein, mir war viel zu elend zumute. Und ich wollte nicht in der Fremde sterben. Das will ich niemals: fern von Paris sterben. Niemals.«

Eine eigenartige Stille, ein Moment der Ernsthaftigkeit senkt sich auf die Gruppe, der erst von René durchbrochen wird, der den Champagner bringt.

»Habe ich etwas verpasst? Was gibt es?« Er schenkt ein, während sein Bruder Fred die vollen Gläser verteilt.

»Also, wir haben ein neues Engagement«, eröffnet die Piaf und strahlt über beide Ohren. »Und zwar in …« Sie macht eine kunstvolle Pause. »New York«, ruft sie dann und reckt ihr Glas gen Himmel wie eine lebendig gewordene, ausgelassene Freiheitsstatue.

Einen kurzen Augenblick lang bleibt es ruhig. Dann bricht der Jubel los, die Männer schlagen sich gegenseitig auf den Rücken, schütteln sich die Hände.

New York! Ist das zu glauben? New York! Nicht in ihren kühnsten Träumen hätten sie sich das vorstellen können. Gläser werden erhoben, es wird getrunken, sich zugeprostet. Auf New York, den Big Apple, wie ihn die Amerikaner nennen, kein Mensch weiß, warum und was ein Apfel damit zu tun hat, aber sie würden es rausfinden. Die Stadt sehen, *la grosse pomme.* Sie würden auftreten und sich den Apfel einverleiben, ein gehöriges Stück davon abbeißen. Ohne Frage: Sie sind die Compagnons de la Chanson, sie gehören zu Édith Piaf, dem Spatz, der Nachtigall, dem Wunder.

Nur einer der Männer, Hubert, bleibt merkwürdig still. Ausgerechnet er, der für die Reiseorganisation der Gruppe zuständig ist.

»Was ist, Hubert? Graut es dir vor der Überfahrt?«, necken ihn die Männer.

»O ja, die Überfahrt. Da werden die Kellner aber staunen, wenn es Madame mitten in der Nacht nach einem saftigen Steak gelüstet.«

»Nach viel mehr als nur nach einem Steak.«

»Aber saftig muss es sein.«

Ein Witz jagt den nächsten, die Piaf lacht dazu. Dass Hubert nur gezwungen lächelt, fällt ihr jedoch auf. »Nun raus damit, spuck es aus. Was gefällt dir nicht an New York?«, will sie wissen und trinkt einen kräftigen Schluck Champagner.

»Unser Repertoire. Es ist … nun ja, französisch.«

»Natürlich ist unser Repertoire französisch«, ruft jemand dazwischen. »Wir sind ja Franzosen, oder etwa nicht?«

»Es sind Volkslieder, französische Folklore«, wendet Hubert ein.

»Na und? Die Amerikaner werden es lieben«, behauptet einer der Männer.

»Natürlich«, pflichtet ein anderer ihm bei. »Die Belgier, die Schweden, selbst die Deutschen haben es gemocht. Und die haben ja nun überhaupt keinen Geschmack, wie man weiß.«

»Warum? Sie haben Paris geliebt. Sie haben doch Geschmack.«

»Ja, zu sehr geliebt, wenn du mich fragst. Schließlich wollten sie es sich gleich unter den Nagel reißen.«

»Halt, halt!« Die Piaf hebt ihre Hände, und es wird augenblicklich ruhig. Sie hat diese Ausstrahlung, und es ist nichts Gebieterisches, nichts Lehrerinnenhaftes an ihr. Es ist schlicht und einfach pure Eleganz, mit der sie ihre Bewegungen kontrolliert und ihre tiefe Stimme moduliert, die sämtliche Aufmerksamkeit auf sich lenkt. Wie eine Puppenspielerin, die alle Anwesenden an unsichtbaren Fäden zu sich zieht. »Hubert hat recht. Wir müssen arbeiten, brauchen ein Repertoire. Ein paar Lieder, die die Amerikaner umhauen werden. Lasst uns gleich anfangen.« Sie trinkt ihr Glas aus und deutet dann auf den Flügel, und die Männer kennen sie gut genug, um zu wissen, dass der vergnügliche Teil des Abends vorüber ist. Sie kann sekundenschnell umschalten, ihre Meisterin, ihre Piaf, und sie tun gut daran, ihr anstandslos zu folgen. Nur kurze Zeit später wälzen die Männer Noten, und der Raum summt vor Plänen und Melodien.

Édith beobachtet sie und reckt sich, zufrieden wie eine Katze. O ja, Paris im Frühling ist einfach unwiderstehlich. New York im Herbst wird phänomenal!

Édith gibt es auf. Sie ist hellwach. Das ist der Champagner, ganz bestimmt. Er und die Liebe lassen einen nicht einfach so einschlafen. Das ist doch nur natürlich! Obwohl Männer das anders empfinden müssen, denn Jean-Louis schlummert schon tief und selig. Und er schnarcht. Édith setzt sich auf, beugt sich über ihn und hält ihm die Nase zu. Nach einem kleinen Augenblick atmet er durch den Mund, murmelt etwas und dreht sich auf die Seite.

Belustigt, aber auch ein wenig gereizt betrachtet sie ihn. Jean-Louis ist ein attraktiver Mann, was er sehr wohl weiß. Nicht schön im klassischen Sinn, aber nach dieser Schönheit hat ihr sowieso nie der Sinn gestanden. Seine lange, markante Nase ist das Erste, was einem auffällt, außerdem findet sie, dass er recht große Ohren hat. Doch, hat er. Sie zupft auffordernd an seinem Ohrläppchen, was Jean-Louis mit einem unbewussten Schnauben zur Kenntnis nimmt. Der Schlaf der Männer! Édith seufzt. Nein, seine Nase und seine Ohren sind nicht das, was an ihm bemerkenswert ist. Es sind diese graublauen, strahlenden Augen, diese unbestimmte Schieferfarbe, wie Neugeborene sie haben. Und sein schräges, leicht ironisches, siegessicheres Lächeln. Dazu kommt natürlich noch seine Stimme, dieser wundervolle Bass … O ja, er weiß, dass er ein attraktiver Mann ist. Und er gehört ihr allein.

Édith spielt mit dem Gedanken, sich an den Schlafenden zu schmiegen, ihn zu wecken, ihn, wenn schon nicht mit Champagner, dann wenigstens mit Liebe wach zu halten, überlegt es sich dann aber anders. Nein, sie braucht im Gegenteil ein *bonnet de nuit,* einen Schlaftrunk, am besten einen Calvados.

Entschlossen schlüpft sie aus dem Bett und will schon nackt, wie sie ist, ins Wohnzimmer gehen, als sie sich vorsichtshalber doch noch ihren Morgenmantel überzieht. Es ist spät geworden letzte Nacht. Alle haben über ein Repertoire gebrütet und Pläne geschmiedet, die Aufregung war mit Händen zu greifen. Ah, so liebt sie es, diese Nächte voller Arbeit und Alkohol und Männer, nun gut, kann nie schaden, wenn genug um einen herum sind. Als sie sich schließlich mit Jean-Louis ins Schlafzimmer verzogen hatte, waren einige der Männer noch beschäftigt gewesen, ist also gut möglich, dass einer der Compagnons hier übernachtet hat. Auf dem Diwan, auf dem Sofa, irgendwo, wo Platz war.

Édith wäre nicht überrascht. Sie ist es gewohnt, nach einer ihrer vielen improvisierten Partys über Gäste zu stolpern, gebetene ebenso wie ungebetene. Oft genug war mit ihnen am nächsten Morgen dann der eine oder andere Geldschein verschwunden, das Porzellan und einmal sogar ein Paar teure Schuhe, *et alors?* Ihre Wohnung ist schließlich groß genug, und was sie besitzt, das teilt sie gerne. Was hätte es sonst für einen Sinn, Geld zu verdienen?

Im Halbdunkel findet Édith den Gürtel ihres Morgenmantels nicht, lässt ihn offen und steigt über die Kleider, die Jean-Louis und sie gestern gar nicht schnell genug loswerden konnten und die überall im Zimmer verstreut sind. Noch nicht einmal hinter dem Wandschirm war er wie sonst verschwunden, um ihr Zeit zum Auskleiden zu lassen. Der Gedanke an New York hatte die beiden elektrisiert!

Im Wohnzimmer riecht es nach kaltem Rauch und Alkohol, und Édith öffnet als Erstes eines der großen Fenster. Es dämmert bereits. Den Eiffelturm, das stählerne, knöcherne Gerüst, kann man von ihrer Wohnung aus nicht sehen, aber das macht nichts. Sie wohnt schließlich gleich dahinter, im wohlhabenden sechzehnten Arrondissement und seinem Bois de Boulogne. Nun ja, genau genommen blickt Édith im Augenblick keineswegs auf den berühmten Stadtpark, sondern auf die siebenstöckige neoklassizistische Häuserfassade gegenüber, auf die typischen Steinquader, die kleinen Balkone mit eisernen Balustraden. Über den Mansardendächern mit ihren Dachluken ist schon ein Streifen blassblauer Himmel zu sehen. Es wird ein schöner Tag. Die Luft ist schon jetzt fantastisch.

Édith atmet tief ein und lässt ihre Gedanken nach Amerika fliegen, nach New York. Die Häuser dort sind noch höher, der Himmel weiter. Wer weiß, wann sie das nächste Mal Pariser Frühlingsluft atmen wird. Die Gastspielserie soll im Herbst im Playhouse am Broadway beginnen und zunächst mehrere Wochen dauern, wird jedoch sicherlich verlängert, wenn sie ein Erfolg wird. Und davon geht sie aus.

Natürlich wird es ein Erfolg, den Einwänden von Hubert zum Trotz.

Sicher, ihr Programm ist ganz auf ihr französisches oder zumindest französischsprachiges Publikum zugeschnitten. Aber es ist jetzt auch nicht mehr so schwer, so düster. Nicht nur voller Moritaten und Balladen, ihren »Gespenstergeschichten«, wie sie sie nennt. Sie hat jetzt auch ein paar Melodien im Gepäck, die »leicht« sind, die sich mitsummen lassen, allen voran natürlich das von ihr verfasste *La vie en rose.* Auf eine Tischdecke hingekritzelt hatte sie das dumme Liedchen, um einer Kollegin einen Gefallen zu tun. Wer konnte schon wissen, dass so ein Erfolg daraus werden würde? Es spricht nichts dagegen, dass auch die Amerikaner dem Liebeslied erliegen werden.

Huberts Einwand, dass die Amerikaner ihre Chansons nicht verstehen würden, lässt sie ebenfalls nicht gelten. Sie wird Englisch lernen, wird schon nicht so schwer sein, zumindest nicht so schwer wie das harte, streitbare Deutsch, das einem während der Besatzungszeit in den Ohren schmerzte. Nein, Englisch klingt doch ganz nett. Édith überlegt, welche englischen Worte sie kennt, aber außer *good morning* will ihr nichts einfallen. Wie wohl der Champagner auf Englisch heißt? Wie die Liebe? Nun, sie wird es herausfinden. Und bis es so weit ist, muss eben jemand den Amerikanern die Texte erklären, ein Conférencier, genau. Sie würde mit Loulou darüber reden. Bei *La vie en rose* muss eh nicht viel erklärt werden. Édith schnaubt amüsiert.

Ein trivialer Text, allerdings auch ein allgemeingültiger. Denn wer kennt es nicht, das Verliebtsein, das einen das Leben durch die rosarote Brille sehen lässt? Das einen glücklich, zum Sterben glücklich zurücklässt? Und wer kennt nicht die Sehnsucht nach dem Einen, dem Richtigen, ihm, der alle anderen Männer vergessen macht? *C'est lui pour moi, moi pour lui dans la vie …* Er für mich, ich für ihn, bis ans Ende unserer Tage. Ja, so sollte es sein.

So ist es doch, oder? Jean-Louis ist, einer kleinen, zweifelnden

Stimme zum Trotz, dieser Richtige. Eine Stimme, die an diesem Morgen einfach nicht verstummen will …

Édith wird kalt. Der Wind weht kühl herein, fährt unter ihren Morgenmantel. Die Brise jagt ihr Gänsehaut über den Körper, und sie muss daran denken, wie sie einmal, aus purem Liebeskummer, eine ganze Nacht lang nackt und fröstelnd im Zimmer stehen geblieben war. Aus Protest, weil Er, ein anderer Er, den sie für den Richtigen gehalten hat, nicht gekommen ist. Als Selbstbestrafung, weil sie so sehr daran geglaubt hat. Er ist es nicht gewesen, wieder einmal nicht, und die Enttäuschung darüber hat sie fast versteinern lassen. Ihre Freundin Momone hat sie damals gerettet, sich mit ihr auf den Fenstersims gestellt, ebenso nackt wie sie. Ein Schock selbst für diese Nachbarschaft, die zu der Zeit hauptsächlich aus Nutten und deren Freiern bestand.

Bei der Erinnerung daran muss sie lächeln.

Momone, ach ja. Verrückte, liebe, böse, grässliche Momone. An ihre »Schwester« hat sie bislang noch gar nicht gedacht. Ihr muss sie die frohe Botschaft, die Reise nach Amerika, natürlich auch noch verkünden. Sicher würde sie mitkommen wollen.

Édith erschaudert, als hätte sie eine böse Vorahnung gestreift. In ihrem Herzen macht sich Traurigkeit breit, als könnte sie etwas heraufdämmern sehen, so rosig und gleichzeitig so kalt wie der Morgen über Paris. Schnell fasst sie an ihr Medaillon, das sie niemals ablegt, küsst es und schließt das Fenster. Rafft ihren Morgenrock zusammen und geht eilig zurück ins Schlafzimmer. Dort schlüpft sie zurück ins Bett und schmiegt sich, Trost und Wärme suchend, eng an den Geliebten.

Jean-Louis in seinem Schlaf schaudert vor ihrer Kälte.

Das kleine Straßencafé in Montparnasse, das Édith ausgesucht hat, liegt abseits der belebten Rue de la Gaîté, was Momone mit einem spöttischen Lächeln quittiert. Ihr entgeht nicht viel, das war schon immer so. »Spuck's aus«, befiehlt sie, kaum dass sie auf einem der Korbstühle Platz genommen hat. Sie knöpft ihre derbe, doppelreihige Kostümjacke auf, ohne sie auszuziehen. »Ist dir dein Ruhm zu Kopf gestiegen, und die Presseleute werden dir zu viel, oder willst du nur nicht mit mir gesehen werden?«

Von beidem etwas, ist Édith versucht zu antworten, lässt es aber lieber bleiben. Auf einen weiteren Streit hat sie keine Lust, sie will in Ruhe frühstücken. »Willst du Kaffee? Nichts sonst? Du kannst dir alles bestellen, worauf du Lust hast, das weißt du.«

»Natürlich weiß ich das. Nein danke. Nur Kaffee. Aber in einer Tasse«, ruft sie dem Kellner hinterher.

»Du bist albern«, kann Édith sich nicht beherrschen zu bemerken. »Er schmeckt im Glas nicht anders.«

»Meinst du«, gibt die Freundin nur spitz zurück.

Sie sitzen nebeneinander am runden Bistrotisch vor einem der großen Fenster. Draußen in der Sonne füllen sich die Plätze, im Café selbst bleibt es angenehm ruhig. Édith legt heute keinen Wert auf neugierige Blicke und fühlt sich nach der letzten schlaflosen Nacht wie gerädert. Ein Foto in einem der Klatschblätter kann sie nicht brauchen, schon gar nicht mit Momone. Es würde Loulou nur aufregen. Ihr Manager ist stets bemüht, die alte Freundin von Édith fernzuhalten. »Schlechter Einfluss« ist noch das Harmloseste, was er über sie gesagt hat. Meist nennt er sie nur »die Giftspritze«.

Der Kellner bringt den Kaffee, Momone vergreift sich am Zucker: Vier Löffel müssen es mindestens sein.

Ohne großen Appetit zupft Édith ihr Croissant in kleine Stücke, nippt ein wenig an ihrem Café au Lait. Er schmeckt mild und wohltuend, ganz anders als der bittere Morgenkaffee, den sie nach der schlaflosen Nacht getrunken und der nach Erde geschmeckt hat. Dazu kam noch ein völlig sinnloser Streit mit Jean-Louis über ihre Heiratspläne, doch jetzt stimmt der sanfte, helle Milchkaffee sie versöhnlich.

»Also, du wolltest mit mir sprechen.« Momone tunkt ihren Finger in das kleine Schälchen mit Marmelade, das mit Édiths Croissant gebracht wurde, und steckt ihn sich in den Mund. Über die aufgestützte Hand hinwegblickend, lässt sie die Freundin nicht aus den Augen.

»Ja, es geht um unsere neue Tournee ...«

»Wieder mit deinem kleinen Chor?«, unterbricht Momone abschätzig. Ihr fällt es von jeher schwer, sich in den riesigen Tross einzureihen, der Édiths Reisen begleitet. Seit die Sängerin und ihre Compagnons nur noch zu zehnt unterwegs sind, ist das praktisch unmöglich, was Momone Anlass zu viel Spöttelei gibt: *Mon Dieu,* wie viele Menschen braucht es eigentlich, um auf der Bühne ein paar Lieder zu trällern?, hat sie einmal voller Hohn gefragt.

»Natürlich wird die Tournee wieder mit den Compagnons stattfinden! Gemeinsam sind wir sehr erfolgreich. Das Publikum liebt uns.« Édiths Stimme klingt trotzig.

»Dann sorg bloß dafür, dass das Publikum sie nicht irgendwann zu sehr liebt.« Momone nimmt sich das Salatblatt von Édiths Teller und steckt es sich in den Mund.

»Was soll das heißen?«

»Ach, *chérie.*« Die Freundin lässt sich mit einer dramatischen Geste nach hinten fallen. »Erinnere dich an Yves, deinen Cowboy. Ihn hast du auch groß gemacht, nachdem du ihn aus seinen scheußlichen Anzügen gepult hast. Und das sogar wortwörtlich.« Sie grinst anzüglich.

Édith schüttelt zwar den Kopf, widerspricht aber nicht laut, als Momone auf ihren Ex-Geliebten anspielt. Yves war tatsächlich als übler Yankeeverschnitt in groß karierten Kostümen aufgetreten, als sie ihn kennenlernte, ein Möchtegerncowboy mit Pomade im Haar und untertäglichem Machogehabe. Trotzdem war es ihr gelungen, das Potenzial des jungen Künstlers zu erkennen, sein unglaubliches Talent. Inzwischen ist der Name Yves Montand in Paris in aller Munde, und ja, sie hat ihn erfunden, ihn gefördert, ihn »groß gemacht«, wie Momone es ausgedrückt hat. Und ihn fallen gelassen, als er eine Spur zu unabhängig und zu erfolgreich, als er zu ihrem Konkurrenten wurde.

»Yves ist Geschichte«, sagt Édith und schiebt den Teller mit dem zerrupften Croissant von sich.

»Ja, und du neigst dazu, sie zu wiederholen. Isst du das nicht mehr? *Merci.*«

Gereizt beobachtet Édith, wie Momone sich das Gebäck mit

spitzen Fingern zusammensucht. »Warum bestellst du dir nicht selber ein Frühstück?«

»Es schmeckt mir irgendwie besser, wenn ich es von dir stehlen kann«, erwidert Momone mit vollem Mund und trinkt danach einen Schluck ihres süßen Kaffees, um das Croissant herunterzuspülen.

Mit einer Mischung aus Abscheu und Faszination betrachtet Édith die Frau, die sich gern als ihre Halbschwester ausgibt und sich eine verworrene Biografie dazu ausgedacht hat. Édiths Akrobatenvater ist zwar weiß Gott kein Kind von Traurigkeit, und ihr werden einige Halbgeschwister angedichtet, bei Momone ist es allerdings eher unwahrscheinlich.

Sie kennen sich, seit sie vierzehn waren. Simone, wie Momone in Wirklichkeit heißt, arbeitete zu der Zeit in einem Handwerksbetrieb, schraubte Einzelteile für Automobile zusammen und war von Anfang an voll Bewunderung für die unabhängige, freche Édith, die in den Tag hineinlebte, in ihrem Viertel Kunststücke aufführte und auch schon das eine oder andere Chanson schmetterte. Und Édith, die wusste, dass man zu zweit auf den Pariser Straßen sicherer war und man ihnen auch nicht so leicht den Spendenteller wegschnappen konnte, hatte Momone nur zu gern auf ihre Streifzüge mitgenommen. Die beiden waren aus dem gleichen Holz geschnitzt: Streuner, Vagabunden, vorlaute Gören mit einer Sehnsucht nach Liebe und Abenteuer. Kurze Zeit später war die eine nicht mehr ohne die andere zu sehen, und Momone fing an zu behaupten, sie seien Halbschwestern.

Von der Größe her und den Haaren könnte es sogar hinkommen, denkt Édith, vor allem, weil die Freundin von jeher ihre Frisur und ihren Kleidungsstil imitiert. Auch wenn sie früher hübscher gewesen ist mit ihrem Schmollmund und den Pausbacken, die von den kleinen, rattenhaften Augen abzulenken vermochten. Inzwischen sind Momones Lippen schmal geworden, und der Blick, mit dem sie ihre Umwelt mustert, wirkt nicht mehr frech und wachsam, sondern berechnend.

»Wie kannst du behaupten, ich würde meine Fehler wiederholen?«, nimmt Édith das Gespräch wieder auf. »Jean-Louis ist ganz anders als Montand. Man kann sie nicht vergleichen.«

»O ja, das kann man so sagen«, lacht die Freundin, die zu Yves immer ein besonderes Verhältnis hatte. Auch wenn sich die beiden nie gemocht haben, so haben sie sich doch als Gegner geschätzt: Der große, schlaksige Einwanderersohn Montand und die untersetzte Straßengöre teilten denselben Ehrgeiz. Und ihre Besitzansprüche in Bezug auf Édith. Von Jean-Louis hingegen hält sie nicht viel und macht auch kein Geheimnis daraus: zu nett, zu sehr Gentleman. Eine Heirat, die Édith so sehr herbeisehnt, hält Momone für einen schweren Fehler.

Nun, denkt Édith, einen Fehler, der wahrscheinlich gar nicht begangen wird, wenn Jean-Louis' Mutter weiter so vehement dagegen intrigiert. Die Hochzeit ist ein heikles Thema in ihrer Beziehung zu ihrem Geliebten, ein ständiger Streitpunkt, den sie auf keinen Fall mit Momone diskutieren will. »Also«, sagt sie und fährt sich durchs Haar, »ich will jetzt nicht mehr über Jean-Louis oder Yves sprechen. Es sind gute Neuigkeiten, die ich dir erzählen will.«

»Also?« Die Freundin sieht sie erwartungsvoll an und verzieht dabei die Nase wie eine hungrige Katze, die Sahne gewittert hat.

Gegen ihren Willen verspürt Édith eine plötzlich aufwallende Zärtlichkeit für dieses vertraute, gierige Katzengesicht und muss lachen. »Also: Wir fahren nach New York.«

Momone bleibt misstrauisch. »Wir? Wer ist wir?«

»Wir, die ganze Truppe. Und du besuchst uns natürlich, sobald wir eingerichtet sind. Wenn du magst. Meinst du, ich lasse dich allein zu Hause? Wer weiß, was du hier alles anstellst!«

Ein zufriedenes Grinsen überzieht Momones Gesicht. Die Katze hat ihre Sahne gekostet. »New York, nicht schlecht. Du willst es wirklich der ganzen Welt beweisen, was? Und mich mit einem Kaffee abspeisen? *Garçon!*« Sie will Cognac bestellen.

»Für mich nicht, Momone, es ist zu früh.«

Momone lacht. Es klingt freudlos, eher verächtlich. Dann, als sie Édiths Blick sieht, wird sie scheinbar milder. Sie beugt sich vor und tätschelt ihren Arm. »Natürlich nicht, *mon amie,* du musst dich schonen, deine Kräfte einteilen. Du willst doch nicht, dass es dir in New York ergeht wie im Oktober.«

Édith wird rot. Natürlich weiß die Freundin, wie ihr letztes Jahr mitten im Konzert die Stimme versagte. Und auch nicht wiederkam. Yves hatte einspringen müssen, ausgerechnet! Bei der Erinnerung daran wird ihr heiß und kalt gleichzeitig. »Ach was«, sagt sie, »wir haben etwas zu feiern.« Und ruft selbst lautstark nach dem Kellner. *Une fois n'est pas coutume,* lautet eine Redensart, einmal ist keinmal. Und wenn ihr auch einmal die Stimme versagte: Das wird sich nicht wiederholen, wird ganz sicher nicht zur Gewohnheit. Einmal zählt schließlich überhaupt nicht!

1935

»Du willst doch da nicht wirklich hingehen?«, flüsterte Momone und zog Édith am Arm. Das Mädchen pustete sich den überlangen Pony aus der Stirn, der ihr schon in die Augen hing.

Das Gerny's war ganz anders als die Lokale, die sie üblicherweise besuchten. Hier drang keine Musik nach draußen, fehlten die üblichen Betrunkenen, das Erbrochene und die dunklen Flecken an den Häuserwänden ringsherum. Nirgendwo grölte ein Kerl, niemand, der mit ihnen scherzen oder, im Gegenteil, sie vertreiben wollte. Es war viel zu ruhig für einen Ort, an dem man sich doch amüsieren sollte. »Hier geht's ja zu wie auf'm Friedhof.«

Édith musste lachen. In ihrem löcherigen Pullover und mit dem wirren Haarschopf sah sie aus wie ein halbes Kind, doch ihre Stimme war volltönend wie die einer Erwachsenen. Jeder, der dies wilde, kleine Ding sah, fragte sich unwillkürlich, wo sie solch ein Volumen hernahm. »Weil's dir hier zu ruhig und zu sauber ist, isses gefährlich?«

»Klar.« Momone trat einmal gegen die Tür des Varietés, um zu testen, ob sie offen war. War sie nicht. »Wennde all die Leute um dich rumhast, dann kann dich auch keiner abmurksen, verstehste? Da gibt's viel zu viele Zeugen.«

»Als würde mich einer abmurksen wollen.«

Momone zuckte mit den Schultern. »Geht schneller, als man denkt.«

Beide betrachteten misstrauisch die Tür des Gerny's.

»Die Gegend hier gefällt mir sowieso nich«, befand Momone und meinte damit entweder das ganze Achte Arrondissement oder nur Les Champs, vielleicht aber auch die Rue Pierre-Charron allein. Normalerweise sangen und tanzten die beiden in den Hinterhöfen von Ménilmontant, machten die Seitengassen von Pigalle unsicher oder gaben ihre Vorführungen auf den *trottoirs* von Belleville. Dort, ganz im Osten der Stadt, waren sie zu Hause. Warum sie ausgerechnet heute ganz gegen ihre Gewohnheit in den feinen Westen von Paris gekommen waren, konnten sie gar nicht genau sagen. Um mal was anderes auszuprobieren wahrscheinlich. Außerdem war ihr schmales Repertoire aus Moritaten und Gassenhauern in den Hinterhöfen so langsam bekannt, flogen die Geldstücke immer spärlicher aus den Fenstern. Bei ihrem Hotelwirt standen sie schon seit Wochen in der Kreide, und an die letzte warme Mahlzeit konnten sie sich kaum mehr erinnern.

Auf den Champs-Élysées kannte man sie nicht, das war wohl wahr. Es wollte ihnen aber auch niemand zuhören. Peinlich berührt hatten die gut gekleideten Herren und eleganten Damen ihre Blicke gemieden und waren an ihnen vorbeigehastet, ohne ihnen auch nur einen müden Sou zuzustecken. Dabei waren sie keine Bettlerinnen, sondern Straßenkünstlerinnen, verdammt. Das war ja wohl ein Unterschied!

Nein, das Ganze hatte sich als Reinfall entpuppt, bis dann in der Rue Troyon dieser hinkende, gut gekleidete Mann stehen geblieben war und Édith zugehört hatte. Dieser Monsieur Leplée. Und sie für den kommenden Montag um vier Uhr nachmittags hierherbestellt hatte.

Jetzt waren die Mädchen gekommen, um sich den Laden schon mal vorab anzusehen.

»Da würd ich nich hingehen«, wiederholte Momone, »das war bestimmt ein Perverser. Obwohl … Vielleicht springt noch mehr raus.« Sie zog die Fünf-Franc-Münze hervor, die der Mann ihnen gegeben hatte. Ein Perverser war gefährlich. Einer, der bezahlen konnte, etwas völlig anderes.

»Mal sehen«, erwiderte Édith vage. Bis Montag war es noch ewig hin, da konnte viel passieren. »Jetzt lass uns erstmal was essen gehen.«

»Und was trinken!«, ergänzte Momone und hakte sich unter, »wir haben schließlich was zu feiern. Du hast da diesen alten Kerl erobert …«

»Der vielleicht pervers ist.«

»Genau. Den alten Perversen«, pflichtete ihr Momone bei, während die beiden auf die Avenue Montaigne abbogen. Von den Passanten, die ihnen naserümpfend auswichen, nahmen sie keinerlei Notiz. »Auf jeden Fall fand er dich … wie hat er's gleich so vornehm ausgedrückt? *Fabuleux.*«

»Ah, genau. Womit er nur recht hat, er ist doch 'n Kenner.«

»Nur sollste nicht so schreien und deine Stimme ruinieren.«

»Leicht gesagt, bei all dem Lärm. Hört mich doch keiner sonst.«

»Und …« Momone imitierte die Stimme des Fremden, als sie ihn zitierte: »Du sollst ›dein Potenzial nicht vergeuden‹.«

Édith kicherte. »Ah, *oui,* das vergesse ich ständig, mein Potenzial! Was ist das überhaupt, verdammt noch mal?«

»Hat irgendwas mit deinem Po zu tun.«

»O nein, also doch ein Perverser! Ich armes, armes Mädchen!«

Die beiden lachten sich scheckig, während sie in Richtung Metro liefen. Es wurde langsam dunkel an diesem Oktobernachmittag, aus den Restaurants mit ihren viel zu weißen Tischdecken fiel Licht auf die Gehwege. Diesen Abend würden sie feiern, mit ihren Kumpels auf den Erfolg anstoßen. Und nächsten Montag, wer weiß, würde Édith noch einmal zu diesem Varieté fahren.

1947

»Auf den Erfolg!« Momone hebt ihr Glas.

Die Männer am Tisch tun es ihr gleich, und auch Édith folgt ihrem Beispiel, obwohl sie schon zu viel getrunken und zu wenig gegessen hat. Und mit ihren Gedanken weit weg gewesen ist: bei Papa Leplée, ihrem Entdecker, dem großzügigen Mann mit dem Hinken und den traurigen Augen, dem Gerny's und ihrer ersten Vorstellung auf einer richtigen Bühne vor einem richtigen Publikum. Eisige Stille hat ihren Auftritt begleitet, als sie in ihrem selbst gestrickten Pullover gesungen hat, von dem der linke Ärmel noch fehlte. Doch man hörte ihr zu. Auch das hat sie gespürt. Nicht ein einzelnes Lächeln war im Publikum zu sehen. Alle haben sie angestarrt, die Spatzengöre, *La Môme Piaf,* als Leplée sie angekündigt hat. Dann, nach ihrem Vortrag, nach Sekunden der Stille, die ihr ewig vorkamen, war der Applaus riesig, die Bravorufe hörten nicht auf.

»Auf Papa Leplée!«, murmelt Édith.

»Noch etwas Cognac?«, fragt sie der Mann neben ihr, kaum dass sie ausgetrunken hat. Er und sein Freund haben sich irgendwann zu ihnen gesetzt, auf Momones aufreizenden Augenaufschlag hin, der wie stets einer Einladung gleichkam. Es ist immer dasselbe: Wo Momone auftaucht, sammeln sich die »Bekannten«, die ihr Cognac anbieten, den Édith hinterher bezahlen muss.

»Nein, für mich nicht mehr«, wehrt sie ab, »ich muss nach Hause. Zu meinem Verlobten.« Wie fremd sich das anhört. Wie schön und gleichzeitig unerreichbar, fast so wie ein Traum.

Momone, in ein Gespräch mit dem anderen Mann vertieft, hört es glücklicherweise nicht.

»Ich lasse euch noch eine Flasche bringen«, sagt Édith, während sie aufsteht. Nur ganz wenig schwankt sie, sie ist stolz auf sich. Durst hat sie, sie braucht unbedingt Wasser, und sie hat Sehnsucht nach Jean-Louis. Will sich mit ihm versöhnen nach dem Streit heute Morgen. Worum ging es überhaupt? Ach ja, um die Hochzeit, mal wieder. Es geht immer um die Hochzeit.

»Verlobt, soso«, sagt der Mann, die flüchtige Bekanntschaft, und greift nach ihr. Um den Ring zu betrachten und sich so eine Bestätigung zu holen oder um sie festzuhalten, das ist nicht ganz klar.

Édith ärgert sich über die besitzergreifende Geste und zieht ihre Hand rascher zurück, als sie gemusst hätte.

»Sag es ihm«, fordert Momone in diesem Augenblick. Sie hat ihre dicke Kostümjacke schließlich doch abgelegt und zwei Knöpfe der weißen Bluse darunter aufgeknöpft. Jetzt, wo sie etwas getrunken hat, sieht sie nicht mehr ganz so streng aus, der harte Zug um ihren Mund ist gemeinsam mit ihrem Lippenstift verwischt.

»Ich soll ihm was sagen?«, fragt Édith, die stehend nach dem Kellner winkt.

»Wo du herkommst. Wo wir beide herkommen. Aus der Gosse von Paris, o ja. Erzähl Franc hier …«

»Eric«, verbessert der Mann, der trotz seines dünnen Haars und der Augenringe kaum älter als dreißig sein mag.

»Wem auch immer, erzähl ihm, dass wir beide einmal berühmt waren auf den Straßen von Belleville, was ja nun wirklich kein gutes Viertel ist, aber das hat uns groß gemacht, nicht wahr? Wahrhaftig.« Sie sieht mit leicht glasigem Blick zu Édith auf, der schüttere Mann neben ihr hat den Arm um sie gelegt. Er starrt ihr ungeniert in die Bluse.

Édith muss nicht antworten, weil in diesem Augenblick der Kellner kommt. »Eine Flasche noch und die Rechnung. Ich muss gehen.« Sie greift sich den Mantel, der über der Stuhllehne hängt, und murmelt ein schnelles *Au revoir.*

»Meine Halbschwester«, hört sie Momone noch prahlen, während sie zur Theke geht. »Wir fahren zusammen nach New York.« Sie sieht das Gesicht der Freundin dazu in der Tiefe des Spiegels, es trägt jetzt wieder diesen harten, berechnenden Ausdruck des Viertels, aus dem sie beide stammen.

Draußen vor dem Café muss Édith erst einmal durchatmen.

Der Cognac lässt sie immer noch schwindeln, also will sie zu den Taxiständen an der Rue de la Gaîté gehen. Es ist früher Nachmittag, die Mittagszeit gerade vorbei, die Kellner räumen das Geschirr und die Rotweingläser beiseite. Sie muss dringend etwas essen, sie muss Jean-Louis sehen. Mit ihm über New York sprechen, ihrer beider Zukunft, und damit die Erinnerungen vertreiben, die Momone stets wachruft. Wie Gespenster begleiten sie ihre Freundin, und während Édith sich ihnen früher nur allzu gern überließ, während sie damals wieder und wieder von ihnen in Besitz genommen wurde, sie von ihnen sang, ihre Kraft und Energie aus diesen Geistern zog, spürt sie in letzter Zeit immer größeres Unbehagen bei ihrem Anblick. Nein, sie will frei sein von diesen Schatten. Andere Lieder singen, neue Lieder, und New York wird die ideale Gelegenheit dazu sein.

Entschlossenen Schrittes macht sie sich nach Hause auf. Der Schwindel ist gänzlich verflogen.

»Das nicht, das nicht, das schon gar nicht.« Notenblätter segeln auf den Boden wie Schneeflocken, rutschen über den Parkettboden bis unters Sofa. Noten, die Édith sowieso nicht lesen kann, Lieder, die sie nicht mehr will.

Es riecht muffig in ihrer Wohnung, abgestanden, nach Vergangenheit. Das Parkett ist verschrammt, und die Tapeten sind verblichen, ansonsten sieht es noch genauso aus wie bei ihrem Einzug. Die spärlichen Möbel drücken sich vernachlässigt an der Wand herum und halten gebührenden Abstand zu dem Flügel, der die Mitte des Raums einnimmt. Die Sonne scheint durch die großen Fenster und lässt den Staub zu einer unhörbaren Melodie tanzen.

»Das hier ist doch gut«, sagt Jean-Louis, der die Papiere geduldig wieder zusammensammelt, und zeigt auf das oberste Blatt in seiner Hand. »*Les Deux Ménétriers,* die zwei Musikanten. Hat das nicht Damia gesungen?«

Édith blickt von dem Stapel Noten in ihrer Hand auf. »Ah, das war eines der ersten Chansons, das ich von ihr abgekupfert habe. Das haben Momone und ich damals in den Armeebaracken zum

Besten gegeben, vor den Soldaten. Das Lied für die Toten. Um noch einmal zu leben, müssen sie auch noch einmal lieben. Und das wollen sie nicht.« Sie wirft Jean-Louis einen neckischen Blick zu. *»Denn ihre fleischlosen Finger / Entblößten Herzen, die in Fetzen hingen …«*

»Fleischlose Finger? Fetzen? *Mon Dieu.* Da werden die Amerikaner wenig begeistert sein. Du hast recht: Das können wir nicht bringen.« Jean-Louis legt das Notenpapier zu den anderen, während Édith nur lacht und mit den Achseln zuckt.

»Nun, die Soldaten damals waren begeistert. Sie nahmen die Sache mit dem Umarmen recht wörtlich und wollten die Bühne stürmen, zerfetzte Herzen hin oder her. Aber die haben ja auch den Text verstanden.«

Darüber erlaubt sich auch Jean-Louis ein Grinsen, dann wird er wieder ernst. »Nun, das mit den Texten wird in der Tat ein Problem werden …«

»Und mit der Botschaft. Die Zeiten des Legionärs und seiner Liebchen sind endgültig vorbei. Und auch die der armen jungen Huren und ihrer Träume …«

»Was?« Jean-Louis erstarrt. »Du wirst den *Accordéoniste* nicht bringen?« Nach diesem Lied war er ihr damals verfallen – und beileibe nicht als Einziger aus dem Publikum.

Die Art und Weise, wie die Piaf über ein junges Mädchen singt, das in die Prostitution getrieben wurde und sich der träumerischen Liebe zu einem Akkordeonspieler hingibt, ist nicht nur meisterhaft, sie ist magisch! Édith, die sonst so sparsam mit ihrer Gestik umgeht, gibt der einsamen jungen Hure mit ihrem ganzen Körper Gestalt. Fügt sich zunächst in ihr Schicksal, die Hände auf die Hüften gestemmt: *Das Freudenmädchen ist schön.* Nach getaner Arbeit *geht auch sie ein wenig träumen*: Édith flattert hoffnungsvoll mit den Fingern empor. Sie hört dem Akkordeonspieler zu, *aber sie tanzt* nicht, ballt nur die Fäuste, die den Rhythmus schlagen, spürt die Musik, *sie geht ihr unter die Haut,* überallhin, Édiths Hände gleiten über ihren Körper. Sie schließt die Augen, der Rhythmus pulst. *Sie will singen / Empfindet es mit jeder Faser /*

Ihr ganzes Wesen ist angespannt / Ihr Atem stockt … Und das tut auch Édith. Die Anspannung ist mit Händen greifbar, beinah unerträglich: *Sie ist verrückt nach dieser Musik.*

Dann die nächste Strophe. *Das Freudenmädchen ist traurig:* Ihr Akkordeonspieler ist Soldat geworden. Sie träumt, und Édiths Finger greifen Luft, von einem Leben mit ihm, sobald er zurückkehrt. Wieder hört sie die Musik, diesen Rhythmus, der ihren Körper durchflutet, und dieses Mal will sie weinen. *Empfindet es mit jeder Faser / Ihr ganzes Wesen ist angespannt / Ihr Atem stockt …* Wieder der Höhepunkt, Édith mit verzerrtem Gesicht.

Schließlich ist das Freudenmädchen allein, der Akkordeonspieler ist nicht aus dem Krieg zurückgekehrt. Jetzt ist da ein anderer Künstler, und wenn sie die Augen schließt, kann sie die langen, schlanken Finger fast wieder sehen, die Musik hören, die ihr unter die Haut kriecht. *Sie will schreien / Empfindet es mit jeder Faser.* Und dieses Mal, um zu vergessen, beginnt sie zu tanzen, sich zu drehen … *Die Musik anhalten! Stopp!* Mit diesem verzweifelten Schrei endet das Lied.

Die Töne verstummen und lassen das Publikum jedes Mal schaudernd und sprachlos zurück.

»Du kannst nicht auf den *Accordéoniste* verzichten! Das Lied ist … Ich weiß auch nicht, es ist einzigartig, wie für dich gemacht. Du verkörperst dieses Lied!« Jean-Louis ist außer sich, doch Édith verzieht nur spöttisch den Mund.

»O nein, *mon amour,* ich verstehe dieses Lied, es greift nach mir, es fließt durch mich hindurch. Aber jetzt, mit dir«, und sie hängt sich an seinen Hals und sieht ihn mit ihren großen Augen an, »in New York werde ich eine andere sein«, sagt sie und ist sich mit einem Mal so siegesgewiss wie selten zuvor. »Dort werde ich die Frau sein, die tanzt und nichts bereut.«

2.

New York 1947

Die Zuschauer wirken wie Puppen. Unbewegte Gesichter starren zu der unbekannten französischen Künstlerin empor, es wird artig geklatscht. Im Licht der Bühne, das auch die ersten Reihen des Playhouse erreicht, sieht Édith gut konservierte Körper und Haare in allen Farben und sogar die Konturen der Gesichter, doch sie haben keine lebendige Frische, bewegen sich nicht. Keine Falten und Krähenfüße sind zu sehen, keine lückenhaften Gebisse, nur Perfektion. Wenn sie altern, werden sie es innerlich tun, und dann, eines Tages, wird die immer dünner werdende, fleckenlose Haut aufplatzen, und es kommen Greise darunter zum Vorschein, mit hervortretenden Adern und verkrümmten Fingern, denkt Édith. Und dann werden sie sich erschrecken, weil sie nichts davon geahnt haben. Etwas von der Vergänglichkeit, von der sie singt, die in allen ihren Liedern mitschwingt: Wie konnte sie sich nur einbilden, diese Menschen hier würden sie verstehen?

Es ist alles ein großes Missverständnis. Ihre Lieder sind als Höhepunkt einer Revue gedacht, deren erste Hälfte von Tänzern und Akrobaten aus Griechenland, Italien und Schweden bestritten wird. Dann kommen die Compagnons und zum Abschluss sie, die Piaf. Acht Lieder trägt sie vor, darunter *La vie en rose*. Der Abend endet mit dem gemeinsamen *C'est pur ça* mit

Jean-Louis und den anderen Sängern. Édith hat mehr oder weniger alle Matrosen, einsamen Soldaten und verzweifelten Huren aus ihrem Repertoire gestrichen, was natürlich nicht heißt, dass ihre Chansons jetzt fröhlich und heiter wären. Zwischen den Nummern erklärt ein *master of ceremony* die Liedtexte. Keine *happy ends,* natürlich nicht, außerdem wird mit der Erklärung das Überraschungsmoment vorweggenommen. Und tanzen, hat sich ein Zuhörer bitter bei ihr beschwert, tanzen könne man zu ihren *songs* ja auch nicht. Die Vorstellungen sind bislang ausverkauft, im Publikum sitzen Prominente wie Gene Kelly und Lena Horne, es wird applaudiert, es werden Komplimente gemacht, doch wie lange noch?

Es ist fürchterlich!

Und anschließend, nach den blutleeren Veranstaltungen und Enttäuschungen auf beiden Seiten, muss sie auch noch mit den illustren Gästen Cocktails trinken. Cocktails! Édith ist nach einem kräftigen Aquavit zumute, doch der Kellner, dem sie winkt, versteht sie nicht. Stattdessen reicht er ihr ein blassrosa Getränk mit einem Schirmchen aus Papier. Der Raum ist eiskalt, was einer der populären Klimaanlagen zu verdanken ist, von denen sie Halsschmerzen bekommt. Es wird geraucht, aber mäßig getrunken, trotzdem scheinen alle bester Laune zu sein. Selten hat sich Édith so einsam gefühlt.

»Und, *ma petite,* es läuft doch alles ganz hervorragend!« Jean-Louis drückt ihr einen Kuss auf den Scheitel und lässt sich dann neben sie in einen Sessel fallen. Auch er hat eines dieser Schirmchengetränke in der Hand, lächelt selbstzufrieden und grüßt in die Runde.

»Lass das«, schnappt Édith nach ihm, »ich bin nicht deine Kleine.«

Jean-Louis lacht nur. Er ist gut aufgelegt. Für ihn und seine Compagnons läuft es ja auch hervorragend. Die Amerikaner können mit seiner *french country music* wesentlich mehr anfangen als mit Édiths schwermütigen Melodien. Außerdem wirken die Männer allesamt recht attraktiv, was hilft, denn die kleine, düstere

»Iiii-diiis« entspricht ja nun wirklich nicht dem herrschenden Hollywood-Schönheitsideal.

Édith versteht nicht alles, was die amerikanischen Blätter über sie schreiben, doch was sie sich zusammenbuchstabiert, ist alles andere als ermutigend. Ein Zwerg sei sie, mit wirrem rotem Haar, ihre Augen zu kräftig geschminkt, mit bitterem Gesichtsausdruck. Ihre Gestik sei zu sparsam, und immer würde sie sich an den Hals greifen, als fürchte sie, erwürgt zu werden. Ihre *songs* würden einen deprimieren, und ihre Aussprache sei fürchterlich. Dafür hat sie nun Tag für Tag mit der strengen Miss Davidson Englisch gelernt!

Sie finde ihr Lied über diese Rose sehr nett, erklärt ihr eine der Anwesenden gönnerhaft und in breitestem Englisch, eine Schauspielerin, soweit Édith verstanden hat. Sie hat grellblond gefärbte Locken und lange rote Fingernägel. »*Lawwe and rose, or something like this. You should make a record out of it.*« Sie lächelt Édith so strahlend weiß an, dass die sich nur noch kleiner und hässlicher vorkommt.

»*Thank you*«, erwidert Édith ebenso breit lächelnd, wobei sie das Gefühl hat, ihre Mundwinkel müssten vom vielen Grimassieren bald reißen. »Sie waren wer noch mal?« Eine billige Retourkutsche, die die Angesprochene auch nicht versteht, schließlich spricht sie kein Französisch. Niemand spricht irgendetwas anderes als Englisch, und in der Sprache gibt es anscheinend keine Probleme, keinen Kummer, keine Andersartigkeit. Überall die gleichen, perfekten Gesichter, dasselbe Lächeln. Wenn sie nachts durch die Straßen New Yorks läuft, kann Édith Dutzende Gestalten sehen, die kein Leben *en rose* haben, doch ihre Stimme ist der schwarze amerikanische Jazz, der aus den tiefer gelegten Kellern auf die Bürgersteige heraufdringt.

Édith denkt an Momone, was sie von dieser Veranstaltung halten würde, und muss bitter lächeln. Bislang hat ihr Manager Louis es zu verhindern gewusst, dass die »Giftspritze« auf Besuch nach New York kommt, doch in Zeiten wie diesen hätte Édith sie gern an ihrer Seite. Schon allein, um über diese bunten Drinks Witze zu reißen. *Cock-Tail.* Was soll das überhaupt heißen?

»Édith! Hier bist du. Ich dachte schon, du wärst gegangen.« Ächzend stößt Louis zu der Gruppe und winkt den Schirmchenträger weg, der sich mit seinem Tablett auf ihn stürzen will. »*No, no,* haben Sie nichts Anständiges? Das kann ja keiner trinken. Meine Liebe«, wendet er sich dann an Édith, »ich muss dich entführen. Jemand will dich sprechen. Entschuldigen Sie uns, meine Herrschaften.« Er nickt in die Runde, nimmt Édith den Drink aus der Hand und stellt ihn auf den Tisch.

»Wer denn, Loulou? Ich bin müde. Und ich habe noch eine Verabredung«, beklagt sie sich, während sie am Arm fortgeführt wird. Sie wirft einen Blick zurück und bemerkt fast schon mit Erleichterung, dass Jean-Louis sich mit der Superblonden unterhält.

»Du und deine Verabredungen«, seufzt Louis. »Will dein Jean dich immer noch nicht heiraten?« Der Manager lotst seinen Schützling durch den vollen Saal.

»Doch, jetzt will er.«

»Aber jetzt willst du nicht mehr, nehme ich an. Ah! Édith!«

»Ich weiß es nicht. Das ist alles. Ich muss darüber nachdenken.«

Louis schüttelt den Kopf. Mit dem Taschentuch, das er sich aus der ausgebeulten Hosentasche zieht, wischt er sich den Schweiß aus der Stirn und sieht sich um. »Sie war doch … Halt, warte mal. Da drüben ist sie. Ist ja auch nicht zu übersehen.«

Die Frau, die sich zu ihnen umgedreht hat, ist groß. Und schön. Sie ist die wahrscheinlich schönste Frau, die Édith kennt, und es ist ihr ein Trost, dass sie hier ist. Schon allein aus dem Grund, dass sie perfekt Französisch spricht.

»Eh, Marlene«, eilt sie ihrem Manager davon, »es ist wunderbar, dass du noch einmal gekommen bist.« Sie küsst die blonde Schönheit, die sich dazu zu ihr herunterbeugen muss und ihre Hände ergreift, auf beide Wangen. »Wunderbar und deprimierend zugleich. Ich war ganz fürchterlich heute Abend.«

»Warst du nicht«, erwidert die Freundin mit ihrer tief-rauchigen Stimme. »Du warst ergreifend, auch wenn diese *crétins incroyable* das nicht verstehen können.«

Édith lacht bitter. »Wenn es nur so einfach wäre.« Sie hegt im

Geheimen große Sympathien für alle Amerikaner, die schließlich geholfen haben, Paris zu befreien. Ehrlich gesagt haben ihr die lächelnden, gut gelaunten *guys* mit ihren Kaugummis damals recht gut gefallen. Umso wichtiger ist es ihr, dass die Amerikaner auch sie mögen, ihre Chansons und ihre Art zu singen verstehen. Ach was, nicht mögen: »Ich pfeif darauf, ob sie mich mögen. Und verstehen müssen sie mich eigentlich auch nicht. Sie sollen fühlen, eh! Sie sollen weinen!«

Marlene lacht. »Mit weniger gibst du dich nicht zufrieden?«

»Nein. Du etwa?«

Die Dietrich lächelt sie an und antwortet nicht. Ihr Erfolg in Deutschland als »blauer Engel« liegt schon zwei Jahrzehnte zurück, doch mit Filmen wie *Shanghai-Express* gelang ihr auch in Amerika schnell der Durchbruch. Sie gilt als eine der attraktivsten Frauen Hollywoods, als männermordender Vamp, und noch immer wird ihr ihr Engagement gegen die Nazis hoch angerechnet. Man kann wahrlich nicht behaupten, dass sie sich mit wenig begnügen würde. Erreicht hat sie dies mit kühler, distanzierter Eleganz, mit ihrer Schönheit und Unnahbarkeit, und Édith wundert sich des Öfteren, warum sich die Diva ihrer angenommen hat. Es sei ihre Glut und Leidenschaft, um die sie sie beneide, hat die Dietrich ihr einmal geantwort. Was auch immer es ist. Édith fühlt sich wohl in ihrer Gesellschaft.

»Marlene, du musst mir einen Gefallen tun«, flüstert sie jetzt. »Ich muss hier einfach verschwinden. Und brauche ein glaubhaftes Alibi.«

Die Dietrich lacht, was mehrere Männer dazu veranlasst, sich den Hals zu verrenken. »Was soll ich tun, *ma petite?*«

Merkwürdigerweise stört es Édith kein bisschen, von ihr »Kleine« genannt zu werden. »Wir sagen, wir fahren nach dem Empfang noch zu dir, nur wir zwei. Frauengespräch. Und du setzt mich unterwegs ab.«

Marlene Dietrich lacht wieder. »Ist es immer noch John?«

Édith lächelt das erste Mal richtig an diesem Abend. »Ich habe ihn schon in Paris verehrt, auf der Kinoleinwand, versteht sich.«

»Du weißt, er ist verheiratet.«

»Das bin ich ja auch. Irgendwie.« Édith deutet vage mit dem Kopf in die Richtung, aus der sie gekommen ist.

»Nun gut. *No problem.*«

Édith schickt ihr einen Kuss durch die Luft und macht sich dann daran, Jean-Louis zu suchen, um sich zu verabschieden. Sie braucht Trost heute Abend. Das Gefühl, gesehen und verstanden zu werden. Wenn schon nicht auf der Bühne, auf der sie sich mehr entblößt, als sie es im wahren Leben je könnte, dann eben auf andere Art. Davon verstehen selbst die Amerikaner etwas.

Gesang und Berührungen, Lieder und Liebe, Stimme und Begehren: Es ist alles eins. Ohne Begehren keine Liebe, kein Rausch, keine Reue. Oh, diese süße Reue. Die nichts ungeschehen machen will, nein, Édith bereut nicht in diesem Sinne. Aber der Hang ist da, etwas kaputt zu schlagen, sich selbst und den anderen zu erniedrigen, ihn lustvoll hinabzuziehen in den Schmutz ihrer Körper, sich wieder und wieder und wieder zerreißen zu lassen …

»*Good lord*«, sagt John Garfield, der große Leinwandheld, und lässt sich auf den Rücken fallen. Er ist ein schöner Mann und nach dem erotischen Thriller *The Postman Always Rings Twice* der wahrscheinlich meistbegehrte Schauspieler Amerikas.

Und er gehört ihr. Für diesen Abend, diesen Augenblick, diese kleine Unendlichkeit.

Édith neben ihm atmet schwer, ihr Herz rast. In ihrem Triumph fühlt sie sich eins mit sich, versöhnt und gleichzeitig merkwürdig leicht … ein Gefühl, das sie sich merken muss. Der flatterhafte Zustand der Liebe: In Gedanken versucht sie eine Geste dazu, den Trommelwirbel der Finger vielleicht, und überlegt sich schon ein Chanson, das dazu passen würde. Wenn sie es dann singt, wird sie von sich und dem schönen *postman* erzählen, auch wenn es niemand verstehen wird. Hier versteht sie ja eh niemand.

»Untersteh dich«, sagt sie auf Französisch und deutet drohend auf die Zigarette, die er sich zwischen die Lippen gesteckt hat.

John, auf der Bettkante sitzend, grinst nur und steckt sie an.

Im Nu ist Édith auf den Knien, will sie greifen, erwischt sie aber nicht. John muss nur den Arm ausstrecken, um sie außer Reichweite zu halten. »*What's the problem?*«, will er wissen.

»Ich bin Sängerin. Sängerin! Ich kann diesen Dreck nicht einatmen«, schleudert sie ihm entgegen, immer noch auf Französisch. John zuckt mit den Schultern, und Édith gibt es auf, lässt sich wieder auf den Rücken fallen. Noch immer rast ihr Herz, ist ihre Haut bedeckt vom Schweiß dieses Mannes. Sie wird ihn abwaschen müssen, so wie John stets sofort unter die Dusche springt, nachdem sie sich geliebt haben. Der Gedanke daran macht sie schon wieder wütend. Er denkt gar nicht daran zu verheimlichen, dass er verheiratet ist, im Gegenteil. Neulich hat er ihr befohlen, kein Parfum zu tragen, wenn sie sich mit ihm trifft, damit seine Bobbie (heißt sie überhaupt so? Édith will sich den Namen gar nicht merken), damit sie Édith nicht riechen kann. Was an sich schon eine Frechheit ist.

»Verdammt«, sagt sie und tritt in einem plötzlich aufwallenden Anfall von Zorn nach ihm, was er wiederum mit einem Grinsen quittiert. Wieder versucht sie ihn zu treten, und dieses Mal greift er ihre Beine mit beiden Händen, die Zigarette lässig im Mundwinkel baumelnd.

»*What the fuck is your problem?*«, will er wieder wissen.

»Ich habe kein Problem«, faucht Édith, »ich bekomme einfach keine Luft. *Air, you understand?*«

Als Antwort stößt John mit zurückgelegtem Kopf eine Rauchwolke aus. »*Okay, okay*«, sagt er dann, lässt sie los und steht auf. Wenig später kann sie die Dusche hören. Er singt, nimmt ihr den Angriff nicht übel. Er kommt, wie Édith auch, aus einer Gegend, in der Wut mit der Muttermilch aufgesogen wurde. Falls man glücklich genug war, eine Mutter zu haben.

Um sich abzulenken und um der plötzlichen Unruhe, die sie erfasst hat, eine Richtung zu geben, summt Édith ein Lied, das sie mit sich herumträgt, vielleicht ins Repertoire aufnehmen könnte. Ein spanisches Lied mit viel Bewegung, ein schneller Walzer. Noch fehlt ihr der Text, doch im spanischen Original handelt es von einer Menschenmenge, vom Gedrängel, dem Gefühl, ersticken zu müssen, und einer Frau, die von dem Mob in die Arme eines fremden Mannes getrieben wird. Lustvoll treiben die beiden Fremden aufeinander zu, vereinen sich kurz – um von der Menge gleich wieder getrennt zu werden. Zurück bleibt die Wut auf das Schicksal, das ihr einen kurzen Augenblick des Glücks schenkte, um ihn ihr kurz darauf für immer zu entreißen. Es passt zu diesem Augenblick, Édith kann es nutzen, seinen Rhythmus spüren und die Leidenschaft, die durch ihren Körper pulst.

Die Dusche wird ausgestellt, Édith liegt immer noch nackt auf dem Bett. Sie stützt sich auf die Unterarme. Als John ins Zimmer zurückkommt, nass und duftend, scheint er die Melodie zu spüren, die in ihrem Körper summt. Ihre Augen sprühen Funken.

Ohne länger darüber nachzudenken, schmeißt er sein Handtuch beiseite, kommt zu ihr herüber und überlässt sich noch einmal diesem verführerischen, machtvollen Tanz.

»Was findest du nur an ihm? Außer dem Offensichtlichen«, fragt Marlene und dreht den Lippenstift beinah ganz heraus, um die Farbe zu prüfen. Dann wendet sie sich zu einem der Silberspiegel um, die auf den gläsernen Kaufhausvitrinen stehen, und hält ihn neben ihr Gesicht.

»Was ist denn das Offensichtliche?«, fragt Édith mit Augenaufschlag.

Marlene lacht. »O nein, das steht dir nicht, das Kokette. Und mir ganz gewiss nicht dieser Lippenstift. *No, thank you*«, sagt sie zu der Verkäuferin und gibt ihn zurück.

Édith kann sich ein Grinsen nicht verkneifen. »Er sieht toll aus, ist gut gebaut, zudem noch ein guter Liebhaber …«

»Und verheiratet«, ergänzt Marlene. Von dem Tablett, das ihr die Verkäuferin hinhält, sucht sie sich eine neue Farbe aus. »Zu dunkel? Was meinst du?«

Édith zuckt mit den Schultern. In Modefragen ist sie überfordert und auch nicht sonderlich interessiert daran. Sie ist mehr als erleichtert, in dem »kleinen Schwarzen« auf der Bühne zu stehen und das zu ihrem Stil auserkoren zu haben, ohne sich jeden Abend wieder Gedanken um ihre Garderobe machen zu müssen. Trotzdem liebt sie es, einkaufen zu gehen, sich für andere Geschenke auszudenken, selbst wenn sie vor lauter Terminen nur selten dazu kommt. An den vollen Schaufenstern vorbeizuschlendern, ihren Lichtern, den bunten Farben. Paris kommt ihr dann mit einem Mal weit weg vor, grau und schäbig, gezeichnet von dem erst so kurze Zeit zurückliegenden *drôle de guerre*, dem komischen Krieg, den man irgendwie nur auszusitzen brauchte. Der Luxus, die riesigen Autos beeindrucken sie ebenso wie die Sauberkeit der Straßen. Und diese Kaufhäuser erst: Für Édith sind es wahre Tempel an Kultiviertheit und Freundlichkeit. Beeindruckt mustert sie die großen Oberlichter, die mit dickem Teppich ausgelegten Treppen, die Geländer in glänzendem Gold. Im Marmorboden kann man sich beinah spiegeln, und die zwei Lüster, die in der Mitte des Raums hängen, sind so groß wie Lastwagen. Im Foyer spielt ein Pianist einschmeichelnde Melodien. Nicht sehr gut, findet Édith, die selber gerade Klavierspielen lernt, aber immer noch Welten besser als sie selbst.

»Und hat er nicht auch Kinder?«, fragt Marlene und wiederholt die Lippenstiftprozedur.

»Wer?« Édith konzentriert sich wieder auf ihre Freundin. »John? O ja. Kann sein«, murmelt sie. Sie will sich den kostbaren Ausflug in die *Shopping*-Welt nicht von düsteren Gedanken verderben lassen. Ja, er hat Kinder, ja, er ist verheiratet. Und sowieso klingt ihre Verliebtheit schon ab wie ein Schnupfen, den sie sich in dieser amerikanischen Klimaanlagenluft geholt hat.

»Was ist mit Jean-Louis?«, fragt Marlene, der das Unbehagen ihrer Freundin bei dem Thema nicht aufzufallen scheint. Entweder das, oder es ist ihr egal.

Édith seufzt. »Er redet jetzt immer öfter übers Heiraten. Jetzt, wo wir weit weg von seiner Mutter sind.«

»Der du zu verrucht warst?«

»Der ich zu katholisch war. Sie ist Jüdin, weißt du? Will für ihren Sohn unbedingt ein anständiges jüdisches Mädchen.«

»Was du nicht bist.«

»Was ich nun wirklich nicht bin.«

Marlene schüttelt den Kopf und gibt der Verkäuferin den Lippenstift zurück. Die beiden Freundinnen bummeln weiter, von neugierigen Blicken verfolgt, die die große Schauspielerin jedoch nicht zu stören scheinen. Sie beugt sich über eine Vitrine, in der Schmuck ausgestellt ist, und hebt dazu ihre große Sonnenbrille ein wenig an.

»Meinst du nicht, du bist mit der Brille noch auffälliger als ohne?«, fragt Édith in einem Anflug von Verdrossenheit. Ihre schiere Größe lässt die Dietrich auffallen, dazu noch die Hosenanzüge, die sie trägt. Normalerweise dauert es nicht lange, bis die Freundin erkannt und um Autogramme gebeten wird. Nun gut, vielleicht ist es auch Eifersucht, muss Édith sich eingestehen.

»Solltest du auch versuchen, *chérie*«, erwidert Marlene ungerührt. »Die Menschen glauben, du seist jemand Berühmtes, aber sie sehen nur die Brille, und die lenkt sie ab. Während sie noch überlegen, woher sie dich kennen, bist du schon weg. Funktioniert immer.«

»Ich denke nicht, dass ich diese Brille hier in Amerika je nötig haben werde«, entgegnet Édith und hasst sich dafür, so bitter zu klingen. Sie, die stets jede Zurückweisung als Herausforderung begriffen hat, denkt jetzt tatsächlich darüber nach, klein beizugeben. Nach Frankreich zurückzukehren, nun, wo die Compagnons auch noch dabei sind, ihr die Show zu stehlen, und Jean-Louis ihr mit seiner Selbstgerechtigkeit und seinen Hochzeitsplänen auf die Nerven geht.

»O doch, warte nur ab. Ich habe da etwas läuten hören …«

»Was hast du gehört?« Auch Édith kommt näher an die Vitrine heran, die ihr locker bis zur Brust reicht und sie sich fühlen lässt wie ein Kind vor dem Gabentisch. »Nun sag schon.« Sie legt einen Arm darauf.

Marlene lächelt. »Ich weiß aus zuverlässiger Quelle, dass Virgil Thomson sich deinen Auftritt ansehen wird.« Sie sieht Édiths verständnislosen Blick. »Virgil Thomson? Der Kritiker? Der landesweit gefürchtete Kritiker, sollte ich wohl hinzufügen. Und der schreibt normalerweise nie über Varieté- oder Chansonkünstler.«

»*Bon*«, murmelt Édith. »Auch das noch.«

»Nein, nein, warte nur ab. Er ist sehr avantgardistisch, er liebt Frankreich und kennt Paris wie seine Westentasche. Er schreibt für die *Herald Tribune,* und ich habe erfahren, dass er einen Artikel über dich plant. Ist das nicht großartig?« Die Dietrich lacht ihr tiefes, erotisches Lachen, das zumindest bei dem Verkäufer seine Wirkung nicht verfehlt, der eine andere Kundin dafür einfach stehen lässt und zu ihnen herübereilt.

»*May I help you?*«, dient er sich an und reibt sich doch tatsächlich die Hände!

»Mir ist nicht mehr zu helfen«, antwortet Édith auf Französisch, worauf das Gesicht des Mannes einen hilflos fragenden Ausdruck annimmt.

»*She needs this*«, erwidert Marlene und deutet auf ein kleines, mit Smaragden besetztes Kreuz. »O doch, keine Widerrede. Das ist ein Geschenk von mir für dich. Denn auch wenn ich davon überzeugt bin, dass du umwerfend bist und der Artikel wunderbar werden wird, kann ein bisschen himmlische Unterstützung sicher nicht schaden.«

Nichts auf der Welt braucht Édith im Augenblick nötiger als ein kleines Wunder. Sie lernt Englisch, sie lernt Klavierspielen und probt den ganzen Tag über, abends steht sie auf der Bühne. Nachts kann sie vor Erschöpfung oder vor Einsamkeit nicht schlafen. Jean-Louis ist jetzt oft mit seinen Kollegen unterwegs, und Édith vermutet, dass sich ihre Compagnons so langsam nach einem anderen Engagement umsehen. Einem Engagement ohne sie. Ihre Liebschaften setzen sie zusätzlich unter Druck, das Versteckspiel und die Heimlichkeiten, und sie hat John Garfield schon mehr als einmal wegen angeblicher Kopfschmerzen abgesagt. Marlene ist ihr Halt und bringt ihr, wie einer Kranken, ab und an eine selbst gemachte Brühe, weil sie ständig das Essen vergisst. Momone schreibt und telefoniert und bedrängt sie, aber Loulou bleibt unerbittlich: Nein, sie kann nicht kommen. Nicht jetzt, nicht später, nicht im Augenblick, wo alles auf tönernen Füßen steht. Auch er sucht händeringend nach einem anderen Ort, wo Édith in Zukunft auftreten kann. Entweder das, oder sie müssen zurück nach Paris.

In der *Herald Tribune* stand noch keine Zeile.

Abends, nach ihren trostlosen Konzerten, läuft Édith im dicken Mantel und mit einer Pelzkappe über den Ohren durch das bitterkalte New York und sucht nach etwas, sucht nach einem Zeichen und betet zu ihrer persönlichen Schutzheiligen Thérèse, zündet ihr zu Ehren eine Kerze an. Die Kirchen sind die ganze Nacht über geöffnet, das ist etwas, das ihr an Amerika gefällt.

»Einmal«, erzählt sie einem wildfremden *clochard* in der Bank neben ihr, »als ich klein war, habe ich mich versteckt. Im Zirkus, in dem mein Vater gearbeitet hat. Es war eigentlich ein Spiel, aber ich bin zwischen zwei Löwenkäfige gekrochen und kam nicht mehr heraus. Mein Vater und der Dompteur knieten am anderen Ende des engen Ganges und flüsterten und beschworen mich, langsam herauszukriechen und kein Geräusch zu machen. Ich aber wollte erst wissen, ob ich auch keine Prügel bekommen würde. Und es wurde mir zugesichert.« Sie wirft dem Mann neben sich einen Blick zu, der gibt nicht zu erkennen, ob er sie gehört hat. »Nun ja, ich habe erst gebetet, dann bin ich gekrochen. Die Löwen haben mir nichts getan, aber mein Vater hat mir trotzdem eine Tracht Prügel verpasst, *vous savez? C'était ma faute,* meine eigene Schuld. Es ist gefährlich, den Menschen zu vertrauen.«

Der Mann versteht sie nicht, er ist tief und fest eingeschlafen.

Es liegt am Englisch, an der Sprache. Vielleicht kann sie sich nicht gut genug ausdrücken. Oder die Zeitungen haben recht, und ihr Akzent ist einfach grässlich. Édith übt weiter wie eine Besessene.

Umso schöner die beinah wöchentlich stattfindenden Veranstaltungen, zu der die in New York lebende französische Gemeinde einlädt und bei denen Édith sprechen kann, wie ihr der Schnabel gewachsen ist. Zudem trifft man alte Bekannte, vorzugsweise Künstler, die sich wie Édith selbst zu Gastspielen in der Stadt aufhalten. Es gibt keine Schirmchencocktails, sondern echten Champagner, man muss nur aufpassen, dass einen die übereifrige Gastgeberin nicht erwischt.

»Zu spät«, stöhnt Édith, »da kommt sie.« Sie dreht sich halb zu Irène de Trébert um, einer französischen Sängerin und Schauspielerin, die es während der Besatzungszeit in Frankreich zu einiger Berühmtheit gebracht hat. »Wenn sie mit mir spricht, möchte ich mich jedes Mal in einen Kürbis verwandeln, so langweilig ist sie.«

»In einen … Madame Nicola!« Irène hat keine Zeit mehr, um nachzufragen, und lächelt die korpulente, auffällig gekleidete Frau an, die durch die Menge der Anwesenden auf sie zupflügt wie ein Ozeandampfer auf seinen Hafen. Sie hat früher selbst ganz passabel gesungen, kam dann aber der Liebe wegen nach Amerika, wo sie beruflich nie Fuß fassen konnte. Oder nicht wollte. Inzwischen hat sie sich erfolgreich eingeredet, sich mit der Zucht von französischen Bulldoggen einen Lebenstraum verwirklicht zu haben. »Wie schön, Sie zu sehen. Wir unterhalten uns gerade über …« Irène sieht Hilfe suchend zu Édith.

»Kürbisse«, ergänzt die ungerührt. »Sind Sie nicht auch der Meinung, Madame Nicola, dass Kürbisse die leidensfähigsten unter den Gemüsesorten sind?«

»Kürbisse?« Madame Nicolas ehemals strahlendes Lächeln weicht einem Ausdruck von Verwirrung. »Wir haben leider keine Kürbisse. Wollten Sie gern Kürbis essen, Mademoiselle Piaf?«

»Nicht unbedingt«, erwidert Édith in tiefstem Ernst. »Ich dachte nur daran, ein Lied darüber zu schreiben.«

»Über Kürbisse?« Die Entgeisterung auf Madame Nicolas Gesicht könnte nicht größer sein.

»Ah, *mesdames*«, stößt in diesem Augenblick Jacques Pills zu ihnen und hebt sein Champagnerglas. »Es geht nicht, dass so viele Leute vom Fach auf einem Haufen beisammenhocken: Bei der Gesellschaft dürfte sonst der Eindruck entstehen, dass wir einen Chor gründen.« Er lächelt Édith strahlend an, und sie lächelt ungeniert zurück. Jacques ist ein attraktiver Mann, ein Sänger, aus dem sie sicher noch eine Menge Potenzial herauskitzeln könnte. Mit dem richtigen Programm und ein, zwei Änderungen, was seinen Gesangsstil betrifft … Er ist verheiratet, *bien sûr,* Édith kennt seine Frau sogar vom Sehen: Eine eher wuchtige Sängerin mit großer Gestik, die allerdings schon beachtliche Erfolge am Broadway vorzuweisen hat. Mehr als sie selbst zumindest. Édith wirft einen schmerzlichen Blick in die Zukunft und sieht sich umringt von einem Haufen kurzbeiniger, hechelnder Hunde. Sie verdrängt den Gedanken.

»Ist Lucienne nicht mitgekommen, Monsieur Pills?«, fragt sie mit unschuldigem Augenaufschlag, obwohl sie müde ist vom vielen Flirten, obwohl sie es eigentlich leid ist. Sie kann nicht anders: Das Erobern ist ihr in Fleisch und Blut übergegangen.

»Nein, ich gehöre heute ganz Ihnen.« Pills ist einem Flirt nicht abgeneigt, das ist mehr als eindeutig. »Ich bin jedoch nicht alleine hier«, sagt er mit Bedauern in der Stimme. »Ein Bekannter von mir, ein Boxer, hat sich angeschlossen. Sie müssen unbedingt … Ah, da ist er schon.« Pills kommt nicht mehr dazu zu sagen, was die anwesenden Frauen unbedingt müssen, denn ein Mann schiebt sich neben sie.

Édith, die wie immer die Kleinste ist, hat den Eindruck, als würde eine Wand vor ihr aufragen. Eine Wand mit einem Hemd, unter dem sich Brusthaare hervorkräuseln.

»Édith Piaf. Ich bin um die ganze Welt gereist, um Sie wiederzusehen«, sagt die Wand, die von den anderen beiden Frauen unhöflicherweise keine Notiz zu nehmen scheint.

Édith blickt hoch und weiß nicht, was sie darauf erwidern soll, vor allem, als der Mann sich über sie beugt, um ihr die Hand zu küssen. Sein Duft trifft sie unvorbereitet. Er riecht nicht nach Rasierwasser oder *eau de toilette* wie die anderen Anwesenden, sondern nur nach sich selbst, herb und männlich, was sie noch zusätzlich verwirrt.

»Sie erinnern sich nicht«, sagt Marcel Cerdan ein wenig vorwurfsvoll, nachdem er sich wieder aufgerichtet hat, ihre Hand jedoch nicht loslassen will. Jetzt kann sie auch sein Gesicht sehen, das grobschlächtig wirkt, mit starken Brauen, unter denen jedoch die sanftesten Augen auf sie gerichtet sind. Die Stirn ist faltig, als müsste er ständig über etwas nachgrübeln, und Édith erwischt sich dabei, sie ihm glatt streichen zu wollen. Noch immer ist sein Gesicht von einem Kampf gezeichnet, prangt ein gelblicher Fleck auf seinem Wangenknochen, ist die Lippe aufgerissen. Die Nase ist die eines Boxers, unverkennbar, der Mund schmal und entschlossen.

»Nein, nein«, widerspricht Édith. Wie könnte sie solch ein Gesicht vergessen! »Ich erinnere mich schon. Der Klub de Cinq. Ihr Manager hat mich an Ihren Tisch gebeten. Wir haben etwas getrunken …«

»Tomatensaft«, erinnert Cerdan sie. »Wir haben Tomatensaft getrunken, den Sie bestellt haben.«

Irène kichert, was den Boxer dazu veranlasst, sich zu ihr umzudrehen.

Zu Édiths Bedauern muss er ihre Hand dabei loslassen. »Das ist meine Freundin Irène de Trébert«, stellt Édith vor, »und das Madame Nicola, die Veranstalterin unserer kleinen *soirée.*«

»*Enchanté*«, erwidert Marcel Cerdan, küsst beiden Frauen ebenfalls die Hand, wendet sich aber gleich darauf wieder an Édith, was schon beinah einem Affront gleichkommt.

Irène wird rot, und Madame Nicola sieht aus, als hätte sie in eine Zitrone gebissen. Selbst Pills wirkt irritiert und verliert mehr als die Hälfte seines strahlenden Lächelns.

Es scheint den Boxer nicht zu kümmern. »Warum Tomatensaft? Das wollte ich Sie die ganze Zeit schon fragen.« Er hat wieder nur Édith im Blick.

»Keine Ahnung.« Es war ein Streich gewesen, nimmt sie an. Aus Übermut, nach einem Konzert noch aufgeputscht durch Leidenschaft und Anerkennung, von der Musik und der Atmosphäre des Klubs. So waren die Abende damals, voller Einfälle und spontaner Ideen. Voller Selbstbestätigung. Dort, in Paris, ist sie nicht einsam um die Häuser gezogen, hat nicht in zugigen Kirchen gesessen und Wildfremden aus ihrem Leben erzählt.

Marcel Cerdan hat den Schatten bemerkt, der über ihr Gesicht gezogen ist. »Ich wollte Sie nicht in Verlegenheit bringen …«

»Haben Sie nicht.« Édith schüttelt den merkwürdigen Gedanken ab. »Der Tomatensaft, *bon.* Ich dachte wahrscheinlich, Sie sind Sportler, Monsieur Cerdan. Sportler trinken gesunde Sachen, oder nicht?«

»Gesunde Sachen, soso. In einem Klub.«

Es geht etwas vor zwischen ihnen, das merken auch die anderen, die nicht einmal in ihr vordergründiges Geplänkel einbezogen sind. Eine Art stummes Zwiegespräch, das an den Abend damals anknüpft. An die rauchgeschwängerte Atmosphäre, die Musik, die Gespräche, das Lachen der Gäste. Hier, am anderen Ende der Welt, ist wieder Gelächter zu hören, jedoch viel verhaltener. Alles ist ruhiger, gedämpfter, gesitteter. Das ganze Leben scheint … ja, irgendwie weiter weg, vielleicht gezähmt worden zu sein, ohne dass sie es bemerkt hätten. Damals im Klub waren sie so, wie sie waren. Hier fühlen sich beide fremd.

Marcel Cerdan scheint es ähnlich zu empfinden: Über sein Gesicht huscht derselbe wehmütige Ausdruck, den er eben noch bei Édith gesehen hat. »War eine aufregende Zeit damals.«

»Damals! Das klingt scheußlich. Als wären wir beide alt geworden.«

»Sie ganz gewiss nicht. Ganz anders als ich.«

Édith schüttelt nur den Kopf, um zu protestieren. Nein, er ist ein Kämpfer. Und doch ist da noch etwas anderes, ungleich Sanfteres in seinen Augen, das sie nicht recht zu deuten vermag und das sie merkwürdig verunsichert. Sie hält trotzdem seinem Blick stand, die Härchen in ihrem Nacken stellen sich auf, ihr wird heiß.

Erst Pills unbehagliches Räuspern erlöst sie von ihrem Dilemma. Irène fächelt sich mit der Hand Luft zu. Madame Nicola ist so rot geworden wie eine Tomate.

»Ah, tut mir leid. Sie müssen mich für völlig ungehobelt halten«, erfasst Marcel die Situation, zwinkert und tritt einen Schritt zurück. »Madame Nicola, was für eine wundervolle Veranstaltung. Ich bin sehr dankbar, dass mich mein Freund Jacques hier mitbringen durfte. Ich bin in New York mutterseelenalleine und freue mich, so reizende Bekanntschaften zu machen.« Dabei lächelt er Irène an, deren Züge sofort weicher werden. Selbst Madame Nicolas Gesichtsfarbe wechselt von einem alarmierenden Rot zu einem gefälligeren Orange, während es Pills zu freuen scheint, als Freund bezeichnet zu werden.

»Glauben Sie ihm nicht, *mesdames.* Er hat normalerweise seine komplette Entourage um sich herum. Es ist schwierig, an ihn heranzukommen.«

Marcel Cerdan verzieht das Gesicht, kommt aber nicht dazu, etwas zu erwidern, weil eine der Servierkräfte Madame Nicola in diesem Moment etwas ins Ohr flüstert.

»Oh, ich werde gebraucht. Sie entschuldigen uns. Jacques, Sie müssen mich beraten.« Und ohne seinen Protest zu hören, zieht sie ihn am Ärmel mit in Richtung Buffet.

Irène, Édith und Marcel bleiben in einem unkomfortablen Schweigen zurück.

»Sie müssen …«, »Vielleicht könnten Sie …«, »Wir könnten …«, fangen alle drei nach einer kurzen Pause gleichzeitig an zu sprechen und brechen in Gelächter aus.

»Sie zuerst, meine Damen«, überlässt der Boxer ihnen den Vortritt.

»Ich dachte daran, dass wir Sie unbedingt ausführen müssen. Wo Sie doch so alleine sind«, sagt Irène, immer noch mit dieser leichten Röte.

Das waren zweifellos auch Édiths Gedanken, auch wenn sie sich auf Marcel und sie beschränkten und Irène dabei keinerlei Rolle gespielt hat. »O ja, unbedingt«, pflichtet sie daher wenig enthusiastisch bei.

Cerdan hebt spöttisch die Augenbraue, als könnte er ihre Gedanken lesen. »Dann ist es also abgemacht. Ein Essen mit den zwei aufregendsten Frauen New Yorks, eine *ménage à trois* in Manhattan.« Und er zwinkert Édith schelmisch zu, während Irène lacht.

Édith holt die Feile aus dem Frisiertisch, glättet ihre Nägel und hadert mal wieder mit ihrem Aussehen. Ihre krausen Haare haben sich schon vor langer Zeit dazu entschlossen, widerspenstig zu sein, egal, wie sehr man sie dafür auch bestraft. Ihre Augen sind zu groß und geben alles preis, die Verräter. Und ihre Nase … Nun, über ihre Nase kann sie nichts Schlechtes sagen, nachdem die Haare und die Augen schon ihren ganzen Ärger abbekommen haben.

Édith pudert sie eifrig.

Sie ist sich klar darüber, dass die Männer ihr wegen ihrer Stimme und ihrer Ausstrahlung reihenweise zu Füßen liegen. Doch es gibt da dieses »Erwachen«, wie Édith es nennt, wenn sie nicht mehr im Scheinwerferlicht steht, ihre Stimme verklungen ist. Vor diesem Moment graut ihr. Dem Augenblick, wenn sie nur noch Édith ist. »Ins Bett gehen sie mit der Piaf, doch aufwachen tun sie mit Édith«, pflegt sie zu sagen.

Édiths Gedanken schweifen ab zu einem ihrer Liebhaber, dem jüdischen Komponisten Norbert Glanzberg, der einige wunderbare Lieder für sie geschrieben hat. Und mit dem sie, wie mit fast allen ihren Co-Künstlern, mehr als nur die Bühne geteilt hat. Norbert, genannt Nono, hat sie nicht sonderlich gemocht, das weiß Édith. Er war nicht verliebt in sie. Ihre Art, mit Geld um sich zu schmeißen und Partys zu geben, stieß ihn ab, ihr Äußeres missfiel ihm. O ja, Édith hat ihn oft genug dabei erwischt, wie er sie musterte, wie er dabei leicht die Nase kräuselte, als hätte er etwas Schlechtes gerochen. Er verstand nicht, dass sie aus Rache verschwenderisch war, dass sie stets an ihre Kindheit und Jugend dachte, wenn sie am ausgelassensten feierte. Er war ein ernster, feinsinniger, aber auch strenger Mensch.

Doch dann, wenn sie auf der Bühne standen … Édith lässt die Feile sinken.

Nono und sie: Das war ein Ereignis. Sobald sie sich an sein Klavier lehnte, verfiel er ihr und sie ihm jedes Mal aufs Neue. Eine geheimnisvolle Macht ergriff Besitz von ihnen, stachelte sie an, lockte das Beste aus ihnen hervor, und das war nun einmal die Liebe. Auf der Bühne konnten sie miteinander reden, scherzen, lachen in der Sprache der Musik, die sie perfekt beherrschten. Sie erzählte ihm ihr Leben, und er verstand sie, voll und ganz.

Doch die Sprache verschwand jeden Abend wieder, verebbte wie ein verschwenderischer Fluss im Zuschauerraum, ließ die beiden, die sich gerade noch verbeugten, schon ohne Worte zurück. Es war erhebend und grausam zugleich. In künstlerischer Hinsicht wuchsen sie über sich hinaus, persönlich verkümmerten sie.

»Ich hätte ewig weitersingen müssen«, murmelt Édith und nimmt die Arbeit mit der Feile wieder auf.

Seit Norbert lässt sie sich auf eine längere Beziehung nur mit Männern wie Yves oder Jean-Louis ein, mit denen sie auf der Bühne eine Leidenschaft entfachen kann, die sich anschließend im Bett entlädt. Mit anderen, wie John, erlebt sie eine heftige Leidenschaft, die sie mit auf die Bühne nimmt und von der sie in ihren Liedern singt. So oder so ist ihre wahre Begabung die Liebe, und ihre wahre Liebe sind die Chansons. Ihr Leben hat die Bühne als einzigen Ort.

»Also muss ich ewig singen«, murmelt sie und legt die Feile zurück in die Schublade.

Mich hochgerecktem Kinn betrachtet sie sich im Spiegel, dreht ihr Gesicht mal nach rechts, mal nach links, ist einigermaßen zufrieden mit sich. Sie hat ihr schönstes Kleid angezogen, sich sorgfältig geschminkt, ihre Locken umrahmen ihr Gesicht, weil sie jede einzelne moduliert hat, was eine Heidenarbeit war.

Wehe, denkt sie, wehe, es ist Wind.

»Kommen Sie schnell! Ich habe Hunger wie ein Wolf.« Ungeduldig hält Marcel Cerdan ihr die Autotür auf. In seinem dicken Kamelhaarmantel sieht er eher aus wie ein Bär als ein Wolf, muss Édith denken. Ein Wolf wäre viel kleiner.

Édith rutscht zu ihm herüber und lässt sich aus dem Wagen helfen.

Irène hat nun doch kurzfristig abgesagt: Sie hat überraschend Karten für eine Broadway-Vorstellung bekommen, auf die sie seit Monaten wartet. Édith ist sich nicht ganz sicher, ob Marcel seine Hände dabei im Spiel hatte. Er hat vorhin ganz beiläufig erwähnt, wie teuer die Karten für *Annie Get Your Gun* seien. Wie sollte er das wissen, wenn er nicht selbst welche gekauft hätte? Aber warum hätte er das tun sollen? Um mit Édith allein zu sein?

Der Boxer öffnet die Tür zum Restaurant und hält sie ihr auf. Édith geht voraus, stutzt, macht auf dem Absatz kehrt – und läuft ihm in die Arme. Oder vielmehr gegen die Kamelhaarbrust, was ihr wieder mal schmerzhaft ihre Größe ins Gedächtnis ruft.

»Hoppla. Etwas passiert? Haben Sie etwas vergessen?«

»Nein, das nicht. Aber …« Sie macht eine vielsagende Geste in den Innenraum. »Der Taxifahrer hat sich wohl in der Adresse geirrt.«

»Mais non!« Marcel grinst sie von oben herab an. »Hier gibt es das beste Bier der Stadt, vertrauen Sie mir.« Er geht voraus zur Bar, und Édith bleibt nichts anderes übrig, als ihm zu folgen.

Es ist eines dieser Schnellrestaurants mit Tischdecken aus Plastik und Kartenständern auf dem Tisch. An der Wand steht eine Musikbox, durch deren Scheibe man den Wechselarm der Platten sehen kann, darüber hängen mehrere populäre Filmplakate. Von einem davon lächelt John auf sie herunter. Die Beleuchtung ist eher schummerig, und es riecht nach Fett und Scheuermitteln.

»Alors!«, sagt Marcel, nachdem sie an der Bar angekommen sind, und hält ihr beide Arme hin.

Um was genau zu tun? Wieder ist Édith völlig verwirrt. Er will ihr doch nicht etwa auf den Barhocker helfen wie einem Kind? *»Alors quoi?«*

»Ihren Mantel.«

Widerspruchslos zieht Édith ihn aus und übergibt ihn, dann hangelt sie sich auf den Hocker.

Marcel setzt sich neben sie, zufrieden übers ganze Gesicht strahlend, und bestellt zwei Bier.

»Bier, soso.« Édith ist sich immer noch nicht sicher, was sie davon halten soll. »Es ist nicht so gut wie unser europäisches, lange nicht so wie das deutsche, aber es ist trinkbar. *À la vôtre!*«, prostet er ihr zu.

Édith antwortet mit einem »*Tchin-tchin*«. Das Bier schmeckt in der Tat nicht schlecht, ebenso wenig wie die Pastrami-Sandwiches und das Eis danach, das Marcel mit schlafwandlerischer Sicherheit ordert. Sie unterhalten sich blendend, vor allem über Paris, die Nächte dort, die Klubs, die sie kennen … Ach ja, Paris. So langsam stellt sich bei Édith Heimweh ein.

»Und die Amerikaner? Sie sind nicht nett?«

»O doch.« Édith wirft der Kellnerin einen Blick zu, die hinter der Theke Gläser spült und sie anschließend mit einem nicht unbedingt sauberen Handtuch abtrocknet. Sie hat sich ihnen als Eileen vorgestellt und kaut mit offenem Mund Kaugummi. Vor ihr sitzt ein pickliger Bewunderer mit so viel Brylcreem in der Haartolle, dass sie wie frischer Teer schimmert. »Die Amerikaner sind schon in Ordnung. Sie sind einfach sehr … sehr …« Ihr will keine Beschreibung einfallen, und sie gestikuliert hilflos mit den Händen.

»Amerikanisch?«, hilft Marcel ihr weiter.

Édith lacht. »Genau. Das wollte ich sagen.«

»Dazu noch das viele Englisch …«

»Ja, keine vernünftige Sprache, so betrachtet.« Sie beugt sich näher. »Ich habe eine grässlich strenge Lehrerin. Und einen fürchterlichen Akzent, wenn man den Zeitungen Glauben schenken mag.«

»Ehrlich? Ich dachte, wir Franzosen hätten grundsätzlich einen charmanten Akzent?«

»Dachte ich auch!« Édith legt ihm eine Hand auf den Arm. »Stellen Sie sich meine Überraschung vor!«

Marcel lacht, nimmt ihre Hand und küsst ihre Fingerspitzen. »Ich zumindest finde Ihren Akzent gerade jetzt unheimlich verführerisch.«

Édith beugt sich vor. »Liegt vielleicht daran, dass ich Französisch spreche«, flüstert sie ihm zu, als würden sie beide ein verwegenes Geheimnis teilen.

Marcel sieht ihr in die Augen, und wieder ist Édith verblüfft über diese sanfte Intensität seines Blickes, die so gar nicht zu einem Boxer passen will.

»Wollen wir noch woanders hingehen?«

Édith nickt. Sie fühlt sich merkwürdig leicht und beschwingt, so gut wie seit Tagen schon nicht mehr. Während Marcel die Rechnung bei Eileen bestellt, prüft sie kurz, ob ihre Haare noch da liegen, wo sie hingehören. Und muss lachen, als sie die Summe hört. »Vierzig Cent? Oh, da haben Sie sich ja wirklich ruiniert für mich an diesem Abend.« Ihr schießen die vielen billigen Mahlzeiten durch den Kopf, die Männer, die gerade mal ein paar Sou für sie übrig hatten. Marcel wirft ihr einen überraschten Blick zu, und Édith verbessert sich: »Nein, nein, ein Scherz, wirklich. Ich wollte nicht … Ich meine, es ist hier sehr amüsant, *très américain.*« Sie merkt selbst, wie ironisch das klingt, und beißt sich auf die Lippen.

Marcel legt einen Schein auf den Tresen und steckt mit nachdenklicher Miene sein Portemonnaie weg. »Ich weiß, wo wir jetzt hingehen«, sagt er bloß, und Édiths Herz sinkt. Nicht dahin, wo sie mit ihm hingewollt hätte, so viel ist sicher. Sie bereut ihre Bemerkung, kann sie aber auch nicht ungeschehen machen. Zerknirscht lässt sie sich vom Hocker helfen und wartet auf ihren Mantel. Immer diese Wut, dieser Spott, die Vergangenheit. Warum kann sie nicht einmal ihre große Klappe halten, *bon sang!*

1942

Der Zug rumpelte schon eine ganze Weile durch Südfrankreich, die Laune im Speisewagen war bestens: Édith unterhielt ihre ganze Musikertruppe mit Anekdoten. Den Nachmittag waren sie über die Croisette in Cannes spaziert, zu zehnt untergehakt, Édith winzig in ihrer Mitte. Jetzt waren alle rechtschaffen müde. Und aufgekratzt zugleich, denn das Konzert war ein voller Erfolg gewesen. Alle ihre Konzerte waren es, die Menschen in der *zone libre* standen Schlange, und selbst im Norden des Landes ließen die Deutschen der Piaf allerhand zweideutige Texte und Anspielungen durchgehen. Verwegen, wie sie war, plante Édith für den Herbst sogar eine Konzertreise durch die Kriegsgefangenenlager auf deutschem Boden. Eine gefährliche Tournee, zu der nicht alle Musiker bereit waren – aus verständlichen Gründen. Allen voran Norbert Glanzberg, ihr Pianist, der unter dem Namen Norbert Girard auftrat und es tunlichst vermied, auf der Bühne auch nur ein Wort von sich zu geben: Obwohl in Polen geboren, hatte er doch in Würzburg studiert. Sein Akzent würde ihn schneller verraten, als er »Vichy« sagen könnte.

»Nun sei doch kein Spielverderber, Nono«, schalt Édith ihn. »Du hast nicht einmal ein Glas getrunken. Ja, das da. In deiner Hand. Das ist Champagner! Weißt du eigentlich, wie schwer ich es in diesen Zeiten habe, an Champagner zu kommen?«

Wie schwer sie es hatte! Norbert zog ein Gesicht, als hätte er in eine Zitrone gebissen. Mit einer raschen Bewegung setzte er, wie gefordert, das Glas an die Lippen, trank es mit wenigen Schlucken aus.

»Braver Junge.« Édith schwankte, fiel in einer Kurve gegen Andrée Bigard, die neben ihr saß. »Ah, Dédée.« Sie lehnte sich an die Sekretärin. »Ist er nicht ein braver Junge, unser Nono?«

Andrée lachte nur. Es war besser, der Diva nicht zu widersprechen, wenn sie in dieser merkwürdig herausfordernden Laune war. Es war nicht ungewöhnlich, dass die Auftritte von ihr in einem anschließenden Gelage endeten, nicht selten wurde dabei einer der Anwesenden zum Ziel ihres Spotts. Es lag an der Spannung, die sich abbauen musste, so viel hatte die Sekretärin inzwischen begriffen. Und war stets froh, nicht selbst im Zentrum ihrer Aufmerksamkeit zu stehen.

»Unser Norbert hier«, richtete sich die Diva wieder auf, »tut alles, was ich ihm sage. Tust du doch, Nono?«

Die anderen Musiker lachten gutmütig, machten anzügliche Bemerkungen oder bemitleideten ihn lautstark, gaben dem Pianisten gutmütige Ratschläge und prosteten ihm zu.

Andrée war es, die dem Musiker mitzuteilen hatte, dass Madame eine Liaison mit ihm einzugehen gedachte. Sie hatte einfach beschlossen, in ihn verliebt zu sein. Seine Entscheidung, das keinesfalls zu erwidern, hatte ihm nichts genutzt. Vor allem, da er ihr jeden Abend auf der Bühne das Gegenteil bewies.

»Also.« Édith griff wieder nach dem Champagner, schenkte zunächst sich selbst ein und hielt ihn dann Norbert hin. Ihre Augen blitzten. Selbst als ihr Arm anfing zu zittern, wartete sie lauernd, bis der Pianist ihr die schwere Flasche abgenommen hatte.

Norbert ließ sie nicht aus den Augen, als er sich nachschenkte. Und nicht aufhörte damit, selbst als der Champagner ihm über die Hand und ins Hemd lief, seinen Anzug bekleckerte.

»Vorsicht, mein Freund«, nahm ihm einer der Musiker die Flasche aus der Hand.

»Ja, Norbert, lass uns auch noch etwas übrig«, rief ein anderer.

»Ein Toast.« Der Pianist hob sein Glas, Champagnerperlen liefen ihm über die Hand wie winzige Tränen. »Ich trinke …«, sagte er davon völlig unberührt und nur auf Édith konzentriert, der er sich eben auf der Bühne noch vollständig ergeben hatte. Der er nachher in ihr gemeinsames Schlafwagenabteil folgen würde, nicht, weil er es musste. Nicht, weil sie es ihm befahl, wie sie stets behauptete und vor den Männern nicht müde wurde zu beweisen. Nein, weil er es nicht aushielt, ohne sie zu sein. Und im Gegensatz zu ihr genau wusste, dass sie ihn weder liebte noch brauchte. »Ich trinke auf die Liebe in Zeiten des Krieges.«

Alle hoben ihr Glas, es klang wie ein ganz normaler Trinkspruch.

Doch Édith wusste es besser. »Tja«, sagte sie und bereute es im selben Augenblick, in dem sie fortfuhr, nein, noch *bevor* sie fortfuhr, doch es war schon zu spät, sie konnte die Worte nicht aufhalten, die da nach draußen drängten: »Unser Norbert hier muss mich lieben, er ist nämlich Jude. Es heißt für ihn entweder Hitler oder ich.«

1947

Édith schaudert und schließt die Augen. Ihre Hände umklammern unwillkürlich Messer und Gabel, als würden sie Waffen halten.

»Édith? Was ist? Ist dir kalt?«

»Ich … nein, es ist nichts. Entschuldige.« Sie schlägt die Augen wieder auf und blickt, das hatte sie befürchtet, in das sanfte, sorgenvolle Gesicht von Marcel. Nach ihrer Bemerkung über das billige Essen hatte er ein Taxi gerufen und sie ins teuerste Restaurant der Stadt geführt, ins Au Gourmet. Was die Sache nur noch schlimmer macht. Marcel ist viel zu gütig zu ihr, zu nett. Wenn er wüsste, wozu sie fähig ist … Norbert hätte verhaftet, er hätte tot sein können, wenn jemand ihre dumme, dumme Bemerkung mitbekommen hätte. »Ich musste an etwas denken.«

»Etwas Unangenehmes, scheint es. Du siehst aus, als hättest du ein Gespenst gesehen.« Marcel greift über den Tisch und fasst ihre Hand, die immer noch die Gabel umklammert. Sein Daumen streicht sanft über ihre Fingerknöchel. Eine Berührung, die Édith bis ins Innerste spürt.

Sie lächelt schwach. »Es war auch ein Gespenst, wir sind von ihnen umgeben.«

Marcel lächelt zurück. »*Eh bien,* ich glaube nicht an Gespenster.«

»Und wenn die Gespenster an dich glauben?« Édith fasst nach ihrer Kette mit dem Glückskreuz, das Geschenk von Marlene, das ihr Medaillon ersetzt hat. »Die meisten sind wütend auf mich. Ich kann ein ganz schönes Biest sein, weißt du?« Sie will es scherzhaft sagen, doch es kommt ungeschönt heraus, klingt viel zu offen und ehrlich. Und weil jetzt eh nichts mehr zu retten ist und das mit Sicherheit das verpatzteste Rendezvous aller Zeiten ist, erzählt sie Marcel in kurzen, raschen Worten von ihrem Pianisten und wie sie ihn beinah denunziert hat. Wie sie ihn immer wieder verstecken konnte, bis zum Ende des Krieges. Und er ihr heute noch, trotz allem, wundervolle Lieder schreibt.

»Nun ja«, sagt Marcel zögernd, »das kann schon mal passieren.«

»Das kann schon mal passieren?« Édith muss unter Tränen lächeln. Was bei anderen banal klingt, wirkt so ehrlich bei ihm. Das und die verständnisvolle Wärme, die sie in seinem Blick sieht, lassen auch ihr die Augen brennen. »Es kann schon einmal passieren, dass man Menschen verrät?«

»Die Liebe und der Krieg: Das waren schwierige Zeiten«, wiederholt Marcel unwissentlich beinah wörtlich den Trinkspruch von damals.

Édith wedelt sich mit der Hand Luft zu und unterdrückt die Tränen. Was ist denn heute nur los mit ihr? Weinen in der Öffentlichkeit, so weit kommt es noch! Um davon abzulenken, sucht sie nach einem Taschentuch, findet keins und schnäuzt sich schließlich geräuschvoll in die Leinenserviette auf ihrem Schoß. »Herrgott noch mal«, flucht sie, als sie sie anschließend zusammenfaltet, »ich mache mich noch zum Gespött des ganzen Restaurants.«

»Fällt gar nicht auf«, versichert ihr Marcel.

»*Mais oui.* Unser Kellner starrt die ganze Zeit zu uns herüber.«

Marcel, der glaubt, dass sich der Kellner eher um seine Tischwäsche sorgt als um schluchzende Frauen, winkt ab. »Das ist das Au Gourmet, das ist heimischer Boden. Franzosen dürfen hier alles.« Und er reicht ihr auch seine Serviette zum Naseputzen, dem entsetzten Blick des Kellners zum Trotz.

3.

1947

Edith ist erschöpft und hellwach zugleich. Als suchte sie etwas, etwas, von dem sie nicht weiß, was es ist. Es ist zum Verrücktwerden! Noch einmal lässt sie das große Finale im Playhouse gestern Abend vor ihrem inneren Auge Revue passieren. Sie war fulminant, ihre *garçons* auch. Es ist ihr letzter gemeinsamer Auftritt gewesen. Schon heute werden Jean-Louis und die anderen im Latin Quarter auftreten, eine Konzertreise nach Miami soll sich anschließen. Geschenke wurden verteilt, von Jean-Louis bekam sie sogar einen Pelzmantel. Alle haben auf den Erfolg angestoßen und sich gegenseitig Glück gewünscht, denn auch für Édith hat sich eine neue Spielstätte gefunden: das Versailles, ein kleiner Klub in der Fünfzigsten Straße. Außerdem würde sie umziehen. Sie hat ein Appartement in der vornehmen Park Avenue gefunden, und so heißt es nun bald *Bye-bye,* Hotel Ambassador, *Bye-bye,* Jean-Louis. Ihr »Verlobter« bereitet sich schon auf seinen nächsten Auftritt vor, und sie ist allein.

Ein Schnarchen neben ihr lässt sie zusammenzucken.

Na ja, fast allein. Leise steht sie auf, schnappt sich den neuen Pelzmantel, den sie gestern achtlos auf den Boden geworfen hat und der angenehm auf ihrer Haut kitzelt, und geht barfuß ins Wohnzimmer. Die Bar ist in einem viereckigen Schränkchen, einer Art Kommode untergebracht, dessen eine Seite man herunterklappen kann. Flaschen kommen zum Vorschein, daneben ein Eiskübel und verschiedene Gläser. Vom Kellner kann man sich Eis bringen lassen, doch das Telefon steht im Schlafzimmer, und sie will John nicht wecken. Sie gießt sich einen Whiskey ein, der ihr zwar nicht schmeckt, der jedoch ihre innere Unruhe bekämpfen soll. Das Fell prickelt auf ihrer Haut. Édith fühlt sich wie ein verkleidetes, innerlich rohes Tier und denkt an Marcel. An den Bären in seinem voluminösen Mantel, auch er so viel feinfühliger, als seine Gestalt es vermuten lässt. Immer für eine Überraschung gut. Und, sie ist es fast schon müde zu betonen, natürlich verheiratet.

Mama Bär, zwei kleine Bärenkinder: Eine perfekte kleine Bärenfamilie wartet auf ihn, obwohl, das Bild passt nicht, sie leben im fernen Marokko. Gibt es diese Riesentiere in Marokko überhaupt? Wahrscheinlich nicht. Nein, ein Bär war Marcel nur in New York. Sie hatten nur diesen gemeinsamen Abend, dies eine, merkwürdige Rendezvous, doch sie kann es nicht vergessen, kann Marcel nicht vergessen. Was ist nur los?

»Bär, so ein Blödsinn«, murmelt sie, streichelt sich jedoch abwesend über den flauschigen Arm.

Es ist verwirrend. Dieses Mal sehnt sie sich nicht nach einer Affäre, nicht danach, Marcel mit Haut und Haaren zu besitzen. Sie muss beinah lachen bei diesem Gedanken. Jemanden wie Marcel besitzt man nicht. Sie will mit ihm zusammen sein, das schon, aber nicht … so. Nicht wie bisher, wie mit allen anderen Männern. Sie will nicht mit ihm auf der Bühne stehen, nicht in seinem Boxring, nicht mal … ja, nicht mal mit ihm ins Bett gehen. Nicht sofort zumindest. Sie will nur bei ihm sein. Sich mit ihm danebenbenehmen und abtauchen ins *real american life,* wo sie keiner kennt. Bier trinken. In seine Augen sehen und sich wahrhaftig vorkommen, wie damals im Cinq. Doch vor allen Dingen: ihn ansehen.

Ihn ansehen, so ein Quatsch. Édith nimmt einen großen Schluck Whiskey, spürt ihn die Kehle herunterrinnen und ihren Magen wärmen und fragt sich, ob sie in Marcel Cerdan verliebt ist. Also, ist sie es?

Es wäre zumindest nicht verwunderlich. Sie ist immer verliebt, immer. Und der Eine, Einzige ist dann doch nicht der Richtige, sondern nur einer mehr. Aber … aber. Es gibt diese Möglichkeit, nicht wahr? Diese hauchdünne Chance, von der sie oft genug singt. Dass es wirklich den einen richtigen Menschen gibt, *lui pour moi, moi pour lui* … Nein, es ist zu kitschig. Marcel ist abgereist, wer weiß, wann sie ihn wiedersehen würde.

Es klopft, und Édith stellt das Glas auf den Tisch. Für den Bruchteil einer Sekunde glaubt sie, es wäre Cerdan, der aus Marokko – wie noch mal? – zurückgekehrt ist? Im Zeppelin? Auf Zehenspitzen stehend, lugt sie durch den Spion, dann legt sie die Kette zurück und öffnet die Tür.

»Du bist es, Marlene. Ist es nicht etwas früh für einen Besuch?« Den voluminösen Pelzmantel um sich gerafft, geht sie zurück zum Sofa und greift zu ihrem Glas.

»Ah, wie scheußlich«, erwidert Marlene, die die Tür hinter sich schließt.

»Ich nehme mal an, du siehst morgens unwiderstehlich aus«, gibt Édith beißend zurück.

»Zum einen, *darling*, ist es nicht Morgen, sondern früher Nachmittag. Und ich sehe morgens auch nicht nach ›blauem Engel‹ aus, das kann ich dir versichern. Zum anderen meinte ich dies scheußliche Ding, das du da anhast. Ist das ein Morgenmantel für Eskimos?«

»Meine neue Bärenhaut«, erwidert Édith huldvoll. »Möchtest du auch was?« Mit abgespreiztem kleinem Finger deutet sie zum Schränkchen mit den Flaschen. Dabei öffnet sich ihr Mantel ein wenig, was Marlene durchaus auffällt. »Ich habe da eine Bar, die sich wie von Zauberhand von selbst wieder füllt.«

»Nein danke.« Marlene lässt sich ihr gegenüber in den Sessel fallen. »Und deine Zauberbar wird dich sicher ein Vermögen kosten.«

»Dafür ist es schließlich da.« Édith zuckt mit den Schultern. »Also: Was machst du hier? Außer meinen Mantel zu kritisieren, meine ich.«

»Kritik: Du hast den Nagel auf den Kopf getroffen.« Marlene holt eine zusammengefaltete Zeitung aus ihrer Handtasche, streicht sie glatt. »Er ist erschienen. Der Artikel in der *Herald Tribune!*«, platzt es aus ihr heraus. Für die normalerweise so kühle Blondine ist sie bemerkenswert aufgekratzt.

Und auch Édith wird mit einem Mal hellwach. »Der Kritiker? Der normalerweise nicht über Sängerinnen berichtet? Was hat er geschrieben? Ist es gut?«

Marlene zeigt auf einen recht kleinen, nur zweispalten Artikel, wirkt jedoch sehr zufrieden. »Mehr als gut«, sagt sie mit Genugtuung in der Stimme. »Es ist eine Drohung. Hör zu.« In knappen Worten gibt sie wieder, wie Virgil Thomson Édith als Verkörperung des klassischen Liedvortrags rühmt. Er bezeichnet sie als »große Künstlerin«, als »Bühnendarstellerin« und »Melancholikerin« und als »grenzenlos beeindruckend«, wie sie ihrem Publikum in ihren Liedern Themen eröffnet und es Welten sehen lässt, ohne sich selbst in den Vordergrund zu spielen. »Und jetzt kommt das Beste, das muss ich dir wortwörtlich übersetzen: ›Wenn man sie jetzt unter dem Eindruck dieses unverdienten Misserfolges ziehen lässt, wird das amerikanische Publikum einmal mehr seine mangelnde Kompetenz und seine Dummheit unter Beweis gestellt haben.‹« Marlene blickt auf und grinst. O ja, der Engel kann auch grinsen.

Édith lacht. »Mangelnde Kompetenz und Dummheit? Das ist großartig.«

»Eine Drohung, sagte ich ja.« Marlene ist zu ihrem überlegen huldvollen Lächeln zurückgekehrt. »Jeder, der dich jetzt nicht schätzt und versteht, wird als völliger Dummkopf … Oh, hallo, John.«

Édith dreht sich um und sieht den müden, zerzaust aussehenden John Garfield splitternackt im Türrahmen stehen, der sich am durchtrainierten Bauch kratzt und gähnt. »*Hello, Marlene. Have you seen my … yes, there it is.*« Er kommt herüber, nimmt sich seine Klamotten vom Sessel und verschwindet wieder im Nebenraum. Wenig später kann man die Dusche hören.

Marlene nickt langsam und anerkennend. »Ich werde dich nicht mehr nach seinen Vorzügen fragen, die springen einem wirklich ins Auge.«

Édith schürzt unschuldig die Lippen und streicht den Pelzkragen zurück, der ihr das Gesicht kitzelt. »Lass uns noch mal den Artikel lesen.« Sie beugt sich vor. »Was steht da über meinen Liedvortrag?«

Das Versailles wird von zwei Männern geführt, Nicholas Prounis und Arnold Rossfield. Es ist, wie der Name vermuten lässt, auf französische Kultur spezialisiert und hat schon bessere Zeiten gesehen, wie Arnold freimütig zugibt: »Aber mit Ihnen, Mademoiselle Piaf, werden wir unser wunderbares Schloss wieder ins Gespräch bringen.« Er küsst ihr die Hand.

»Allerdings.« Sein Partner Nicholas strahlt. »Haben Sie die Kritik in der *Tribune* gelesen? Aber natürlich. Und im *New Yorker?* ›Ich habe mich seit Jahren nicht mehr so gut unterhalten gefühlt.‹ Was für ein Kompliment, Mademoiselle Piaf! Die Menschen werden Schlange stehen!« Arnold und er funkeln sich an.

Édith kann förmlich sehen, wie sie sich in Gedanken die Hände reiben. Es wird ihr zweiter Startversuch sein, und dieses Mal muss er gelingen, er muss. Wortlos sieht sie sich im Klub um. Die Bühne ist kaum als solche zu bezeichnen, nicht mehr als ein Podest an der Stirnseite des Raums, doch für eine *»one woman show«*, wie Arnold es ausgedrückt hat, genau das Richtige. Die Anzahl der Tische mit jeweils zwei Stühlen und kleinen goldenen Lampen ist perfekt bemessen, da fällt der abgeschabte Boden nicht groß auf. Genauso wenig wie die speckigen dunklen Samtvorhänge und die ehemals weißen und rosafarbenen Wände, die inzwischen angegilbt sind vor Rauch. Vor allem nicht, weil es bei ihren Auftritten schließlich dunkel sein wird. Die Spiegel geben dem Raum Tiefe, während die kleinen Bäume und Statuen wohl französisch aussehen sollen. Der Bühne gegenüber befindet sich die Bar. Édith verspürt Lust auf einen Drink, verkneift ihn sich aber, weil Loulou dabei ist. Ihr Manager nimmt es immer sehr ernst mit seiner Fürsorge.

»Und? Was sagst du?«, fragt er jetzt, als er zu ihr tritt.

Édith muss nicht lange überlegen. »Sieht gut aus«, antwortet sie, und Louis strahlt.

»Na also. Wusste ich es doch. Acht Wochen hatten wir gesagt?« Der Manager dreht sich zu den beiden Direktoren um.

»Dreitausend Dollar wöchentlich.« Arnold nickt, nicht mehr ganz so enthusiastisch bei der enormen Summe, die er zu zahlen versichert hat. Abzüglich der Vorschüsse, sollte das Publikum ausbleiben oder die Konzertreihe abgebrochen werden müssen, aber das erwähnt er nicht: Édiths Manager hat ihn darum gebeten.

»Denk an die wunderbaren Artikel, die Werbung für unser Haus«, erinnert ihn sein Partner Nicholas. »Es werden noch weitere Zeitungen etwas bringen, haben Sie erwähnt, Louis?«

»O ja«, versichert der Manager eilfertig, »einige Journalisten reisen extra aus Frankreich an, um mit Édith zu sprechen. Und sie wird auch noch einen Intensivkurs Englisch ...«

»Anreisen, *putain de merde*«, bricht es aus Édith heraus, was Louis zusammenzucken lässt.

Entschuldigend wirft er einen Blick auf die beiden Amerikaner, die sie jedoch nicht verstanden zu haben scheinen. Oder es zumindest höflich vorgeben.

»Ich wollte doch Momone abholen. Müsste schon längst am Flughafen sein!« Ohne ein weiteres Wort greift sich Édith ihre Tasche und ihren Mantel.

»Eine Freundin«, hört sie Louis auf dem Weg nach draußen noch erklären. »Eine alte Freundin aus Frankreich, die sie besucht. Aber vielleicht ist sie ja auch abgestürzt.« Es klingt hoffnungsvoll.

»... und zwei Zwischenlandungen, *mon Dieu,* eine auf den Azoren und eine in einem Nest in Neufundland, hatte ich noch nie von gehört, aber es hieß immer nur rauf und runter, rauf und runter. *Non, merci.* Das mache ich sicher nicht noch einmal mit.«

Den ganzen Weg vom Flughafen bis zu Édiths nagelneuem Appartement hat Momone sich beschwert. Zunächst über Édiths

Verspätung, obwohl sie das zur Genüge kennen dürfte. Dann über das Wetter, das zu kalt, zu nass, zu irgendetwas sei. Dann über den Flug, schließlich über New York, von dem man tief in den Häuserschluchten ja gar nichts sehen könne, »nur Steine, Steine, nirgends Himmel, kommt einem vor wie in einem riesigen Gefängnis«, dann wieder das Wetter und schließlich der Flug. »Und die Stewardessen waren regelrecht unverschämt, sag ich dir. Das nächste Mal nehme ich auf jeden Fall den Dampfer. Sind wir jetzt endlich da?« Sie lehnt den Kopf an die Scheibe und blickt das Appartementhaus hoch, während Édith das Taxi bezahlt. Das Gepäck wird ausgeladen und vom Portier übernommen, der es nach oben bringt. Édith entlohnt ihn und schließt auf.

»Und hier wohnst du also.« Besitzergreifend, mit großen, hallenden Schritten durchmisst Momone den karg möblierten, nur mit einem Sofa und zwei Sesseln bestückten Raum mit dem Flügel als Mittelpunkt. An der Wand aufgereiht stehen Körbe mit halb verwelkten Blumen, es riecht nach Kompost und Bohnerwachs. »Puh. Kannst du nicht mal ein Fenster öffnen?«

»Klimaanlage.« Édith deutet auf den viereckigen Kasten, der im Fenster hängt.

»Wie vornehm«, murmelt Momone, scheint aber in der Tat beeindruckt. »Aber von Möbeln hältst du immer noch nichts, wie ich sehe.«

Édith lacht nur und wirft ihren Pelzmantel auf den Flügel. »Du kennst mich doch. Im Hotel war's mir viel zu eng. Allerdings hatte ich eine tolle Bar …«

»Ja, ja«, unterbricht Momone sie und schält sich ihrerseits aus dem Mantel. »Das könnte ich jetzt gut gebrauchen, etwas zu trinken. Was sollen diese Blumen?«, fragt sie, während Édith in die angrenzende Küche geht.

»Die sind von Verehrern. Ich weiß nicht, wohin damit«, ruft sie, steigt auf einen Stuhl und holt den Cognac aus dem Schrank. Die Gläser sind noch nicht ausgepackt, also müssen zwei Teetassen herhalten, die Édith nach einem nicht allzu kritischen Blick als sauber einstuft.

»Von Verehrern, soso.« Momone nimmt ungerührt die Tasse entgegen. »Bekommst du auch Geschenke?«

»Der Mantel da ist von Jean-Louis. *Tchin-tchin!*« Sie stößt mit der Freundin an.

»Nicht schlecht«, erwidert Momone und führt nicht weiter aus, ob sie damit den Cognac oder den Pelzmantel meint. »Auf jeden Fall besser als dein Kaninchenfellmantel, den du so geliebt hast.«

»Den hab ich nicht geliebt, der war einfach warm.«

»Von wegen. Du hast ein Mordsspektakel darum gemacht, als ich mal aus Versehen Suppe draufgekleckert habe.«

»Aus Versehen? Gekleckert? Du hast deinen vollen Teller nach mir geworfen!«

»Ja, und aus Versehen getroffen. Du weißt doch, wie schlecht ich werfe.« Momone grinst sie an, und Édith kann nicht anders als lachen.

»Wo war das noch mal? Im Gipsy's?«

»Nein, ich denke im Ange rouge. Die Suppe im Gipsy's war viel zu gut, die hätte ich nie und nimmer an dich verschwendet.«

»Da hast du recht.« Édith trinkt einen ordentlichen Schluck. »Die Suppe war wirklich gut.« Sie verzieht den Mund. »Das Publikum allerdings war es weniger.«

»Sie wollten Männer mit Titten sehen, eine Dragshow mit allem Drum und Dran, und *dran* war an dir ja noch nie viel«, erwidert Momone ungerührt.

»O danke. Aber auch das hätte mich nicht retten können. Die Leute da wollten mich tot sehen.«

»Du übertreibst!«

»Doch, ganz sicher. Ich hatte regelrecht Angst!«

»Du und Angst. Ich lach mich tot. Wahrscheinlich hast du eher *ihnen* Angst gemacht. Das Ganovenliebchen, das gerade seinen Gönner erschossen hat …« Es muss etwas in Édiths Gesicht gewesen sein, das sie innehalten lässt. Selbst Momone merkt, wann sie zu weit gegangen ist. Zumindest, wenn sie noch nüchtern ist, und das ist sie, weiß Gott. »Hast du nicht noch mehr von dem Zeug?« Sie hält der Freundin die leere Tasse hin, zieht sie jedoch zurück, als Édith danach greifen will. »Hol doch lieber die Flasche, schließlich haben wir etwas zu feiern.«

»Haben wir das nicht immer? Was ist es dieses Mal?«, fragt Édith mit hochgezogenen Augenbrauen.

»Silvester steht vor der Tür!«

»Noch etwas anderes?«

»Meine erfolgreiche Landung. Habe ich dir schon von diesen grässlichen Stewardessen erzählt und wie sie mich behandelt haben? Und diesem Ort, Neufundland? Da können doch nicht ernsthaft Menschen wohnen. Ich sage dir …«

1936

Es war ein Spießrutenlaufen. Nur wenige Menschen hielten noch zu Édith, nachdem Louis Leplée erschossen in seiner Wohnung aufgefunden worden war, ihr Papa Leplée, ihr Gönner. An dem sie gehangen hatte wie an kaum jemandem zuvor. Vom Zeitpunkt ihrer Entdeckung auf den Champs-Élysées und ihrem ersten Auftritt im Gerny's waren nur wenige Monate vergangen, dem kometenhaften Aufstieg ein steiler Absturz gefolgt. Denn auch wenn die *Môme Piaf* für den Zeitpunkt des Mordes ein Alibi hatte, so hatte doch ganz Paris ihr verweintes, verzweifeltes Gesicht auf der Titelseite des *Détective* gesehen. Und sie fallen gelassen wie eine heiße Kartoffel.

»*Eh merde,* ist das noch warm.« Momone saß im Unterkleid im Sessel vor dem Fenster und fächelte sich Luft zu. Das war das einzig Gute an diesen Küstenstädten, durch die sie gerade tingelten: das Meer, die abendliche Brise.

Édith, noch ganz benommen, schälte sich aus dem Betttuch. Auch sie trug nur ihr Unterkleid, das nass vor Schweiß an ihrem Körper klebte. Ein Träger hing zerrissen herunter. Sie würde es nähen müssen, später. Zunächst genügte eine Sicherheitsnadel, die sie aus dem Kragen ihres Kaninchenfellmantels fingerte. »Ich hab Kopfschmerzen«, beklagte sie sich, während sie die Nadel anzubringen versuchte. Ihre Hände zitterten, und ihr Mund fühlte sich schwer und pelzig an. »Verdammt, hab ich Kopfschmerzen. Hast du noch was zu trinken?«

»Alles weg«, antwortete Momone. Sie stellte die Beine aufs Fensterbrett und genoss mit zurückgelegtem Kopf die abendliche Brise, die ihr unters Kleid fuhr.

»Wie spät ist es denn?« Édith gab die Versuche mit dem Träger auf, warf die Nadel gereizt auf die Kommode. »Muss ich schon los?« Die letzten Male war sie immer unpünktlich zu ihren Konzerten erschienen, und der Manager der Tour hatte deutlich gemacht, dass er das nicht länger tolerieren würde.

»Nee, ist noch Zeit«, erwiderte Momone so überzeugend, als könnte sie die Uhrzeit an der Sonne ablesen, die langsam am Horizont verschwand. Die Aussicht aufs Meer wäre sicher reizvoll gewesen, wenn die vielen Baukräne nicht gewesen wären, die wie dürre Skelette in den Himmel ragten. Dahinter ankerte ein Kriegsschiff. Das Gegröle erwartungshungriger Soldaten wehte mit dem Gestank nach Fisch herein, eine Möwe schrie lang und ausdauernd.

Édith hangelte sich ums Bett herum, der Boden schien zu schwanken. Sie zupfte sich den durchweichten Stoff vom Körper und zog an der Bettdecke, in die ein Mann eingewickelt lag wie in einem Fangnetz. »Aufwachen, he, aufwachen. Ja, du! Wer immer du auch bist«, sagte sie, als sich ein kurz geschorener Schädel erhob. »Ich muss jetzt auftreten und du verschwinden, kapierst du? Verschwinde! Na los.« Sie wartete nicht erst auf eine Antwort, stieg nur über die am Boden liegende Uniform und fuhr sich automatisch durch die wirren, ineinander verhakten Locken. Sie zuckte zusammen. Dass ein Körperteil so wehtun konnte! Selbst die Haarspitzen konnte sie spüren, und es war so heiß! Gierig stellte sie sich in das Lüftchen, das vom Hafen heraufstieg, auch wenn es nach totem Fisch und verfaulendem Seetang stank, und setzte sich dann neben Momone auf die warnend knarzende Sessellehne.

Die beiden jungen Frauen starrten wortlos auf die Kräne und die vorbeihastenden Passanten, meist Soldaten auf ihrem Weg in die Kneipen und Varietés. Erst das Klappern der Tür riss die beiden aus ihrem Dämmerzustand.

»Ist er weg?«, fragte Momone.

Édith warf einen raschen Blick über ihre Schulter, was sie schmerzhaft bereute. »Ja, ist er.« Die Lehne gab mit einem Knacken nach, was Édith notgedrungen neben Momone sinken ließ. Müde legte sie den Kopf auf die Schulter der Freundin. »Ich kann heute nicht auftreten.«

»Du musst. Die werfen uns sonst raus, schicken uns zurück nach Paris.«

Édith lachte auf, was prompt in ihrem Hals kratzte. »Die schicken uns eh weg nach der Prügelei gestern.«

»War doch nicht unsere Schuld.« Momone schwieg eine Weile, während sich die Sonne von den Kränen in lauter Dreiecke zerteilen ließ. »Echt nicht«, bekräftigte sie dann. »Die wollen so 'ne Kunstshow, so 'n bisschen Tralala. Und das biste eben nicht.«

»Was bin ich dann?«, fragte Édith sie müde.

»Na, so richtig Drama, *ma chérie,* mit Party und Spaß und allem.« Momone zuckte mit den Schultern, was Édith einen Schmerzenslaut entlockte.

»Aua. Bisschen viel Spaß gestern.«

»Ja, die Jungs haben die halbe Bar zerlegt nach deinem Lied.«

Die beiden Freundinnen starrten auf den glutroten Ball, und einen Augenblick, nur einen kurzen Moment lang musste Édith an Papa Leplée denken, an die blutrote Höhle, die einmal sein Auge gewesen war. Wie er auf dem Teppich gelegen hatte, als die Polizei ihm das Laken weggezogen hatte. Die vielen Fragen, wieder und wieder: »Gestehen Sie, na los! Sagen Sie uns, warum Sie es getan haben.« Sie erschauerte, ihre Zunge füllte ihren gesamten Mund aus, und ihre Kehle war so trocken, dass sie schmerzte.

»Na los, komm.« Momone neben ihr räusperte sich und erhob

sich mühevoll aus dem Sessel. »Ich muss unbedingt was trinken.« Während sie sich ihre Sachen im Zimmer zusammensuchte, war Édith in Gedanken immer noch weit weg. Was Papa Leplée jetzt wohl zu ihr sagen würde, wenn er sie so sehen könnte? »Reiß dich zusammen, Spatz. Sei einmal pünktlich. Und hör auf, die falschen Männer anzumachen: Die interessieren sich eh nicht für deine Chansons. Das bist du nicht, du bist viel mehr. Gröl nicht so. Glaub an deine Stimme. Und vor allen Dingen: Verschwende nicht dein Potenzial.«

Ihr Potenzial.

Édith wurde unsanft aus ihren Gedanken gerissen, als von unten Geschrei, Pfiffe und zotige Rufe zu hören waren, ein paar Soldaten sie am Fenster entdeckt hatten. Ihr kaputtes Unterkleid war heruntergerutscht, entblößte ihre Brust, doch sie machte keine Anstalten, sich zu bedecken. Reglos saß sie da, von dem sinkenden Stern beleuchtet, und fühlte sich auf eine wilde, starke Weise ausgeliefert, so nackt und doch mächtig wie nie zuvor.

1948

»Was ist? Träumst du?« Momone tritt zu Édith ans Fenster, das nicht zu öffnen ist. Wirklich herausblicken kann man auch nicht, dazu steht das gegenüberliegende Haus viel zu nah. Nachts sind die Bewohner hinter den hell erleuchteten Scheiben zu sehen wie in einem Puppenhaus.

Édith steht im Zug der Klimaanlage und muss an den Himmel denken, den Himmel über Paris, und fühlt Sehnsucht in sich aufsteigen. Heimweh wahrscheinlich, das besonders über die Weihnachtsfeiertage und den Jahreswechsel zu spüren gewesen ist, vielleicht ist es aber auch Nervosität. Ein neues Jahr hat begonnen, heute ist ihr erster Auftritt im Versailles, und die Wohnung summt vor gespannter Erwartung und vor Menschen. Ihre »drei Musketiere« sind da: Loulou natürlich, dazu noch ihr Arrangeur und Pianist Robert Chauvigny, ihr Lieblingsakkordeonspieler Marc Bonel und noch ein paar Musiker. Marcs Frau Danielle räumt Gläser beiseite, pflückt welke Blumen ab und macht sich in der Küche nützlich. Sie hat Édith gezwungen, etwas zu essen, und lächelt ihr aufmunternd zu, wann immer sich ihre Blicke treffen. Auch Jean-Louis hat ein Telegramm geschickt und Édith Glück gewünscht.

Und dann ist da natürlich noch Momone. In schweren Zeiten immer an ihrer Seite, meist allerdings mit einer verführerischen Flasche in der Hand oder einer anderen Ablenkung: einem aberwitzigen Plan, einem Streich, einer verrückten Idee. Ihre Rettung und ihr Untergang gleichermaßen. Momone hat versprochen, sich heute im Hintergrund zu halten, was viel von ihr verlangt ist. Um sie notfalls »rauszuhauen«, wenn die Leute zu unverschämt werden sollten.

»Dort wird heute nur ein ganz ausgewähltes Publikum sein, die Hälfte wahrscheinlich Franzosen. Was heißt also unverschämt für dich?«, hat Édith sie gefragt.

»Na, wenn sie dein Potenzial nicht erkennen«, lautete ihre Antwort, halb ernst, halb spöttisch.

Momone kannte Leplée, sie kennt alles. Édiths komplette Vergangenheit. Mit ihr zusammen hat sie in Abgründe gesehen … nein, nicht nur hineingesehen: sich fallen lassen, sich lustvoll in ihnen gesuhlt, dumm und naiv und immer hungrig, hungrig nach Liebe und Anerkennung.

Der Hunger ist noch da. Édith spürt ihn deutlich. Mehr als alles andere nagt er an ihr, will gestillt werden. Heute Abend muss es gelingen, muss der Funke, der sie ausmacht, endlich überspringen. Sie hat sich solche Mühe gegeben, bis zu vier Stunden täglich Englisch und dazu noch die amerikanische Aussprache geübt, besonders zugkräftige Chansons einstudiert, viele der Lieder übersetzen lassen.

Ganz kurz wünscht sie sich, Marcel Cerdan wäre bei ihrer Premiere dabei, und sie will den Gedanken verdrängen, doch er ist zu aufregend, zu schön. Vielleicht, nur vielleicht, wird er sich nutzen lassen. Vielleicht kann sie sich erlauben, an den Boxer zu denken, wenn sie *La vie en rose* singt. Dem kleinen albernen Liedchen kann es nicht schaden, und vielleicht füllt ausgerechnet der Bär, der Mann mit dem groben, zerschlagenen Gesicht, die einfache Melodie, wer weiß?

»Noch ist Zeit. Wir können noch abhauen«, sagt eine Stimme neben ihr, was dann wieder so typisch Momone ist, dass Édith lachen muss.

»Hast du mich schon jemals weglaufen sehen?«

Die alte Freundin grinst. »Ganz oft.«

»Stimmt, aber niemals vor einem Auftritt. Niemals. Die Leute haben dafür bezahlt, mich zu hören. Nun, dann werden sie auch etwas zu hören bekommen.« Entschlossen streicht Édith ihr schwarzes Kleid glatt, vergewissert sich noch einmal, dass ihr kleines Glückskreuz da ist. *»Allez, on y va!«*, ruft sie in die Wohnung hinein. Es wird auch langsam Zeit.

»Pscht!« Louis Barrier macht eine abwehrende Handbewegung, und Momone, die gerade etwas sagen wollte, schließt den Mund wieder. Mit Édiths Loulou legt sie sich nicht an, zumindest nicht offen.

Sie verschränkt die Arme und lehnt sich an die Bar.

Der kleine Saal vor ihr ist bis auf den letzten Platz besetzt und so voll, dass sie und der Manager stehen müssen. Es ist ruhig während Édiths Vortrag, fast schon gespenstisch still. Die langen Stielgläser, in denen zu Beginn der Vorstellung auf allen Tischen Veuve Clicquot prickelte, sind längst ausgetrunken, niemand bestellt mehr etwas. Die Kellner mit ihren Tabletts stehen nutzlos an den Wänden herum und warten vergebens auf eine Order. Wie gebannt sitzen die Zuhörer da, als wären sie versteinert. Wagen es nicht, sich ablenken zu lassen. Zwischen den Chansons braust dann Applaus auf, der oft nicht mehr aufhören will und den die Diva selbst mit einer kleinen Geste abbricht, indem sie sich zum

Klavier wendet und ihrem Pianisten zunickt. Dann folgt das nächste Lied, und das Publikum verfällt wieder in seine Starre.

Als hätte die Piaf oben auf ihrem kleinen Podest alle Menschen im Versailles verhext.

Auch sie selbst fühlt sich so, verhext, verändert. Ihre Lieder sind immer noch großes Drama, Leiden und Schmerz, aber sie präsentiert sie so, als wäre sie darüber erhaben. Nein, nicht erhaben. Als würde sie all diese Gefühle mit ihrem Publikum teilen. Hier, seht her, das ist der Schmerz, das die Leidenschaft. Und das hier, das Verkrüppelte, Kleine, das ist die Hoffnung. Es ist fast schon schamlos, gleichzeitig aber unwiderstehlich.

Und dann singt sie *La vie en rose,* das einzige Lied in Dur, das so gar nicht Édith ist, so leicht, fast schon kitschig, das aber von dieser Hoffnung spricht, sie groß werden lässt. Wieder breitet sie ein Gefühl vor ihren Zuhörern aus, und dieses Mal ist es Liebe. Sie ist es, auf die alles zuläuft, sie ist der Sinn von dem allen hier, diesem Abend, diesem Gesang. Édith *ist* diese Liebe.

Als der Applaus nach dem Lied nicht abreißen will, beugt sich Momone zu Louis vor, damit er sie verstehen kann. »Was ist denn in drei Teufels Namen hier in New York passiert? Sie singt von der wahren Liebe, als hätte sie eine Ahnung davon, und das kann ja wohl kaum an Jean-Louis liegen oder diesem amerikanischen Schauspieler. Hat sie einen Neuen?«

Louis wirft ihr einen undefinierbaren Blick zu. »Warum fragst du sie nicht selbst?«

»Werde ich tun, verlass dich drauf«, erwidert Momone, und es klingt wie eine Drohung. Dann, auf einen missbilligenden Blick des Managers hin, nimmt sie noch einen kräftigen Schluck Champagner und applaudiert ebenso eifrig wie alle anderen.

»Quel spectacle magnifique!« Nicht nur Josephine Baker ist ganz aus dem Häuschen, auch Coco Chanel ist voll des Lobes, Marlene Dietrich sowieso. Die Vorstellungen im Versailles sind ein Triumph. Ganz New York will durch Édiths rosarote Brille sehen, nachdem es zuvor gebannt und erschaudernd in ihren Abgrund geblickt hat.

Das prominente Quartett hat sich im Waldorf Astoria versammelt, neugierig, wenn auch nicht zu offensichtlich beobachtet von den anderen einflussreichen Gästen. Unter riesigen Lüstern nimmt man seinen Tee zu dezenter Pianomusik, riesige Farne wedeln in der Luft der Heizungen, der Schachbrettboden ist blitzblank poliert. Kellner huschen hin und her, bringen Kübel mit Champagnerflaschen und Kannen frisch gebrühten Tees. Die riesigen Blumenbouquets verströmen den Duft einer Wiese, ohne zu aufdringlich zu sein. Obwohl die Tische im *tea room* sehr klein sind, vermitteln die Samtsessel mit den hohen Lehnen doch ein Gefühl von Diskretion. Hier starrt man nicht, man verlangt auch kein Autogramm, man nimmt höchstens zur Kenntnis, wer hier sonst noch sitzt. Im Fall von Josephine nicht gerade wohlwollend. Die skandalumwitterte Sängerin ist es gewohnt, sie stört sich nicht daran.

»Orson Welles sah gut aus gestern, nicht wahr?«, stellt sie fest.

Das Gespräch der vier Frauen dreht sich um die vielen Prominenten, die sich bei Édiths Vorstellungen einfinden.

»Oh, ich würde furchtbar gern mal mit ihm drehen«, wirft Marlene ein.

»Was drehen?«, fragt Édith und zwinkert ihr zu.

Marlene lacht ihr tiefes, männermordendes Lachen. »Nur einen Film, Schatz. Er ist nicht gerade mein Typ. Orson wirkt auf mich immer wie ein schmollender, dicklicher Junge.«

»Ist er eigentlich noch mit Rita Hayworth verheiratet?«, will Josephine wissen und prüft die Etagere mit den kleinen Petits Fours und den Gurkensandwiches. Anscheinend schwankt man im Astoria noch unentschlossen zwischen *heure du thé* und *high tea* und kombiniert, typisch amerikanisch, einfach beides miteinander.

»Falls sie sich noch nicht gegenseitig umgebracht haben.« Marlene hat ein Sandwich gewählt und isst es zurückgelehnt in ihrem Sessel, die langen Beine übereinandergeschlagen.

»Habt ihr denn den letzten Film mit den beiden gesehen? Irgendetwas mit Shanghai …« Josephine reicht die Etagere weiter an Coco Chanel, die Älteste der Runde, die jedoch abwinkt. In ihrer weiten, luftigen Hose, dem typischen lose gegürteten Oberteil und mit dem Kurzhaarschnitt wirkt sie zwar Jahre jünger als ihre vierundsechzig, doch die stark geschminkten, nach oben gezogenen Augenbrauen verleihen ihrem Gesicht etwas Strenges und durchaus Altersgerechtes.

»*Die Lady von Shanghai*«, weiß Édith und nimmt sich eine Serviette und einen länglichen kleinen Kuchen mit Schokoglasur. »Die Kritik hat ihn zerrissen.«

Marlene lacht auf. »Ja, weil Rita darin die Haare kurz trägt. Man stelle sich vor: Die ›Liebesgöttin von Amerika‹ mit Kurzhaarfrisur!«

»Ich dachte, *du* wärst die Göttin?«, neckt Édith sie.

»*Ah bon,* aber wahrscheinlich nicht lieb genug. Außerdem haben die Amerikaner viele Götter«, erwidert die Freundin prompt.

Darüber muss sogar Coco Chanel lächeln, die sich bislang zurückgehalten hat. Sie und Marlene sind nicht gerade beste Freundinnen, obwohl beide denselben Stil pflegen, sich in ihrer Art sogar ähneln. Édith nimmt an, dass das mit den Gerüchten zusammenhängt, dass Madame Chanel für die Nazis spionierte und Churchill zu einem Separatfrieden überreden sollte. Sie ist nach dem Krieg als Kollaborateurin verhaftet worden und lebt seitdem in der Schweiz, immer in Angst vor etwaigen Racheakten.

Nun ja, Kollaboration hatten sie Édith nach Kriegsende auch vorgeworfen, ihr ausgerechnet die Konzerte vor französischen Kriegsgefangenen zum Vorwurf gemacht. Hätte ihre Sekretärin Dédée sich nicht für sie verbürgt, es hätte schlecht um ihre Karriere gestanden. Nein, Édith kann Coco Chanel bis zu einem gewissen Grad verstehen.

Marlene und Josephine sind in dieser Hinsicht nicht annähernd so nachsichtig. Die ehemalige Deutsche, jetzt US-Staatsbürgerin Marlene ist für ihren Einsatz für die amerikanischen Truppen gerade für die Medal of Freedom vorgeschlagen worden, den höchsten Orden, den ein Zivilist in Amerika bekommen kann. Und die Ex-Amerikanerin, jetzt in Frankreich beheimatete Josephine, die für die Résistance gekämpft hat, wurde als Leutnant sogar in die französische Ehrenlegion aufgenommen.

Nun ja, es können eben nicht alle Heldinnen sein, denkt Édith, und apropos Heldinnen: »Warst du nicht auch mal die Lady von Shanghai, Marlene?«, erinnert sie sich.

»Ich war Shanghai Lily«, verbessert Marlene, »und wesentlich erfolgreicher als die Shanghai Lady.«

»Anscheinend waren deine Haare länger!«, wirft Josephine ein.

»Aber nicht viel. Dafür war mein Skript besser.« Marlene richtet sich auf, setzt beide Beine nebeneinander, wirft den Kopf in den Nacken und sagt mit ihrer tief-rauchigen Stimme, die laut und vernehmlich durch den ganzen Saal trägt: »*It took more than one man to change my name to Shanghai Lily.*«

Jetzt drehen sich die Gäste an den umliegenden Tischen doch um, und Josephine muss lachen. Édith applaudiert, und selbst Coco Chanel wiegt anerkennend den Kopf.

Édith wird daran erinnert, dass es in ihrem Fall nur einen Mann gebraucht hat, um sie von *Môme Piaf,* der Spatzengöre, zu Édith Piaf werden zu lassen: Raymond Asso, den sie kurz nach ihrer fürchterlichen Küstenstädtetournee und den Exzessen mit Momone angerufen hat. Er war ihre Rettung, hat sie unter seine Fittiche genommen und eine richtige Sängerin aus ihr gemacht. Doch daran will sie jetzt nicht denken, weder an Asso noch an Momone, mit der sie sich heute Morgen mal wieder gestritten hat und die aus diesem Grund nicht mit dabei ist. Na ja, und aus zehntausend anderen auch.

»Ich habe vor ein paar Tagen Henry Fonda in der Spätvorstellung gesehen«, ergänzt Marlene gerade die Wer-alles-bei-Édith-im-Publikum-sitzt-Aufzählung. »Und Greg war auch da, Gregory Peck. Er ist extra wegen dir rübergekommen, Édith, und das ist immerhin der augenblicklich erfolgreichste Schauspieler Hollywoods.«

»Ich saß zusammen mit Charlie Chaplin in einer Reihe«, beteiligt sich Coco Chanel an dem Gespräch.

Édith nickt ehrfürchtig. »*Incroyable!* Charlie Chaplin! Das Idol meiner Jugend! Überall stand sein Name in riesiger Leuchtschrift: über dem Pigalle und dem Corso auf den Grands Boulevards …«

»Doch jetzt steckt er gerade in Schwierigkeiten, *non?*« Sie alle wissen, dass Coco auf das unsägliche Komitee für unamerikanische Umtriebe anspielt, vor dem Chaplin jüngst erscheinen musste. »Es ist nicht leicht für ihn in den Staaten nach dem Krieg.« Ihre Stimme klingt mitfühlend, vielleicht eine Spur zufrieden. Als könnte die Unternehmerin es voll und ganz verstehen, politisch in Ungnade gefallen zu sein, und das Schicksal des Schauspielers sie selbst ein Stück weit entlasten.

Marlene fühlt sich prompt provoziert. »Ach was, mit dem Krieg hat das nichts zu tun. Wir alle wissen, wie seine Einstellung zu den Kommunisten und erst recht zu den Nazis war.« Im Gegensatz zu dir, sagen ihre Augen, aber sie spricht es nicht aus. »Ich denke eher, die Amerikaner nehmen ihm die Affäre mit dieser Verrückten noch übel, die angeblich ein Kind von ihm hat.« Marlene beugt sich vor, um sich die Hände an einer Serviette abzuwischen. »Oder seine neue Ehe. Die Kleine ist immerhin gerade mal achtzehn!«

Josephine lacht. »Ich muss immer an diese Fütterungsszene denken, in *Modern Times*.« Sie macht pantomimisch nach, wie Charlie von der Maschine gefüttert wird, rollt dabei ebenso entgeistert mit den Augen wie der arme Arbeiter und nagt wie verrückt an einem imaginären Maiskolben. Und das so gekonnt: Die Runde im Waldorf Astoria liegt fast am Boden vor Lachen.

»Ich liebe seinen Film *Lichter der Großstadt*«, sagt Coco, nachdem sich alle beruhigt haben, und schenkt sich noch etwas Tee nach. »Er ist so komisch darin als Boxer.«

»Oh, und apropos Boxer. Ich habe in Paris einen getroffen, einen richtigen: Marcel Cerdan, den Weltmeister!«, erzählt Josephine. »Kennt ihr ihn?«

Édiths Herz fängt an zu klopfen, sie spürt eine verräterische Röte auf ihren Wangen. »Ich war mal mit ihm essen«, sagt sie betont gleichmütig. »Es war nett.«

»Nett, soso.« Marlene wird hellhörig und wirft der Freundin einen Blick unter hochgezogenen Augenbrauen zu. Nett nett?, will dieser Blick sagen.

Nur nett, gibt Édith wortlos und mit geschürzten Lippen zurück.

»Er will unbedingt auch zu deiner Show kommen«, fährt Josephine fort, die von der geheimen Unterhaltung nichts mitbekommen hat. »War ganz begeistert, als ich ihm von deinem Erfolg erzählt habe.«

»Boxen!«, sagt Coco abschätzig. »Was für ein brutaler Sport! Ich kann nicht verstehen, was Menschen daran finden.«

Marlenes Gesichtsausdruck erfriert, gleichzeitig wird ihre Stimme lauter. Ihr volles Timbre trägt durch den ganzen Saal. »Ich finde es spannend. Habe selbst mal Boxunterricht genommen und mir den Arm dabei gebrochen.«

»Womit die Brutalität nur bewiesen wäre«, erwidert Coco Chanel zwar beherrscht, aber ebenso laut. Ängstlich ist sie nicht. Das muss man ihr lassen.

Die beiden Frauen funkeln sich an. Die schöne, heitere Stimmung von eben ist verflogen.

»Entschuldigen Sie«, unterbricht in diesem Moment eine Stimme, bevor die Diskussion endgültig aus dem Ruder laufen kann, und das Quartett wendet sich einem jungen Mann zu. Er trägt die Livree des Hotels, ist also eindeutig ein Angestellter. »Könnte ich Sie bitten …« Er stockt und wird rot.

»Leiser zu sein?«, fragt Coco Chanel ihn gefährlich ruhig.

»Weißer zu sein?« Josephine zieht spöttisch die Augenbraue hoch. Auch wenn sie in Frankreich ein Star ist und dort selbst ihre Ehe mit einem Weißen kein Problem ist: In Amerika ticken die Uhren immer noch anders, wie ihr jeden Tag wieder schmerzlich vor Augen geführt wird.

»Nein, natürlich nicht!«, stammelt der Angestellte sichtlich schockiert und bringt nun erst recht kein Wort mehr hervor.

»Wahrscheinlich ein Autogramm«, hilft Marlene ihm auf die Sprünge.

»Äh, ja. Äh, nein«, verbessert der junge Mann, als die Diva nach ihrer Tasche greift.

»Was denn nun? Ja oder nein?«, fragt die Dietrich, den Kugelschreiber schon in der Hand.

»Doch. Ein Autogramm, meine ich. Wenn es geht.« Nervös

schaut er sich um. Höchstwahrscheinlich ist es den Angestellten verboten, die Gäste auf solch plumpe Art zu belästigen, der junge Mann riskiert also recht viel. »Ein Autogramm von Ihnen, Mademoiselle Piaf«, wendet er sich an Édith. »Das wäre mein höchstes Glück. Ich durfte Sie gestern hören, ich meine, durch die Hintertür. Nicht, dass ich normalerweise an Hintertüren lausche …« Der Mann beißt sich auf die Lippen, bevor er sich noch weiter in Schwierigkeiten bringt als ohnehin schon, und legt an Gesichtsfärbung noch zu.

»Das höchste Glück, soso«, sagt Marlene versöhnlich und reicht Édith den Kugelschreiber. Sie lacht, die Auseinandersetzung von eben ist vergessen. »Ich glaube, da braucht jemand bald eine richtig große Sonnenbrille.«

»Du hättest mich wecken sollen!« Als Édith in ihre unaufgeräumte, noch halb leere Küche stolpert, ist es schon kurz nach zwei.

»Wie denn? Ich bin auch gerade erst aufgestanden.« Momone steht an der Spüle und zieht konzentriert einen Teebeutel aus dem Wasser, lässt ihn wieder versinken, bringt ihn zum Vorschein, versenkt ihn wieder. »*Génial*«, sagt sie, ohne die Flüssigkeit aus den Augen zu lassen. »Ich kann mich noch daran erinnern, dass diese Dinger nach gar nichts geschmeckt, nur das Wasser braun gefärbt haben. Aber die hier«, sie holt das kleine Paket wieder nach oben, »funktionieren tatsächlich.« Mit einer raschen Handbewegung zieht sie den Beutel endgültig heraus und lässt ihn in die Spüle fallen.

Édith greift an ihr vorbei zum Kessel, um Wasser nachzufüllen. »Wo warst du denn gestern? Ich dachte, du kommst noch einmal bei einer Vorstellung vorbei. Wo du doch heute Abend schon fliegst.«

Momone trinkt, genießt sichtbar den Geschmack. »Davon muss ich mir welchen mitnehmen«, sagt sie, ohne auf Édiths Frage einzugehen.

»Ich habe auf dich gewartet nach der Spätvorstellung«, beharrt Édith und setzt den Kessel auf.

Momone zuckt mit der Schulter. »Ich dachte, du warst danach noch mit deinen *Freundinnen* verabredet.«

»Mit meinen *Freundinnen*«, und Édith betont das Wort genauso wie Momone, »habe ich mich vorher getroffen. Im Astoria. Du hättest auch kommen können.«

»Ach nein. All diese berühmten Frauen, *non merci.* Deine Marlene sieht mich immer so an, als wäre ich gerade unter einem Stein hervorgekrochen und sie müsste sich noch überlegen, ob sie mich aufsammeln oder zerquetschen soll.«

Wider Willen muss Édith lächeln. Ehrlich gesagt ist das gar keine so üble Beschreibung für den Blick, mit dem Marlene die meisten ihrer Mitmenschen bedenkt.

»War es denn wenigstens nett?«

Édith dreht am Gas und hält kurz ein Streichholz daran. »Ja, doch. Josephine Baker ist eine faszinierende Frau. Wohingegen die Chanel eher fürchterlich ist.«

»Der schwarze Engel. Meinst du, sie hat wirklich für die Nazis spioniert?«

Édith sieht sie überrascht an. »Sagt man das über sie?«

Wieder zuckt Momone mit den Schultern. »In einigen Kreisen wäre man immer noch glücklich darüber, sie in die Finger zu bekommen.«

»Ich finde ja, diese vielen Engelmetaphern werden überstrapaziert«, murmelt Édith.

»Die Engel-Was?«

»Unwichtig.«

Während die Frauen aufs Wasser warten, wird es still, bis Momone sich räuspert »Das mit der Gestapo damals, das hast du doch nicht ernst genommen, oder?«

Die Frage überrumpelt Édith. Sie braucht eine kleine Weile, um den Zusammenhang zu begreifen. Ah, natürlich, Coco Chanel, ihre angebliche Zusammenarbeit mit den Deutschen. Momone hatte während der Besatzungszeit in der gemeinsamen Wohnung herumspioniert, verdächtige Unterlagen gefunden und an die Deutschen ausgehändigt.

»Du hast mich angezeigt. Ich bin verhaftet worden: Was daran war nicht ernst?«

»Ich meine nur. Ich habe es nicht wegen der Nazis getan. Um ihnen zu helfen, das weißt du.«

»Nein, du willst keinem helfen, das weiß ich nur allzu gut.«

»Ich wollte dich ärgern, das war alles. Du warst damals zusammen mit diesem fürchterlichen Henri, und ihr habt mich … ich weiß auch nicht … ausgegrenzt.«

»Ausgegrenzt? Riri und ich? Wann denn? Während er mich nach Strich und Faden verprügelt hat?«

Dazu sagt Momone nichts. Es ging hoch her damals in ihrer Wohngemeinschaft über dem Bordell, in dem die deutschen Offiziere ein und aus gingen. Der Champagner floss in Strömen, die Partygäste gaben sich die Klinke in die Hand. Édith und Henri stritten sich wie die Kesselflicker. Und beide teilten ordentlich aus. Etwas, das den Vortrag der *Môme Piaf* nur umso authentischer machte, wenn sie abends würdevoll ihre Verletzungen vor ihrem Publikum ausbreitete. Es war eine wilde, eine chaotische Zeit.

Doch dann spürte Édiths Mutter die berühmte Tochter auf und grölte betrunken vor der Tür die Lieder der Tochter, so lange, bis irgendjemand ihr endlich ein paar Banknoten zuwarf. Line Marsa jedoch kam immer wieder. Forderte heulend und mit obszönen Gesten ihr Mutterrecht ein, sie, die die kleine Tochter ihrem Schicksal überlassen hatte. Die eigenen Chansons bis zur Unkenntlichkeit verzerrt und verhöhnt ertragen zu müssen veränderte in Édith etwas. Die abgerissene *clocharde* vor Augen, nahm sie sich vor, mit dem Trinken aufzuhören, durchsuchte die Wohnung nach Momones Cognacvorräten und stritt sich erbittert mit ihr. Von den alten Milieustudien und Klagegesängen wollte sie nichts mehr wissen, und Henri Contet schrieb ihr neue Lieder mit hoffnungsvolleren Texten, die Melodien, die sie sang, wurden leichter. Auch die alte Freundin und Schicksalsgefährtin erinnerte sie an Line, stieß sie mehr und mehr ab: Momone konnte es damals deutlich spüren und spürt es auch heute wieder.

»Ich kann es nicht leiden, wenn du Geheimnisse hast, verstehst du? Wenn ich ausgeschlossen bin.« Sie beobachtet Édith genau, doch die hört ihr gar nicht richtig zu.

»Ja, ja, das ist lange her«, erwidert Édith automatisch. Sie ist mit ihren Gedanken tief in der Vergangenheit, bei Henri Contet. Ihm hat sie in der Tat so manch blauen Flecken, aber auch einige schöne Liedtexte zu verdanken. *Le brun et le blond* zum Beispiel, ein Lied über zwei Männer, die sich um eine Frau streiten. In seinem Chanson bevorzugt die Sängerin den Brünetten, auch wenn der Blonde amüsanter ist, immer lacht. Der Dunkelhaarige erzählt ihr, dass er sich töten würde, wenn sie ihn nicht mehr liebte. Der Blonde lacht auch darüber: Nein, er würde das niemals tun. Er trinkt noch ein Bier mit ihr, dann hört sie ein kleines *toc:* Édith singt es stets mit einem Zungenschlag. Als sie ihren blonden Liebhaber mit einem Loch in der Schläfe findet, liegt neben ihm ein Abschiedsbrief: *»J'ai assez ri. Salut p'tite tête.«* Gedankenverloren singt Édith die letzte Zeile laut, während sie das heiße Wasser über ihren Teebeutel gießt: Ich habe genug gelacht, mach's gut, meine Hübsche.

Momone wirft ihr einen unergründlichen Blick zu. O ja. Etwas verändert sich, ist dabei, sich zu entziehen.

4.

1948

Marcel Cerdan ist zurück. Édith erfährt es aus der Zeitung. Im März steht ein Kampf im Madison Square Garden an, und *le bombardier marocain* ist gerade mit dem Dampfer in New York angekommen. Es gibt sogar ein Foto: Ein Bär mit Hut winkt auf der Gangway, die Menschen um ihn herum wirken wie Zwerge.

Er sieht gut aus. Sieht er gut aus?

Édith beugt sich näher über das Bild, doch es wird nur grobkörniger, nicht schärfer. Doch, er strahlt etwas Wildes, Ungezähmtes aus. Die typisch nordafrikanischen Gesichtszüge, die auch sie von ihrer Nomadenmutter geerbt hat, die dunklere Haut, die Augen … diese Augen. Nun gut, auf dem Zeitungsfoto sind sie nicht zu erkennen, aber Édith meint, sich noch gut an sie erinnern zu können. Sie waren sanft.

»Und? Gibt es Neuigkeiten?«, fragt Jean-Louis, der auf Stippvisite aus Boston heruntergekommen ist, wo er und seine Compagnons gerade auftreten, um seine »Verlobte« zu besuchen.

Verdammt. Sie würde so langsam über dieses Verlobtsein mit ihm reden müssen. Allerdings ist ja nichts zwischen ihr und dem Boxer und die Angelegenheit nicht wirklich dringend. »Marcel Cerdan ist zurück in New York«, sagt sie, und *voilá:* Ihre Stimme klingt neutral.

»Wer soll das sein?« Jean-Louis bestreicht sich einen Bagel, einen dieser jüdischen zähen Brotkringel, die es an jeder Ecke gibt. Jean-Louis hat an ihnen genauso viel Gefallen gefunden wie überhaupt an seinem Jüdischsein. Er geht jetzt sogar in die Synagoge. Das würde seiner Mutter gefallen. Dass er nur im Unterhemd am Küchentisch sitzt, bestimmt weniger. Er benimmt sich schon richtiggehend amerikanisch. Wo ist der französische Gentleman geblieben, der sich stets hinterm Paravant ausgezogen hat, bevor er zu Édith ins Bett schlüpfte?

»Der Boxer. Und kannst du dir nicht etwas anziehen? Wenigstens, wenn wir essen?« Édith, selbst nicht viel vorzeigbarer in ihrem Morgenrock, mit dem wilden, widerspenstigen Haar, ungeschminkt und leicht verkatert, greift nach einem Croissant. Es ist längst nicht so gut wie in Paris, bildet sie sich ein, aber immerhin essbar. Ihr Heimweh ist größer geworden, seitdem Momone abgereist ist. Daran ändert auch Jean-Louis' Anwesenheit nichts.

»Kenn ich nicht.«

»Europameister im Mittelgewicht«, erklärt Édith. »Der *champion des champions, le roi du K. o.* … Den kennst du nicht?« Sie faltet die Zeitung so zusammen, dass Marcels Bild oben liegt. »Ich dachte, du wärst ein Mann. Alle Männer lieben Sport.«

»Ja, Sport. Aber Boxen?«

»Boxen ist ein Sport.«

Jean-Louis gibt ein zweifelndes Geräusch von sich. »Soweit ich weiß, geht es darum, einen anderen so dermaßen zu schlagen, dass er das Bewusstsein verliert. Was um Himmels willen ist daran Sport?«

»Nun, es wird schon auch um andere Dinge gehen. Beinarbeit, Deckung. Was weiß ich.«

»Beinarbeit, soso.«

Er macht sich lustig über sie, was sie überhaupt nicht leiden kann. »Marlene hat auch mal geboxt. Wusstest du das? Sie weiß alles darüber.«

»Und das zu deiner These, dass *Männer* sich auskennen müssten.« Jean-Louis lacht. Er ist bester Laune, warum auch nicht. Die

Tournee ist ein Erfolg, die Compagnons de la Chanson sind gut gebucht. Sie reichen nicht annähernd an Édiths Erfolg heran, doch das ist er gewohnt. Es beflügelt ihn sogar. Er hat so viel von ihr gelernt, liebt sie strahlend und stört sich nicht daran, dass von ihrem Glanz etwas auf ihn abfällt. Warum sollte er? Das mit dem Verlobtsein gibt er hauptsächlich deswegen zum Besten, weil es gute Werbung ist. Er ist der Eine, der Auserkorene. Er ist es, der halb nackt bei der Piaf am Frühstückstisch sitzt.

»Ehrlich, Jean, ich würde es begrüßen, wenn du dir etwas anziehen würdest.«

»Vorhin hast du das Gegenteil begrüßt.«

»Und jetzt möchte ich essen.«

»Das ist etwas zum Anziehen. Man nennt es *T-Shirt.*«

»Und es ist trotzdem ein Unterhemd.«

»Bon.« Jean-Louis steckt sich den Rest Bagel in den Mund und zieht sich ein Hemd über.

Édiths Blick fällt auf die Zeitung, und kurz, ganz kurz nur denkt sie sich Marcels breite, behaarte Brust in diesem T-Shirt. Es passt zu einem Sportler. Bei ihm wäre es ein Zeichen, der Beginn seines Kampfes. Jean-Louis hingegen wirkt darin wie ein Schuljunge im Turnunterricht. *»Merci«*, sagt sie, als er sich wieder setzt.

»Du interessierst dich also neuerdings fürs Boxen?«, fragt Jean-Louis und tunkt den Bagel in seine Schale Milchkaffee. *So* amerikanisch ist er dann auch wieder nicht.

Édith sieht ihn scharf an, findet aber keine Zweideutigkeit in seinem Blick. »Ich weiß nicht. Vielleicht.« Sie strafft sich. »Wir sollten hingehen, wir beide. Zum Training. Wir sollten uns das einmal ansehen.«

»Und warum sollten wir das?«

»Nun, er ist Franzose, ein Landsmann. Wir sollten ihm unsere Unterstützung anbieten für den anstehenden Kampf. Ganz New York wird schließlich den Amerikaner unterstützen.«

Jean-Louis zuckt mit den Schultern. »Wenn du meinst.«

»Es wird bestimmt lustig.« Édiths Blick fällt auf das Foto. Ihr Heimweh ist mit einem Mal verflogen.

Egal, was Édith erwartet hat. Das ganz sicher nicht. Nichts hier ist lustig oder ein Spiel. Und Sport ist es ganz sicher auch nicht. In einer ausrangierten Halle, in der früher vielleicht einmal montiert oder geschweißt wurde, stehen mehrere Plattformen, von Seilen umschlossen. Überall sind Menschen in Bewegung, halb nackt und glänzend. Das Licht ist gleißend hell und beleuchtet jede Ecke, rückt jedes noch so kleine Detail in den Vordergrund: die angespannten Muskeln, Handtücher auf den Bänken, Schwämme, die in Wassereimern schwimmen, Kreidespuren auf dem nackten Boden und Spritzer von etwas Dunklerem, dunkler als Wasser, wie verschüttete schwarze Milch. Von der Decke hängen Bienenstöcke aus Leder, auf die junge Kerle in Shorts einschlagen. Kleine tropfenartige Bälle erzittern unter raschen Schlägen, Turnschuhe quietschen, Keuchen und Atmen ist zu hören. Ruhig, als handelte es sich um die Musik zu diesem merkwürdigen Tanz, werden Anweisungen gegeben. Das Dunstgemisch aus Schweiß, Leder und Kreide ist atemberaubend, dumpf und streng zugleich. Die ganze Halle bebt vor unterdrückter Erregung und sparsamer, genau dosierter Bewegung; es ist eine geschlossene, nur auf sich selbst bezogene Welt, in der Édith sich sofort fremd fühlt.

Irritiert fasst sie den Kragen ihres Pelzmantels fester, obwohl es warm ist, das Wasser an den beschlagenen Fensterluken herunterläuft.

Im mittleren, dem größten Ring steht Marcel, die Arme erhoben, das Gesicht unerbittlich unter seinem ledernen Kopfschutz. Sie sieht ihn sofort, nachdem sie die Halle betreten hat, er ist gnadenlos präsent. Seine Aggressivität ist bis zu ihr herüber zu spüren. Da ist nichts mehr von dem sanften Riesen, Papa Bär, der sie im Schnellrestaurant unterhalten hat. Er steht geduckt da, eine gespannte Muskelmasse ohne die Spur von Weichheit. Dann, noch bevor Édith etwas denken kann, schlägt er zu, blitzschnell und konzentriert, noch einmal, weicht der halbherzigen Verteidigung seines Gegners aus. Wieder ein Schlag, man kann ihn hören. Édith war nicht bewusst, dass man Boxen *hören* kann, das Auftreffen der Faust auf der Nase des Gegners, ein leises Knacken ist das, ein dumpfes, übelkeiterregendes Geräusch. Als würde man ein Ei zertreten.

Ihr wird schlecht.

»Sie sind Édith Piaf, nicht wahr?«, fragt der Manager, ein Kerl mit runder Hornbrille und zurückgegelten Haaren, der sie zunächst gar nicht hereinlassen wollte. Es ist nicht der, der sie damals im Cinq an den Tisch gebeten hat und der Jo hieß. Dieser hier stellt sich als Lucien vor, Lucien Roupp. Sein kleiner Mund wirkt herablassend, selbst wenn er seinen eigenen Namen ausspricht. Augenscheinlich hält er nicht viel von landsmännischer Unterstützung.

Édith nickt, die Augen fest auf die Szene vor sich gerichtet.

»Und Sie …?« Der Mann wendet sich an Jean-Louis.

»Ihr Verlobter.«

Nur halb Ohr, nimmt sich Édith wieder einmal vor, unbedingt mit Jean-Louis über diese Verlobungssache zu reden. Sie zuckt zusammen, als Marcel einen nächsten Schlag landet. So kann man die Dinge natürlich auch regeln.

»Marcel muss trainieren, Sie sehen es ja. Er wird gegen Lavern Roach boxen.«

Jean-Louis nickt wissend.

Édith ist sich sicher, dass er den Namen zum ersten Mal hört. Wieder ein Schlag von Marcel, der andere Boxer wankt. »Lieber Himmel«, sagt sie, »der ist ja nur halb so groß«, ergreift sie instinktiv Partei.

»Wer? Carl?« Der Manager folgt ihrem Blick. »Im Gegenteil: Er ist sogar etwas schwerer. Sieht nur nicht so aus, nicht wahr?« Genugtuung liegt in seiner Stimme.

Ein Schlag noch, und Carl taumelt nach hinten, fängt sich jedoch wieder.

»Und Carl ist auch einer seiner Gegner?« Édith verspürt den Wunsch, sich bis zur Nase in ihrem Pelzmantel zu vergraben, gibt ihm aber nicht nach. Der Schweiß prickelt ihr im Nacken und macht sie nervös.

»Carl? Nein. Der ist sein Sparringspartner.«

»Sein Partner, ah.« Édith zwinkert, als Marcel mehrere wohldosierte Schläge auf seinen Partner niedergehen lässt. *Juste Dieu!*

»Sehen Sie den Kopfschutz, die gepolsterten Handschuhe? Kann gar nichts passieren.«

Nach dem nächsten Schlag macht der Kopf des armen Carl eine so rasante Drehung, als ob er nachsehen wollte, ob hinter ihm etwas auf dem Boden liegt. Marcel tänzelt, lässt die Arme hängen, als wollte er sich lockern. Er wechselt ein paar Worte mit seinem Sparringspartner, der nickt. Sein Genick scheint nicht gebrochen, doch seine Augen sind so geschwollen, dass sie kaum mehr zu sehen sind. Die beiden klatschen sich mit den Handschuhen ab. Das Training ist anscheinend vorbei.

»Marcel? He, Marcel!« Der Manager pfeift, und Marcel Cerdan dreht sich um.

Und sieht Édith. Und lächelt, was mit dem Kinnriemen der Lederkappe und dem Mundschutz allerdings nicht übermäßig verführerisch aussieht. Geübt dreht er sich unter den Seilen durch, springt das Podest herunter und spuckt den Mundschutz in einen der Eimer. Dann kommt er zu ihnen herüber, in voller Montur und voller Energie.

Édith hat das Gefühl, eine Dampflok würde auf sie zurauschen, und strafft sich. Es fehlt nicht viel, und sie hätte ihre Fäuste erhoben. Wenn er sie jetzt umarmt, sie an sich drückt, wird sie zerquetscht werden wie eine Fliege, so viel ist klar.

Doch der Boxer tut nichts dergleichen. Er hält nur seinem Manager die Hände hin, der routiniert anfängt, ihm die Handschuhe aufzuschnüren. »Édith«, sagt Marcel, immer noch breit lächelnd, auf sie herunter, und seine Augen strahlen, »es ist so eine Freude, dich zu sehen.«

Auf einmal wirkt er freundlich, fast sanft. Ganz so, wie Édith ihn kennengelernt hat, und sie begreift, dass seine Aggressivität sich wundersamerweise nur auf den Ring beschränkt, auf ein kleines, viereckiges und abgetrenntes Gebiet. Nichts davon ist jetzt noch zu spüren. Sie entspannt sich und lächelt zurück.

Die Handschuhe sind ab, und Marcel benutzt die bandagierten

Hände, um sich die Kappe abzusetzen, fährt sich, sicherlich nicht unabsichtlich, durchs dicke, schwarzlockige Haar. Verschwitzt, wie er ist, einen grüngelben Fleck auf dem Kinn, beugt er sich über Édiths Hand und küsst sie. Dreht sie dann um und küsst auch ihre Handfläche, was Jean-Louis dazu veranlasst, sich vernehmbar zu räuspern.

Marcel tritt einen Schritt zurück, grinst sie an.

Édith kann nicht anders, als zurückzulachen. Sie genießt seinen schweren, moschusartigen Geruch, inhaliert ihn geradezu.

»Das ist übrigens Mademoiselles Verlobter«, sagt der Manager, die Boxhandschuhe an sich gepresst.

»Jean-Louis Jaubert«, stellt sich Jean-Louis vor und streckt die Hand aus.

Marcel muss Édith loslassen, um sie zu drücken. Dem kurzen Keuchen nach zu urteilen, bereut Jean-Louis seine höfliche Geste unmittelbar.

»Die zauberhafte Édith Piaf und ihr Verlobter«, sagt Marcel unbeeindruckt. »Ich habe Wunderdinge über dich gehört. Welch ein Triumph!«

»Ich habe auch Wunderdinge über dich gehört«, erwidert Édith. Die amerikanischen Zeitungen sind zwar zurückhaltend, was die Berichterstattung über Cerdan betrifft, aber schließlich hat sie Schilderungen aus erster Hand. »Josephine Baker hat mir alles über dich erzählt. Frankreich liegt dir zu Füßen.«

»Und dir auch noch New York.«

»Nun ja«, gibt sich Édith bescheiden, »die Gastspiele im Versailles sind ein Erfolg, das ist wahr, aber die laufen langsam aus …«

»Sie hat Angebote von überallher, aus der ganzen Welt«, mischt Jean-Louis sich ein und bewegt unauffällig seine schmerzenden Finger. »Sie kann sich aussuchen, wo sie als Nächstes hingeht.«

»Natürlich kann sie das«, erwidert Marcel, als wäre das eine Selbstverständlichkeit, die sich gar nicht zu erwähnen lohnt. »Und wohin zieht es dich?«

Dahin, wo du bist, hätte Édith um ein Haar geantwortet und

fragt sich einen erschrockenen Augenblick, ob sie es wirklich getan hat. *Mais non,* sie hat sich im Griff. Was sie daran merkt, dass sie auch den heftigen Drang unterdrücken kann, ihm den Schweiß von der Stirn zu wischen. »Die nächste Zeit bleibe ich wohl in New York.« Es klingt zögernd, fast wie eine Aufforderung.

Auf die Marcel prompt einsteigt. »Welch Zufall! Ich werde auch einige Zeit hier sein. Zumindest bis zu meinem Kampf, doch wer weiß … Mir gefällt es hier sehr gut.«

»Mir auch! New York ist eine attraktive Stadt.«

»Unwiderstehlich«, gibt Marcel zurück.

Die beiden lächeln sich schon wieder so selbstvergessen an, dass sich dieses Mal der Manager verlegen räuspert. »Marcel muss sich vorbereiten. Er wird wenig Zeit haben.«

»Ach, papperlapapp. Für die wirklich wichtigen Dinge im Leben finde ich schon die Zeit. Und das wird als Erstes ein Konzert sein. Ich muss dich unbedingt singen hören. Und vielleicht kann ich dich danach zu einem einfachen Essen einladen …« Er zwinkert ihr zu bei dem Wort »einfach«. »Und Sie natürlich auch, Monsieur Jaubert«, fügt er höflich hinzu.

»Sehr gerne«, erwidert Jean-Louis steif.

»Wenn du dann nicht schon wieder weg bist. Jean-Louis muss zurück nach Boston«, erklärt Édith.

»Dann haben wir also alle unsere Verpflichtungen«, sagt Marcel, ohne sich die Mühe zu geben nachzufragen, was Jean-Louis in Boston zu tun hat. Vielleicht weiß er es auch.

Natürlich weiß er es, hat es von Anfang an gewusst. Édith kann es in seinem lachenden Blick sehen, den Augen, die stets zu einem Zwinkern aufgelegt sind. Genauso wie sie weiß, dass er verheiratet ist und Familie hat. Als wenn es darauf ankäme!

»*Bon*«, sagt sie und reicht ihm erneut die Hand, allein in der Hoffnung, ihn noch einmal zu spüren. »Dann ist es also beschlossene Sache.«

Marcel tut ihr den Gefallen und zieht ihre Hand an seine Lippen. »*Marché conclu*«, murmelt er. Abgemacht.

»Was findest du nur daran?« Édith rührt in ihrer winzigen Kaffeetasse und beobachtet interessiert ihre Freundin Marlene. Zumindest hat sie Kaffee bestellt, auch wenn dieses merkwürdige schwarze Gemisch geschmacklich eher feuchter Erde ähnelt, die allerdings »echt italienisch« sein soll.

»Am Boxen?« Marlene Dietrich hat in weiser Voraussicht eine Art Milchkaffee genommen, der entfernt an den französischen *café au lait* erinnert, allerdings nur in einem kleinen Glas daherkommt. Italiener versuchen anscheinend, sich größte Mengen Koffein auf schnellstmögliche Weise zuzuführen.

Die beiden Frauen sitzen ein wenig abseits der noblen Geschäfte und Kaufhäuser der Fifth Avenue, der bekanntesten Straße der Welt – nach den Champs, versteht sich. Zuvor waren sie im Central Park spazieren, doch der eisige Wind hat sie in eines der kleinen italienischen Restaurants getrieben, von denen es in New York Hunderte gibt. Die Tischdecken sind so kariert, wie sie für amerikanische Geschmäcker sein müssen, es gibt kleine Stangen Brot umsonst. Die Kellner waren gelangweilt, bis sie Marlene gesehen haben, und stehen jetzt aufgereiht hinter dem Tresen, um sich keine noch so kleine ihrer Bewegungen entgehen zu lassen. Ob sie sie nun erkannt oder sich einfach nur unsterblich in sie verliebt haben: Beides ist möglich.

»Ja, was gefällt dir am Boxen? Als Zuschauerin, meine ich.« Édith nimmt einen Löffel Zucker, der sich nur widerwillig auflöst. »Es schien mir … barbarisch zu sein. Geradezu abstoßend. Und dabei habe ich höchstens ein paar Minuten zugesehen.«

Marlene lächelt. »Oh, ein paar Minuten können sehr lang sein, *chère amie*. Es gibt Kämpfe, die werden in Sekunden entschieden.«

»Und das reizt dich?«

»Die Schnelligkeit? Die Kürze eines Lebens, das in Sekunden vorbei sein kann? Das irgendwie auch.«

Édith sieht hoch. »Was heißt ›vorbei sein kann‹? Du meinst, sie könnten … sterben?« Natürlich könnten sie das, dumme Frage. Nur ein Schlag von Marcel, und sie hat es als Wunder empfunden, dass der Mann, dieser Carl, überhaupt noch auf den Beinen geblieben ist. Und das war nur das Training gewesen. Mit einem »Partner« und netten Handschuhen. »Vergiss es«, murmelt sie, »natürlich können sie das.« Marcel könnte sterben, und zwar in Sekundenschnelle: ein unmöglicher Gedanke.

»In den Zwanzigerjahren war Boxen in New York noch illegal«, erzählt Marlene. »Es gab aber überall private Boxklubs und fast keine Regeln, geschweige denn einen Ringrichter, und wenn einer der beiden Gegner draufging, hat man ihn einfach in den Hudson geschmissen.«

Édith rührt in ihrer Tasse. »Schöne Geschichte.«

»Nun ja, das war einmal. Jetzt gibt es ja Regeln: Drei-Minuten-Runden, gepolsterte Handschuhe, eine Pause von einer Minute zwischen den Runden. Und Ringrichter, die aufpassen. Denn ein Kampf ist erst zu Ende, wenn man liegen bleibt. Liegen bleibt, bis der Richter bis zehn zählt, und das ist sehr lang.«

Édiths Hand erstarrt. »Du meinst …«

»O ja, sie stehen immer wieder auf. Immer. Darauf sind sie trainiert: nicht aufzugeben, auch wenn sie sich kaum mehr verteidigen können. Man sagt dann, ›sie haben Herz‹.«

»Herz?«

Marlene setzt die Tasse ab. »Die Fähigkeit, nach einer Verletzung weiterzukämpfen.«

»Herz«, wiederholt Édith und trinkt nachdenklich einen Schluck süßer Erde, was sie bitter bereut. »*Eh merde,* das kann ja keiner aushalten. Und Marcel, meinst du …«

»Dein Boxer? Der hat Herz, und wie. Er ist nicht umsonst Europameister. Europa! Meister! Wenn du wüsstest, wie viele Kämpfer es gibt. Wie viel ›Fallobst‹. So nennt man die erfolglosen jungen Boxer, die ihr Geld als lebende Sandsäcke verdienen. Du musst ungeheuer entschlossen sein, unvorstellbar aggressiv. Was für Schläge jemand einstecken muss, um auch nur ein einigermaßen guter Boxer zu sein, wage ich mir kaum auszumalen.«

Danach wird es einen Augenblick lang ruhig zwischen den Frauen. Marlene nippt an ihrem Kaffee, Édith denkt an Marcel mit seinen sanften braunen Augen, dem charmanten Lächeln. Dann schiebt sich das Bild des kämpfenden Marcel vor ihre Augen, der so ganz anders aussah. Wie ein Tier. Obwohl, das stimmt nicht. Es lag etwas so Beherrschtes, Kalkuliertes in diesen fürchterlichen Schlägen, was ihr erst recht Angst macht. Und sie gleichzeitig fasziniert.

O ja, auch Édith kennt Schläge. Hat eine Menge eingesteckt und auch ausgeteilt, doch dabei ging es um unkontrollierte Wut, um Rage. Vor allem in ihrer Beziehung zu Henri Contet war es oft eskaliert: Die beiden haben sich nichts geschenkt. Und Paul Meurisse, den noblen, nachgiebigen Paul, der eigentlich nur ein wenig geliebt werden wollte, hat sie mit ihren Ausbrüchen regelrecht in den Wahnsinn getrieben. Mehr als einmal hat sie das gesamte Porzellan nach ihm geworfen, und er ist am nächsten Tag treu und brav in die Galeries Lafayette gestiefelt, um es zu ersetzen. Seinen Radioapparat hat sie zertrampelt. Ihm einen Topf an den Kopf geschmissen.

Eines ist klar: Ein Marcel Cerdan würde sich so etwas nicht gefallen lassen. Oder gerade. Denn was, wenn sich diese Wut, diese Aggressivität, die sie beobachten konnte, einmal gegen eine Frau richtete? Gegen sie richtete?

»Geht das denn«, fragt sie Marlene, »dass ein Mann gleichzeitig sanft und nett sein kann und im Ring so bösartig?«

Marlene wirft ihr einen erstaunten Blick zu. »Natürlich, *cherie*«, sagt sie. »Im Ring kämpft er schließlich um sein Leben.«

1921

Dem »Teufelsbraten«, dem »Bankert aus dem Puff« flogen Steine um die Ohren. Madame Rigart, die die Pausenaufsicht hatte, sah nicht hin, sosehr Édith sie auch mit flehenden Blicken bedachte. Zack, ein Stein traf die Hüfte, sie humpelte weg, weg von Madame, von der keine Hilfe zu erwarten war. Die Kinder sangen etwas, was sie nicht verstand, weil ihr das Blut in den

Ohren rauschte. Sie juckte sich den Arm an der Stelle, an der die Krätze sich noch nicht festgebissen hatte, ihr rechter Strumpf war bis zum Schuh hinabgerutscht. Erst als sie um die Ecke war, verborgen vor den anderen Kindern und der Lehrerin, schob sie den Rock hoch und befestigte ihn wieder am Strumpfband. Ihre Wangen glühten. Wut und Unverständnis brannten gleichermaßen in ihrem Bauch, ihre Augen taten ihr weh. Die Buchstaben, die sie eben noch so stolz in ihr Heft gemalt hatte, hatte sie gut sehen können, doch jetzt verschwand die Welt wieder hinter einem Schleier, nahm sie nur Schatten und Umrisse wahr. Von ferne her drang das Lachen der anderen Kinder zu ihr, sie fühlte sich elend.

Bankert. Sie wusste schon, was das hieß. Sie kannte auch den Ausdruck »Puff«. Das war das Haus ihrer Großmutter, in dem sie lebte und in dem alle ihre *mamans* Männer empfingen und ihnen Liebe gaben. So hatte es die Oma erklärt. Und dass daran nichts Schlechtes sei. Liebe war immer gut, immer, und das Gegenteil von Liebe waren Steine. Auch das hatte die kleine Édith inzwischen gelernt.

»Bankert« bedeutete, dass sie keinen »echten« Vater hatte, aber eine »echte« Mutter hatte sie ja auch nicht, also machte es nicht so viel aus. Sie hatte ihre *mamans*, die gar nicht genug von ihr bekommen konnten und sie nach Strich und Faden verwöhnten. Von morgens bis abends war immer jemand für sie da. In ihren Morgenmänteln, in denen sie die meiste Zeit herumliefen, spielten sie mit der kleinen Édith, brachten ihr Lieder bei, besorgten Zuckerzeug und schöne Bänder, drehten ihre Haare auf Pappröllchen, bis die Locken gebändigt waren und nicht ganz so kraus aussahen. Im plüschigen roten Samtwohnzimmer konnte man wunderbar Verstecken spielen, und wenn sie die grün verklebten Gläser, die überall herumstanden, mit dem Finger ausleckte, war es ihr manchmal, als könnte sie schweben.

Auf Händen gehen konnte sie schon. Ihr Vater hatte es ihr beigebracht, ihr Akrobatenvater, der echter nicht sein konnte. In dem Punkt irrten sich ihre Klassenkameraden. Er hatte ihr das mit dem Händelaufen gezeigt, damit sie Eindruck schinden konnte in der Schule, aber in diesem Punkt war er es, der nicht richtiglag. Madame Rigart hatte sich furchtbar darüber aufgeregt und geschrien, dass man ihre Unterhose sehen könne, aber darum war es ja gar nicht gegangen, es war doch ein Kunststück!

»Mach dir nichts draus«, hatte ihre Oma gesagt und mit ihr Lieder gesungen, bis sie sich wieder besser gefühlt hatte. Sowieso solle sie singen und nicht auf Händen laufen: »Du hast so eine schöne laute Stimme, dann sing einfach, und dann mögen die Leute dich.«

Aber auch das hatte nicht funktioniert.

Édith spürte noch die Wut in ihrem Magen rumoren. Sie hatte gesungen, den anderen das Lied von der jungen *putain* vorgesungen, die in Brest am Hafen stand, und dann waren die Steine geflogen, und niemand hatte mehr zugehört, niemand. Besonders ein Junge, Hamo, hatte sich hervorgetan. Der Hamo, der gerade auf dem Weg zum Abort an ihr vorbeikam.

Édith richtete sich auf, wie von selbst ballte sich ihre kleine Hand um einen Stein. Ihre Hüfte brannte. Sie sah ihn nur undeutlich, einen Schemen, größer als sie, doppelt so breit. »Eh, Hamo«, sprach sie ihn an, und sie hatte tatsächlich eine laute Stimme. Sie konnte auf Händen laufen, und sie hatte keine Angst.

1948

Der Kellner im Au Gourmet erkennt sie sofort. Édith kann es an seinem entsetzten Blick sehen, der kurz aufflackert und dann, ganz professionell, wieder von seinen schweren, hängenden Lidern verborgen wird. »*Bonsoir Madame, Monsieur.*« Er nickt Marcel zu und rückt Édith den Stuhl zurecht. Sein Schnurrbart sieht aus wie frisch lackiert und glänzt mit seiner Fliege um die Wette. »Darf ich Ihnen einen Aperitif bringen?«, fragt er, während er Marcel die lederbemantelte Karte reicht. Das Restaurant ist gut besucht, vor allem die Fensterplätze auf der Empore sind alle besetzt und trotzdem angenehm ruhig. Das Französisch der Gäste verwebt sich zu einer ganz eigenen Melodie: Es klingt nach zu Hause. Schon beim Hereinkommen hat Marcel mehrere Gäste mit einem Kopfnicken gegrüßt, die ihn erkannt haben.

Er bestellt Champagner, lächelt ihr zu.

Édith beobachtet ihn, und das völlig ungeniert, während er die Karte studiert. Versucht, den Boxer in Marcel zu finden, den sie vor ein paar Tagen in der Halle gesehen hat. Etwas, was ihr wie ein falscher Traum vorkommt. Der Mann vor ihr ist von ausgesuchter Liebenswürdigkeit, höflich und charmant. Dennoch weiß er, was er will. Das warme Braun seiner Augen täuscht leicht darüber hinweg, doch der harte, entschlossene Zug um den Mund gibt etwas von seiner Entschlossenheit preis. Und dann sind da noch diese Stirnfalten, dies sympathische Runzeln, als würde er sich insgeheim über den Sinn der Welt amüsieren.

»Was siehst du, Édith?« Ihr Interesse an ihm ist nicht verborgen geblieben.

»Ich sehe dich«, antwortet sie wie aus der Pistole geschossen. »Und du bist mir ein Rätsel.«

Marcel lacht. »Ist das gut oder schlecht?«

»Gut, denke ich.«

»Du weißt es noch nicht.«

»Ich kenne es nicht. Normalerweise weiß ich bei einem Mann sofort, auf was er aus ist.«

Marcel blickt von der Karte auf. »Und das wäre?«

Édith macht eine wegwerfende Handbewegung. »Das Übliche. Geld, Sex, Ruhm, im äußersten Fall Macht. Aber bei dir ist es mehr.«

»Mehr als Geld, Sex und Macht?«

»Das hast du ja. Und trotzdem …« Sie kennt das. Sie würde es Hunger nennen, spricht es aber nicht laut aus.

»Und trotzdem.« Er lächelt ein wenig wehmütig, als sie nicht weiterspricht. Dann schüttelt er es ab. »Möchtest du Fisch oder Fleisch?«, fragt er.

»Ich möchte selber in die Karte sehen.«

»Ah, *oui,* etwas anderes hätte ich auch nicht erwartet.« Mit einem amüsierten Funkeln in den Augen reicht er ihr die Speisekarte.

»Mmm.« Édith liest. Versucht, sich zu konzentrieren, obwohl sie sehr wohl merkt, dass nun er es ist, der sie genauestens beobachtet. »Was siehst du?«, fragt sie, immer noch vertieft in die Buchstaben, die in dem Scheinwerferlicht seiner Blicke keinen Sinn ergeben wollen.

»Ich sehe die größte Sängerin unserer Zeit. Ich sehe Geld, Sex-Appeal und Macht. Und trotzdem …« Auch er macht diese bedeutungsschwangere Pause, was unfair ist, weil er sie länger aushalten kann.

»Und trotzdem?«, fragt Édith neugierig, sieht nicht hoch, hält aber unwillkürlich den Atem an.

»Und trotzdem ist es nicht genug. Weil das, was wir brauchen, in unserer Vergangenheit liegt, tief, tief vergraben, und es nichts und niemand mehr erreichen kann.«

Bon, jetzt ist es endgültig aus mit der Speisekarte. Édith lässt sie sinken, fühlt schon wieder ein verdächtiges Brennen in ihrer Nase. *Mince!* Sie ist doch sonst nicht so eine Heulsuse. Sie muss lachen, während ihr gleichzeitig die Tränen kommen. Dagegen ist sie einfach machtlos. »Müssen wir immer diese tiefsinnigen Gespräche führen, wenn wir hier sind?«

Marcel nickt. »Das ist der Grund, warum ich so gern in Schnellrestaurants gehe. Bei Hamburgern und Käseoße sprudeln nicht ständig Lebensweisheiten aus einem heraus, wohingegen französische Restaurants geradezu darauf spezialisiert sind.«

»Woran liegt das wohl?«, fragt Édith, zieht die Nase hoch und nimmt dann die Serviette, um sich zu schnäuzen.

»Genau daran.« Marcel deutet auf das feine Leinentuch. »Worin sonst könnte man sich so hervorragend die Nase putzen?«

Dem Kellner, der gerade den Champagner bringt, gelingt es tatsächlich, nicht zu zucken. Mit unbewegter Miene stellt er die Gläser vor den Gästen ab und fragt ausdruckslos, ob sie schon gewählt hätten.

»Noch nicht«, sagt Marcel, »die Dame braucht noch ein wenig Zeit. Und neue Servietten, bitte. Wir sind hier auf heimischem Boden.« Er reicht Édith seine, während der Kellner sich wieder entfernt.

Édith lacht und tupft damit unter den Augen herum. »Ich weiß es nicht.«

»Was weißt du nicht? Was du essen willst?«

»Ob es dir nicht gelingt.« Sie lässt die Serviette sinken und sieht ihn direkt an. Völlig egal, ob das Make-up verlaufen ist. »Ich glaube, du kannst es erreichen. Bei mir erreichen.« Sie kann nur hoffen, dass er versteht, was sie meint. Den Hunger stillen, die Sehnsucht. Er könnte den Mut dazu haben, das … Wie nennen es die Boxer noch gleich? Ach ja: »Du hast das Herz.«

Marcel greift nach ihrer Hand, küsst sie, ohne Édith aus den Augen zu lassen. »Das habe ich, *mon cœur.* Genau wie du.«

Es ist wie immer der Champagner, der sie wach hält, doch dieses Mal ist es auch etwas anderes, ein Geräusch. Édith rückt noch etwas näher an den schlafenden Marcel heran, schmiegt sich an seine Brust. Es ist sein Herz, das sie hört, und sie lauscht dem beruhigend gleichmäßigen Schlag. Die Haare auf seiner Brust kitzeln, sie genießt den warmen Moschusduft, vermischt mit dem Geruch von Leinen.

Marcel ist wunderbar gebaut, nicht so massig, wie es auf den ersten Blick scheint. Hat nicht die ausladende Figur der gerade modern werdenden amerikanischen Wrestler oder Gewichtheber, nicht die überbordende Kraft der wirklich schweren Boxer, sondern einen gut trainierten Körper, der rein aus Muskeln zu bestehen scheint. Muskeln und Haare, auf die er sehr stolz ist.

Er ist ein wunderbarer Liebhaber, der zunächst mehr Rücksicht auf sie genommen hat als nötig, in der Angst, sie zu »zerquetschen«, wie er es ausdrückte, sich dann jedoch ganz gehen lassen konnte, als er merkte, dass das nicht nötig war. Das vorsichtige, behutsame Abtasten haben sie irgendwie übersprungen, ganz zuversichtlich darin, dass sie füreinander geschaffen sind. Noch haben sie nicht die Intimität erreicht, sich gänzlich auszuprobieren, den anderen voll und ganz zu erkunden, doch sie haben unendlich viel Zeit dafür. Das Leben, ihre Liebe beginnt gerade erst.

Ihre Liebe, o ja. Édith denkt, dass sie diesen Mann liebt. Ohne sich die Fragen zu stellen, wie sie es immer tut: Wohin führt das? Wohin führt das nicht? Ist das der Richtige? Ist er es endlich? Nein.

Sie weiß es.

Mit einem Mal, nach dieser ersten Nacht mit Marcel, weiß sie, was sie will. Sie will ihn, und das ist es auch schon. Kein Tamtam, kein Drama, kein: Ich-will-ihn-so-aber-auch-anders. Sie muss ihn nicht formen, ihm nichts beibringen. Sie hat keinerlei Verantwortung für ihn.

Er ist da, und so ist es richtig. Kein Gedanke an morgen, an die Zukunft. Sie führt kein Stück auf, merkt sich nichts für später, sie singt innerlich nicht oder probiert eines ihrer Lieder an ihm aus. Liegt einfach nur neben ihm und atmet ihn ein, und die Ruhe, die sie dabei fühlt, ist himmlisch.

Ein und aus, ein und aus.

Jetzt will sie gar nicht mehr ausruhen, jetzt will sie wach sein, weil sie dann bei ihm sein, seinem Herzschlag lauschen kann. Doch die Müdigkeit, das miese kleine Miststück, schleicht sich heimlich an. Irgendwann schläft sie ganz leise, geborgen an seiner Seite, ein.

Die Nacht war so wunderbar, das Frühstück hingegen keine gute Idee. Édith hatte nichts zu essen im Haus, schließlich ist nicht mal ihre Küche richtig ausgepackt, was Marcel urkomisch fand. Wie könne man eine so gut eingerichtete Küche besitzen und nicht benutzen? Édith hat nur geantwortet, dass die bei den meisten Wohnungen dabei sei, ob man sie haben wolle oder nicht: Man könne sich gar nicht gegen Küchen wehren.

Also mussten sie aus dem Haus, falls sie nicht verhungern wollten.

Das Sam's an der Ecke ist so gut wie jedes andere Frühstückscafé: lange Sitzbänke aus Plastik, in die man hineinrutschen muss, festgeschraubte Tische mit Zuckerstreuern und Milchkännchen, Becher auf dem Tisch. Beim Eintreten schlägt ihnen der übliche Mief aus Hitze und Fett entgegen, und Édith macht nicht zum ersten Mal die Beobachtung, wie Menschen auf Marcel reagieren. Er ist zwar groß, trotzdem aber nicht gerade gewaltig in seinem Kamelhaarmantel, wirkt jedoch so. Es geht etwas von ihm aus, etwas, das auch Édith kennt, wenn sie die Bühne betritt. Bei ihr wird es dann ganz leise, als könnte sie die Aufmerksamkeit der Menschen bündeln und auf sich ziehen. Bei Marcel ist es ähnlich, nur ist die ganze Welt seine Bühne. Sobald er einen Raum betritt, sehen sich die Menschen unwillkürlich nach ihm um. Frauen schauen etwas zu lange zu ihm hin, Männer etwas zu rasch weg. Selbst wenn er hier hereinschleichen würde, denkt Édith, so ist es doch, als bräche er durch eine Wand.

Die Kellnerin, deren Aufmerksamkeit sich sofort und ungeteilt auf ihren männlichen Gast richtet, stellt sich ihnen als Vivian vor. Die Uniform des Cafés spannt über ihrem gewaltigen Busen, und ein Knopf fehlt, was Édith sofort auffallen muss, die praktisch direkt darunter sitzt. Ungefragt schenkt sie Kaffee ein und erkundigt sich nur widerwillig nach Édiths Wünschen.

»*Omelette, no cheese*«, ordert Édith unter der knopflosen Oberweite und zuckt leicht mit der Schulter, als sie Marcels Grinsen sieht.

Der Boxer möchte Toast und Butter, *nothing else,* was Vivian entzückt als *»good decision«* bezeichnet. Sie bedankt sich vielmals.

Édith starrt ihr hinterher. »Was meint sie mit: gute Wahl? Dass du so klug bist, hier möglichst wenig zu essen? Spricht ja nicht gerade für die Küche.« In ihrem Ton schwingt ein Hauch von Eifersucht mit. »Außerdem dachte ich, du isst morgens ein halbes Rind, mindestens«, fügt sie hinzu, um davon abzulenken.

»Vor einem Kampf? Schön wär's. Da bin ich strikt auf Diät.« Marcel schüttet Milch in seinen Kaffee, rührt um. »Und apropos Diät ...«

»Ja?«

Er sieht sie mit brennenden Augen an. »Der Kampf ist schon in drei Wochen, und ich denke nicht, dass ich Lucien bis dahin noch einmal entwischen kann …«

»Lucien ist …?«

»Einer meiner Manager. Lucien Roupp: Du hast ihn schon einmal getroffen.«

O ja, der schmächtige Mann mit der Hornbrille, der sie zunächst gar nicht zum Training zulassen wollte. Édith nickt.

»Er ist schlimmer als ein Wachhund. Und strikt gegen Ablenkung jeglicher Art. Ablenkung wie dich.« Er deutet mit dem Kaffeelöffel auf Édith.

Deren Gesichtszüge erfrieren. »Das heißt, ich darf dich nicht sehen?«

»*Dürfen* nicht.« Marcel zwinkert ihr zu. »Meinst du, du kannst gut schleichen?«

»Schleichen?«

»Ja, in mein Hotelzimmer.«

Édith spürt eine Welle der Erleichterung. Für einen kleinen, entsetzlichen Augenblick hatte sie gedacht … Nein, er will sie. Will sie genauso sehr wie sie ihn. »Und ob ich schleichen kann.« Sie beugt sich vor und wispert im Verschwörerton: »Wohin soll ich denn schleichen?«

Marcel, ebenso leise, flüstert ihr Hotel und Zimmernummer zu. »Unsere letzte Besprechung ist um sieben. Ich soll früh schlafen gehen. Wenn du also danach …«

»Ich habe diese und nächste Woche noch jeweils vier Abende Vorstellungen, bevor mein Gastspiel endet«, unterbricht Édith ihn enttäuscht. »Aber danach … Danach bin ich frei.«

»Frei für ein Engagement irgendwo in der Welt.« Marcel lehnt sich zurück.

Die beiden sehen sich an.

»Ich habe mich noch nicht entschieden«, sagt Édith. »Nicholas und Arnold würden mich gern behalten. Vielleicht bleibe ich noch eine zusätzliche Saison im Versailles.«

Marcels Stirn kräuselt sich, wie immer, wenn er sich auf etwas konzentriert, ihm etwas wichtig erscheint. »Ich werde auch öfter hier sein. Hängt natürlich vom nächsten Kampf ab, aber wenn ich den gewinne, und das werde ich, dann …«

»Dann?«

»Dann bedeutet das: New York. Nach dem Welttitel zu greifen.«

Édith trinkt einen Schluck und überlegt angestrengt.

»Édith!« Der Boxer beugt sich so schnell nach vorne und greift nach ihrer Hand, dass sie sich beinah am Kaffee verschluckt. »Édith, ich will dich sehen, unbedingt. Ich *muss* dich sehen, dich in meinen Armen halten. Ich muss …« Doch er kommt nicht mehr dazu zu sagen, was genau er muss. Genauso schnell, wie er ihre Hand gefasst hat, lässt er sie auch schon wieder los. *»Eh merde!«* Er lehnt sich zurück und starrt finster auf einen Punkt hinter Édiths rechter Schulter.

Als sie sich umdreht, sieht sie einen Mann in Mantel und Hut eilig auf ihren Tisch zusteuern.

»Monsieur Cerdan!«

Marcel steht auf.

»Welch eine Überraschung, Sie hier zu treffen!«

»Bonjour. Darf ich vorstellen?« Die beiden Männer schütteln sich die Hand. »Monsieur Armand von *L'Équipe*. Er ist hier, um über den Boxkampf zu berichten. Monsieur Armand, das ist …«

»Édith Piaf. *Juste ciel,* Sie müssen Mademoiselle doch nicht vorstellen! *Enchanté.*« Er beugt sich kurz über die Hand, die Édith ihm gereicht hat und die noch warm ist von Marcels Berührung. »Welch Zufall, zwei der größten Ikonen Frankreichs zu treffen! Und das in einer riesigen Stadt wie New York! Und auch noch zusammen!« Seine Stimme überschlägt sich fast vor Begeisterung, in seinen Augen blitzt unverhohlene Neugier auf.

»Zufall, Sie sagen es.« Marcel steht immer noch. »Unglaublicher Zufall, dass ich Mademoiselle Piaf hier getroffen habe. Scheint ein beliebtes Café zu sein.«

Armand sieht sich um. »Unglaublich. In der Tat.«

»Der Portier im Hotel hat es mir empfohlen. Es gibt hier hervorragenden …« Er zögert eine winzige Sekunde. »Kaffee«, fährt er dann fort.

Armand schaut stirnrunzelnd zu Édith.

»*Mais oui,* davon habe ich auch gehört. Von … von irgendjemandem. Scheint so, als wäre dies der Treffpunkt *en vogue*«, versichert sie ihm.

»Erstaunlich«, murmelt Armand, der sich noch einmal umsieht. Der Zweifel steht ihm auf die Stirn geschrieben. »Und Sie beide haben sich hier nicht verabredet …« Er lässt seinen Finger hin und her schnellen, als wäre nicht klar, welche beiden genau gemeint sind.

»O nein, waren wir nicht. Reiner Zufall. Ich wollte frühstücken, und Mademoiselle Piaf hat mich gesehen und mir freundlicherweise Gesellschaft gelei… Ah, und hier kommt auch schon mein Frühstück.« Marcel muss um den Mann herumgreifen, um Vivian die Teller abzunehmen. »Omlette und Toast, *thank you.*« Er stellt beide Teller vor sich auf den Tisch, ohne Édith anzublicken.

Die weiß, was von ihr verlangt wird. »Nun denn«, sagt sie und steht auf, »ich werde dann auch wieder aufbrechen und überlasse Sie der Gesellschaft von Monsieur Armand. Hat mich gefreut«, wendet sie sich an den Journalisten, der wieder ihre Hand küsst. »Monsieur Cerdan, danke für den wunderbaren Kaffee.«

»Ich danke Ihnen.« Auch Marcel beugt sich über ihre Hand und streichelt dabei deren Innenseite. Die geheime Intimität der Geste lässt Édith schlucken. Sie blinzelt, während sie sich von dem Journalisten in den Mantel helfen lässt. *»Au revoir«,* wünscht sie beiden Männern und geht so aufrecht wie möglich davon. »Wusste gar nicht, dass sie sich fürs Boxen interessiert«, hört sie den Journalisten noch sagen, bevor sie außer Hörweite ist. Als sie sich an der Tür noch einmal umdreht, sieht Marcel auf. Er lächelt nicht, aber seinen intensiven, sehnsuchtsvollen Blick nimmt sie mit in den kalten New Yorker Februarmorgen.

5.

1948

»Édith, *my darling,* so geht das nicht weiter.« Arnold Rossfield steht mit verschränkten Armen im Türrahmen der kleinen Garderobe, die Édith belegt hat. Eintreten kann er auch nicht, denn der winzige Raum, in den normalerweise kaum mehr als ein Schirmständer, ein Schminktisch und ein Hocker passen, quillt über vor Blumen: bunte Arrangements in Vasen, üppige Bouquets, Körbe mit Gestecken, große und kleine Sträuße, Kartons mit einzelnen langstieligen Rosen. Selbst einen Farn hat ein übereifriger Bewunderer liefern lassen. Dem Manager des Versailles bleibt nichts anders übrig, als im Flur stehen zu bleiben, während sich das Küchen- und Barpersonal hinter ihm vorbeiquetscht. »Au, *watch it, mate,* ich stehe doch hier. Also«, wendet er sich wieder an die ursprüngliche Adressatin seiner Rede, »du musst deine Verehrer in die Schranken weisen. Oder wenigstens einige dieser Dinger hier mitnehmen. Wir sind doch kein Blumenladen!«

Édith lacht. »In meinem Appartement sieht es nicht anders aus: Ich bekomme kaum noch Luft. Kannst du nicht deine Angestellten …«

»Nee, die wollen auch nichts mehr. Wir alle haben vom Grünzeug die Nase voll.« Er wedelt einen Farnzweig beiseite, der ihn im Gesicht kitzelt.

Édith beugt sich näher an den Spiegel, dreht den Lippenstift hoch. »Bald seid ihr mich ja los, mich und die Blumen.«

»Das ist es auch, warum ich … Au, hast du keine Augen im Kopf?«, bellt er zur Seite. »Idiot. Mit dir reden wollte.« Er schubst noch einmal den Farn. »Hast du dir unser Angebot durch den Kopf gehen lassen? Zwei Vorstellungen pro Abend. Nicht das ganze Programm, sagen wir: acht, neun Chansons. Und natürlich erhöhen wir deine Wochengage.«

»Arnold.« Édith presst die Lippen aufeinander, korrigiert den Strich mit ihrem kleinen Finger. »Du weißt, dass du solche Sachen mit Loulou besprechen musst.«

»Ja, die Feinheiten … Jetzt reicht es aber, verdammt!« Er schießt wütende Blicke einer vor Schreck davonspringenden Kellnerin nach. »Die Feinheiten gewiss«, wendet er sich wieder an Édith. »Aber dein grundsätzliches Einverständnis bräuchten wir schon für unsere Planung.«

Édith macht einen Fischmund, dann schraubt sie den Lippenstift zurück. »Um welchen Zeitraum handelt es sich denn?«

»Ende des Jahres? Nächstes Jahr? Du bestimmst, Édith, so wie immer.« Arnold greift sich den vorwitzigen Farnzweig, der ihm vor dem Gesicht hängt, mit beiden Händen und reißt ihn kurzerhand ab. Suchend sieht er sich um.

»Ich muss das natürlich mit Loulou besprechen. Und in meinen Terminkalender sehen. Da sind noch Schallplattenaufnahmen, Konzerte in Frankreich, irgendein Film ist auch geplant …«

»Ich weiß, *darling*, ich weiß.« Arnold schwingt ungeduldig den Farnwedel. »Du bist ein vielbeschäftigtes Wesen. Die Welt liegt dir zu Füßen. Aber dies ist das Versailles, deine künstlerische Heimat. Dies ist New York.« Er wirft den Farn einem sich hinter ihm vorbeischlängelnden Kellner kurzerhand aufs Tablett und wischt sich die Hände ab. »Also?«

New York: Das ist Marcel für sie. Hier können sie unerkannt herumbummeln, in eines der vielen kleinen Restaurants essen gehen, zusammen sein. Ihr Heimweh nach Frankreich ist verflogen, ihre Sehnsucht nach Croissants, Pariser Luft und einem Picknick an ihrer geliebten Seine. New York bedeutet Freiheit. Die Freiheit, Marcel lieben zu dürfen. Sie denkt an ihre Spaziergänge durch den Central Park, die leidenschaftlichen Nächte im Hotel.

»Natürlich, Arnold.« Édith lächelt ihm im Spiegel huldvoll zu. »Du kannst auf jeden Fall auf mich zählen.«

Freiheit ist eine amerikanische Erfindung, die sich hauptsächlich auf Desinteresse gründet. So viel hat Édith in der Zwischenzeit gelernt. Die amerikanische Presse stürzt sich vor dem anstehenden Kampf hauptsächlich auf Marcels Gegner, den jungen *Texas boy,* und bis auf ein paar wenige Ausnahmen in Intellektuellenblättern haben sich die Artikel über sie, *the french singer,* auch in Grenzen gehalten. Die Franzosen jedoch, die sich die Freiheit neben Gleichheit und Brüderlichkeit auf die Fahne geschrieben haben, verfolgen jeden von Édiths und Marcels Schritten.

Hinter dem Theater warten abends ihre Fans, denen sie hastig Autogramme schreibt, während sie darauf brennt, zu Marcel zu kommen. Journalisten sind jetzt, zum Ende der Spielzeit, kaum mehr darunter. Dafür sind ein Haufen Sportreporter aus Frankreich angereist, die Marcel belagern. Und selbst die sind harmlos im Vergleich zu seiner eigenen Entourage, vom Manager über den Koch bin hin zum Masseur, die Marcel genauestens im Auge behalten.

Das also hat er damit gemeint, als er gefragt hat, ob sie gut schleichen könne.

Aber es braucht schon mehr als ein paar Franzosen, um Édith von dem Mann fernzuhalten, den sie liebt.

Natürlich hat die Sängerin als Erstes ein Zimmer in dem Hotel genommen, in dem Marcel und seine Begleiter untergekommen sind, doch das haben die französischen Reporter auch. Ungesehen durch die Lobby zu kommen erweist sich beinah als unmöglich, also muss Édith einen Hilfskoch bestechen, der abends die Hintertür einen Spaltbreit offen lässt. In der Tür klemmt ein Schuh, den Édith wie besprochen hinter eine Mülltonne schubst. In der Küche ist trotz der fortgeschrittenen Uhrzeit noch reger

Betrieb, es dampft und zischt, Befehle werden gebrüllt, hektisch wischen in Weiß gekleidete Gestalten durch die engen Gänge. Niemand nimmt groß Notiz von der kleinen Gestalt im Pelzmantel, und Édith ist so schnell wieder heraus, wie sie hereingekommen ist. Den Gang entlang zur Treppe begegnet ihr niemand und im Treppenhaus nur ein Zimmermädchen, das sich unter einem riesigen Berg Wäsche begraben an den Abstieg macht. Endlich, fünf Stockwerke höher, erreicht sie ihr Zimmer, kramt den Schlüssel aus der Handtasche und lässt sich schwer atmend aufs Bett fallen. Jetzt heißt es warten, denn Marcel kann sich nicht so einfach aus seinem Zimmer schleichen: Sein Manager wohnt direkt nebenan.

Die Zeit verstreicht, Édith langweilt sich. Sie ist nicht müde, im Gegenteil, noch aufgekratzt von ihrer Vorstellung, und kann kaum stillhalten. Sie streicht durch das noble Hotelzimmer wie ein Tiger im Käfig, durchsucht Schrank und Kommoden nach Überbleibseln vergangener Hotelgäste und findet keine, guckt sogar unters Bett. Himmel, ist das ein anständiges Etablissement! Es gibt nicht mal eine Minibar, doch sie hat sowieso schon im Klub ein Glas an der Bar getrunken, und Marcel mag es nicht, wenn sie »angeheitert« ist. Zumindest nicht, solange er nicht mittrinken kann, und das ist ausgeschlossen, schließlich ist er im Training. In Marcels Suite gibt es einen Fernsehempfänger, doch so nobel ausgestattet ist ihr Zimmer nicht. Sie hat immerhin ein Badezimmer und überlegt, ein Bad zu nehmen, ist dafür allerdings zu unruhig. Wo Marcel nur bleibt?

Zum Zeitvertreib räumt sie ihre Handtasche auf dem Bett aus. Und wieder ein. Hört dem Gejaule der Sirenen vor dem Fenster zu. Macht ein paar Artikulationsübungen, indem sie auf die Spitze ihres Zeigefingers beißt und Texte aufsagt. Ein Korken wäre besser, aber sie hat keinen.

Korken, Wein. Schon gleich hätte sie Lust auf ein Glas und ist schon kurz davor, den Zimmerservice anzurufen, doch nein: Training. Keinen Alkohol, zumindest nicht so viel.

Was Momone zu ihrer unfreiwilligen Enthaltsamkeit sagen

würde? Édith muss lächeln. Sie vermisst ihren kleinen gemeinen Zwilling, gerade in Augenblicken wie diesen. Sie könnten ein wunderbares Versteckspiel aus dem Ganzen hier machen. Momone würde sicher nicht brav warten, bis der Liebhaber sich endlich aus seinem Zimmer traut. Sie würde … Ja, was würde sie?

Édith fällt das Zimmermädchen ein, das ihr auf der Treppe begegnet ist. Nein, das wagt sie nicht. Oder doch? Momone würde es tun.

Édith greift zum Telefon und meldet einen Notfall. Ihre Sachen seien durcheinandergeraten, und sie brauche dringend ein Zimmermädchen zum Aufräumen und Nähen, mindestens eine Stunde, besser zwei. Dann legt sie auf. Wenn jetzt Marcel kommt, kann sie das Mädchen immer noch wegschicken. Wenn nicht … Nun, wir werden sehen.

1942

Madame Billys Étoile war ein Freudenhaus der Sonderklasse und Édith mehr als dankbar, direkt darüber, in der Rue Villejust im Sechzehnten Arrondissement, eine Wohnung gefunden zu haben. Ach was, eine Wohnung: Die gesamte dritte Etage hatte sie gemietet und konnte mit ihrem Flügel, mit Momone, ihrer Sekretärin Dédée und dem asiatischen Koch Tschang sofort einziehen. Der Krieg hatte Paris nicht verschont, auch wenn noch keine Bomben gefallen waren. Die einstige Schönheit an der Seine war heruntergekommen und verwahrlost, manche Viertel verdreckte Geisterstädte, andere wiederum quollen über von Menschen. Aus jedem Zimmer drang Kindergeschrei, die Bewohner schliefen auf den Fluren, im Hof zankten sich die Frauen.

Nein, Édith hatte Glück, bei Madame Billy gelandet zu sein. Da fiel es auch nicht ins Gewicht, dass sie mit deren Gatten, einem Sänger, während einer Konzertreise durch die Gefangenenlager in Deutschland eine heftige Liaison gehabt hatte. Und es war auch nicht zu vermeiden, dass sie ihrer unheilvollen Vergangenheit qualvoll nahe kam, den alten Kneipen, den abgelegten Freunden. Asso wäre entsetzt gewesen, aber ihr Freund und Förderer war weit weg, kämpfte im Krieg.

Und Édith mal wieder gegen ihre alten Dämonen.

»Möchten die Damen noch etwas?« Tschang sprach, zu Momones maßloser Enttäuschung, ein wunderbares Französisch und reagierte auch nicht auf ihre bösartigen kleinen Neckereien, wenn sie einen chinesischen Akzent zu imitieren versuchte: »Nein, die ehlenwelten Damen haben keinen Appetit mehl«, näselte sie und ließ für einen Augenblick die Nagelfeile sinken. Wie ein gelangweiltes Kind saß sie quer im Sessel und baumelte mit den Beinen.

»Und speisen die *ehrenwerten* Damen heute hier?«, fragte der Koch mit übertrieben deutlicher Betonung.

»Nein danke, Tschang«, antwortete Édith rasch an Momones Stelle. »Wir werden uns heute Abend etwas aus der Küche hochkommen lassen, wenn uns danach ist. Sie brauchen sich nicht zu bemühen.«

Das war noch das Beste an der Wohnung über dem Bordell: Madame Billys exzellente Beziehung zu den Besatzern. Die Offiziere der Wehrmacht gingen in dem Haus ein und aus und konnten alles besorgen, was das Herz begehrte. Die Küche war die ganze Nacht über in Betrieb, die Heizung bollerte, der Champagner floss in Strömen.

»Dann lasse ich Sie jetzt allein«, sagte Tschang würdevoll.

Es war Nachmittag, die »Damen« waren zwar gerade erst aufgestanden, doch Édith war immerhin schon ihr Tagesprogramm mit Dédée durchgegangen und hatte etwas gegessen. Bis zum Abend hatte sie frei. Geprobt wurde meist nach den Vorstellungen, spät in der Nacht, wenn es im Haus sowieso hoch herging.

»Das geht auf gar keinen Fall. Das Ding kneift.« Édith schaute in den Ausschnitt ihrer Bluse, kaum dass der Koch den Raum verlassen hatte.

»Was denn? Dein neuer Büstenhalter?« Momone feilte weiter.

»Trägst du so etwas?«

»Natürlich nicht!«, erwiderte Momone im Ton der Entrüstung.

»Genau. Weil es kneift.« Édith hob die Arme, ließ sie wieder sinken, drehte sich nach rechts und nach links. »Dédée hat ihn besorgt. Sie besteht darauf, dass ich ihn zukünftig auf der Bühne trage. Man würde sonst zu viel sehen.«

»Was denn?«

»Na, was wohl.«

»Ich finde das nicht unanständig.«

»Du findest herzlich wenig unanständig.«

»Genau. Deswegen muss ich auch nicht eines dieser Dinger tragen.«

Édith nahm wieder eine ihrer Sangesposen ein. »Na gut, wenn es denn sein muss«, murmelte sie. »Und dann, beim Applaus …« Huldvoll nahm sie den Beifall ihres imaginären Publikums entgegen, verbeugte sich, die Arme auf dem Rücken verschränkt, und nestelte gleichzeitig am Verschluss auf ihrem Rücken herum. Sie richtete sich wieder auf, grinste. »*Bon*, das wird gehen, so kann ich ihn aufmachen. Beim Verbeugen bin ich ja schon auf der richtigen Höhe.«

Momone lachte: Etwas derart Anzügliches war gerade nach ihrem Geschmack. »Und dann, beim Abgang … zack, ziehst du den Büstenhalter raus, wedelst damit und wirfst ihn kalt lächelnd ins Publikum.«

Zweifelnd blickte Édith an sich herunter. »Den kann man nicht so einfach rausziehen. Dazu muss man erst …« Ungeniert schlüpfte sie aus ihrer Bluse, entledigte sich des elenden Büstenhalters und stand halb nackt mitten im Zimmer, während Momone sich ausschütten wollte vor Lachen. »*Voilá*. Ich denke doch, das ist ein wenig auffällig.«

»Geht das nicht schneller?« Die Freundin wischte sich die Lachtränen aus dem Gesicht.

»Ich wüsste nicht, wie«, überlegte Édith allen Ernstes.

»Wir sollten unten nachfragen.« Momones Augen funkelten.

»Wie ich am schnellsten einen Büstenhalter loswerde?«

»Wenn es jemand weiß, dann ja wohl eines der Mädchen von Madame.«

Édith nickte in gespieltem Ernst. »Da hast du wohl recht.« Allerdings schätzte *la patronne* es gar nicht, wenn Édith und Momone sich unter die Mädchen mischten.

»*Et alors?* Es geht um einen professionellen Rat. Na los. Zieh dich wieder an«, befahl Momone. Die Langeweile war verflogen. Achtlos schmiss sie die Nagelfeile auf den Tisch, während Édith sich ankleidete.

Übermütig liefen die beiden Freundinnen Arm in Arm die Treppe herunter, blieben kichernd auf dem Absatz stehen. »*Mesdames et Messieurs*«, zog Momone die Aufmerksamkeit auf sich.

Es war nicht viel los, noch früh am Nachmittag, trotzdem hatten sich schon ein paar Uniformierte und vornehme Herren mit den leicht geschürzten Damen im Salon versammelt. Die Luft war rauchgeschwängert, in den Gläsern platzten winzige Perlen.

»Ein Wettbewerb«, verkündete Momone. »Wir suchen einen Gentleman mit geschickten Fingern, der dieser Dame hier helfen wird«, und sie zeigte auf Édith, »sich schnellstmöglichst ihres Büstenhalters zu entledigen. Und zwar *ohne* ihre Bluse abzulegen oder sie anderweitig zu betatschen. Dies ist schließlich ein anständiges Haus.«

Die Männer grölten, pfiffen und applaudierten, die Frauen schüttelten amüsiert die Köpfe. Und Édith hob herausfordernd die Arme.

1948

Gerade mal sechs Jahre später huscht Édith Piaf, das Zimmermädchen, mit einem Stapel Handtücher aus ihrem Zimmer, strafft selbstbewusst die Schultern und geht dann dienstbeflissenen Schrittes den Korridor entlang, die gewundene Treppe hoch in das darüberliegende Stockwerk. Die Hoteluniform sitzt schlecht, ist ihr zu groß, doch das Wichtigste ist, dass ihre Haare unter der Haube nicht herausfallen, also geht sie ein wenig steif, versucht, den Kopf nicht zu bewegen.

Zu ihrer Enttäuschung sind das Treppenhaus und das Stockwerk, in dem Marcels Suite liegt, beinah menschenleer. Nur ein verliebtes Pärchen kommt ihr Arm in Arm entgegen, und die haben nur Augen füreinander. Ein bisschen spannender hatte sie sich ihre Charade schon vorgestellt.

Einen Wunsch, den sie schon kurz darauf bereut, als sie gerade an Marcels Tür klopfen will und die wie von selbst aufgeht.

»… sehe dich morgen um sechs, *bonne nuit*«, ruft Lucien Roupp in das Zimmer hinter sich.

Édith hört nur ein Murmeln als Antwort, ihr wird heiß und kalt gleichzeitig. Von Weitem kann sie jemanden täuschen, der sie nicht persönlich kennt. Einen Reporter vielleicht, irgendeinen aus dem Betreuerteam von Marcel. Aber seinen Manager? Den Wachhund und Sklaventreiber in einer Person? Vor Schreck lässt sie die Handtücher fallen, was ihr Glück ist, denn Lucien lässt ihr zwar die Tür zur Suite offen, macht jedoch auch keine Anstalten, ihr zu helfen. Wortlos und ohne größere Aufmerksamkeit steigt er über die fallen gelassenen Handtücher.

»Warten Sie.« Marcel, der Gentleman, kommt herüber und bückt sich. Als er Édith erkennt, erstarrt er.

»Ach ja, da ist noch etwas«, fällt Lucien ein.

Marcel richtet sich blitzschnell auf, tritt einen Schritt vor und versetzt Édith einen unsanften Stoß, der sie in das Zimmer befördert. »Ja?« Er baut sich breit im Türrahmen auf, um den Blick zu verstellen, und schafft es gleichzeitig, die Handtücher mit dem Fuß hinter sich zu schieben.

»Vergiss bitte nicht das Interview. Ich habe diesem Reporter gesagt, du würdest mit ihm frühstücken.«

»Klar. Weiß ich doch.«

»Dann noch mal: *Bonne nuit.*«

»Bonne nuit.« Marcel schließt die Tür, lehnt sich dagegen und betrachtet fassungslos Édith, die grinsend versucht, die schief sitzende Haube gerade zu rücken. »Sag mal, wie alt bist du eigentlich?«

Édith schüttelt den Kopf, was ihrer Haube endgültig den Rest gibt. Ihrer Aufgabe beraubt, segelt sie matt und erschöpft zu Boden und lässt wilde, krause Locken frei. »Das ist gar nicht der Text«, sagt sie. »Ich frage dich, was ich für dich tun kann.« Sie knickst. »Und du sagst ›alles‹ und fällst über mich her.«

Marcel verzieht das Gesicht. »Ich falle über niemanden her.«

»Na ja, manchmal schon.«

»Aber sicher nicht so. Und Édith: Das Kostüm sieht lächerlich aus. Als würden wir ein Stück im Boulevardtheater aufführen.«

»Ich weiß.« Édith ruckelt am Mieder der Uniform, das sie beileibe nicht ausfüllen kann. »Ist ein bisschen deprimierend. Aber der Plan hat geklappt. Ich bin bei dir, und Lucien hat nichts gemerkt. Niemand hat mich gesehen. Du kannst ganz beruhigt sein.«

»Beruhigt sein.« Marcel schüttelt den Kopf. »Ich soll beruhigt sein, wenn ich mit jemandem wie dir zusammen bin? Du bringst mich noch in ein frühes Grab.«

»Aber nein.« Édith kommt zu ihm herüber, steigt auf die Handtücher am Boden, was sie gleich ein Stückchen größer macht, und schmiegt sich an ihn. Auch sie beherrscht diesen unwiderstehlich französischen Schmollmund. »Im Gegenteil: Ich will dich zum Leben erwecken«, sagt sie und lässt ihre Hand an seinem Körper heruntergleiten, um klarzumachen, was sie mit »erwecken« meint.

»Édith«, stöhnt Marcel, immer noch gegen die Tür gelehnt, »tu mir nur einen einzigen Gefallen.«

»Und der wäre?« Sie schaut mit riesigen Augen zu ihm auf.

»Falls du jemals ein Buch über dein Leben schreibst, dann kommt das hier nicht darin vor. Versprichst du es?«

Édith nickt unschuldig. »Gestrichen.« Ihre Hand findet das, was sie gesucht hat. »Das würde mir sowieso niemand glauben.«

»Das hast du nicht getan!« Marlene ist sprachlos.

»Hab ich wohl.« Édith kichert. »Es war unglaublich. Der beste … Na, du weißt schon. Es war auf jeden Fall die Mühe wert.« Sie beißt in ihren Toast.

Die beiden Freundinnen haben sich wieder im Waldorf Astoria getroffen, dieses Mal im Frühstücksraum. Es ist belebter als nachmittags beim Tee, die Menschen munter und neugierig auf den Tag, der vor ihnen liegt. Broschüren werden gewälzt, Pläne geschmiedet. Der Saal summt förmlich vor guter Laune und Unternehmungslust. Es gibt keines dieser neumodischen Buffets, die ein paar Hotels eingeführt haben und an denen sich die Menschen anstellen müssen wie an einer Kassenschlange. Hier wird noch alles bestellt und mit Servierwagen an den Tisch gebracht. Vor Marlene und Édith türmt sich eine Etagere mit den typisch amerikanischen Süßigkeiten wie Waffeln mit Ahornsirup und Blaubeermuffins, dazu gibt es jedoch auch alles, was Amerikaner als »europäisch« bezeichnen: Käse, Schinken, sogar eine Art Leberwurst mit Trüffeln. Zu bestellen sind sämtliche Arten von Eiern, Frühstücksspeck, Pilze, Bohnen, Omelettes und Würstchen.

»Wer isst morgens eigentlich Würstchen?«, fragt Édith und sieht schaudernd zum Nachbartisch. »Sind das Deutsche?«

Marlene hört ein wenig zu, schüttelt dann den Kopf. »Schweizer. Ich verstehe kein Wort. Aber das ist jetzt auch egal. Ich kann immer noch nicht fassen, was du getan hast. Dich als Zimmermädchen zu verkleiden! Stell dir mal vor, die Journalisten hätten dich erwischt!«

Édith zuckt mit den Schultern und tunkt ihren Toast in den

Milchkaffee. »Ich hätte immer noch alles abstreiten können. Außer sie hätten einen Fotografen dabeigehabt.«

»So etwas könnte dich ruinieren, *chérie.*« Wenn Marlene das sagt mit ihrer rauchigen, tiefen Stimme, klingt es in der Tat ernst, doch Édith winkt ab.

»Ach was. Aber Marcel hat sich auch furchtbar aufgeregt. Hinterher.« Sie beißt erneut in ihren Toast, bevor er sich auflöst. »Wir haben früher dauernd solche Sachen gemacht, Momone und ich.«

Marlene runzelt die Stirn. »Da wart ihr wie alt? Sechzehn? Siebzehn?«

»Oh, auch später. Ich erinnere mich, als Asso einmal überraschend auf Fronturlaub kam und wir Paul verstecken mussten …« Sie bricht ab, kaut langsam, mit einem Mal nachdenklich geworden.

»Asso?«, fragt Marlene nach.

»Der Mann hat mich gerettet. Mich aufgebaut, als ich am Boden war, gleich nach Papa Leplées Tod. Und nicht nur in künstlerischer Hinsicht: Er hat mir alles beigebracht. Ordnung, Sauberkeit. Tischmanieren. Wie ich mich zu kleiden habe und wie nicht. Er hat Momone rausgeworfen und mir ein neues Repertoire verschafft, ein neues Image. Doch, Raymond Asso hat mir beigebracht, ein menschliches Wesen zu werden. Und wie habe ich es ihm gedankt?«

Jetzt gibt Édith sich zerknirscht, ist ganz voller Selbstzweifel. Marlene kennt die Stimmungsschwankungen ihrer Freundin schon und übt sich in Geduld. Insgeheim beneidet sie sie sogar um diese Fähigkeit, Kummer und Reue zu empfinden und sie auch zu zeigen. Das ist schließlich das Leben. Im Gespräch mit ihren amerikanischen Freunden geht es meist um Erfolg und das gute Aussehen und wer irgendetwas mit wem hat. Von ihnen würde sich niemand so plötzlich fallen lassen, doch Édith hat immer zwei Gesichter. Oder besser gesagt: zwei Melodien in sich. Eine in Dur, die andere in Moll.

»Ich habe Asso mit Paul betrogen, Paul Meurisse. Und er, als er es gemerkt hat, ist er zu Paul in die Garderobe gegangen, um klarzustellen, dass er keine Ansprüche stellt. Meinem Glück nicht im Weg steht. Kannst du dir das vorstellen?«

»Ein echter Gentleman«, gibt Marlene zurück.

»O ja. Aber ich bin nicht von einem zum anderen getaumelt wie eine Dirne, sondern weil ich eine Liebe suchte, die so groß sein sollte, dass mein ganzes Leben davon verwandelt würde. Ich denke, das wusste Asso. Das hat er verstanden.«

»Und jetzt glaubst du …«

»Ich weiß es. Oh, Marlene!« Die Freundin strahlt. »Wenn ich dir nur begreiflich machen könnte, wie wunderbar Marcel …«

»O nein.« Marlene richtet sich auf. »Jetzt keine weiteren Lobeshymnen mehr. Du hast schon die erste Hälfte unseres Frühstücks über nichts anderes geredet als über deinen Boxer.« Sie lehnt sich wieder zurück, nippt an ihrem Kaffee. »Was ist mit Jean-Louis? Kommt er nicht dieses Wochenende aus Boston zurück?«

Édith beißt sich auf die Lippe. »Ja, allerdings.«

»Und du wirst mit ihm reden?«

Édith nickt. »Es ist vorbei. Ich kann Marcel nicht betrügen.«

Langsam setzt Marlene die Tasse ab, betrachtet dabei sorgfältig ihr Gegenüber. »Weißt du was? Ich glaube dir. Ich glaube tatsächlich, dass du dabei bist, dich zu verwandeln. Aber nein«, schiebt sie sofort nach, als sie Édiths entzückten Gesichtsausdruck sieht und die Freundin den Mund aufmacht. Sie hebt abwehrend beide Hände: »Keine weiteren Marcel-Geschichten. Noch eine Heldentat dieses Mannes überlebe ich nicht.«

»Ich auch nicht.« Édith grinst. »Ich werde ganz sicher sterben vor Glück.«

Les trois cloches, Die drei Glocken ist ein besonderes Chanson, das einzige Lied a cappella, das Édith und die Compagnons de la Chanson gemeinsam gesungen haben. Ein religiöses, frömmelndes Lied, das fast russisch klingt und vom einfachen Leben handelt: Ein Kind wird geboren – die erste Glocke ertönt. Es wächst heran und heiratet (zweite Glocke), dann, irgendwann im Alter, stirbt es nach einem erfüllten Leben. Die dritte Glocke, die davon kündet, schwingt sich auf, klingt und singt in der Gewissheit des ewigen Lebens, das nun beginnt. Schon kitschig, sicher, aber von ungeheurer Wirkung. Jede Strophe beginnt mit einer Männerstimme, die wie in einem Gebet einen einzigen Ton umtänzelt, dann greift Édith den Schlusston auf und leitet ihn in den Refrain über, während die Männer um sie herum den Vokalpart übernehmen. Ein brillantes Zusammenspiel, das den Zuschauern regelmäßig Gänsehaut über die Arme laufen lässt.

»Und das müssen wir wieder bringen, unbedingt. Es wird großartig werden. Du wirst schon sehen.« Jean-Louis ist zuversichtlich. Die Gastspiele in Boston waren recht erfolgreich, sicher, doch so langsam lässt die Begeisterung der Amerikaner für die einfachen französischen Volkslieder nach. Als braves männliches Ensemble, immer in der gleichen schlichten Kleidung mit makellosem Vortragsstil, haben sie den Nerv der Zeitgenossen getroffen, denen Jazz, Charleston und die erotischen Anspielungen zu viel des Guten waren. Doch es reizt sie auch der Kontrast. Die zierliche Édith mit der großen Stimme, umgeben von den stattlichen, aber zurückhaltenden Sängern, ihre Hände sittsam auf dem Rücken verschränkt: Das ist einfach genial.

Zudem kann ein wenig künstlerischer Input, den Édith allen ihren Partnern angedeihen lässt, nicht schaden.

»Aber du hast schon zugehört, was ich dir gerade eben gesagt habe?« Édith ist dabei, sich für die Abendshow fertig zu machen. Mit dem Kajalstift in der Hand dreht sie sich zu ihm um.

Jean-Louis lässt sich hinter ihr auf den Sessel fallen. »Ja, schon klar. Du löst unsere Verlobung, weil wir uns entfremdet haben, und … blablabla. Ersparen wir uns das doch bitte, Édith. Wie heißt er?« Mit einem Mal klingt seine Stimme müde, längst nicht mehr so aufgekratzt wie gerade eben noch.

»Niemand«, sagt Édith, wendet sich wieder dem Spiegel zu. »Da ist niemand.«

Rastlos steht Jean-Louis auf, tritt hinter sie und sucht in ihrem

Spiegelbild nach ihrem Blick, als könnte er darin die Wahrheit ablesen. Mit dem Handrücken streichelt er ihre Wange. Sie lässt es geschehen. Doch dann, als er mit der Hand von ihrem Gesicht ihren Hals heruntergleitet, zu ihrem Ausschnitt hin, hält sie ihn auf.

»Nicht, Jean.« Lust regt sich in ihr wie ein schmutziger kleiner Haufen Lumpen, den sie weggeworfen hat und der dennoch ein Eigenleben führen will.

Jean-Louis scheint es zu spüren, lässt seine Hand weiterwandern, küsst ihren Hals, liebkost sie.

»Nicht, sagte ich.« Édiths Stimme klingt so metallisch und schneidend wie in manchen ihrer Lieder. Sie hat ernst gemeint, was sie Marlene gesagt hat. Sie wird Marcel nicht betrügen.

»Natürlich nicht.« Jean-Louis erstarrt, richtet sich auf. Seine Miene wird bitter. »Du strahlst förmlich, leuchtest von innen. Da muss jemand sein. Ich kann es doch sehen. Habe ich dich eigentlich je so zum Strahlen gebracht?«

»Ach, Jean.« Jetzt tut er ihr doch ein wenig leid. »Selbst wenn es jemanden gäbe. Es ist doch schon längst nicht mehr so wie am Anfang zwischen uns.« Sie betrachtet ihren »Verlobten« im Spiegel. Er sieht blass aus, aber wer sieht das nicht aus nach diesem langen Winter? Dazu noch die anstrengende Tournee an der Ostküste: Nichts, wofür sie ihn bemitleiden müsste. Nein, er wird schon darüber hinwegkommen. Sie wird ihm ein wenig helfen, schließlich braucht sie ihn noch. Als *Compagnon*, als Alibi. »Aber diese Idee von einer Tournee in Kanada …«

»Ja?«

»Ich werde mal mit Loulou darüber reden. Dies Angebot, das du hast, hört sich eigentlich sehr vernünftig an.«

Schon strahlt er wieder wie ein großer, zerzauster Junge, und Édith fragt sich, ob sie es nicht übertrieben hat. Jean-Louis sieht zuversichtlich aus, siegessicher. Als hätte er eine Schlacht gewonnen. Wieder überkommt Édith Mitleid. Er hat keine Ahnung, auf welchen Kampf er sich da eingelassen hat.

»Und wir sind warum noch mal hier?« Jean-Louis muss sich zu Édith herüberbeugen, um sich verständlich zu machen.

Der Madison Square Garden, die größte Boxarena der Welt, ist gut gefüllt, es riecht nach Schweiß und Wolle, nach Bier, Würstchen, Zigarren und scharf und stechend nach Pomade. Die Stimmen in dem riesigen höhlenartigen Raum tragen weit hinauf bis zu den billigen Plätzen unter dem Dach, überall wehen amerikanische Fahnen. Auf den Gängen schiebt sich eine träge Masse von Menschen nach oben oder unten wie ein endloser Bandwurm, scheint keine Ruhe zu finden. Die Stimmung ist so angeheizt wie vor einer Kneipenschlägerei. Etwas, auf das Édith reagiert. Das sie zu genießen scheint, obwohl sie gleichzeitig ungewöhnlich nervös ist.

»Wir sind hier, um einen Landsmann zu unterstützen«, erwidert sie laut, und ihre metallisch klare Stimme hat keine Schwierigkeit, den Lärm zu durchschneiden, der sie umgibt.

»Ach ja, der Landsmann«, erwidert Jean-Louis und wischt sich über den Ärmel seines teuren Mantels. Dieser Marcel, der unbedingt mit Édith essen gehen wollte. Als wenn sie sich mit so einem Mann einlassen würde! O nein, der Boxer ist keine Bedrohung, ein Musiker wäre es, ein Sänger, Künstler, wie er es ist. Falls es jemand anderen gibt, dann ist er auf einer anderen Bühne zu suchen und nicht zwischen diesen Seilen.

Sie haben Plätze in der ersten Reihe. Keine Ahnung, wie es Édith geschafft hat, an diese Karten zu kommen. Seinetwegen könnten sie gern weiter hinten sitzen. Seinetwegen müssten sie gar nicht hier sein, dürften sie gar nicht hier sein. Die restlichen acht Compagnons sitzen in diesem Augenblick auf dem Dampfer nach Frankreich und genießen wahrscheinlich ihren ersten Cocktail an Deck. Eigentlich hätte Jean-Louis mitreisen sollen, doch Édith hat ihn überredet zu bleiben und später mit ihr zusammen das Flugzeug zu nehmen. Jean-Louis hat das als gutes Zeichen gewertet, auch wenn sie seit seiner Rückkehr weiterhin abweisend zu ihm ist.

Sie sieht merkwürdig altmodisch aus in ihrem derben, hellen Wollkostüm und dem gleichfarbigen Hütchen, fast bieder. Als wollte sie sich absetzen von dem Geschehen, von all den anderen Frauen in ihren schicken Garderoben und, etwas höher in den Rängen, aufreizend kurzen Röcken. Nervös umklammert sie ihre schwarze Handtasche, die sie so sehr knetet, als wollte sie Brot backen.

Jean-Louis muss unwillkürlich lächeln bei diesem Gedanken. Édith und Brot backen: ein unmögliches Bild. Allerdings hätte er sie sich bis vor Kurzem auch nicht in einer Boxarena vorstellen können. Im Gegenteil. Sein Eindruck bei ihrem gemeinsamen Besuch in der Trainingshalle ist ein gänzlich anderer gewesen. Édith hatte abgestoßen gewirkt, fast angeekelt. Und doch ist sie heute hier.

Das fällt auch den französischen Reportern auf, die sich auf sie stürzen, um sich die Wartezeit zu verkürzen und mit ein paar Schnappschüssen noch etwas Geld hinzuzuverdienen. Édith am Arm ihres »Verlobten«, Édith, die sich an ihn schmiegt, Édith, die lächelt. Jetzt ist er also doch noch ihr Verlobter, und Jean-Louis spielt das Spiel gerne mit. Besitzergreifend legt er seinen Arm um sie, lächelt mit ihr in die Kamera. Auch das wertet er als »gutes Zeichen«.

Dann geht es los, die Boxer kommen zu einem Marsch in die Arena, Marcel Cerdan gegen Lavern Roach. Man sieht zunächst nicht mehr als eine wogende Menschenmasse, die sich jubelnd auf einen Punkt ausrichtet, dann Männer im Bademantel, Handtücher über dem Kopf, die den Ring betreten und sich in gegenüberliegende Ecken stellen.

Jean-Louis muss den Kopf in den Nacken legen, damit er sie richtig sehen kann.

Die beiden Männer setzen sich nicht auf den bereitgestellten Hocker, sondern stehen an den Seilen und beratschlagen sich, so scheint es, noch einmal mit ihren Trainern. Vielleicht beten sie auch.

Jean-Louis findet es albern, trotzdem erfasst ihn eine Art Ehrfurcht. Vielleicht ist es auch nur Furcht. Er, der doch an eine Bühne gewöhnt ist, den großen Auftritt liebt, wäre jetzt weiß Gott nicht gern in diesem Ring. Noch wirken die beiden Gestalten im weißen Frotteebademantel alles andere als bedrohlich, trotzdem geht etwas Ungutes von ihrer Begegnung aus. Als hätte man zwei unterschiedlich gepolte Magneten aneinandergekettet und eine Flucht unmöglich gemacht. Sie sollten nicht dort sein, zusammen in diesem winzigen Raum, gefangen zwischen Seilen.

Die Haare auf seinen Armen stellen sich auf.

»Welcher von beiden ist Cerdan?«, fragt er Édith, die ihn so entgeistert ansieht, als hätte er gefragt, ob die Erde eine Scheibe sei. »Der Rechte?«

Sie schüttelt nur den Kopf, doch wie soll er etwas erkennen, wenn beide weiß gekleidet sind und aussehen wie diese Männer mit den spitzen weißen Hüten. Wie heißen sie noch mal? Irgendetwas mit Klan.

Alle erheben sich von den Plätzen. Neben Jean-Louis steht Édith stocksteif, sie reicht ihm gerade mal bis zur Schulter, inklusive Hut.

Eine Melodie erklingt so scheppernd aus dem Lautsprecher, dass er einige Sekunden braucht, um sie als französische Nationalhymne zu erkennen. Es bleibt geräuschvoll, die Unterhaltungen brechen nicht ab, doch wenigstens um Édith und ihn herum werden die Menschen still. Den Effekt hat sie immer, die Piaf, sobald sie anfängt zu singen. Und seine Stimme ist zwar auch nicht zu verachten, er singt jedoch nur leise mit, untermalt sie, und sie wirft ihm einen lächelnden, glänzenden Blick zu.

Ein gutes Zeichen. Noch eines.

Jetzt läuft ihm tatsächlich Gänsehaut über die Arme. Es schwingt aber auch so viel mit in diesem Lied, so viel überstandenes Leid und Gefahr, so kurz nach dem Krieg. Und wie grässlich, danach gleich einen Kampf sehen zu müssen. Jean-Louis bereut nicht zum ersten Mal, dass er sich hat überreden lassen. Nach der Hymne applaudieren die umstehenden Menschen ihnen beiden, und Jean-Louis kommt auf den Geschmack, würde jetzt am liebsten doch in den Ring steigen und mit Édith singen. Gar keine Frage, dass sie beide dies Publikum verzaubern könnten.

Bei der amerikanischen Nationalhymne im Anschluss singen alle mit, der Mann neben ihm greift sich mit beiden Händen ans Herz, als hätte er einen Anfall. Jean-Louis gibt sich Mühe, anerkennend auszusehen oder doch zumindest respektvoll. Wie sieht man eigentlich respektvoll aus? Nun, man fasst sich nicht in die Nase, was er sowieso nicht tun würde, zumindest nicht in der Öffentlichkeit, also ist es leicht.

Die Menschen in der Halle jubeln, die Hymne ist vorbei, und die beiden Boxer legen ihre Trainingsmäntel ab.

Sie sind jetzt nackt, ausgezogen bis auf ihre Shorts, Socken und Turnschuhe. Der Ringrichter steht zwischen den beiden Kontrahenten, und ja: Natürlich erkennt man den kräftigen, ungewöhnlich behaarten Cerdan und den wesentlich schmächtiger wirkenden Roach, den Amerikaner ohne ein einziges Haar auf der Brust. Er sieht viel kleiner aus, aber das kann nicht sein, oder? Es gibt Gewichtsklassen, in denen gekämpft wird, und wenn er zu klein oder zu leicht wäre, würden sie diesen Cerdan nicht auf ihn loslassen, versichert sich Jean-Louis insgeheim. Trotzdem, sein Landsmann wirkt wie ein Bär, wie er so dasteht, nicht übermäßig groß, aber breit, nicht übermäßig muskelbepackt, aber ohne ein Gramm Fett.

Jean-Louis' Blick saugt sich am Ringrichter fest, er schöpft Hoffnung. Der Mann mit der hohen Stirn, mit der Fliege und der Bügelfalte in der Hose wird einschreiten, er wird den Jungen beschützen, was ist das überhaupt für ein Name, Lavern?

Die Stimme des Ringrichters trägt herüber bis in die ersten Reihen. Er scheint der einzige vernünftige Mensch in dieser Halle zu sein. »*Protect yourself at all times!*«, ermahnt er die beiden Kämpfer, und Jean-Louis wird zum ersten Mal klar, dass es so eine Art Verteidigung geben muss. Wahrscheinlich haben diese Männer sogar einen *Plan,* was erstaunlich ist, schließlich zielt dieser Sport nur darauf, den Gegner zu verletzen. Das Gehirn des Kontrahenten so stark zu erschüttern, dass er ohnmächtig wird. Das bedurfte seiner bisherigen Meinung nach keiner ausgeklügelten Strategie, aber anscheinend hat er sich geirrt.

Der Gong ertönt, und was jetzt passiert, ist nicht nur barbarisch, sondern schlichtweg wahnsinnig.

Jean-Louis erstarrt.

Cerdan stürzt aus seiner Ecke hervor, um sich über Roach herzumachen. In diesem Durcheinander, diesen ersten irrsinnigen Sekunden, wird gleich klar, dass der Franzose der Stärkere ist. Und dass er weiß, was er tut. Er prügelt auf den Jungen ein, der sich verteidigt, jedoch kaum einen eigenen Schlag landen kann. Und dann folgt der Kampf einer Choreografie, die Jean-Louis nicht versteht und gar nicht verstehen will. Jabs, Schwinger, sie gehen in den Clinch, verfehlte Schläge, Clinch und dazwischen wieder und wieder der Gong.

Es ist völlig klar, dass Boxen kein Sport ist, kein Wettstreit, und Jean-Louis packt ein Entsetzen, als hätte er einen Verkehrsunfall gesehen. Und auch die gleiche Neugier, die er verscheuchen will wie eine Fliege, die ihn aber hartnäckig umschwirrt und ihn ärgert. Ja, jetzt will er auch sehen, was passiert. Ja, er will sehen, wie Roach zu Brei geschlagen wird. Um sich entsetzt abwenden zu können. Um ein für alle Mal festzustellen, dass Boxen kein Sport, sondern schlichtweg barbarisch ist.

Doch da irrt er sich, denn bislang *war* das Ganze noch ein Sport, die Zuschauer zwar erregt und laut, aber eben Zuschauer.

Dann beginnt einer der Boxer, es ist Cerdan, aus einer Stirnwunde zu bluten, und das Geschehen kippt sofort. *»First blood«*, schreit jemand, und die Menge gerät in Ekstase. Aus dem Boxen wird ein Kampf und unvorhergesehen, ohne dass Jean-Louis es will, packt ihn ein Schwindel, ein Brechreiz – und gleichzeitig eine atemlose Wut, die er kaum zügeln kann. Jetzt würde er am liebsten selbst eingreifen, zuschlagen, zerreißen, ekelt sich gleichzeitig vor sich selbst und ist doch unfähig, irgendetwas dagegen zu tun.

Inzwischen ist völlig klar, wem er den Sieg wünscht: Er steht auf der Seite des Stärkeren, und der heißt Cerdan. Er bewundert den Boxer, vergöttert ihn, und das tun alle um ihn herum auch, nein, mehr noch, die ganze Halle. Ob er nun Franzose oder Amerikaner ist, spielt keine Rolle mehr. Die Menschen toben.

Wie lange das so geht, lässt sich nicht sagen. Irgendwann in der achten Runde, nachdem der Amerikaner schon mehrmals am Boden lag, steht er nicht mehr auf. Der Ringrichter zählt, es ist gigantisch, er hält Cerdans Arm in die Höhe. Er hat gesiegt, alle haben gesiegt, und Jean-Louis fühlt sich erschöpft.

Fasziniert und angeekelt zugleich beobachtet der Sänger grinsend das Geschehen, doch dann gefriert ihm das Lächeln im Gesicht.

Denn der Boxer hat sich zu ihnen umgedreht.

Blut läuft Marcel Cerdan übers Gesicht, das linke Auge ist beinah zugeschwollen, als sein Blick über die Menge gleitet, in der ersten Reihe an Édith hängen bleibt. Er sieht nur sie, der Gladiator, der Held der Stunde, und Jean-Louis wird kalt. Plötzlich steht ihm die Wahrheit wie ein Bild vor Augen, gestochen scharf: Cerdan und Édith, Édith und Cerdan. Natürlich. Es ist ein Gefühl, als ob es ihm die Eingeweide zerfleischte.

Das ist es. Das Unmögliche ist möglich geworden und er nicht der Sieger, im Gegenteil. Geschlagen lässt sich Jean-Louis auf den Stuhl fallen, allein unter all den jubelnden Menschen, verloren. Einen Rückkampf, so viel begreift er, wird es für ihn nicht mehr geben.

6.

Paris 1948

Es sind jetzt noch sieben Flugstunden von den Azoren, wo die Maschine zum zweiten Mal zwischengelandet ist, bis nach Frankreich, und Édith genießt jede einzelne Minute. Ganz im Gegensatz zu Jean-Louis, der neben ihr mürrisch aus dem Fenster sieht, und Marcel, der sich auf der anderen Seite des Ganges mit einer Modezeitschrift Luft zufächelt. Das Essen war vorzüglich, gerade rollt der Steward einen Käsewagen heran.

»Aber bitte«, erwidert Édith auf sein Angebot hin. »Auch etwas, Jean?«

Ihr Begleiter schüttelt den Kopf und nippt stattdessen so energisch an seinem Wodka, dass die Eiswürfel klirrend aneinanderschlagen.

Édith verdreht die Augen. »Aber du solltest etwas essen«, fordert sie Marcel auf der anderen Seite auf, der abwehrend die Hand hebt. »Nun«, sagt Édith mit einem charmanten Lächeln, »dann ist es wohl *lui pour moi, moi pour lui dans la vie*«, mokiert sie sich über ihr eigenes Lied und ihre Liebe zum Käse gleichermaßen, und der junge Mann steigt sofort darauf ein.

»O bitte, Mademoiselle Piaf, werden Sie etwas singen? Für uns? In diesem Flugzeug?«

»Natürlich nicht!« Sie lacht. »Ich will doch die anderen Passagiere nicht belästigen!«

»Ich bin mir sicher, nein, ich weiß genau, dass das keine Belästigung wäre, ganz im Gegenteil!«, versichert ihr glühender Verehrer.

»*Non,* ausgeschlossen.« Édith winkt ab. »Nun machen Sie nicht so ein enttäuschtes Gesicht, mein Freund. Geben Sie mir Ihren Namen, und ich werde Ihnen Karten für mein nächstes Konzert in Paris zukommen lassen, Ihnen und Ihrer Freundin.«

»Das würden Sie tun, Mademoiselle?«

»Marcel, belästige die Dame nicht!«, ermahnt ihn die strenge Chefstewardess und scheucht ihn weg von Édith, den Gang hinunter.

Édith schmunzelt vor sich hin, während sie ihre Gabel auswickelt. »Er heißt Marcel, genau wie du«, sagt sie über den Gang hinweg zu ihrem Boxer, der darauf jedoch nur mit einem gequälten Grunzen reagiert.

Marcel Cerdans Übelkeitsanfälle während Flugzeugreisen sind legendär, und bislang hat er sich kaum entspannen können. Über Neufundland, als es so windig gewesen ist, war es am schlimmsten, aber jetzt sieht er schon wieder so aus, als wäre ihm schlecht. Wahrscheinlich ist der Geruch des Käses nicht gerade hilfreich, denn Marcel fächelt nur umso heftiger mit seiner Zeitschrift. Eisern und verbissen starrt er geradeaus.

Édith seufzt. »Ihr seid aber auch alles andere als amüsante Reisebegleiter«, murmelt sie und isst die Käsehäppchen mit Weintrauben und frischem Brot. Dazu trinkt sie Champagner, der in kleinen Flaschen serviert wird: sehr praktisch. Sie überlegt, ob sie eine davon einstecken und Momone mitbringen soll, entscheidet sich dann aber dagegen. Die Freundin bevorzugt ganz andere Mengen, was Alkohol angeht, und Édith muss an die Diskussionen denken, die sie mit ihr darüber geführt hat. In ihrer »Bordellzeit«, wie sie die Monate bezeichnet, die sie mit Momone, Dédée und Tschang über dem Étoile gewohnt hat, hat die Freundin stets eine große Flasche Cognac im Badezimmer versteckt, »nur für alle Fälle«. Und das, obwohl sie an dem Ort wohnten, an dem der Alkohol als Letztes in der ganzen Stadt knapp geworden wäre!

Ein Räuspern neben sich lässt Édith aufmerksam werden. Marcel sieht angegriffen aus: Seine Vorbehalte, was Flüge angeht, scheinen sich zu bewahrheiten. Die Zwischenstopps in Gander und auf dem Flughafen von Santa Maria hat er mehr oder weniger auf der Toilette verbracht, und auch jetzt wirkt er reichlich grün im Gesicht.

»Geht es?«, fragt sie und streckt die Hand aus, berührt kurz, aber zärtlich seinen Arm. Ihr schuldbewusster Blick geht gleich darauf zu Jean-Louis, der jedoch weiter so verbissen aus dem Fenster sieht, als würden da draußen Engel einen Stepptanz aufführen. Er scheint eingeschnappt zu sein, beleidigt. Das geht schon seit dem Boxkampf so, bei dem er noch mitgefiebert, sogar Anfeuerungen gerufen hat. Gleich danach jedoch hat er sich mit der Entschuldigung verabschiedet, er habe Kopfschmerzen, und Édith die wunderbare Gelegenheit verschafft, mit ihrem Marcel ausgiebig auf dessen Hotelzimmer zu feiern.

Ganz vorsichtig wollte sie sein, doch Marcel hat auf seine angeschlagenen Rippen keine Rücksicht genommen, das Gesicht verpflastert und zugeschwollen. Wie im Rausch hat er sie geliebt, gleich auf dem Couchtisch, der unter dem Gewicht zusammengebrochen war. Jetzt hat sie ihren eigenen blauen Fleck als Andenken an den Kampf im MSG.

Bei dem Gedanken daran steigt Édith die Röte ins Gesicht, aber nicht aus Verlegenheit. Jetzt kann sie es kaum erwarten, endlich anzukommen. Ihre Augen blitzen, sie trinkt schnell einen Schluck Champagner, um sich abzukühlen.

Ob Jean-Louis etwas ahnt? Über den Rand ihres Glases wirft sie ihm einen heimlichen Blick zu, aber der Gesichtsausdruck ihres Ex-Verlobten gibt nichts preis. Nein, sie ist vorsichtig gewesen. Hat Marcel zwar mit den üblichen Küsschen auf die Wange begrüßt, sich sonst aber zurückgehalten, schon aus dem Grund, dass einige Reporter mitgeflogen sind. In Paris werden sie und Cerdan zwar im selben Hotel, jedoch in zwei getrennten Appartements wohnen. Das Claridge an den Champs-Élysées ist eben eine gute Adresse. Viele *célébrités* steigen dort ab, nicht mehr als ein Zufall. Jean-Louis wird gleich weiterfahren und seine Mutter besuchen.

»*Merde*«, hört Édith neben sich ein Aufstöhnen. Sie fängt Marcels verzweifelten Blick auf, als er zur winzigen Bordtoilette hastet. Wenig später dringt ein Husten aus der Kabine, ein Würgen …

Bon. Sich räuspernd steht Édith auf, streckt sich, stellt sich mitten in den Gang, mit dem Rücken zur Bordtoilette, als wollte sie sie persönlich mit ihrem Leben verteidigen. Es wird sofort ruhig, als sie mit ihrer lauten, weit tragenden Stimme bekannt gibt, »auf besonderen und dringenden Wunsch« ein Lied singen zu wollen. Selbst Jean-Louis sieht zu ihr hin, Überraschung im Blick, aber auch eine Spur von Verachtung. Édith bemerkt es, es irritiert sie kurz, dann schiebt sie es beiseite und strafft sich.

Und singt über das rosarote Leben, den Mann, zu dem sie gehört, das Lächeln, das seinen Mund umspielt, über Liebesnächte, die nie enden mögen. *C'est toi pour moi, moi pour toi,* richtet sie an den Geliebten in ihrem Rücken, der sich die Seele aus dem Leib kotzt, *heureux à en mourir.* Die Reporter kommen nach vorne, machen Aufnahmen, der Steward steht verzückt im Gang, die Käsezange in der Hand, selbst die strenge Chefstewardess lächelt.

Nur Jean-Louis wendet sich ab und starrt aus dem Fenster.

Die Appartements im Claridge, die Marcel und Édith beziehen, liegen nicht nur nebeneinander, sie bieten auch eine wunderbare Sicht über Paris. Von ihrem schmalen, mit einer steinernen Brüstung umgebenen Balkon blickt Édith direkt auf die Champs-Élysées, die Bäume, die gerade anfangen, grün zu werden, die darunter flanierenden Menschen. Geradeaus ragt über den Dächern der Eiffelturm hervor. Rechts steht unzerstörbar der Arc de Triomphe wie ein Monument aus Édiths Vergangenheit. Es bedeutet ihr etwas, dass der Koloss sie hier erwartet, sie in ihrer Heimat begrüßt. Sie denkt an Papa Leplée, an ihr kindliches Geschrei, ihre Darbietung direkt vor dem Relief der Marseillaise. Als hätte die Freiheit sie persönlich auf die Barrikaden und in eine bessere Zukunft geführt. Wobei sie damals gar nicht groß auf das berühmteste Bild am Steinbogen geachtet hat, im Gegenteil: Momone und sie hatten sich ehrlich gesagt nur über die dürftige Ausstattung des nackten Soldaten darauf amüsiert.

Sie beugt sich ein wenig vor, um den steinernen Bogen besser sehen zu können. Ja, es ergibt alles einen Sinn, ist irgendwie vorherbestimmt. Hier schließt sich ein Kreis, und es beginnt eine hoffnungsvolle, wunderbare Zukunft.

Der Lärm der Autos weht schwach zu Édith herauf, irgendwo unter ihr klappern Pferdehufe. Mit einem Mal kommt ihr die Stadt wunderbar vertraut vor, und sie braucht eine Weile, bis sie den Grund dafür ausmachen kann: Die fünf- und sechsstöckigen Häuser wirken so einheitlich, man scheint sie alle zu kennen. Es jault keine dieser amerikanischen Sirenen, im Gegenteil. Es sind sogar Vögel zu hören! Die Straßen, die ihr früher eng und grau vorgekommen sind, sind prächtige Chausseen, überall erblüht frisches Grün. Und die Luft: In Paris kann man atmen, richtig tief durchatmen.

Es ist einfach herrlich!

Marcel tritt hinter sie, umarmt sie und legt seinen Kopf auf ihre Schulter. »Und? Schön, wieder hier zu sein?«

»Und wie! Paris ist die schönste Stadt der Welt«, stellt sie gänzlich unvoreingenommen fest, und Marcel lacht.

»Oh, du solltest einmal Casablanca sehen. Nirgendwo ist der Himmel blauer, die Luft süßer. Zwischen den Häusern wachsen Palmen, und vom Meer her weht immer ein salziger Wind durch die Straßen und zerzaust dir das Haar. Abends ruft der Muezzin, auf den Plätzen vor den Cafés wird geraucht, und es gibt Schlangenbeschwörer.«

»Schlangenbeschwörer?«

»Überall.«

Édith runzelt die Stirn. »Neben den in den Cafés rauchenden Gästen? Ist das nicht gefährlich?«

»Nicht unbedingt. Die Schlangen sind ja beschworen.«

»Ach so, na dann.«

Die beiden blicken über Paris, hängen ihren Gedanken nach. Es ehrt Édith natürlich, dass Marcel immer öfter von seiner Heimat erzählt, von seiner Vergangenheit. Wie man zum Boxen kommt, hat sie ihn einmal gefragt, und er hat wie aus der Pistole geschossen geantwortet: »Durch Armut und durch Wut auf diese Armut.« In Algerien geboren, ist seine Familie nach Casablanca gezogen, da war Marcel gerade sechs. Zwei Jahre später begann er mit dem Boxen, mit achtzehn war er schon Profi. Den Respekt seiner Landsleute hat er sich bitter erkämpfen müssen, auch wenn seine Heirat ihm half: Die Familie seiner Frau stammt aus Spanien und besitzt inzwischen einiges an Einfluss in Marokko.

Die einfachen Verhältnisse, die Wut, auch sie kann ein Lied davon singen, hat es im wortwörtlichen Sinne immer wieder getan. Die Welt, von der Marcel erzählt, ist ihr vertraut und gleichzeitig weit weg, und so soll es auch bleiben. Sie will nichts von Marinette wissen, erträgt es nur schwer, von seinen zwei kleinen Söhnen zu hören.

Schlangen gibt es, soso. Mit ein wenig Glück wird seine Frau ja von einer gebissen, schießt Édith durch den Kopf, was sie pflichtschuldig zurücknimmt: die armen Kinder. Nein, die Schlangenlösung kommt wohl nicht infrage. Sie seufzt. »Vielleicht mache ich einmal eine Tournee dorthin. Dann könnte ich die Beschwörer sehen.« Könnte ich *dich* sehen, dort, wo du wirklich zu Hause bist, will sie eigentlich sagen, unterlässt es aber.

»Das wirst du, mein Schatz. Ganz sicher.« Auch Marcel seufzt. Wer weiß, woran er gedacht hat. Wahrscheinlich an seinen nächsten Flug in die Heimat. Nach all den Siegesfeiern und Glückwünschen, den Empfängen und Ehrungen warten natürlich auch die Menschen im französischen Protektorat auf seine Rückkehr. Und natürlich will Marcel seine Kinder sehen, auch wenn er dafür Übelkeitsanfälle in Kauf nehmen muss. Und die Trennung von Édith.

»Was hast du heute vor?« Er küsst sie auf die Wange, fasst sie fester, als wollte er sie vorher noch halten, sooft es geht.

»Ich bin zum Essen verabredet, und danach werde ich einkaufen gehen«, erwidert Édith. »Ich kaufe dir etwas Schönes. Was wünschst du dir?«

»Ich wünsche mir nur dich.«

»Mich hast du schon. Etwas anderes.«

»Édith, du musst mir nichts kaufen.« Jetzt klingt seine Stimme ernst. »Und du musst mir schon gar nichts stricken.«

Édith dreht den Kopf, um ihm ins Gesicht sehen zu können. »Aha, wusste ich es doch. Du hasst deinen Pullover.«

»Ich hasse ihn nicht. Aber es wäre schon praktisch, wenn man darin atmen könnte.«

»Ich habe dir angeboten, den Halsausschnitt weiter zu machen.«

»Ja, ich weiß, mein Schatz.« Er küsst ihren Hals. »Trotzdem will ich nicht dauernd Geschenke von dir.«

»Wenn es mir aber doch Spaß macht«, sagt sie trotzig wie ein Kind.

Er seufzt. »Na gut. Ich wünsche mir ...« Marcel bricht ab. »Etwas mehr Privatsphäre«, fährt er dann fort, mit Blick nach rechts. Dort, im nächsten Appartement, wackeln die Gardinen verdächtig, verschwindet gerade ein Gesicht vom Fenster. »Komm, lass uns lieber reingehen.« Den Arm um ihre Hüfte, führt er Édith zurück ins Zimmer, schließt die Balkontür und zieht die Vorhänge zu. »Wann musst du los?«

»Ich bin mit La Guite verabredet, du weißt schon, Marguerite Monnot? Die Komponistin? Ah, sie ist ein Genie, leider fürchterlich schüchtern, aber sie hat schon die schönsten Sachen für mich komponiert. Ihr erstes Lied hat sie geschrieben, da war sie gerade mal drei Jahre alt. Drei! Kannst du dir das vorstellen? Mit sechzehn ist sie auf Tournee durch die ganze Welt gereist. Sie war eine der vielversprechendsten Pianistinnen unserer Zeit.«

»War? Was ist passiert?« Marcel kommt herüber, um sie in den Arm zu nehmen, und Édith schmiegt sich an ihn.

»Ein Nervenfieber, irgendetwas in der Art. Seitdem kann sie keine Bühne mehr betreten. Selbst wenn sie mir ein neues Lied vorstellt, stirbt sie fast vor Scham. Alle anderen müssen den Raum verlassen, und trotzdem ...«

Marcel küsst sie zärtlich auf den Scheitel, dann ihre Wange.

»Ich lerne extra Klavierspielen wegen ihr. Vielleicht genügt es irgendwann, dass sie mir die Noten hereinreicht. Das wäre ihr bestimmt lieber.«

Marcel murmelt Zustimmung, lässt seine Lippen ihren Hals heruntergleiten, während seine Hand wie von selbst auf Erkundungsreise geht.

»Hörst du mir überhaupt zu?«

»Du lernst Klavierspielen, gewiss.« Geschickt knöpft er ihre Bluse auf, streicht über ihr Unterkleid. »Mmh«, murmelt Marcel an ihrem Hals. »Trägst du eigentlich nie etwas darunter?«

»Nicht, wenn es sich vermeiden lässt.« Édith schließt die Augen.

»Wann bist du noch einmal mit deiner genialen Komponistin verabredet?«, fragt er heiser.

»Jetzt«, erwidert Édith, »aber die kann sehr gut warten.«

Marguerite Monnot wartet jetzt schon seit über einer Stunde, und sie ist sehr schlecht darin. Andere Menschen würden sich in das Café setzen, in dem sie verabredet sind, etwas bestellen und die Zeitung lesen. Nicht so Marguerite. Sie hasst es, Aufmerksamkeit auf sich zu ziehen, und ein Café zu betreten bedeutet Aufmerksamkeit, und sei es nur, um den Kellner heranzuwinken. Und was, wenn sie keinen Platz fände? Sich irgendwo dazuzusetzen kame nicht infrage, ebenso wenig, das Café zu verlassen, denn was würden die anderen Gäste dann denken? Nein, es käme einer Niederlage gleich.

Marguerite, oder La Guite, wie Édith sie nennt, steht frierend neben einem Straßenkiosk, nicht versteckt, aber doch immerhin auch nicht mitten auf der Straße an einem Platz, wo sie den Eingang zum Café im Auge behalten kann. Ihr neuer Mantel, den sie sich von den Tantiemen für Édiths Lieder gekauft hat, ist warm genug, außerdem ist sie es gewohnt, auf ihre Auftraggeberin und Freundin zu warten.

Freundin, o ja, das ist sie inzwischen. Marguerite hat ein besonderes Gespür für die Texte, die Édith ihr liefert, findet mit erstaunlicher Präzision den richtigen Ton, die passende Melodie. Kennt sich aus mit den Stimmungsschwankungen der Diva, ihren Launen. Der Frechheit, Aufmüpfigkeit und dem Trotz, die in ihren Geschichten niemals fehlen, dazu das Tragische, in das Édith sich hereinzustürzen vermag, es sogar möchte. Von himmelhochjauchzend zieht es sie tief, tief hinab, um sich im Sumpf ihrer Leiden zu suhlen. Auch das vermag Marguerite in Musik umzusetzen. Im Augenblick jedoch ist die Piaf wie verwandelt, übersetzt Marguerite ihr Glück in Ohrwürmer. *J'ai dansé avec l'amour:* Marguerite lässt Édith zu ihrer neuen Liebe tanzen. Die Zeiten des Akkordeonspielers sind endgültig vorbei.

Marguerite stampft auf, um ihre halb erfrorenen Füße zu spüren.

Einmal hat sie sich geirrt, ein einziges Mal. Als Édith ihr einen banalen Text mit dem Titel *La vie en rose* vorgelegt, sogar die Melodie gesummt hat. Marguerite hat empört abgelehnt mit dem Argument, das sei kein Piaf-Lied, viel zu seicht, zu nichtssagend, und erst ihr Konkurrent, der Chansonkomponist Louiguy, hat sich breitschlagen lassen, das Liedchen aufzuschreiben. Ein Welthit ist daraus geworden, Édiths bislang größter Erfolg, doch noch immer ist Marguerite der Meinung, dass dies Lied nicht wirklich ein Piaf-Chanson ist. Es gibt wahrscheinlich keinen einzigen Moment in Édiths Leben, den sie durch eine rosarote Brille sieht. Dafür ist sie viel zu abgeklärt. Sie kennt das Leben, die Liebe, hat alle ihre Höhen und Tiefen durchschritten. Himmelhochjauchzend und zu Tode betrübt: Ja. Doch einfach nur rosarot ist nichts daran.

Nein, Marguerite hat sich nichts vorzuwerfen. Es wäre sehr lukrativ gewesen, sicherlich, und zu dem Mantel hätte sie sich inzwischen auch ein paar wärmere Schuhe leisten können, aber es ist und bleibt ein Schlager, *un point c'est tout.*

Die Komponistin stellt sich etwas näher an den Kiosk, um dem kalten Wind zu entgehen, lässt ihren Blick über die Titelseiten schweifen. Überall Édith, ihre Rückkehr, daneben Marcel Cerdan, der Boxer. Wie sie winkend auf der Rolltreppe des Flugzeuges stehen, wie sie vom Pariser Bürgermeister empfangen werden, bei einem großen Bankett, das den beiden französischen Weltstars gegeben wurde. Beide strahlend bis über beide Ohren.

Marguerite verzieht den Mund. So sehen keine Sieger aus, keine erfolgreichen Künstler. So sehen Verliebte aus. Wem glauben sie eigentlich etwas vormachen zu können? Édith und Marcel, Marcel und Édith: Es scheint sie nur noch im Doppelpack zu geben. Selbst der *France Soir* bezeichnet sie als »Traumpaar«, und Marguerite würde es nicht wundern, wenn Édith mit dem Boxer an ihrer Seite zur ihrer Verabredung auftauchen würde.

Aber nein, sie kommt allein, da ist sie. Nicht übermäßig eilig steuert sie direkt auf das Café zu, ohne sich umzusehen.

»Édith! He, Édith! *Salut!*« Marguerite muss sich beeilen, sie einzuholen.

»*Salut,* Guite.« Édith reckt sich, um die Freundin rechts und links und wieder rechts auf die Wange zu küssen. »Bist du auch eben erst gekommen? *Bon.* Dann musstest du nicht auf mich warten, und ich muss mich nicht entschuldigen.« Sie stößt die Tür auf und geht voran, Marguerite im Schlepptau.

Hitze schlägt ihnen entgegen, Stimmen und Rauch. Die Komponistin hält sich dicht hinter Édith, obwohl sie sie natürlich überragt. Sie ist eine attraktive, elegante und hochgewachsene Frau, doch gilt die Aufmerksamkeit allein Édith, was ihr nur recht ist. Erleichtert lässt sie sich auf einen Stuhl gleiten, nachdem sie ihren Mantel aufgehängt hat, genießt die Wärme an ihren Beinen und wartet geduldig, bis die Freundin die Huldigungen der anwesenden Cafébesucher entgegengenommen hat und sich ebenfalls setzt.

»Genug, genug«, sagt Édith, aber sie lächelt. »Ich muss unbedingt etwas essen. Ah, Guite, es ist wunderbar, wieder hier zu sein! Wie kann es Menschen geben, die nicht in Paris wohnen?« Ohne eine Antwort abzuwarten, greift sie nach der Speisekarte. Als der Kellner kommt, bestellt sie ein Steak mit viel Knoblauch, ihr Lieblingsessen. Marguerite nimmt eine Omelette. Dazu Wein, französischen Wein. Endlich ist er wieder zu haben, irgendein Weingut hat den Krieg wohl überstanden, auch wenn er seinen Preis hat.

Doch Geld spielt bei Édith wie so oft keine Rolle. »Wir müssen ein Lied über Wein schreiben«, befindet die Sängerin nach einem Schluck. »Oder nein, warte: über Paris.«

»Haben wir schon«, lächelt Marguerite milde. »*La grande cité.*«

»Stimmt auch wieder. Dann eben über das Boxen. Gibt es schon ein Chanson darüber?«

»Nicht, dass ich wüsste.« Marguerite schmunzelt in sich hinein. Es ist wirklich zu offensichtlich. Sie hat stets eng mit Édiths Männern zusammengearbeitet, die ihr Texte zugeliefert und mit ihr an den Chansons gefeilt haben: Mit Raymond Asso, dessen Integrität sie sehr schätzte. Mit Henri Contet, Édiths explosivem »Riri«, dem sie nicht über den Weg traute. Mit dem armen »Nono«, Norbert Glanzberg, der zwischen seinen Gefühlen für Édith, seiner Bewunderung und seinem Abscheu schier zerrissen wurde. Und mit Yves Montand, dem gut aussehenden Jungen, der seine Piaf so vergöttert hat und am Boden zerstört war, als sie ihn fallen ließ. Mit Marcel Cerdan, schmunzelt sie, wird sie wohl kaum zusammenarbeiten müssen.

»Warum lachst du? An was denkst du?«, fordert Édith zu wissen. Sie kennt diese Selbstvergessenheit, diesen abwesenden Gesichtsausdruck ihrer Freundin nur zu gut.

»Oh, ich dachte an deine plötzliche Leidenschaft fürs Boxen. Ich hätte gedacht, du verabscheust diesen Sport.«

»Ich? Aber nein.« Édith betrachtet genießerisch ein halb rohes Stück Fleisch, steckt es sich in den Mund und kaut. »Na gut, anfänglich schon«, gibt sie dann zu, »aber er sieht so gut aus, so mächtig, wenn er boxt …«

»Marcel Cerdan, nehme ich an.« Marguerite gibt sich ahnungslos.

»Natürlich, Marcel.« Édith schluckt. »Es ist wie im Märchen, weißt du? Marcel ist der gefährlichste Mann der Welt, der gefürchtetste Krieger. Niemand kann ihn bezwingen. Er ist kein Ritter oder so, das nicht, daher will er auch nicht die schönste Prinzessin.«

»Will er nicht?«

»Nein. Er braucht auch eine Heldin.«

»Natürlich. Das leuchtet ein.«

»Sie lebten glücklich bis an ihre Lebensende: Das wird es für einen Krieger wie ihn nicht geben. Und«, Édith säbelt an ihrem Fleisch, »für seine Heldin wohl auch nicht.«

»Warum? Was passiert mit den beiden?« Es interessiert Marguerite wirklich. Vielleicht lässt sich ein Chanson über diesen Krieger machen. Wie immer bei Édith wird es natürlich wieder das gewohnt tragische Ende nehmen …

»Ich weiß es nicht.« Édith sieht hoch, und Marguerite muss nicht zum ersten Mal denken, was für schöne, ausdrucksvolle Augen sie hat. Sie liegen eine Spur zu weit auseinander, um klassisch schön zu sein, außerdem sind die Lider zu schwer. Aber ihr Ausdruck … *Mon Dieu.* In diesen Augen liegen all die Lieder, die Marguerite komponiert hat und noch komponieren wird.

»Ich denke, der Krieger kehrt zurück zu seiner Frau und seinen Kindern an den heimischen Herd und wird alt und zahm. Seine Muskeln verkümmern, seine Haut wird faltig, nur die gebrochene Nase erinnert noch an seine ruhmreiche Vergangenheit. Aber manchmal, nur so zum Spaß, beschwört er im Hof eine Schlange. Und dabei denkt er an die Heldin, die er verlassen hat.«

»Er beschwört eine Schlange?« Marguerite schüttelt verwundert den Kopf über diesen abwegigen Einfall. »Und die Heldin …«

»Ist gestorben, nachdem er gegangen ist.« Gewalttätig zerteilt Édith ihr Steak, als gälte es, es vorher noch einmal zu töten.

»Aber sie ist eine Heldin«, wendet Marguerite ein.

»Das ist nicht genug.« Bratensaft sammelt sich am Tellerrand wie ein winziger See aus Blut, und Édith starrt hinein, als könnte sie darin ihre Zukunft sehen. »Das wird nicht genug sein.«

Mit einem Arm voller Geschenke kehrt Édith zurück ins Claridge und wird statt von Marcel von Louis Barrier begrüßt, ihrem Manager, der sie schon ungeduldig erwartet.

»Ah, Loulou.« Édith lässt ihre Pakete aufs Bett fallen. »Hat das Zimmermädchen dich hereingelassen? Sehr gut. Ich war nämlich einkaufen. Für dich habe ich auch etwas.« Sie beginnt eifrig, in dem Berg aus braunem Packpapier zu wühlen.

Louis hat dieser Impuls, sich die Gunst ihrer Mitmenschen erkaufen zu wollen, schon immer gerührt. Sie kennt es schließlich nicht anders, hat sich mit ihren Zuwendungen ihre lärmende, betrunkene Mutter vom Leib gehalten und ihrem Vater die letzten Jahre seines Lebens vergoldet. Ihre Liebhaber pflegt sie so üppig mit Uhren und teuren Mänteln auszustatten, als wollte sie sie markieren. »Das sollst du nicht tun, Édith. Du brauchst dein Geld für dich selbst.«

»Ach was, Loulou.« Édith sucht weiter. »Du weißt doch: Ich werde nicht alt. Ich muss nicht sparen.«

Louis seufzt und verdreht die Augen. Früher pflegte er zu protestieren, wenn sie das behauptete. Aber er hat sie oft genug auf der Bühne gesehen, um zu wissen, dass sie an nichts spart, gar nicht sparen kann. Wenn sie so weitermacht, wird sie gewiss nicht alt werden.

»Aber was wäre das Leben, wenn ich meine wichtigsten beiden Männer nicht beschenken dürfte?«, fragt Édith gut gelaunt, während sie eines der Päckchen auswickelt.

Louis fragt gar nicht erst, wer der andere Mann ist. Es vergeht kein Tag, an dem nicht irgendein neugieriger Reporter bei ihm anruft, um ihm Fragen über Marcel Cerdans Beziehung zu Édith zu stellen. Gefährliche Fragen, die nicht allein auf Marcels Familienstatus zielen, seine Frau und Familie in Marokko. Die Journalisten wollten Édiths Einfluss auf den Boxer abschätzen, die Ablenkung, die sie für den Champion bedeutet. Gnade ihr Gott, denkt er, falls Marcel jemals einen Kampf verliert. Édith wird es sein, die dafür herhalten muss.

»Na? Was sagst du?« Freudestrahlend hält Édith ihm einen Seidenschal hin.

»Der ist schön. *Merci*«, erwidert Louis abgelenkt. »Weswegen ich mit dir sprechen wollte …«

»Mach ihn doch mal um!«

Louis sieht sie verständnislos an.

»Den Schal!« Édith deutete auf seine Hand.

»Ach so. Natürlich.« Louis wickelt sich gehorsam in sein Geschenk.

»Doch nicht so. Warte, ich helfe dir.« Geschickt schlingt ihm Édith das lange Tuch um den Hals, knotet und zupft. Einen Augenblick lang sieht er nur bunte Seide. »Also, was wolltest du mir sagen?«

»Wir haben ja schon über deine Auftritte, Radiosendungen und die Plattenaufnahmen gesprochen …«

»Haben wir. Dédée führt genauestens Buch, und falls du jetzt fragst: Sie hat heute frei. Ausnahmsweise. So wie ich. *Alors,* das sieht gut aus.« Sie tritt ein paar Schritte zurück, um ihr Werk zu begutachten.

»Ja, wunderbar«, erwidert Louis und fährt sich durchs Haar.

»Du hast ja noch gar nichts gesehen«, sagt Édith und führt ihn am Arm vor die Spiegeltür ihres Kleiderschranks.

»Wunderbar«, wiederholt Louis, dessen Spiegelbild ein auffällig gemustertes, rot-blau getupftes Ungetüm um den Hals trägt, mit dem es aussieht wie ein Clown. Neben ihm steht eine seitenverkehrte Édith und lächelt stolz.

»Die Liste mit den Liedern für die Plattenaufnahmen hast du bekommen?«

Das Lächeln der Spiegel-Édith wird blass. »Ach, Loulou, heute ist mein freier Tag.« Sie verschwindet von seiner Seite und lässt sich hinter ihm in den Sessel fallen.

Louis dreht sich um und widersteht dem Drang, am Schal zu zupfen. »Also?«

Édith lümmelt sich auf den Polstern wie ein ungezogenes Kind, und Louis bekommt mal wieder einen kurzen, aber beunruhigenden Eindruck, wie anstrengend es früher gewesen sein musste, mit ihr zusammenzuarbeiten. Als dieser verruchte Varieté-Betreiber Leplée sie unter seine Fittiche genommen hat. Oder als Raymond Asso, der Verfasser unzähliger wunderbarer Chansontexte, sie drei Jahre lang einer harten Benimmschule unterzog. In diesen Augenblicken überkommt Louis stets eine tiefe Dankbarkeit für seine Vorgänger, die ihr solches Benehmen sicher nicht hätten durchgehen lassen. »Also«, wiederholt er streng, »hast du die Liste? Kannst du die Lieder, oder müssen wir noch eine Probe ansetzen?«

»Ist alles schon vereinbart«, erwidert Édith, die erwachsene Édith, die sich wieder aufrecht hinsetzt. »Robert kommt heute Abend und probt mit mir.«

»Wunderbar.« Louis schiebt einen Zeigefinger hinter die Seide an seinem Hals und zieht daran. »Die Werbetour für den Compagnons-Film geht bald los, und ich habe ein paar sehr schöne, lukrative Galavorstellungen, und ja, du brauchst gar nicht das Gesicht zu verziehen. Du brauchst das Geld, Édith. Bitte glaube mir.«

»Ich glaube dir«, erwidert Édith mit gespieltem Ernst und überkreuzt die Zeigefinger als Zeichen ihres Schwurs.

»Gut«, sagt Louis, keineswegs beruhigt. Er verschafft sich unauffällig noch ein paar Millimeter Atemfreiheit. »Ich weiß, dass du auch nicht gerade versessen darauf bist, bei dieser großen Charles-de-Gaulle-Veranstaltung aufzutreten, und nein, ich bin kein glühender Gaullist, aber ich habe schon zugesagt, und die Leute sind ja schließlich keine Faschisten.«

Édith würdigt ihn keiner Antwort und rümpft nur die Nase.

»Aber«, fährt Louis fort, »ich habe einen Termin, für den du mich lieben wirst.« Er lockert den Schal so weit, dass er ihm jetzt wie ein zu weiter, schlaffer Kragen lose über die Schultern hängt. »Die englische Prinzessin Elisabeth kommt nach Paris und will dich bei der Gelegenheit unbedingt kennenlernen! Ihr Vater, König Georg, hat ein Lieblingslied, *Mon Légionnaire,* und wünscht sich eine Schallplattenaufnahme davon. Na? Was sagst du jetzt?« Er breitet die Arme aus und wirkt dabei selbst wie ein bunt verkleideter, stolzer Künstler.

Édith wird blass, dann stürzt sie so schnell aus dem Sessel, dass Louis unwillkürlich an einen Flaschengeist denken muss.

Erst als die Tür zum Badezimmer zufällt und er hört, wie der Schlüssel im Schloss umgedreht wird, erwacht er aus seiner Erstarrung. »Édith? Édith! Was ist denn?« Ratlos steht der Manager in der Mitte des Zimmers und fragt sich, was um Himmels willen er jetzt schon wieder falsch gemacht haben könnte.

1937

Raymond Asso war nicht nachtragend. Über seine scharf geschnittene Nase betrachtete er die Piaf mit dem leicht sarkastischen Lächeln, das ihm eigen war. Er wirkte elegant, groß, mit seinen zurückgekämmten Haaren wie ein Stummfilmstar. Kaum jemand wusste, dass er in Marokko als Schafhirte gearbeitet hatte, als Fremdenlegionär, Schriftsteller und Dichter, Schmuggler und in diversen anderen mehr oder weniger konventionellen Berufen. Erst in Frankreich hatte er begonnen, Liedtexte zu schreiben, und seitdem einen Hit nach dem anderen für Marie Dubas ersonnen, die berühmte Chansonnette.

Édith hatte Asso das erste Mal bei einer Benefizgala im Cirque Medrano gesehen, dem berühmtesten Zirkus von Paris. Er war wegen Marie gekommen, die eines seiner Lieder vorgetragen hatte. Doch dann war Édith aufgetreten, und die Welt war eine andere geworden. Unerschrocken hatte sie hinter dem Kopf eines Elefanten gethront wie eine junge, exotische Königin und huldvoll ins Publikum gewinkt. Und dann diese Stimme! Ob sie sich vorstellen könne, einmal eines seiner Lieder zu singen, hatte er die junge Künstlerin gefragt, als er ihr wenig später in den Räumen eines Musikverlags begegnet war, und ihr eines seiner Chansons gezeigt. »*Pas mal*«, hatte sie geantwortet, nicht schlecht, und sich dann abgewandt.

Er hatte *Mon légionnaire* an Marie gegeben, die großartig war, sicherlich, und sich heimlich gefragt, wie wohl das kleine, freche Elefantenmädchen das Chanson gesungen hätte.

Keine sieben Wochen später dann war die Karriere der jungen Piaf eingestürzt wie ein Kartenhaus, ihr Gönner und Förderer tot, das Bild ihrer Verhaftung in allen Zeitungen.

Und jetzt hatte sie ihn angerufen, aus dem Nichts, in dem sie gelandet war, und ihn um seine Hilfe gebeten. Und er versprach nicht mehr und nicht weniger, als sie zu retten.

»Ernsthafte Arbeit«, verlangte er von ihr.

»Na klar«, erwiderte sie.

»An dir selbst. Dein Dialekt ist grausam, und du redest, als kämest du geradewegs aus der Gosse. Deine Körpersprache ist die einer Hure, über deine Kleidung brauchen wir gar nicht erst zu reden. Du hast eine schöne Stimme, aber du weißt nicht, worüber du singst. Deine Kraftausdrücke wirst du dir abgewöhnen müssen, und das Herumziehen mit deinen alten Freunden ist Geschichte, ebenso der Alkohol. Du wirst früh aufstehen und früh ins Bett gehen, du wirst lesen, richtige Bücher und die Zeitung, damit du dich anständig unterhalten kannst. Und du wirst um Gottes willen erst einmal baden.«

Das verschlug ihr die Sprache.

»Also? Was ist?« Assos sarkastisches Lächeln geriet ein wenig unter Spannung. Er wollte diese Sängerin, wollte sie unbedingt. Sah ihr Potenzial, das sie so unverantwortlich vergeudete, sah den Star, den er aus ihr machen konnte. Aber sie musste sich seinen Regeln unterwerfen. Das war unverhandelbar.

Die kleine Piaf schluckte, es arbeitete in ihr. Ihre Fäuste ballten sich, aus ihren ausdrucksvollen Augen blitzte die Wut. »Wo ist das Badezimmer?«, brachte sie schließlich hervor, und Asso atmete auf.

Er hatte gewonnen. Er würde ihr zeigen, eine richtige Künstlerin zu sein.

Er begann mit dem *Légionnaire,* dem Lied, bei dem er schon damals an sie als Interpretin gedacht hatte und das dem herrschenden Zeitgeschmack für Romantik perfekt entsprach: Wüstensand und endlose Dünen, gefährliche Schlangen und mörderische Hitze. Der geheimnisvolle Fremde, der wie eine Fata Morgana am

Horizont auftauchte und genauso plötzlich wieder verschwand, die bedingungslose Liebe, die kurz gelebt und wieder verloren wurde. Die Musik stammte von Marguerite Monnot, einer Komponistin, die Asso für begnadet hielt und unbedingt für Édith gewinnen wollte. Doch dafür musste sie erst einmal den *Légionnaire* beherrschen.

»Nein, nein, nein«, schrie er aufgebracht, seine Hände schlugen dröhnend auf die Tasten. »Hör doch mal hin. Hör doch auf deine eigenen Worte!«

»Aber ich verstehe sie nicht«, schrie Édith genauso laut zurück.

»Was ist denn daran nicht zu verstehen? Der Mann hat große helle Augen und Tätowierungen …«

»Genau die verstehe ich nicht.«

»Umso besser!«, brüllte Asso. Dann räusperte er sich, strich sich das zurückgegelte Haar glatt, aus dem sich eine Strähne gelöst hatte, die ihm in die Augen hing. »Umso besser«, wiederholte er leiser, um Fassung ringend. »Denn wie heißt es doch so schön im Text: *Er war voller Tätowierungen, deren Sinn ich nie wirklich verstand.* Das ist also der Teil des Textes, der dir geläufig ist.«

»Sur son cœur on lisait: Personne / Sur son bras droit un mot: Raisonne«, singt Édith gereizt.

Asso nickte. »*Personne. Raisonne* … Da ist ein Reim, hörst du den? Den muss auch das Publikum hören, also nuschele nicht so. Mach davor eine kurze Pause.«

Édith wiederholte die Zeilen.

»*Auf seinem Hals steht* … Ja, aber das musst du zeigen. Nein, nicht so. Wo sind die Tätowierungen? *Eh, oui. Auf seinem Hals steht: Nicht erwischt / Auf seinem Herzen: Niemand.* Édith! Wo ist wohl dein Herz? Sicher nicht in deiner Halskuhle. *Auf seinem rechten Arm nur ein Wort: Überlege.* Dem rechten! Rechts!« Asso seufzte.

Édith biss sich auf die Lippen, erwiderte jedoch nichts.

»Weiter. Dann kommt ein Text, den du ja wohl überzeugend singen kannst: *Er hat mich die ganze Nacht über geliebt / Mein Legionär!*«

»Ja. Und dann verpisst er sich heimlich und lässt mich im Stich. Allein in der Wüste.«

»Er was?«

Édith verdrehte die Augen. »Er macht sich aus dem Staub.«

Asso dachte kurz darüber nach, dann nickte er. »*Bon.* Er hat dich deinem Schicksal überlassen. Und was tust du?«

»*Toujours je pense à cette nuit …*«

»Du denkst immer an diese Nacht zurück … an die Liebe, die ihr gemacht habt, nicht an das Wurstbrötchen, das du gerade gegessen hast.«

Édith wirft ihm einen wütenden Blick zu. »*Et l'envie de sa peau me ronge …*«

»Dich quält die Lust auf seine Haut. Gequält siehst du in der Tat aus, aber es soll sehnsüchtig klingen, nicht, als hättest du Kopfschmerzen.«

»Ich habe aber Kopfschmerzen«, bemerkte Édith.

»Weiter«, befahl Asso mitleidlos. »Du hättest, als du auf seinem Herzen lagst, dein Glück herausschreien müssen. Warum hast du es nicht getan?«

»*J'avais peur de le voir sourire.*«

Asso sah auf, dieses Mal überrascht von ihrem Tonfall. »Du hast es nicht gewagt, ihm etwas zu sagen, weil du Angst hattest, er würde darüber lachen. Genau. Das ist es.« Sie hat Angst, dachte er bei sich. Unter der rauen und manchmal auch sehr schmutzigen Schale hat sie Angst, ausgelacht zu werden. So wie wir alle. »Das war wirklich sehr gut. Weiter. Man findet ihn in der Wüste, die Augen offen …« Er ließ Édith den Abschnitt wieder und wieder singen, so lange, bis sie die Leiche des Legionärs vor sich sah, darüber die Wolken, die über den Himmel zogen. »Erinnere dich an ihn. Was hat er dir erzählt? Über seine Tätowierungen gesagt? Was war es? Guck nicht so hilflos. Ich kann es dir nicht sagen. Du musst dich erinnern. Er hat sie dir gezeigt.«

»*Montrant son cou: Pas vu, pas pris.*«

»Genau. Er konnte seinen Hals aus der Schlinge ziehen. Doch was stand auf seinem Herzen? Erinnere dich, Édith.«

»Montrant son cœur: Ici, personne.«

»Hier ist niemand. Niemand, Édith. In seinem Herzen war die Wüste, und egal, was du getan hast, wie viel du ihm gegeben hast. Es wäre nie genug gewesen.«

»Je lui pardonne«, sang Édith beinah flüsternd: Ich verzeihe ihm.

Asso nickte, erschöpft und aufgekratzt zugleich. »Ja, du verzeihst ihm. Ich dir aber nicht, dass du zwischen dem Himmel und den Wolken Luft holst wie ein Fisch auf dem Trockenen: Was habe ich dir über Atemtechnik beigebracht? Noch einmal die Strophe, Édith. Und ich sehe sehr wohl, wenn du mit den Augen rollst …«

1948

»Er war schlank, er war schön / Man hat ihn im warmen Sand begraben / Meinen Legionär! / Auf seiner Stirn die Sonne / Schenkte seinem blonden Haar / Ihr Licht.« Édith beendet ihren Vortrag, und es wird einen Augenblick lang ruhig. Sie kennt das inzwischen, diese Stille, während ihr Publikum um Fassung ringt, sich erst wieder in die Wirklichkeit zurückkämpfen muss. Das braucht Zeit. Trotzdem macht es sie immer noch nervös, vermag sie es nach all der Zeit noch nicht, dieses Vakuum zu genießen, das sie geschaffen hat.

»That was … that was marvellous!«, sagt die junge Prinzessin aus England und greift nach dem Arm ihres Mannes. Sie sieht sehr hübsch aus in ihrem Tweedkostüm, eine große rubinrote Brosche am Revers. Die dazugehörenden Ohrringe leuchten unter ihren sorgfältig modulierten Locken hervor, selbst der Lippenstift passt perfekt zu dem auffälligen Schmuck. Unter der gegurteten Jacke schaut eine rot gemusterte Bluse hervor, darüber mehrere Reihen einer Perlenkette.

Der Mann an ihrer Seite ist ebenfalls sehr attraktiv, was ihm wohl bewusst ist. Entweder das, oder es liegt an seiner spitzen, sehr markanten Nase, die ihn so selbstsicher, fast schon arrogant aussehen lässt. Er trägt zu seinem Anzug eine dunkle Krawatte und ein rechteckig gefaltetes, helles Einstecktuch. Als er in den zunächst zögerlich fragenden Applaus einfällt, ist das für die anderen im Saal das Zeichen, das sehr wohl geklatscht werden darf.

Die Prinzessin enthält sich, lächelt jedoch huldvoll und nickt Édith zu, als machte sie ihr diesen Beifall persönlich zum Geschenk.

Das Prinzenpaar sitzt an der Stirnseite des Saals im Chez Carrère, auf großen Sesseln, die Thronstühlen gleichen, allerdings sehen diese Louis-quinze-Stühle ja stets bombastisch aus. Die Tische sind an die Seite gerückt worden, um Édith in der Mitte des Raums genug Platz zu lassen. Die Entourage der Prinzessin, beziehungsweise ihr Hofstaat, steht an der Wand oder an der Fensterfront, einige sitzen Édith im Rücken.

Sie hat sich erst befreien müssen von dieser Belagerung. Hat eine unsichtbare Linie um sich gezogen, wie Asso es ihr gezeigt hat, sie mit Stacheldraht versehen und den Raum dann mit glitzerndem Papier geschmückt. Alles in Gedanken, versteht sich. Es war sein Trick, um sich Platz zu verschaffen. Einen Abstand, wenn das Publikum zu ungeduldig wird, sie zu sehr vereinnahmen will – was in der Vergangenheit nur allzu oft geschehen ist. »Diese Linie«, hat Asso ihr beigebracht, »überschreitet niemand. Du bist sicher in diesem Raum, kannst dich ausbreiten, dich einrichten. Mach es dir darin gemütlich, fühl dich wohl. In ihm kannst du singen, so viel du möchtest, was du möchtest, so laut du möchtest. Was draußen vorgeht, interessiert dich erst einmal nicht. Das ist deine Bühne, du kannst sie überall hin mitnehmen. Auf ihr bist du sicher.«

Das hat auch wunderbar geklappt, und Édith hat souverän wie gewohnt drei Chansons zum Besten gegeben, ihren *Légionnaire* zuletzt. Das Publikum applaudiert, Édith tritt heraus aus ihrer geheimen Bühne.

Und jetzt?

Das ist der Augenblick, vor dem sie sich gefürchtet hat. Das hat sie versucht, Loulou zu erklären, nachdem sie endlich aus dem Badezimmer herausgekommen war, in das sie sich geflüchtet hatte. Schon immer war sie sich unter der steifen Bourgeoisie wie ein Kuckucksei vorgekommen, eine Betrügerin, der man irgendwann die Maske herunterreißen würde, und was käme dann darunter zum Vorschein? Nichts wahrscheinlich. Oder, schlimmer noch, ihre Mutter, laut und weinerlich Texte krakeelend, die sie für Musik hielt.

Asso hat ihren Akzent geschliffen, sie mit Wissen vollgestopft, damit sie sich unterhalten kann, ihr dazu »gutes Benehmen« eingebläut bis hin zu solch selbstverständlichen Dingen wie Tischmanieren und welcher Löffel wo zu liegen hat.

Und dennoch …

»Where have you learned to sing like that?«, fragt Prinzessin Elisabeth mit viel Sympathie in der Stimme.

Édith erstarrt und versucht verzweifelt, sich an ihr Englisch zu erinnern. Wo hat sie singen gelernt? *»On the streets«*, stammelt sie, genau, auf den Straßen. Aber es war gar nicht gut, behauptet sie dann, und dass es ihr leidtue, normalerweise sei sie besser, dass es ein schwacher Vortrag gewesen sei, gar nicht gut, doch sie könne es besser. *Usually.*

Prinzessin Elisabeth hört ihr lächelnd zu und nickt. Wahrscheinlich ist sie es gewohnt, dass Menschen sich von ihr einschüchtern lassen, und das Nicken ärgert Édith, während sie gleichzeitig gerührt ist von der unverfälschten Sympathie der jungen Adeligen, aber was heißt schon adelig? Sie sind hier in Frankreich, *mince alors!* Da werden Prinzessinnen gewöhnlich geköpft, aber auch dieser Gedanke hilft Édith nicht, sich wohler zu fühlen. Noch nicht einmal ordentlich fluchen kann sie in Gedanken, bemerkt sie halb erschrocken, halb amüsiert. Auch hier macht sich das Training von Asso bemerkbar.

Prinzessin Elisabeth spürt den inneren Kampf nicht, den Édith ausficht. Mit ruhiger, gesetzter Stimme, die so gar nicht zu einem so jungen Menschen passen will, und in fließendem Französisch überbringt sie die Grüße ihres Vaters, King George VI., und übermittelt ihr seine Komplimente und seinen Dank für die Schallplatten, die sie ihm mitbringen wird und über die er sich sicherlich sehr freut.

»Ja«, erwidert Édith. »Schön.« Mehr fällt ihr beim besten Willen nicht ein.

Erst am Abend, als sie in Marcels Armen liegt und ihm von der Begegnung erzählt, kommen ihr tausend intelligentere Bemerkungen in den Sinn. »Ja. Schön.« Sie stöhnt. »O Mann, das muss man sich mal vorstellen. Sie richtet mir Grüße vom englischen König aus, und ich sage nur: Ja schön!«

Marcel lacht. »Ist ja auch nicht dein König.«

»Trotzdem.«

»Gar nichts trotzdem.« Er küsst sie aufs Haar. »Nächstes Mal singst du irgendein freches Revolutionslied, in dem mindestens ein König seinen Kopf verliert.«

»Gibt es denn so ein Lied?« Édith runzelt zweifelnd die Stirn. »Außerdem ist es auch ein wenig plump.«

»Na dann …« Marcel richtet sich auf, beugt sich über sie und küsst sie, lässt seine Hand unter ihre Hüfte gleiten. »Bleibt dir. Nichts. Anderes übrig. Als dich. In. Dein Schicksal. Zu. Fügen«, sagt er bei jedem Kuss den Hals herunter in tiefere Regionen. »Und deinem König zu dienen«, murmelt er an ihrer Brust.

»Von wegen«, erwidert Édith, windet sich unter ihm hervor wie ein gelenkiger Fisch und schwingt sich über ihn. Ihre Hände rechts und links neben seinen Kopf gestützt, lässt sie sich langsam und genussvoll auf ihn sinken. »*Vive la révolution*«, flüstert sie.

7.

1948

Der Mann im Schatten der Laterne regt sich nicht. Die Kamera schussbereit vor der Brust, lauert er darauf, dass das Licht im Treppenhaus angeht.

Seit sechs Tagen bewohnt die Piaf nun schon ein Appartement im vornehmen Auteuil in der Rue Leconte de Lisle. Und seit sechs Stunden sind die Sängerin und der Boxer beim Matratzensport, da ist der Mann sich sicher. Bedauerlicherweise hat er es nicht geschafft, Cerdan beim Hereingehen ins Gebäude abzuschießen, aber wer hereingeht, muss irgendwann auch wieder heraus, *n'est-ce pas?* Und dass das durch die Vordertür geschieht, dafür hat er gesorgt: Der Concierge hat eine ordentliche Summe dafür eingestrichen, die Hintertür zu verrammeln und den Schlüssel zu verlieren. »Heute oder nie« heißt die Devise.

Die Gegend zwischen Bois de Boulogne und Seine ist viel zu bürgerlich für eine quirlige Künstlernatur, aber seit ihrem Ausflug nach New York ist die Piaf ruhiger geworden. Oder sollte man sagen: Sie hält sich bedeckt? Schon der Umzug in dieses Viertel ist verräterisch. Hier kann man gut untertauchen, und während seine Kollegen immer noch vor dem Claridge herumhängen und auf Cerdan warten, ist er schon einen Schritt weiter. Die Katze lässt das Mausen nicht, und um die Katze zu fangen, muss man nur die Maus aufspüren. Und die wohnt jetzt hier, in dieser zwar teuren, ansonsten aber eher langweiligen Gegend.

Der Reporter sieht sich um. Kein Straßencafé weit und breit, nichts, wo man eben mal einen Kaffee herbekommen könnte. *Merde.* Seine Füße sterben ihm ab vor Kälte, aber ein gutes Foto, das erste von Marcel und Édith in einer intimen Pose, wäre ein Vermögen wert. Und damit auch den Verlust von ein oder zwei Zehen. Er marschiert auf der Stelle, verspürt ein dringendes Bedürfnis, tritt an den Zaun und erleichtert sich. Verdammt, ist das kalt! Wie ging noch mal der Witz mit dem Eskimo, der irgendwas pinkelt? Ach ja, Eiswürfel oder so. So weit kommt es noch. Er verstaut sein bestes Teil wieder in der Hose und zieht den Reißverschluss zu.

Sechs Stunden, *mon Dieu.* So lange braucht nicht mal ein Straßenköter, um zum Schuss zu kommen.

Dass die Piaf und der Boxer ein Paar sind, ist ein offenes Geheimnis. Anscheinend hat der Kerl eine Frau und einen Haufen Kinder irgendwo in Afrika, aber das ist gar nicht der Punkt. Für die interessieren sich die Leute nicht die Bohne. Große Männer haben eben ihre Maitressen, wer sollte das mehr verstehen als die Franzosen, und der Boxer hatte auch vorher schon Affären. *Non,* nicht *dass,* sondern *mit wem* er es tut, ist von Bedeutung. Es ist das glamouröse Leben der beiden größten Stars Frankreichs, das sowieso schon fasziniert. Eine Liebschaft zwischen ihnen: einfach unbezahlbar. Die Blätter sind voll mit Fotos von den beiden. Schon bei ihrer Landung in Orly, wie sie nebeneinander auf der Gangway stehen. Die Piaf winkt, Cerdan glotzt sie an wie die Katze die Sahnetorte. Großartig. Jetzt fehlt nur noch das eine, das ultimative Foto, der letzte Beweis. Wenn sie sich nur einmal abschießen lassen würden: ein Kuss, eine Berührung, ein Tête-à-Tête …

Da, das Licht geht an. Der Mann im Schatten richtet sich auf, lauert, die Hand schussbereit. Minuten später wird es wieder dunkel, aber nur kurz, dann fällt Licht durch die gläserne Eingangstür auf den Bürgersteig. Irgendjemand im Hotel ist wach, kommt aber nicht heraus.

Der Reporter grinst. Jetzt haben sie wahrscheinlich bemerkt, dass die Hintertür verschlossen ist. Die Maus und die Katze sitzen in der Falle. »Na, komm schon, Miezekatze, dein Training ruft!«

Cerdan hat gerade einen gloriosen Sieg gegen einen Polen hingelegt, dessen Namen sich kein Mensch merken beziehungsweise aussprechen kann. Als Nächstes boxt er Ende Mai gegen den Belgier Cyrille Delannoit, den sie »Tarzan« nennen. Hat ihn herausgefordert, der dämliche Kerl. Der wird sich noch wundern. Tarzan! Der sollte sich besser mit seiner Liane in Sicherheit bringen, *mais alors!* Nein, das sollte nun wirklich nicht allzu schwer werden. Cerdan ist in Höchstform, die kleine Piaf scheint ihn nicht übermäßig zu fordern. Im Gegenteil, vielleicht stachelt sie ihn sogar an, wer weiß? Seine Kollegen haben alle darauf gewettet, dass sie »ein schlechter Einfluss« ist, ihn ablenkt. Und dabei ist »schlechter Einfluss« noch nett ausgedrückt, man kennt doch ihre Männergeschichten. Die hat manchmal zwei Kerle gleichzeitig, einmal hatte sie sogar einen ganzen Haufen, irgendwelche Compagnons, meint er sich zu erinnern. Die Frau ist unersättlich, und so ein Boxer muss schließlich bei Kräften bleiben. Und apropos Ablenkung: Cerdan sitzt außerdem fast jeden Abend in einem ihrer Konzerte oder guckt sich eine Ausstellung mit ihr an. Etwas, das er früher nie getan hat, warum auch? Ausstellung, so 'n Quatsch. Er hat geboxt, Sport getrieben, den Leuten eine aufs Maul gegeben. So gehört sich das, und jetzt liest er sogar. Kein Scherz, ständig schleppt er ein Buch mit sich herum, und das kann er nicht mal mit in den Ring nehmen, da hätte es ja wenigstens Sinn, ist aber verboten, damit zuzuschlagen. Und dann diese Filmerei! Als Kinoschauspieler ist er auch noch unterwegs, da hat die Piaf ihn sicher drauf gebracht, die steht ja auch ständig vor der Kamera. Fehlt nur noch, dass er jetzt auch noch das Singen anfängt!

Ah, es tut sich was. Das Licht bleibt an, und es ist eine Gestalt zu sehen, das ist der Concierge, der schließt auf und tritt einen Schritt zurück, um jemanden herauszulassen.

Der Reporter reckt sich. Volltreffer. Eine Gestalt im Kamelhaarmantel mit Hut, das ist er, und dahinter, wesentlich kleiner, ein

Pelzmantel auf schlanken Beinen, ein Tuch um den Kopf gewickelt. Als ob man sie so nicht erkennen könnte!

Die beiden kommen eilig heraus, und der Reporter hebt die Kamera, aber das wird nichts, er ist zu weit entfernt. Bloß kein Auto, denkt er, während er ihnen so unauffällig wie möglich folgt. Wenn er Pech hat, wartet um die Ecke ein schönes, warmes Gefährt, und weg sind sie. Doch nein, er hat Glück. Sie gehen zu Fuß, ahnen nicht, dass er ihnen auf den Fersen ist. Trotzdem, er muss näher heran, ihre Gesichter sehen. »Cerdan und Piaf: Ihr geheimes Liebesversteck«, so oder ähnlich werden die Kollegen titeln, er braucht ihnen nur das passende Bild zu liefern.

Die Rue Leconte de Lisle geht es hinunter, dann die große Rue de Rémusat entlang, auf der es schon recht belebt ist: Zeitungswagen beliefern die Kioske, die Rollläden der Cafés werden hochgezogen, ein Spaziergänger führt seinen Hund aus. Bald kommen sie auf die Avenue de Versailles, und da wimmelt es nur so von Leuten, die zur Arbeit müssen, herrscht immer Verkehr, da können sie leicht entkommen, und wer weiß, ob sie nicht ein »Kollege« entdeckt. Nein, es heißt jetzt oder nie, und der Reporter eilt im Laufschritt von hinten auf die beiden zu, Katze und Maus, Fell an Fell, untergehakt und ahnungslos.

»Monsieur Cerdan, Mademoiselle Piaf! Ein Foto bitte!« Die Kamera ist schon vor seinem Gesicht, der Blitz zuckt, als die beiden sich umdrehen. Das Foto ist im Kasten, doch der Triumph zerschellt am spöttischen Lächeln der Frau, die eindeutig nicht die Piaf ist. Und der Mann neben ihr ist nicht Cerdan.

»*Pardon?*«, fragt die Frau zwar, als hätte es ein Missverständnis gegeben, doch ihr Gesicht strahlt vor Genugtuung. Es ist die Freundin der Piaf, die ständig mit ihr herumhängt, irgendeine Simone oder Simonette.

»*Merde.*« Der Reporter dreht sich um und rennt den Weg zurück, den er gekommen ist, doch natürlich ist es schon zu spät, das weiß er, noch bevor er die schwarze Limousine am Ende der Straße abbiegen sieht. Sie sind ihm entwischt, die Maus und ihre Katze, doch noch während er außer Atem fluchend und ausspuckend auf der Straße steht, die Hände auf die Knie gestützt, schwört der Reporter Rache. O ja, das werden sie noch bereuen, so viel ist sicher. Er wird da sein, wenn sie abstürzen, und das werden sie, denn schließlich sind sie *Stars:* Sterne, die verglühen, sobald ihre Zeit gekommen ist. Der Reporter muss nichts anderes tun, als zu warten, denn fallen tun sie alle, früher oder später.

Im Salon von Madame Sourie gibt es genau zwei Plätze vor dem hölzernen Regal, das die gesamte Wand einnimmt und zwei schön geschnitzte Spiegel trägt. Die Stühle davor sind massiv und gleichen den Ungetümen, auf denen man bei einem Zahnarztbesuch Platz nehmen muss, mit einem Pedal lassen sie sich je nach Bedarf höher oder tiefer stellen. Der größte Clou jedoch ist das schwenkbare Waschbecken dazwischen.

»Man kann sitzen bleiben, du brauchst dich nur herumzudrehen und den Kopf zurückzulehnen, siehst du?« Wie zur Demonstration legt Momone sich zurück, schlägt die Beine übereinander und kreuzt die Hände auf der Brust, um zu beweisen, wie bequem diese neue, moderne Art des Haarewaschens ist.

Madame Sourie nickt stolz dazu und lässt ihr schadhaftes Gebiss in einem breiten Lächeln sehen, während sie die Wassertemperatur einstellt und das Shampoo zum Schäumen bringt. Sie scheint nordafrikanischer Herkunft zu sein und spricht Französisch mit einem starken Akzent.

Édith hat nicht das Herz, ihr zu sagen, dass diese Waschbecken in New York in jedem noch so kleinen Friseursalon stehen und sich dort niemand mehr nach vorne übers Becken beugen muss. Sie kann für ihre Freundin nur hoffen, dass Madames Art, die Haare zu schneiden und modulieren, auch so fortschrittlich ist. Momone zumindest scheint sich wohlzufühlen in dem kleinen Salon in der Rue Ronsard auf dem Montmartre, gleich neben den Markthallen, in denen sie manchmal einzukaufen pflegt.

»Genau so«, fordert Momone und zeigt auf Édiths Haarschopf. »Genau so sollen meine Haare aussehen, haben Sie verstanden? *Eh, bon.*« Misstrauisch blinzelnd lehnt sie sich zurück und nimmt eine Zeitschrift zur Hand, wobei Sie Madame genauestens im Auge behält.

Édith betrachtet die kleine Szene mit einer Mischung aus Amüsement und Abneigung, wie immer, wenn Momone sie zu kopieren versucht. Heute Morgen war es praktisch, sicher, als sie Arm in Arm mit Marcels Masseur davonstolziert ist und den Reporter mitgezogen hat, der vor ihrer Haustür herumlungerte. Normalerweise entwischt Marcel in diesen Fällen durch die Hintertür, doch der Concierge hatte den Schlüssel verlegt, und sie mussten sich etwas anderes einfallen lassen. Nach einem Anruf waren Momone und Marcels Masseur ihnen zu Hilfe gekommen, und *voilà:* Der Plan hat wunderbar funktioniert.

Was Momone jetzt auch offiziell zu Édiths Double macht.

»Den Mantel sollte ich noch behalten, nur für alle Fälle«, sagt Momone und blättert um.

»Meinen Pelzmantel? Für was für Fälle?«

»Nun, nehmen wir einmal an, du bist bei deinem Boxer, und die Reporter ahnen etwas. Dann kann ich an einem völlig anderen Ende der Stadt auftauchen, und du hast ein Alibi.«

Ein Alibi, schon wieder. Damals, nach dem Mord an Papa Leplée, hat sie auch eins gebraucht. Ständig sind Menschen hinter ihr her, die wissen wollen, was sie wann gemacht und getan hat. Entweder das, oder man vergisst sie, so wie ihre Mutter sie als Säugling stundenlang allein gelassen und schließlich vergessen hat. Es scheint nur das eine oder andere in ihrem Leben zu geben. Das Schreien, Singen, das Auf-sich-aufmerksam-Machen oder das Schweigen.

»Hast du gehört?« Momone sucht im Spiegel Édiths Blick.

»Nein, *pardon,* ich war mit meinen Gedanken gerade ganz woanders.«

»Das habe ich wohl gemerkt.« Momones Stimme klingt pikiert. »Ich sagte, du solltest mir auch ein paar Kleider von dir geben. Und Hüte. Damit ich dich besser spielen kann.«

Damit sie sie spielen kann: Wie sich das anhört! »Und Marcel? Willst du dir den auch ausleihen?«

Es ist kein bisschen lustig gemeint, doch Momone lacht. »Aber nein, den darfst du behalten. Deswegen machen wir dieses ganze Spiel doch, oder?«

Schon wieder Spiel. Es ist mehr als ein Spiel: etwas, das Momone nie begreifen wird. Aber wie immer liegt sie auch nicht ganz falsch. Denn wenn Momone zu Édith wird, dann ist Édith niemand mehr, ein Geist. Dann ist sie frei. »Ja, abgemacht«, sagt sie, »such dir nachher was aus.«

»Das blaue ist schön, das mit dem Spitzenkragen, weißt du? Und ich mag diesen Hut dazu, den du manchmal trägst, den mit den Samtknöpfen. Und natürlich eines deiner schwarzen Kleider …«

Sie lässt die Freundin reden, ihre Garderobe aufteilen, Pläne schmieden. Darin war sie schon immer gut. Müde vom frühen Aufstehen und der zwar wundervollen, aber auch schlaflosen Nacht, lehnt sie sich in dem Sessel zurück, verschränkt wie vorhin Momone die Hände vor dem Bauch und lässt sich von der Stimme der Freundin davontragen.

In ihren Träumen sieht Édith manchmal eine Ratte. Eine große Ratte, genau vor ihrem Gesicht, und sie kann nicht einmal Furcht empfinden oder Ekel, nur Neugier. Die zuckende Nase, die langen Barthaare, die Knopfaugen und das struppige Fell: Das alles macht ihr keine Angst. Und natürlich kann sie sich nicht erinnern, dafür war sie viel zu klein, aber doch ist es ihr, als würde sie die Ratte kennen. Als hätte sie sie damals öfter besucht. Vorbeigeschaut, um *Salut* zu sagen.

Als ihr Vater die dreijährige Édith aus der schmutzstarrenden Wohnung ihrer Mutter holte, lag sie reglos unter einem Haufen Lumpen auf dem Rücken und starrte Löcher in die Luft. Sie kannte es nicht anders, hatte schon vor langer Zeit gelernt, dass Schreien nicht half. Hunger oder Durst: Das alles spielte keine Rolle mehr. Es gab keine Abwechslung, keine Anregung, keinen Zuspruch. Von Liebe ganz zu schweigen. So klein sie war, so ergeben hat Édith sich in ihr Schicksal gefügt und sich in ein apathisches kleines Geschöpf verwandelt, das niemanden stören, niemandem mehr zur Last fallen konnte. Vor sich hin lallend, über und über bedeckt mit schorfigen Wunden, die spärlichen Haare verfilzt, hatte sie nur sich und ihre winzigen, rudimentären Gedanken. Ab und an betrachtete sie ihre Finger.

Daran hat Édith glücklicherweise keine Erinnerungen mehr, nur an die Ratte. Die mal kommt oder auch nicht, mal groß, mal etwas kleiner, nicht wirklich bedrohlich. Kein Freund, aber auch kein Feind. Sie ist einfach da und schaut sie an, und Édith wüsste zu gern, was sie über sie dachte.

Als sie aufwacht, blickt sie in Momones Augen, die tatsächlich etwas Rattenhaftes an sich haben. Sie sind sehr klein und schmal, völlig anders als Édiths Augen, sie wird also eine Sonnenbrille brauchen. Das ist es auch, was sie ihr sagt: »Du brauchst eine Sonnenbrille, sonst glaubt dir kein Mensch.«

»Aha«, erwidert Momone und richtet sich auf. »Und ich dachte schon, du wärst eingeschlafen.«

»War ich auch.« Édith reckt sich. Dann betrachtet sie die Freundin, die inzwischen ihre übliche Metamorphose durchlaufen hat. Gleiche Frisur, gleiches Make-up. Sie hat dieselbe Körperhaltung, ihre Gesten sind ähnlich. Nur die Augen, die Augen der Ratte lassen sich nicht verbergen. »Wie gesagt: Deine Augen verraten dich.«

»Kein Problem, lass uns gleich nach nebenan in die Markthalle gehen. Ich kenne da einen Marokkaner, der verkauft die besten gefälschten Markenbrillen, die du in Paris bekommen kannst. Nicht, dass du dir nicht auch echte leisten könntest …« Sie bekommt diesen Glanz in den Augen, der Zug um ihren Mund verschärft sich.

Édith kennt die Zeichen von Gier nur zu gut. »*D'accord,* lass uns gehen.« Sie erhebt sich aus dem Stuhl, bedankt sich bei der Friseurin und bezahlt Momones Rechnung, die ihr lächerlich gering vorkommt.

»Jetzt sind wir Zwillinge«, sagt Momone glücklich und hängt sich bei Édith ein. »Genauso wie früher.«

»Wie früher, ja.« Sie mag es nicht, ständig an die Zeit damals erinnert zu werden. Es ist wie ein Anker, den sie nicht loswird und der sie daran erinnert, wer sie ist und wo sie herkommt. Daran wird auch Momones Verwandlungszauber nichts ändern, doch was wäre, wenn … »Los«, sagt Édith, »wir machen uns einen Spaß und testen deine Version von Édith Piaf.«

Momones Augen werden groß. Na ja, zumindest so groß sie können. »Du meinst, genau wie damals bei …«

»Ja, warum nicht?«, erwidert Édith leichthin. »Wollen wir doch mal sehen, wie gut deine Verwandlung ist.«

1939

Paul Meurisse schloss die Tür des Zimmers auf, das er mit den beiden »Schwestern« bewohnte. Es war unheimlich und aufregend zugleich, das konnte er nicht verhehlen. Unheimlich, weil es der Bankierssohn bislang nicht nötig gehabt hatte, in einem dieser billigen, heruntergekommenen Hotels am Montmartre abzusteigen. Und nicht im Leben auf die Idee gekommen wäre, so etwas einmal sein Zuhause nennen zu müssen. Ständig hatte er das Gefühl, beobachtet zu werden. Die Blicke, die ihm der Portier und die meisten anderen männlichen Bewohner des Alsina zuwarfen, waren alles andere als freundlich. In den dunklen Fluren versuchte er sich unauffällig an ihnen vorbeizudrücken und verkniff sich das höfliche *Pardon,* das zu den Grundlagen seiner Erziehung gehörte und das er sich nur mühsam abgewöhnen konnte. Die Frauen hingegen machten sich einen Spaß daraus, sich hüftschwingend an den jungen Mann mit den melancholischen, hübschen Gesichtszügen zu schmiegen oder versehentlich gegen ihn zu stolpern und sich auffangen zu lassen. Dann lachten sie über die Röte, die seine Wangen überzog, oder die gestammelten Entschuldigungen, die ihm wider Willen entschlüpften.

Dennoch war es auch aufregend, mit seiner neuen Liebe Édith Piaf zusammen zu sein, seiner »unstandesgemäßen Beziehung«, wie seine Eltern sie zu nennen pflegten. Doch nicht deswegen hatte er sie auserkoren, um seine Eltern zu ärgern: Er hatte sich schlicht verliebt. Und auch als Künstlerin begeisterte, nein, faszinierte sie ihn. Er wollte selber singen, hatte schon auf der Bühne des L'Amiral gestanden, dem kleinen Kabarett, in dem Édith ihn »entdeckt« hatte. Seitdem besuchte er ihre Show, saß Abend für Abend im Nightklub in der Rue Arsène-Houssaye, himmelte sie an und ließ sich von ihr unterrichten – was bei Édith immer auch einen sexuellen Aspekt hatte. Dass sie offiziell noch mit Raymond Asso zusammen war, störte ihn natürlich, doch Asso war im Krieg und weit weg. Wer weiß, ob er überhaupt wiederkehren würde.

»He, Hübscher! Kannst du mir mal helfen?«, rief ihm eine der »Damen« zu, doch Paul lächelte nur matt und beeilte sich, die Tür aufzustoßen und hineinzukommen. Diesen Scherz hatten sie schon öfter mit ihm gemacht, und stets war es bei diesen »Hilfeleistungen« darum gegangen, einen angeblich klemmenden Reißverschluss aufzuziehen oder eine Kette anzulegen. *Non merci.* Paul hatte aus seinen Fehlern gelernt. Seufzend lehnte er sich von innen gegen die Tür und tastete nach dem Lichtschalter.

»*Non*«, sagte eine Stimme, »lass das Licht aus und komm her.«

»Édith? Was soll das?« Paul konnte nicht mehr als ihre schemenhafte Gestalt erahnen, die im Licht der Straßenlaterne stand, das von draußen hereinfiel.

»Nun, Paul, was denkst du denn?« Édith stand da im Mantel, den sie spielerisch und verführerisch zugleich über die Schultern gleiten ließ. Darunter war sie nackt, soweit er erkennen konnte. Ihr Gesicht lag im Schatten.

»Ist Momone nicht da?«

Édiths Freundin war blitzschnell eingezogen, gleich nachdem Asso weg gewesen war. Und genauso blitzschnell verschwand sie, sobald der Soldat auf Heimaturlaub kam. Das galt leider nicht für Paul, der Édith deswegen schon länger in den Ohren lag, sich eine eigene, standesgemäßere Wohnung mit ihm zu suchen, ganz ohne die omnipräsente Freundin.

»Sie ist weg, die alte Nervensäge. Wir sind allein, und *non,* warte: Zieh dich aus.«

Paul spürte sofort Erregung in sich aufsteigen. So war sie eben, seine Édith: verrückt, verrucht, fordernd und unwiderstehlich. Eilig legte er seine Jacke ab, schlüpfte aus seinen Schuhen und knöpfte sein Hemd auf, während er zu seiner Geliebten herüberstolperte, an irgendetwas hatte er sich gestoßen, egal, was, er zog sich das Hemd über den Kopf.

Und spürte sofort ihre Hände, kalt und fordernd, die über seine Brust strichen.

Er wollte sich an sie drücken, doch sie entwand sich, lachte leise. Immer noch kichernd nahm sie seine Hand, schob sie unter ihren Mantel …

»Verdammt, was …« Paul sprang zurück, als hätte ihn eine Schlange gebissen. »Das ist doch … Was soll das?«

Die Frau vor ihm knickte ein vor Lachen, stützte sich mit den Händen auf den Knien ab: Es war Momone, natürlich.

Und neben ihr, hinter dem Sofa kauernd, Édith, die sich nicht weniger amüsierte.

Paul fiel über seine Schuhe, stolperte zum Schalter und knipste das Licht an. »Verdammt noch mal!«, sagte er erneut, immer noch zu verblüfft, um wirklich ärgerlich zu sein. Mitten im Zimmer stand Momone, die den Mantel wieder um sich zog, daneben Édith, beiden liefen Tränen über die Wangen. Er fand es weniger komisch. »Ihr hättet echt gewartet, bis ich mich ausgezogen hätte, nicht wahr? Das ist nicht witzig. Ich weiß gar nicht, worüber ihr euch so amüsiert.«

»Ach, Paul.« Édith kam zu ihm herüber, schmiegte sich an und küsste ihn auf die Wange. »Wir haben uns gelangweilt, weil du so lange weg warst. Und so sehnsüchtig auf dich gewartet …« Sie lachte wieder. »Ich zumindest.« Dann stellte sie sich auf die Zehenspitzen, beugte seinen Kopf zu sich herunter und küsste ihn lange und eindringlich.

Und sein Körper reagierte, ohne dass er es wollte und obwohl er eigentlich noch wütend auf Édith war, etwas, das sie sofort bemerkte.

»Momone«, sagte sie, ohne sich umzudrehen, und strich ihm über den Rücken, »du kannst jetzt gehen. Und zwar *tout de suite.*« Jetzt war kein Lachen mehr in ihrer Stimme zu hören.

1948

Édith hat Momone weggeschickt. Das geht leicht. Man befiehlt es ihr einfach. Selbst wenn sie wütend ist, kommt sie doch immer wieder. Wie ein Hund, den man tritt. Mit einem Mal, auf dem Weg zum Hotel, ist er ihr albern vorgekommen, dieser Tausch. Dieses Kitzeln der Versuchung: Würde er nur sie lieben, sie erkennen, unter Tausenden? War sie die Eine, Unverwechselbare für ihn? Nein, das war mehr als albern, das war grotesk. Früher hätte sie so gedacht, aber das liegt hinter ihr. Merkwürdig nur, dass Momone es immer wieder schafft, diese andere, diese vergangene Saite in ihr zum Klingen zu bringen …

Es ist spät, sie wird bald zu den Proben gebraucht. Zwar wollte sie vorher noch zu Marcel, doch die Reporter, die sicher noch vor dem Hotel warten, lassen sie umdenken. Ein wichtiger Kampf in Brüssel gegen einen sogenannten »Tarzan« steht bevor, und ihr Boxer ist kaum noch einen Moment unbeobachtet.

Merkwürdig unruhig kehrt sie um, springt in den nächsten Bus und merkt erst spät, dass sie wieder auf dem Weg zurück zum Frisiersalon ist. An der nächsten Haltestelle steigt sie aus und geht in Richtung U-Bahn, lässt sich durch die Gassen treiben.

»*Alors ma belle*«, reißt sie ein Zuruf aus ihren Gedanken.

Zwei alte Männer sitzen vor einem Bistro an einem grob zusammengezimmerten Tisch: ein älterer Mann mit weißem Rauschebart und sein Compagnon mit Hut neben einem halb verkümmerten Mandelbäumchen. Die grünen Fensterläden hinter ihnen hängen schief in den Angeln, die Fenster dahinter starren vor Dreck. *LAPIN AGILE* steht in großen Lettern über dem Eingang, halb verdeckt vom Pilz, der an der Fassade blüht, und Farbe, die wie Schorf von der Wand blättert. Eine rostige Stange markiert die Stelle, an der einst eine Laterne hing, das Kopfsteinpflaster glänzt schmierig. Der Alte hat ein leeres Glas erhoben und winkt Édith zu sich heran. »Lust, uns ein wenig Gesellschaft zu leisten?«

»Womit, *Papi?* Deine Flasche ist doch schon leer.« Édith zwinkert ihm kokett zu.

»Ah, das ist eine ganz Ausgeschlafene. Hörst du, Charlie? Hier haben wir es mit einer ganz Gescheiten zu tun.« Der Alte lässt eine Reihe Zahnstumpen zwischen seinem Bart sehen.

»Dann brauchen wir jemanden, der uns was zu trinken holt.« Édith setzt sich neben den Alten, kramt in ihrer Tasche und holt ein paar Scheine hervor, die sie dem Hutträger hinschiebt.

Der grinst ein ebenso zahnloses Lächeln, lüpft kurz den Hut und verschwindet dann im Eingang der Spelunke. Schon kurz darauf ist er wieder da, eine Flasche Calvados und ein weiteres Glas in der Hand, das er vor Édith hinstellt. Mit leicht zittriger Hand schenkt er allen dreien ein, die Fingernägel schwarz vor Dreck.

Die drei prosten sich zu, kippen den Schnaps, der bei Weitem nicht so schlecht ist, wie Édith erwartet hat, in einem Zug. Ölig läuft er ihre Speiseröhre hinunter und beginnt sich warm und tröstlich in ihrem Magen auszubreiten.

»*Ah, c'est bon*«, sagt Édith aus tiefster Überzeugung.

»Das Mädchen versteht was vom Trinken.« Der Alte lacht. »Kommst wohl von hier, was?«

»Noch schlimmer«, sagt Édith.

»Was ist schlimmer als hier?«, fragt der Hutträger.

»Belleville«, erwidert Édith.

»O ja, das stimmt«, sagt der Hutträger und nickt wissend.

»Aus Belleville stamme ich auch. Wenn das kein Zufall ist. Darauf sollten wir trinken«, sagt der Alte und streicht sich den Bart. Mit seinem leeren Glas schlägt er gegen die Flasche, und sein Freund kommt der Aufforderung nach.

»Ich dachte, du stammst aus Marseille?«, fragt er, während er nachschenkt.

»Das nur, wenn ich es nicht vergessen kann.« Der Alte kippt den Schnaps, noch bevor die anderen ihm folgen können. »Eh, das tut gut. Und schon wird die Vergangenheit ein wenig schöner, ist es nicht so? So voller Äpfel, die einem das Leben versüßen.« Er rollt das leere, gelb schimmernde Glas einen Augenblick lang genießerisch zwischen den Händen, dann wendet er sich Édith zu. »Was treibt dich in unsere Gegend, Kind?«

»Hab den falschen Bus genommen und mich verlaufen«, erwidert Édith trocken, aber der Wahrheit entsprechend. Sie kippt ihren zweiten Calvados und merkt, wie sie sich langsam entspannt.

»In Paris kann man sich gar nicht verlaufen«, sagt der Hutträger. »Von irgendeinem Fleck aus siehst du immer den verflixten Eiffelturm.«

»Das ist wahr.« Édith nickt. »Den sieht man immer. Aber so etwas hier«, und sie deutet mit dem Glas um sich herum, »ist nicht leicht zu finden.«

»Der Baum?«, versucht der Hutträger ihrem Gedankengang zu folgen.

»Der auch«, erwidert Édith.

Der Hutträger rülpst. »Weißt du, wovon sie redet, Pierre?«

»Klar. Vom Verschwinden der Kindheit«, erwidert der Alte wie aus der Pistole geschossen.

»Was gut ist«, sagt Édith und nickt so energisch, dass ihre Locken fliegen. »Ich meine, daran will doch keiner denken.«

»An was nicht denken?«, fragt der Hutträger und blickt von seinem Freund zu der merkwürdigen Besucherin und wieder zurück.

»Marseille«, knurrt der Alte.

Der Hutträger nickt, als hätte er verstanden, rechnet aber insgeheim nach, wie viel er schon getrunken hat. Eine Weile lang schauen alle drei in ihre leeren Gläser und denken an fremde Städte, vergangene Tage oder getrunkenen Schnaps.

»Was soll's«, seufzt schließlich der Hutträger und schenkt allen noch einmal nach. Dieses Mal lassen sie es, wie auf eine geheime Absprache hin, langsamer angehen. Nippen nur hin und wieder an der gelblich öligen Flüssigkeit.

»Ein sentimentales Lied, ein *chanson bleue*«, sagt Édith. »Das ist es, was die Kindheit war. Und mehr verdient sie es gar nicht, erwähnt zu werden.«

»Außer, sie verfolgt dich in den Schlaf«, murmelt düster der Alte.

»Kinderträume sind doch schön!«, versucht sich der Hutträger einzumischen. Er ist zu dem rein mathematischen Schluss gekommen, dass er noch lange nicht betrunken sein kann. Dass er dem Gespräch gerade nicht folgen kann, liegt eindeutig nicht an ihm.

»Wisst ihr was? Ich werde euch ein *chanson bleue* schreiben«, überlegt Édith halb zu den Männern, halb in Gedanken versunken, »damit ihr Kinderträume haben könnt, in denen eure Nächte nicht zur Qual werden …« Wie von selbst werden die düsteren Gedanken zu Strophen, Erinnerungen zu Musik, die man modulieren, die man beherrschen kann. »Ich brauche eine Serviette!«, befiehlt sie.

Die beiden Männer sehen sie an.

»Eine Serviette! Schnell. Und einen Stift.«

»Stift hab ich«, sagt der Hutträger und holt einen stummeligen Bleistift aus seiner Brusttasche. »Und Papier, wenn das auch geht. Servietten haben sie hier, glaub ich, nicht, aber ich könnte fragen …« Er reicht ihr einen speckig aussehenden, aber unbeschriebenen Block.

»Nein, nein, das ist perfekt.« Édith ergreift ihn, wie im Fieber. »Schenk noch mal ein. Wo waren wir? Ah ja. Bei meinem *chanson bleue* …«

Marguerite Monnot sitzt im Wintergarten am Flügel, völlig in Gedanken versunken in ihre schöpferische Arbeit, die unter keinen Umständen gestört werden darf. Édith kennt das nur zu gut von sich selbst. Dennoch: Sie ist zu aufgeregt, zu neugierig, was die Guite über ihren Text sagt, über die Melodie, die ihr dazu vorschwebt. Wahrscheinlich ist sie auch ein wenig betrunken.

Marguerites Mann hat sie hereingelassen, nicht übermäßig erstaunt über die späte Uhrzeit. Er kennt die Arbeitszeiten der Piaf, hat seine Frau mehr als nur einmal mitten in der Nacht oder in den frühen Morgenstunden aus Édiths Appartement abholen müssen.

La Guite summt, ihre Hände probieren eine Melodie, verharren über den Tasten, als wären sie unzufrieden, versuchen etwas Neues.

Édith wagt sich weiter vor in den Dschungel aus Palmen und Farnarten, aus irgendwelchen Gräsern und gelblich wuchernden Schlingpflanzen. Nirgendwo ist eine Blüte zu sehen, nur Grün überall, dazu herrscht ein moderiger Geruch nach Erde und abgestandenem Wasser. Édith macht dieser flüchtige Eindruck von Landleben und Natur unruhig. Wie in einem Rückfall in graue Vorzeit spürt sie das Raubtier hinter dem Gewächs und die Schlange im Gestrüpp, und die Härchen auf ihren Armen stellen sich auf. Über dem Glasdach spannt sich eine fahle, sternenlose und endlos einsame Nacht, allein die lockenden Klänge veranlassen sie dazu weiterzugehen.

Wo Musik herrscht, gibt es keine wilden Tiere. Und keine Albträume.

»Marguerite?«, fragt sie leise, gibt ihr dadurch, dass sie sie mit vollem Namen anspricht, etwas mehr Zeit zu reagieren. »*Bonsoir*, Guite, ich will nicht lange stören …« Für Édith ist das eine ungewöhnlich behutsame Annäherung und zudem noch eine Entschuldigung, und einem Außenstehenden wäre sofort klar, welch hohen Stellenwert die Freundin und Komponistin einnimmt.

Marguerite erschrickt nicht, sie taucht auf. Zunächst erheben sich ihre Hände über die Tastatur, spannen sich die Schultern an und streckt sich der Nacken, bevor sie sich umsieht und ihre Augen klar werden. Sie blinzelt. »Ah, Édith, *bonsoir.* Schön, dich zu sehen! Ist es spät? Habe ich eine Verabredung verpasst?« Sie steht auf, um die Freundin zu umarmen und auf die Wangen zu küssen.

»Nein, keine Verabredung. Ein spontaner Besuch. Ich hab dir etwas mitgebracht.« Jetzt kann Édith sich nicht mehr zügeln, bricht die überschwängliche Begeisterung sich wieder Bahn. »Siehst du? Hier. Nein, warte, das ist ein Taschentuch … Hier. Hier habe ich es.« Sie stellt stolz und ohne eine Spur von Verlegenheit ein mit kleinen Buchstaben bemaltes, ausgefranstes und von Flecken übersätes Blatt vor das feine Notenpapier, auf dem Marguerite gerade noch komponiert hat.

Marguerites Lächeln wird schmallippiger, doch sie behält es bei. Die Vehemenz, mit der Édith immer wieder in ihr Leben bricht, verstört sie. Gleichzeitig fühlt sie sich angezogen von ihrer schier unerschöpflichen Kreativität, dieser Lebendigkeit, die sie nie im Leben besessen hat.

Als Tochter eines blinden Organisten wurde sie in einem kleinen Städtchen an der Loire geboten, hat von ihrem Vater nicht nur Melodien gelernt, sondern auch seine Art übernommen, sich in die Musik gleichsam hineinzutasten. Sie um sich herum zu fühlen und zu greifen. Töne sind für sie ebenso real wie Essen und Trinken, haben Textur. Allein nach Gehör hat sie komponiert, noch bevor sie richtig laufen konnte, als Dreijährige begleitete sie eine gestandene Mozartsängerin auf einem öffentlichen Konzert. Marguerite und Mozart, die Wunderkinder: Es passte viel zu gut. Endlich lernte sie auch das Notenlesen, das Sichtbare in der Musik. Mit elf Jahren war sie bereits eine Pianistin, der der Komponist Saint-Saëns aufmerksam zuhörte, mit sechzehn bot ihr der spanische Hof eine Stellung an. Mit achtzehn war ihre Karriere zu Ende: Das Lampenfieber war zu einem wirklichen Fieber geworden, ihre Schüchternheit zur Krankheit. Tasten verschwammen vor ihren Augen, Geräusche schmerzten. Die Musik ballte sich zusammen, sie konnte sie hören, aber nicht mehr spielen, Melodien brachen über sie herein. Sie bekam so starke Kopfschmerzen davon, dass sie sich übergeben musste und tagelang nicht mehr aus dem Zimmer kam. Erst langsam, nach Zeiten der Geräuschlosigkeit und Dunkelheit, konnte sie die Klänge wieder ertragen, probierte hier eine leichte Melodie, da ein paar schwungvolle Takte. Vorsichtig tastete sie sich wieder an die Musik heran, komponierte, eher als Übung, ein paar Walzer, einige artige Liedchen.

Die allesamt Erfolge wurden.

»Lass mal sehen«, sagt Marguerite und setzt sich wieder ans Klavier, den schmutzigen Zettel vor sich. »*Chanson bleue*, oh, ein trauriges Lied. Oder ein sehnsüchtiges? Hast du schon eine Melodie im Kopf?«

»Nun, ungefähr so.« Édith lässt sich neben sie auf den Klavierhocker sinken.

Marguerite spürt die Nähe der Sängerin, die sie wie eine Welle trifft, ein Dunst von Alkohol begleitet sie. Außerdem riecht ihr Atem sauer, als hätte sie nicht viel gegessen. Marguerite muss sich zwingen, nicht wegzurücken, doch als ihre Freundin die ersten Zeilen singt, sind Alkohol und Atem vergessen.

Wunderschön. Wirklich wunderschön ist dieses Lied, ganz kurz nur und bei Weitem nicht perfekt, aber in Marguerite bringt es sofort eine Saite zum Klingen, formt sich vor ihren Augen, sie kann es sehen, braucht nur noch die Hände danach auszustrecken.

»*Encore une fois*«, verlangt sie, lässt sich Édiths Version noch einmal vorsingen. Und noch mal. »Nein, das machen wir anders, ein anderer Einstieg, ein zärtlicher …«

Édith verstummt, verhält sich ganz still. Sie lässt sich nur von wenigen Menschen etwas zu ihren Chansons sagen, aber La Guite ist definitiv einer von ihnen.

»Ich sehe Harfen, doch, lach nicht. Eine hohe Chorstimme, die dich einführt. Du singst von Träumen, von Hoffnung. Dass du anderen dieses Lied bringen wirst und dann stirbst, um es im Himmel zu singen. Da brauchen wir Harfen, unbedingt. Und eine

Engelsstimme. Ist das alles, nur eine Strophe? Das reicht nicht, du musst mehr schreiben, mindestens drei. Und den Refrain, den *chanson bleue,* den heben wir in den Himmel. Aber jetzt erst einmal von Anfang an.« Sie schiebt Édiths Zettel zur Seite und beginnt, Noten zu malen. »Sing noch mal … Ja, halt. Wie wäre es so …« Und sie spielt und komponiert, und Édith singt.

Der Himmel über den beiden ist immer noch so fahl, wie es nur in einer Stadt sein kann, doch jetzt sitzen lauter Engel auf dem Glasfenster, schauen von oben auf sie herab und lauschen. Doch, tun sie, ganz bestimmt.

8.

1948

Der schrecklichste Moment ist der, in dem ein Boxer die Kontrolle verliert. Die Zuschauer sehen ihn sofort. Sie erkennen ihn, wie ein Raubtier ein verwundetes Tier wittert. Es ist dann, als ob ein einziges Stöhnen aus Tausenden Kehlen hörbar würde, ein Schluchzen, das bei manchen in Jubel übergeht. Andere, so wie Édith, packt namenloses Entsetzen.

Cyrille Delannoit hat beinah sein ganzes Leben im Ring verbracht. Seine Brüder boxen auch, er ist mit dem Sport aufgewachsen wie so viele Profis und hat sich aufgrund seiner mutigen Kampfweise den Spitznamen »Tarzan« verdient. Sein Stil ist technisch versiert und schnell, er ist keine Dampfwalze, aber er ist robust. Einstecken kann er, das können jedoch alle. Er hat einmal seine Gewichtsklasse gewechselt, was nicht jedem gelingt, hat gegen den niederländischen Meister ein bemerkenswertes Unentschieden erreicht und zwei französische Spitzenboxer besiegt. Damit erwarb er sich das Recht, den europäischen Meister im Mittelgewicht herauszufordern, Marcel Cerdan.

Als Cerdan auf den jungen Belgier trifft, hat er einhundertneun Profikämpfe hinter sich und davon nur zwei Kämpfe verloren, beide durch Disqualifikation. Er ist unbesiegt. Den Titel als Europameister hat er schon zweimal verteidigt, und nun tänzelt also dieser zehn Jahre jüngere Tarzan vor ihm herum und geht ihm gehörig auf die Nerven. Er ist wütend. Muss wütend sein, um zu boxen: Wut ist sein Geschäft.

Delannoit kennt es nicht anders.

Und so, nach fünfzehn Runden Ewigkeit, in denen Marcel wieder und wieder ausgeteilt und Delannoit sich wieder und wieder gestellt hat, in denen Édith Piaf in der ersten Reihe mitgefiebert und ihre Fingernägel blutig gekaut hat, liegt es an den Ringrichtern, darüber zu entscheiden, wer wann welchen Schlag gesetzt hat, wer getroffen hat, wer nicht. Sie geben Punkte auf die Kraft der Schläge, auf effektive Aggressivität, dafür, wer zwischen den Seilen geherrscht hat, auf die Qualität der Verteidigung, wer zu Boden gegangen ist und wer nicht. Im Kampf Delannoit gegen Cerdan entscheiden die Richter nach fünfzehn Runden auf Sieg nach Punkten für Delannoit.

Die Sensation ist perfekt.

Das Brüsseler Heysel-Stadion bebt, die Menschen springen von den Sitzen. Lautsprecherdurchsagen werden übertönt von den Jubelrufen der Belgier, die ihren Tarzan feiern. Programmhefte gehen wie Konfetti auf die Kontrahenten nieder, die schwitzend, blutend, immer noch schwer atmend in der Mitte des Rings stehen, zu beiden Seiten des Ringrichters. Niemand versteht noch, was gesagt wird, doch die Geste ist klar. Der Mann mit der Fliege hält beide Boxer an den Unterarmen, knapp oberhalb der Handschuhe. Dann reißt er Delannoits Arm in die Höhe.

Es hält niemanden mehr auf dem Platz, auch Édith steht. Menschen rempeln sie an in dem Versuch, nach vorne zu kommen, etwas näher heranzurücken an das Geschehen. Die Lichter der Fotografen blitzen auf, die versuchen, die Aufmerksamkeit der Boxer zu erregen, indem sie mit den Armen rudern. Ein Stoß trifft Édith, lässt sie beinah zu Boden gehen.

Sie rettet sich auf den Stuhl, etwas Besseres fällt ihr nicht ein, lässt die Menschen um sich herumbranden und kann nur hoffen, dass ihre schwankende Insel dem Ansturm standhält. Verzweifelt sucht sie den Blick von Marcel, der eben seinem Gegner gratuliert und zurück in seine Ecke geht, dem einsamsten Ort in diesem rasenden, irrsinnigen Universum. Sein Manager Lucien ist da, dazu sein Trainer, sein Masseur. Sein Pressesprecher kämpft sich zu ihm durch, irgendwelche Fans, die etwas von ihm wollen, natürlich die Reporter. Doch Marcel scheint weit weg zu sein, weit weg von dem Geschehen. Er sieht nicht zu Édith herüber.

Ihr Herz schmerzt, sie könnte weinen, toben, jeden einzelnen Menschen hier packen und anschreien, ihn in Ruhe zu lassen. Ihn nicht noch mehr zu verletzen. Und dort auf diesem Stuhl stehend, die Menschenmasse um sich herum wie ein vor Entzücken und Entsetzen gleichermaßen wahnsinnig gewordener Mob, lernt Édith ihre zweite Lektion übers Boxen.

Die erste war der Sieg. Er ist universal, mystisch, aber er nutzt sich ab, wird schnell schal und wartet nur auf die nächste Herausforderung, die ganz sicher kommt.

Die zweite ist die Niederlage. Über die Köpfe der Menschen hinweg blickt Édith auf Marcel und begreift, dass nur die Niederlage von Dauer ist.

Louis Barrier, Édiths Manager, legt sein Besteck zur Seite. Er kann kaum mit ansehen, wie Édith die Blüte malträtiert, die zwischen ihnen auf dem Tisch steht. Blatt für Blatt zupft sie ab, einem unhörbaren Reim folgend. Er liebt mich, er liebt mich nicht. Er liebt mich, er liebt mich nicht.

»Es gibt nur noch einen Gedanken in seinem Kopf, einen einzigen, und der heißt Rückkampf, Revanche, Rache: Nenn es, wie du willst«, beklagt sie sich. Louis hat nicht die Absicht, die Niederlage des Boxers zu kommentieren. Ihm ist Marcels Verfassung im Augenblick ziemlich egal. Was ihn interessiert, sind die Schlagzeilen der Presse, die sich im Augenblick einig wie selten darüber sind, dass allein sein Schützling die wahre Schuldige an der Misere ist. »Willst du nicht wenigstens kosten, Édith?« Er zeigt auf das Steak mit Knoblauch, das vor ihr steht. Normalerweise ihr Lieblingsessen. Nur deshalb hat er sie ja ausgeführt, damit sie mal wieder etwas isst. Mal wegkommt von Marcel und seinen Sorgen. »Du solltest bei Kräften bleiben, damit …«

»Damit was? Damit ich singen kann?« Édith blitzt ihn an. Auch sie braucht jemanden, der schuld ist. Daran, dass Marcel sich verkriecht, nicht mehr redet, dass er besessen ist von diesem Belgier, diesem Tarzan, und es kaum bemerkt, wenn sie im selben Raum ist.

Louis seufzt. »Damit du stark bist für Marcel. Du nützt ihm nichts, wenn du zusammenbrichst und er sich auch noch um dich Sorgen machen muss.«

»Nein, das ist wahr.«

Édith ist ungewöhnlich einsichtig, was Louis dann auch wieder beunruhigt. Sie hat sich verändert, denkt er, und fährt damit fort, sein Fleisch zu zerschneiden. Macht sich wirklich Sorgen um diesen Mann, diesen Riesenkerl mit der zerbeulten Nase. Wo sind nur die schmächtigen Jungen geblieben, die sie unter ihre Fittiche nehmen, die sie aufbauen konnte? Denen sie Lieder und Liebe gegeben hat, bevor sie weiterflatterte wie ein Schmetterling, von Blüte zu Blüte? Und wie kommt er jetzt auf diesen blöden Blütenvergleich? »Édith, Schatz, könntest du bitte den Tischschmuck in Ruhe lassen? Die Leute hier hängen sicher daran.«

Édith seufzt, lässt die zerpflückte Blume fallen und greift ebenfalls nach ihrem Besteck. Hat sich anscheinend entschlossen, wenigstens das Fleisch zu essen, auch wenn sie das Gemüse ignoriert. »*Alors*«, sagt sie, während sie ihr Steak zerteilt, »was wolltest du mir sagen? Was hat sich die Presse jetzt wieder einfallen lassen?« Sie hat die Schlagzeilen der letzten Tage nicht verfolgt, ist viel zu sehr damit beschäftigt, Marcel aufzubauen. Der sich partout nicht aufbauen lassen will.

»Du hättest einen schlechten Einfluss«, sagt Louis.

»Das hatten wir doch schon.«

»Noch schlechter. Cerdan verbringe zu viel Zeit mit dir …«

Ein Schnauben von Édith.

»… und dass du ihn umerziehen willst. Einen ›Mann von Welt‹ aus ihm machen.«

»Er *ist* ein Mann von Welt«, sagt Édith, und schon wieder erscheint dieses gefährliche Blitzen in ihren Augen.

»Das weiß ich, *chérie*. Ich gebe nur wieder, was die Presse schreibt.« Louis Barrier kaut und schluckt. »Also, du tust ihm nicht gut, weil er jetzt wegen dir merkwürdige Bücher liest.«

»Merkwürdige Bücher? Er liest Cronin. Bevor ich ihm ein paar Bücher gegeben habe, hat er Comics gelesen. Und Westernhefte. War das etwa besser?«

»Édith, noch mal: Ich sage dir nur, was in den Zeitungen steht, nicht, was ich selber glaube.« Aber ein wenig denkt auch er, dass das viele Gelese den Boxer vielleicht verweichlicht … Nein, Unsinn. Ein schottischer Schriftsteller ist sicher nicht schuld an der Niederlage eines französischen Boxchampions. »Angeblich schlägt sich Cerdan die Nächte in deinen Konzerten um die Ohren, anstatt zu trainieren …«

»Ha«, macht Édith, »war er schon ewig nicht mehr.«

»… und du bringst ihm eben Unglück.« Letzteres hätte er besser nicht gesagt. Louis merkt es sofort an ihrer Reaktion: Sie ist erstarrt, sieht ihn mit runden Augen an.

»Ich bringe ihm Unglück?«

»Das ist natürlich Blödsinn, das weißt du. Ich sage ja nur …«

»Ich bringe ihm Unglück!«

Sie denkt darüber nach, verdammt. Louis könnte sich in den Hintern beißen vor Wut über sich selbst. Die merkwürdig abergläubische Seite an Édith, ihr Glauben an übernatürliche Mächte, an Heilige, an Zeichen aus dem Jenseits und die Macht von Ritualen hat er stets ignoriert, um sie darin nicht noch mehr zu bestärken. Und darüber völlig vergessen. Dabei kennt er doch ihre Geschichte. Weiß, dass sie damals, als Kind, in der Obhut ihrer Großmutter nach einer Augenentzündung fast blind war. Die Großmutter ist schließlich mit ihr nach Lisieux gepilgert, damit die heilige Thérèse sie heilen konnte. Was sie auch prompt getan hat. Noch heute berichtet sie jedem, der es hören möchte, und auch allen anderen von ihrer »Errettung«, vergeht kaum eine Woche, in der sie nicht in irgendeine Kirche eilt, um der Heiligen eine Kerze zu stiften. Selbst in Amerika, wo sie von Thérèse von Lisieux wahrscheinlich noch nie gehört haben.

»*Chérie*, bitte. Du weißt, dass du kein Unglücksbringer bist«, versucht er an ihre Vernunft zu appellieren. »Du bist es nicht, weil … weil …« Weil er sowieso nicht an so etwas glaubt, aber was sagt man einem Menschen, der tief davon überzeugt ist? »Schwarze Katzen sind Unglücksbringer. Das Brot mit der falschen Seite nach oben auf den Tisch zu legen bringt Unglück. Aber du …«

»Das Brot? Das mit dem Brot kannte ich noch nicht.«

Immerhin hat er jetzt ihre Aufmerksamkeit. »Meine Großmutter war sehr streng damit. Die gewölbte, richtige Seite muss oben liegen, sonst zieht Unglück ins Haus ein.«

Édith lächelt. Dann fällt ihr Blick auf den Brotkorb vor ihr auf dem Tisch. Das Baguette darin ist zwar in Scheiben geschnitten, liegt aber eindeutig auf dem Kopf. »*Garçon?*«, winkt sie entschlossen den nächsten Kellner heran. »Das Brot hier … Wollen Sie uns umbringen? Es liegt falsch herum. Na los, bringen Sie es weg.« Sie verscheucht ihn mit einer Handbewegung, bevor der verblüffte Mann noch nachfragen kann. Dann lächelt sie ihren Loulou wieder an, als wäre nichts geschehen. »Nun, was schreibt die Presse noch über mich? Mische ich Marcel heimlich Gift ins Essen, damit er schwächer wird?«

Louis Barrier bleibt wachsam. »So weit würden sie wohl nicht gehen…« Auch wenn ihr Ton jetzt wieder heiter ist, ist er sich nicht sicher, ob er sie wirklich von dem Gedanken abgebracht hat, eine böse himmlische Macht sei im Spiel und würde ihr ihr Liebesglück neiden. Ganz ehrlich hat er das Gefühl, genau das Gegenteil ist der Fall.

Édith liegt an Marcel geschmiegt, eine Hand auf seiner behaarten Brust, und genießt es. Nur das. Es muss gar nichts passieren, nichts geschehen, nur er für sie und sie für ihn da sein: Das ist himmlisch. Es riecht gut. Es fühlt sich gut an. Es dürfte niemals aufhören.

»Es wird nie richtig dunkel«, sagt Marcel unvermittelt und Édith weiß zunächst nicht, was er meint. »In dieser Stadt. In New York auch nicht. Irgendwie ist immer Licht. Man kann die Sterne nicht sehen.«

Die Sterne sieht man sowieso nicht von ihrem Bett aus, aber Édith widerspricht nicht.

»In Marokko ist der Himmel endlos. Selbst in Casa gibt es Millionen Sterne.« Seine Stimme klingt sehnsuchtsvoll, und Édith ahnt, dass er nicht nur an Himmelskörper denkt. Seine Familie ist dort, seine kleinen Söhne. Nach der Niederlage, die er nur »Brüssel« nennt, nach Brüssel fehlen sie ihm so sehr, dass er es nicht mehr vor ihr verbergen kann. Er ist niedergeschlagen, launisch. Hat keine Lust mehr auszugehen und versteckt sich vor der Welt, die ihre ganze Wut auf Édith richtet. Sie ist schuld, hat ihm Unglück gebracht. Tief in ihrem Inneren glaubt sie ja selbst daran.

»Ich finde es schön, das Licht«, sagt Édith, um von ihrer Schuld und seiner Sehnsucht abzulenken. »Ich kann es nicht leiden, wenn es völlig dunkel ist. Und die Sterne …« Sie schnaubt. »Auch nur Pikser am Firmament, als hätte man einen Ballon durchlöchert. Dahinter ist das Licht, das Licht Gottes.«

Marcel lacht. »Glaubst du das wirklich?«

»Ob ich an Gott glaube? Aber sicher!« Sie wartet auf eine Erwiderung von Marcel, die jedoch ausbleibt. »Ich war mal blind, habe ich dir das schon erzählt? Die Dunkelheit … *Non,* das ist nichts für mich. Ich brauche das Licht …«

»Das Scheinwerferlicht.«

»Das auch. Aber mir reicht schon ein Schimmer.« Sie schweigt, hat die Augen offen, genießt den Anblick seines nackten Körpers im Lichterschein der Großstadt, der immer da ist, immer da sein sollte. Im Krieg ist es so oft stockdunkel gewesen. Nur da, wo sie war, in den Bars und Varietés, wurde die Nacht zum Tag, gingen die Lichter niemals aus.

»Was ist passiert?«

»Mmh?«

»Mit deinen Augen? Warum warst du blind?«

»Eine Entzündung der Hornhaut. Man konnte nichts tun, nur Salbe hineingeben und meine Augen verbinden. Mit ausgestreckten Armen bin ich durch das riesige Haus gelaufen und war zum

Schluss richtig gut darin. Meine *mamans* habe ich an ihrem Geruch erkannt. Ach ja, und an der Beschaffenheit ihrer Kleidung. Und natürlich habe ich viel gehört …« Zu viel. Die Beschimpfungen der Menschen, ihr Schreien auf dem Weg durchs Dorf, die Beleidigungen. Dabei waren die Stoffe so schön, die Gerüche so einmalig. Maman Tine und all die anderen Mütter aus dem großen Haus hatten sich in Schale geworfen, um die kleine Édith auf ihrer Pilgerreise nach Lisieux zu begleiten. Nur eine kurze Kutschfahrt entfernt lag dieser mystische Ort, an dem eine junge tote Nonne Wunder vollbringen konnte. »Meine Großmutter und ihre Mädchen sind mit mir zur heiligen Thérèse gefahren und haben um ein Wunder gebetet. Und kurz danach nahm ich die Binden ab, und tatata: Ich konnte wieder sehen.«

Marcel rührt sich nicht, gibt keinen Kommentar dazu ab. Édith will auch gar nicht, dass er etwas sagt, ihren Glauben infrage stellt. Das tun schon viel zu viele. Sie weiß, was sie weiß, und das ist, dass die Heilige ihr geholfen hat, *c'est tout!*

Schließlich spricht Marcel doch: »Du hast wirklich einiges mitmachen müssen als Kind.«

Die Anteilnahme, das Verständnis in seiner Stimme trifft sie bis ins Mark. Sie ist darauf nicht vorbereitet. Die ganze Woche war er mit nichts anderem als sich und seiner Niederlage beschäftigt, die Geschichte aus ihrer Kindheit hat sie ihm nur erzählt, um ihn abzulenken. Wieder einmal überrascht er sie. »Nicht mehr als andere auch«, erwidert sie, aber ihre Stimme ist belegt.

»Nein, wirklich.« Marcel fasst sie fester. »Wenn es einen Himmel gibt und die Engel, an die du glaubst, dann werden sie weinen, wenn du ihnen von deinen Leiden erzählst«, sagt er mit zärtlicher Stimme.

Édith schluckt. Dann überlegt sie. Und richtet sich auf. »Das ist es!«

»Was ist was?«

»Die nächste Strophe für mein *chanson bleue.* In meiner ersten Strophe komme ich, also kommt das singende Ich zum Schluss in den Himmel und wird dort die Engel zum Weinen bringen, wenn es ihnen von seinem Leid erzählt.« Sie überlegt. »Das ist gut!« Mit einem Satz ist sie aus dem Bett und flitzt aus dem Zimmer.

Als sie zurückkommt, hat sie ein beschriebenes Stück Papier in der Hand. Immer noch splitternackt, kniet sie sich aufs Bett. Fürs Anziehen ist anscheinend keine Zeit.

Marcel knipst die Nachttischlampe an, stützt sich auf die Unterarme und schüttelt lächelnd den Kopf über so viel Eigensinn.

»Hör zu!«, befiehlt sie und fängt an zu singen, ihre kleinen, festen Brüste beben. Von Engeln, vom Heiligen Geist, ihrer Mutter, der sie vergibt. Ihr *chanson bleue.* In dem normalerweise viel zu viel Geist und Gott vorkommt für Marcels Geschmack, der Text zu dramatisch, vielleicht sogar kitschig ist – wenn Édith ihn vorgelesen hätte. Aber das hat sie nicht. Sie hat ihn gesungen. Und das Lied ist wunderschön, das weiß sie. Und kann prompt die Tränen sehen, die es ihm in in die Augen getrieben hat.

Zufrieden mit sich lässt sie das Blatt in ihrer Hand sinken. *»Mon Dieu«*, sagt sie und boxt Marcel gegen das Bein, »nun reiß dich mal zusammen. Sonst behaupten noch alle zu Recht, ich hätte dich weichgespült.«

1928

Auf dem Bürgersteig stand eine Schlange Menschen mit merkwürdigen Angewohnheiten: Frauen zupften an falschen Wimpern so lang wie Spinnenbeine, flochten sich Zöpfe oder wiederholten Koloraturen wie Papageien, Männer mit großporigen Nasen und schiefen Hüten brummten heisere Töne und schnupften Tabak. Ein Einbeiniger lehnte an der Wand und schraubte an seiner Prothese, eine Dame im Tigerkostüm kontrollierte ihre Barthaare im Taschenspiegel. Die Frau vor ihr puderte sich so stark das Gesicht, dass bei jeder ihrer Bewegungen eine weiße Wolke von ihr aufstob und sie sich und die Tigerin bestäubte.

Eingeschüchtert folgte Édith ihrem Vater auf dem Fuß, ängstlich darauf bedacht, ihn bloß nicht aus den Augen zu verlieren. In und um die Rue Faubourg Saint-Martin wimmelte es nur so von Nachtlokalen und Varietés, die die ulkigsten Gestalten auf die Bürgersteige spülten. Einen Mann mit Schreibmaschine unter dem Arm, der den Vorbeieilenden seine Dienste anbot, einen Concierge mit drei identisch aussehenden Hunden an der Leine, eine Dame mit Schnurrbart in einem prächtigen Abendkleid, ein Pärchen, das auf der Straße Java tanzte.

Es gelang Édith nur ab und an, einen Eindruck zu erhaschen, schon musste sie weiter. Ihr Vater war klein und leicht aus den Augen zu verlieren. Endlich, bei der Menschenschlange, blieb er stehen. Hier harrten die gescheiterten Existenzen aus, die beim allabendlichen *concours du chanteur méconnu,* dem Wettbewerb erfolgloser Sänger, auf ihren Auftritt und ihren Durchbruch warteten.

Édiths Vater kannte sie alle. »*Salut, Pierre, salut, Justine,* das hier ist meine Tochter Édith, ja, schon dreizehn, kein Baby mehr … Und wen haben wir denn da? Eh, Pierre, bist du alt geworden …«

Er lachte, scherzte. Fühlte sich nicht abgestoßen von dem Geruch schaler Träume, der über der Menge hing, von ihren illusionslosen Augen ohne Glanz, aber mit dem trügerischen Fünkchen Hoffnung, das giftig vor sich hin schwelte. Louis Alphonse bemerkte es nicht, und wenn er es tat, dann bezog er es nicht auf sich und Édith. Sie waren freischaffende Artisten, eh? Hatten mit gestrandeten Sängern nicht viel zu tun.

Nur Édith, die damals schon sang und danach ein paar Sou einsammelte, ansonsten aber auf Händen lief oder einen Salto vorführte, die junge Édith fühlte sich unangenehm berührt. Als würde sie einen Blick in ihre eigene Zukunft werfen, wenn sie nicht … Ja was? Wenn sie keinen Erfolg hätte. So einfach war das.

Sie hatte es schon gespürt. Wie es war, wenn sie beim Singen eine andere wurde, aus sich heraustrat und die Zuhörer verblüffen und in ihren Bann schlagen konnte. Sie hatte schon eine Ahnung bekommen von ihrer Macht. Und sie wollte mehr davon. Die Menschen hier stießen sie ab. Sie hatten es nicht geschafft, und doch spürte sie in ihnen noch diesen Hunger, der auch sie antrieb. Es machte sie gleich, und das ängstigte Édith.

Nein, dachte sie, ich bin nicht wie sie. Ich bin nicht wie …

Ihre Gedanken wurden abrupt unterbrochen, als eine Frau aus der Schlange trat und auf sie zukam. Erst zögernd, dann immer zielstrebiger. Sie war noch nicht alt, hatte dunkle Haare und trug riesige Ohrringe, und erst beim Näherkommen sah man ihre Müdigkeit und die Falten, die auch ihr wildes Make-up nicht überdecken konnte. Ihre Augen waren groß, mit hängenden, lila bemalten Lidern, die Wimpern sicher nicht echt, und sie sah abwechselnd zu Louis Alphonse und zu Édith, als suchte sie nach etwas. Etwas, das sie schließlich fand.

»Darf ich sie küssen, Louis?«, fragte sie mit rauchiger, rauer Stimme, als hätte sie nächtelang gegen etwas angeschrien.

Noch bevor ihr Vater antworten konnte, zuckte Édith zurück. »Ich lasse mich nicht von Fremden küssen«, sagte sie, »das erlaubt mein Vater nicht.«

Doch Louis Alphonse winkte nur ab. »Geht schon in Ordnung, Édith. Das ist deine Mutter«, sagte er leichthin.

Ihre Mutter! Édith war viel zu überrascht, um irgendetwas dagegen zu tun, als die Fremde sich zu ihr beugte, um ihr einen Kuss auf die Wange zu geben. Sie roch nach Minze und Alkohol. Eine Kombination, die Édith sofort erkannte. Alle Säufer, die noch etwas auf sich hielten, trugen Pfefferminzbonbons und einen kleinen Rest Selbstwürde mit sich herum.

»Du bist groß geworden«, sagte Line Marsa und trat einen Schritt zurück, um sie anzusehen. Der Blick unter ihren dunklen lilafarbenen Lidern war so intensiv, dass Édith ihn auf ihrer Haut zu spüren vermeinte.

»Ich bin gar nicht groß«, erwiderte Édith, die in der Pubertät war und jetzt schon anfing, unter ihrer geringen Körpergröße zu leiden. »Aber ich wachse hoffentlich noch.« Ihre Mutter, wenn sie sie so ansah, erschien ihr riesig, zumindest größer als ihr Vater.

Vielleicht kam sie ja nach ihr? Dieser Gedanke streifte sie das erste Mal und erschreckte und faszinierte sie gleichermaßen.

»Wie geht es dir, Annetta?«, fragte ihr Vater förmlich, mehr aus einer Verpflichtung heraus als aus wahrem Interesse.

»Oh, wunderbar, doch, wirklich. Ich bekomme bald eine Show.« Line Marsa klopfte sich gegen das wie festzementiert sitzende schwarze Haar, das sie in einem modernen Bob trug und von dem ein dunkles Leuchten ausging. Die Frisur in Kombination mit ihrer markanten Nase ließ sie exotisch, fast ein wenig ägyptisch aussehen.

Nein, so dunkel waren ihre Haare nicht, stellte Édith mit Bedauern fest. Sie konnte auch sonst keine Ähnlichkeiten finden, als sie möglichst unauffällig ihre Nase befühlte.

»Das ist schön, das ist schön«, sagte Louis Alphonse und räusperte sich. »Bei uns läuft es auch gut. Édith tritt mit mir auf, sie ist schon recht gut als Akrobatin, obwohl sie zum Schlangenmenschen nicht viel taugt. Sie singt lieber, hat sie wohl von dir. Und sie geht zur Schule, ab und an, wenn wir irgendwo länger sind. Auf jeden Fall kann sie schreiben und lesen, kannst du doch, Édith?« Er stieß sie an, damit sie nickte. »Genau. Und sie weiß Bescheid über unsere Geschichte. Das ist wichtig, Geschichte. Wann wurde die Monarchie in Frankreich abgeschafft?«

Wieder brauchte es einen Stoß, bis Édith antwortete: »Die Verfassung des 3. September 1791 wandelte Frankreich von einer absolutistischen in eine konstitutionelle Monarchie. Einen Tag nach der Kanonade von Valmy wurde am 21. September 1792 die Erste Französische Republik ausgerufen.« Sie hatte keine Ahnung, was absolutistisch oder konstitutionell hieß, ganz zu schweigen von irgendeiner Kanonade, aber sie wusste, dass es Ohrfeigen hagelte, wenn sie es nicht auswendig hersagen konnte. Gleichzeitig kam es ihr recht merkwürdig vor, hier mitten auf der Straße vor einer ihr völlig unbekannten Mutter Geschichtszahlen auszuspucken.

»Ich kümmere mich um ihre Erziehung«, sagte Louis Alphonse stolz und besitzergreifend zugleich.

»Ah, *bon.*« Line Marsa war schon auf dem Rückzug. Édith konnte es an ihren Augen sehen. Sie saugten sich an Édith fest, als wollten sie sich ihr Bild einprägen, dann ließen sie los. Die Lider senkten sich, sie war geschlagen. Hatte nicht mehr die Kraft oder den Willen, irgendjemandem etwas vorzumachen. »Dann werde ich mal wieder …« Sie deutete auf die Schlange.

»Ja natürlich. Wir müssen auch weiter. Verabschiede dich von deiner Mutter, Édith.«

»*Adieu*«, sagte Édith folgsam. Unwillkürlich ahnte sie, dass dies Geh-mit-Gott passender war als nur das übliche *Au revoir,* bis man sich wiedersieht.

Line Marsa nickte, drehte sich weg. »Na, dann weiter«, sagte ihr Vater leichthin, und Édith folgte ihm gehorsam.

Doch plötzlich überfiel sie das Gefühl, nicht alles gesagt zu haben, irgendetwas Wichtiges vergessen, schlimmer noch: verpasst zu haben. Unzählige Worte brannten in ihr, verlangten danach, ausgesprochen zu werden, doch als sie noch einmal stehen blieb und den Mund öffnete, kam nichts davon heraus. »*Bonne chance!*«, rief sie ihrer Mutter hinterher, aber Line Marsa ließ nicht erkennen, ob sie es gehört hatte oder nicht. Wenig später war sie inmitten all der gescheiterten Sänger verschwunden.

1948

Édith hat die Geschenke auf dem Bett ausgebreitet, steht mit auf dem Rücken verschränkten Armen davor und wartet lächelnd ab, was Marcel sagen wird.

Der guckt verblüfft auf die winzigen kurzen Hosen, die Miniaturhemden, auf Kreisel, Springseile, mehrere Teddybären, eine hölzerne Feuerwehr, Blechautos in allen möglichen Farben und, die Krönung, ein Schaukelpferd.

»Was soll das? Für wen sind die Sachen?«

»Für deine Söhne«, sagt Édith, immer noch strahlend.

»Meine Söhne, aha. Und wie soll ich das alles ins Flugzeug bekommen?«

»Im Koffer«, erwidert Édith prompt. Dann fällt ihr Blick auf das Schaukelpferd. »Na gut, das Pferd ist vielleicht übertrieben. Aber der Rest …«

»Der Rest.« Marcel nimmt ein fein genähtes Hemdchen hoch, legt es wieder zurück. »Die Sachen sind sehr schön, Édith. Aber ich fliege in zwei Stunden, und mein Gepäck ist schon am Flughafen …«

»O natürlich. Daran habe ich gedacht. Ich habe dir auch einen Koffer gekauft. Wir können gleich alles wieder einpacken. Ich wollte es dir nur vorher zeigen.« Mit Feuereifer macht sie sich daran, die Geschenke wieder zusammenzusammeln. Und zieht tatsächlich einen großen schwarzen Koffer unter dem Bett hervor, in den sie die Sachen packt. Stück für Stück, immer noch strahlend, als malte sie sich bei jedem Geschenk die Begeisterung der kleinen Adressaten aus.

»Du weißt, dass ich meinen Söhnen nicht sagen kann, dass sie von dir sind?«, fragt Marcel behutsam.

Édith stockt nur kurz in ihren Bewegungen, lächelt tapfer weiter. »Natürlich nicht, das weiß ich. Aber ich werde wissen, dass sie etwas von mir in den Händen halten. Etwas, das ich ihnen gern gegeben habe.« Seine Kinder sind schließlich ein Teil von Marcel, und Édith geht wie selbstverständlich davon aus, dass sie sie daher auch zu lieben vermag.

Der Boxer bleibt stumm, sieht ihr nur beim Packen zu.

»Und wenn du zurück bist, dann sagst du mir, ob die Geschenke deinen Jungs gefallen haben, ja?« Édith drückt ein winziges Hemd an sich, um es zusammenzulegen. »Und dann gehen wir wieder aus und feiern, und wir werden …«

»Wenn ich zurückkomme, werde ich fast ununterbrochen trainieren müssen, Édith. Das weißt du.«

Dieses Mal gelingt es ihr nicht, das Lächeln aufrechtzuerhalten.

Die Bewegungen werden langsamer, sie legt das Hemd zu den anderen in den Koffer, streicht es glatt.

»Du verstehst mich nicht.« Marcel klingt verzweifelt, aber auch wütend. Er fährt sich mit der Hand durchs Haar, seine Augen sind dunkel. »Es vergeht nicht ein Tag, keine Stunde, nicht mal eine Minute, in der ich nicht an den Rückkampf denke. Ich brauche diesen Kampf, Édith, mehr als alles andere auf der Welt. Er ist der Grund, warum ich existiere.«

Als sie aufblickt, wird Édith wieder an das Training in New York erinnert, das erste Mal, als sie Marcel kämpfen sah. An die Schläge, die zwar gezähmte, aber zielgerichtete Wut. Den Willen, seinen Gegner zu verletzen und, wenn es sein muss, zu zerstören. Und wie damals fühlt sie die Angst, sollte sich diese Wut jemals gegen sie richten.

Marcel sieht es und reagiert sofort, sein Blick wird weich. »Nein, nein, so meinte ich das nicht. Édith, meine Liebe, mein Herz.« Er kommt rasch herüber, zieht sie an sich. »Ich liebe dich. Habe ich dir das schon einmal gesagt? So ist es aber. Ich liebe dich. Und wenn ich zurück bin und wenn ich diesen Tarzan erledigt habe, dann werden wir feiern, *mon amour.* Und wie wir feiern werden.«

Édith an seiner Brust nickt, doch sie fühlt Eifersucht in sich aufsteigen wie eine giftige Blase. Nicht auf seine Familie, und das ist das Erstaunliche: auf seinen Gegner. Sie ist eifersüchtig auf die unbedingte Aufmerksamkeit, die Marcel auf diesen Belgier richtet. Er bedeutet ihm alles. Zumindest so lange, bis er besiegt ist. Eher, so viel wird ihr klar, wird er nicht zu ihr zurückkommen.

»Alles gut, alles gut.« Sie befreit sich aus seinen Armen und lächelt, so überzeugend sie es vermag. »Lass mich schnell weiterpacken, sonst verpasst du noch dein Flugzeug.« Und während sie kleine Socken zusammenrollt und Teddybären die Arme anlegt, kommt ihr in den Sinn, dass *La vie en rose* eben nicht funktioniert, so wie sie es immer schon geahnt hat. *C'est lui pour moi, moi pour lui dans la vie …* Von wegen. Zu lieben, wahrhaft zu lieben bedeutet er für sie, das schon, aber sie für ihn, bis ans Ende ihrer Tage?

Non. Und, das ist die Ironie der Geschichte, es ist nicht nur eine andere Frau, eine Familie, mit der sie ihn teilen muss, sie teilt ihn auch mit jedem seiner Gegner!

Verzweifelt auflachend schüttelt sie den Kopf.

»Was ist, *mon amour?*« Marcel küsst ihr den Hals.

»Ach nichts. Ich meine nur: ein Schaukelpferd. Also wirklich. Was habe ich mir nur dabei gedacht? Ich werde es dem Portier schenken, er hat einen kleinen Enkel, glaube ich.« Sie lacht wieder, es klingt beinah echt.

»Es ist dein Herz«, erwidert Marcel, und sein Atem kitzelt sie im Nacken. »Es ist einfach so ungeheuer groß und schön und so voller Liebe.«

Das mag stimmen, denkt Édith, als sie sich zu ihm umdreht, um ihn richtig zu küssen, doch in Marcels Herz herrscht gerade nichts anderes als Krieg.

Édith muss etwas tun, etwas unternehmen, und wie immer ist es Momone, die ihr dabei helfen soll.

»Was willst du jetzt genau? Einen Liebeszauber oder den Unglücksfluch brechen?«, fragt sie auf dem Weg nach Montmartre. Sie trägt immer noch den Pelzmantel von Édith, obwohl es dafür inzwischen viel zu warm ist.

Édith hat nicht einmal eine Jacke mitgenommen, ihr reicht das Wollkostüm vollkommen. »Den Fluch brechen. Ich bringe Marcel Unglück. Wegen mir hat er das erste Mal in seiner Karriere verloren.«

Momone wirft ihr einen Blick zu. »Vielleicht hat er einfach nicht gut genug geboxt.«

»Nein. Vielleicht. Ich weiß es doch auch nicht.« Édith weiß nur, dass er seit seiner Rückkehr aus Marokko wie besessen trainiert und sie ihn irgendwie dabei unterstützen muss. »Ich bete fast täglich zur heiligen Thérèse und opfere ihr Kerzen, aber das genügt nicht. Falls ein Fluch auf mir liegt, muss ich ihn loswerden. Der Kampf in Brüssel ist schon in einem Monat.« Sie wird Marcel begleiten, natürlich. Nichts und niemand wird sie davon abhalten. Umso wichtiger, dass der Fluch bis dahin gebrochen ist.

»*Alors,* hier ist es wohl«, sagt Momone wenig später und deutet auf einen düsteren Hauseingang.

Die Tür steht offen, der Lichtschalter im Treppenhaus jedoch funktioniert nicht, es riecht nach Kohl. Kindergeschrei ist zu hören. Auf jeder Etage gibt es drei Wohnungen, die Toilette liegt auf halber Treppe. Aus einer von ihnen kommt ein kleiner Junge mit Stoppelhaaren und dunklen Augen, starrt die beiden Frauen kurz an, während er sich die Hose hochzieht, und schießt dann wie der Blitz die Treppen hinauf. »*Maman! Maman!*«, schreit er, wenig später fällt eine Wohnungstür ins Schloss.

»Madame Mélusine …«, beginnt Momone, doch Édith unterbricht sie mit einem kehligen Lachen.

»Mélusine? Wirklich? Und auch noch Madame? Du machst Witze.«

»Madame Mélusine«, betont Momon ungerührt, »wohnt ganz oben.«

»Natürlich tut sie das«, seufzt Édith und zieht sich kofpschüttelnd am Geländе weiter.

Mit »ganz oben« ist in diesem Fall tatsächlich das oberste Geschoss gemeint: »Madame Mélusine« haust auf dem Dachboden, hat sich mithilfe von Wäscheleinen und Bettlaken einen Wohnbereich abgeteilt.

Édith stolpert Momone hinterher, sieht sich unbehaglich um. Aus den Fugen zwischen den Ziegeln quillt erstarrter Mörtel hervor, durch die Löcher pfeift der Wind. In einen Kinderwagen mit nur drei Rädern sind Bretter gestapelt, staubige Spinnweben greifen nach den Besuchern. Irgendwo flattert etwas, wahrscheinlich eine Taube. Die Wände aus Bettlaken vor ihr wiegen sich vor und zurück, als wären sie Geister.

»Madame Mélusine? Wir kommen, um einen Rat zu erbitten«, hört Édith Momone sagen. Sie ist einfach so hinter die Lakenwände verschwunden, aber schließlich gibt es ja auch nichts, um daran zu klopfen. Um sich wenigstens ein wenig bemerkbar zu machen, hustet Édith, bevor sie der Freundin folgt. Fadenscheiniges Leinen streift ihr Gesicht. Und schon steht sie in einer Art luftigem Zimmer, in dessen Mitte in einem Ohrensessel Madame Mélusine sitzt.

Sie ist dünner, als Édith sie sich vorgestellt hat. Der große Sessel verschluckt sie fast. Ihre Hände, die auf den Armlehnen ruhen, sind winzig, ebenso ihr Kopf, nur die hoch aufgetürmte Frisur verhindert, dass man sie für eine Zwergin hält. Zudem ist sie viel jünger, als Wahrsagerinnen für gewöhnlich sind, höchstens Anfang zwanzig und damit wohl eher Mademoiselle als Madame. Sie hat einen schönen, geschwungenen Mund, ihre Augen allerdings liegen im Dunkeln.

Madame Mélusine nickt und beweist damit, dass ihre Turmfrisur dieser Anforderung gewachsen ist. Dann deutet sie mit ihrer kleinen Hand huldvoll auf einen Schemel vor sich.

Édith blickt ratlos zu Momone, die nur mit den Schultern zuckt. Sie sei es ja schließlich nicht, die um Hilfe ersuche, soll dieses Schulterzucken bedeuten. Leise seufzend setzt Édith sich, die Freundin bleibt stehen.

Madame Mélusine murmelt eine Zahl, und es dauert eine kleine Weile, bis Édith begreift, dass sie ihren Preis genannt hat. Sie holt ein paar Münzen aus dem Portemonnaie in ihrer Tasche und legt sie in die winzige ausgestreckte Hand. Während Madame Mélusine nachzählt, sieht Édith sich unauffällig um und fragt sich, ob die Wahrsagerin wirklich hier in dieser zugigen Mansarde lebt. Auf einer Kommode an der aufgespannten Wand steht ein Spirituskocher, und ganz hinten, halb verborgen von einem weiteren Laken, ist ein Bett zu sehen. Licht fällt allein durch die Dachluken herein, Édith kann jedoch Kerzenstumpen erkennen.

»Sie wollen einen Gegenfluch?«, fragt die Wahrsagerin mit hoher Stimme, und Édith ist sich nicht sicher, ob nicht doch ein verkleidetes Kind vor ihr sitzt.

»Ja. Ich meine: Nein. Ich glaube eigentlich nicht an Flüche. Nicht so richtig. Ich meine …« Sie stockt. Strafft sich. »Ich meine, ich denke nicht, dass ein Fluch auf mir liegt. Aber es könnte sein, dass ich jemandem Unglück bringe. Jemandem, den ich liebe.«

Madame Mélusine nickt. »Auf jeden Fall.«

»Auf jeden Fall?« Édith ist alarmiert.

»Auf jeden Fall denken Sie das, sonst wären Sie nicht hier. Kein Problem.« Sie greift hinter sich und holt ein Kästchen hinter ihrem Rücken hervor. Ein Zigarrenkästchen, glaubt Édith zu erkennen, wie sie in jedem Nachtklub von den Zigarrenmädchen angeboten werden: eine Zigarre zu vierzig Centime, wenn man nur etwas rauchen wollte, zu sechzig für einen besonderen Abend, zu achtzig, um Eindruck zu schinden.

Doch Madame Mélusine holt nicht etwa eine Zigarre, sondern eine recht haarlos aussehende Hasenpfote heraus und hält sie Édith hin.

»Das ist jetzt nicht Ihr Ernst«, rutscht ihr heraus. Sie will das räudige Ding nicht einmal anrühren.

»Es ist ein altes Mittel, und es hilft Ihnen«, sagt Madame Mélusine. »Es hilft allerdings nicht gegen das Fieber. Es nützt nichts, wenn Sie Ihrem Geliebten den Mund verbieten, Sie spüren ja doch, wie sehr er sich sehnt. Diese Sehnsucht wird ihn von Ihnen forttreiben, zurück unter seine Sonne. Sie haben eine Rivalin, aber es ist keine Frau. Die Hasenpfote hilft Ihnen dabei, sich zu erinnern.«

Édith stutzt, dann lächelt sie und nimmt die Hasenpfote. »*D'accord,* Momone, wir sind hier fertig.« Sie steckt die Pfote in ihre Handtasche und holt noch einen Geldschein heraus, den sie der Wahrsagerin reicht.

»Malou, Malou.« Eine Kinderstimme ist zu hören, kleine Füße, die über den Bretterboden toben. Dann schiebt sich ein Kinderkopf durch die Vorhänge. »Du sollst essen kommen, sagt … Oh.« Es ist der kleine Toilettengänger von vorhin, der sich unterbricht und auf die Unterlippe beißt.

»Wie oft habe ich dir schon gesagt, du sollst erst nachsehen, ob ich Kunden habe«, faucht Madame Mélusine und bringt ihre Perücke dadurch bedrohlich ins Wanken. Sie hat sich erhoben, starrt mit trotzig vorgeschobener Unterlippe auf Édith, den Schein fest in ihrer Hand.

»Wir sind schon weg, der Kleine hat nichts falsch gemacht«, sagt Édith großzügig und will ihm über das stoppelige Haar streichen, doch der Junge duckt sich weg. »Es ist ja auch wirklich schon Mittagszeit. Komm, Momone.« Sie geht voran, hört die Freundin hinter sich hereilen.

»Die Betrügerin«, sagt Momone auf der Treppe, atemlos vor Empörung. »Das wirst du dem Mädchen doch nicht durchgehen lassen? Sie hat dich zum Narren gehalten.«

»O nein, das hat sie nicht.« Édith bleibt stehen und dreht sich zu ihr um. »Im Gegenteil: Sie hat mich an mich selbst erinnert. An meine Stärke, meine Kraft. Ich war ängstlich, habe angefangen, all das zu übernehmen, was die Zeitungen über mich geschrieben haben. Sie hat das erkannt und mich wieder an mich glauben lassen.«

Momone starrt sie verblüfft an, mit offenem Mund, die Augen zusammengekniffen. Sie hat dann ein unschönes Doppelkinn, fällt Édith auf, und erinnert an einen gestrandeten Fisch.

»Aber sie hat doch gar nicht viel gesagt.«

»Sie hat mich zitiert. Hast du das nicht gehört? *Mon amant de la coloniale*, eines von Assos Liedern. Ich hätte selbst drauf kommen können.« Sie lacht vergnügt und hüpft förmlich die Treppen herunter. »Kommst du?«, ruft sie von unten und späht über den Handlauf nach oben.

Momone schüttelt ratlos den Kopf und rafft den Pelzmantel. Es bleibt ihr nichts anderes übrig, als der Freundin zu folgen.

»Er war groß und so zärtlich / Dass ich, seit unserer ersten Nacht / Verloren war / Und damit für immer sein.«

Ein anderes Hotelzimmer, eine andere Nacht. Inzwischen kommt es Édith so vor, als ob sie immer auf Marcel warten, in diesen seelenlosen Zimmern leben müsste, bis ans Ende ihrer Tage. Was auch nicht schlimm wäre, zumindest nicht, wenn er ganz gewiss käme.

»Ich sah all die anderen Frauen, wie sie ihn umgarnten / Und griff seinen Arm fester / Und warf ihnen Blicke zu, als könnten sie sagen / Er ist mein, und ich lasse nicht los.«

Édith singt: Es war schon immer die beste Methode, sich abzulenken, und etwas anderes kann sie auch nicht tun, während Marcel boxt. Ihre einzige Möglichkeit, ihn nicht loslassen zu müssen. Aus den Augenwinkeln gestattet sie sich einen Blick auf die quadratische Uhr mit den Leuchtzeigern, die unter der Nachttischlampe steht. Jetzt in etwa ist es so weit, müsste der Kampf bald zu Ende sein. Die Revanche gegen den cirka zweiundsiebzig Kilogramm schweren Boxer, den sie Tarzan nennen. Und wenn er es nicht ist, dann ist es der nächste. Und der nächste. Es ist der Kampf an sich, nicht der Gegner, der zählt. Marcel kämpft nicht gegen irgendjemanden, er kämpft für sich selbst. Im Ring setzt er seinen Willen durch, oder sein Wille ist nicht stark genug, etwas anderes gibt es nicht. Dieser Wille lässt jeden Schmerz unwichtig erscheinen. Er hat sich erst vor wenigen Tagen im Training die rechte Hand gebrochen. Die rechte Hand! Gebrochen! Er ist trotzdem angetreten. Der Wille besiegt den Schmerz, das ist der eigentliche Kampf.

»Obwohl er sagte, er würde bleiben / Ging er doch eines Tages weg / In sein Land, das ich hasse / Und von dem er geträumt hat in der Nacht.«

Die falsche Wahrsagerin kommt Édith in den Sinn, diese Halbwüchsige, die Édith gleich erkannt und sich frech ihres *Amant de la coloniale* bedient hat: Nichts anderes ist Marcel in diesen Tagen, in Zeiten des Krieges. Ein Legionär, der kurz Station macht im Frieden, der lieben kann und geliebt wird, dessen Seele jedoch in ein anderes Land gehört. Und dahin zurückkehren wird, eines Tages. Wie konnte dieses Mädchen das wissen? Wie konnte sie all das in diesem kurzen Augenblick sehen, auf diesem schummerigen Dachboden, unter der schweren Perücke, die ihr in die Augen zu rutschen drohte? O nein, Momone hatte unrecht. Das Mädchen hatte zweifellos eine Gabe, und Édiths Blick fällt auf die nahezu nackte Hasenpfote, aus der es herauskrümelt. Das räudige Ding soll sie daran erinnern.

Sie summt die nächsten paar Zeilen des Chansons, stellt ihn sich vor, ihren Kämpfer, als das Telefon klingelt: So war es ausgemacht, und Édith greift danach. Am anderen Ende ist Lucien, Marcels Manager: »Er hat gewonnen.«

Édith lächelt und legt den Hörer zurück auf die Gabel. Er wird zurückkehren zu ihr. Dieses Mal noch wird er aus seinem Land zurückkehren.

9.

1948

Das Café du Chateau ist das erste Café in Anet, das Édith und Marcel finden. Wahrscheinlich ist es sowieso das einzige Café des Ortes, so wie das Schloss die einzige Sehenswürdigkeit des kleinen normannischen Dorfes ist. Es gibt fünf Tische, auf denen Vasen mit leuchtenden Astern stehen, ein vergilbtes Plakat hinter der Bar zeigt eine Karte Frankreichs.

»Ein Wunder, dass du es hier aushältst. Und das alles nur für mich …«, raunt Marcel Édith zu, bevor er sich an die Bedienung wendet, ein fülliges Mädchen, dem zwei Grübchen wie kleine Löcher in die Wangen gestanzt sind: »Ah, *bonjour,* zwei Café au Lait bitte und was immer Sie an leckerem Kuchen auf der Karte haben.« Er lächelt dabei so strahlend, dass sie beinah zurücklächeln muss. Aber nur beinah.

»Wir haben Apfeltarte. Und Apfelringe mit Baiser. Und in Teig gebackene Apfelringe mit Sahne.«

»Also allerhand Äpfel, großartig.« Marcels Stimme klingt, als könnte er sich nichts Schöneres vorstellen als das. Er schenkt dem Mädchen ein so herzliches Lächeln, dass ihre Mundwinkel gar nicht anders können, als sich zur Erwiderung nach oben zu bewegen.

»Apfelprodukte sind die Spezialität der Gegend«, sagt sie. »Und Camembert.«

»Großartig«, wiederholt Marcel. »Dann hätten wir gern zwei Stücke ihrer sicherlich köstlichen Tarte zum Kaffee. Und zwei Calvados«, ruft er ihr hinterher, als ihm einfällt, dass das eindeutig auch in die Kategorie »Apfelprodukte« fällt.

Édith lacht. »Du bist ja bester Laune.«

»Immer doch, mein Herz, wenn du bei mir bist.« Er nimmt ihre Hand, küsst ihre Fingerspitzen und wirft ihr dabei einen solch liebevollen Blick zu, dass Édith errötet.

Doch es liegt nicht nur an ihr. Das weiß sie. Der gewonnene Kampf gegen den Belgier beflügelt ihn, der zurückeroberte Titel als Europameister. Und die neue Herausforderung gegen den »Mann aus Stahl«, gegen Tony Zale. O ja, Marcel greift nach dem Weltmeistertitel, und die Presse ist schon jetzt aus dem Häuschen. Und der Boxer wieder mal im Training.

»Darfst du das denn überhaupt? Calvados?« Sie lässt zu, dass er an ihrem Zeigefinger knabbert.

»Ich darf alles, ich bin ein erwachsener Mann.«

»Außer Lucien Roupp ist in der Nähe.«

»Ah, Lucien. Lass uns nicht wieder davon anfangen.« Marcel küsst die Innenfläche ihrer Hand, und Édith weiß, was er denkt.. Dem Manager ist die Beziehung zwischen ihr und seinem Schützling ein Dorn im Auge, und es vergeht kaum ein Tag, an dem er und Marcel deswegen nicht aneinandergeraten. Dass Édith mit einer Freundin just in diesen Wochen Urlaub in Anet macht, knapp dreißig Kilometer von Marcels geheimem Trainingslager in der Normandie entfernt, hat ihn nur noch übellauniger gemacht. Und doch lassen sich Marcel und sie ihre kleinen Fluchten nicht nehmen. Genießen die gestohlene Zeit umso mehr.

»Wann denkst du, ist deine Freundin Ginou wieder zurück?«, fragt Marcel und lächelt wieder die Bedienung an, die den Kaffee und zwei Gläser mit Calvados bringt. Und die tatsächlich schüchtern zurücklächelt, was die Grübchen noch tiefer werden lässt.

Édith beobachtet amüsiert, dass das Mädchen aufrechter geht, ihre Schritte jetzt zielsicherer gesetzt werden: Marcels Aufmerksamkeit hat im Nu eine Prinzessin aus ihr gemacht. »Das Schloss ist groß«, antwortet sie, »da gibt es viel zu besichtigen. Außerdem soll sie danach noch ein wenig in der schönen Gegend herumspazieren, habe ich ihr gesagt.« Sie hebt die Schale an den Mund und trinkt.

»*Mais oui,* die schöne Gegend ... Wahrscheinlich sieht deine Ginou recht viele Apfelbäume. Édith, du bist grausam.«

»Du hast gut reden. Dein Chauffeur wird sich auch langweilen.«

»Dafür wird er schließlich bezahlt.«

»Ach was. Ich bin nicht grausam. Ginou ist ein lebenslustiges junges Geschöpf, das weiß sich schon zu beschäftigen.«

Marcel lacht. »Woher kennst du sie?«

»Eigentlich heißt sie Ginette, Ginette Richer. Sie ist die Freundin von Guy Bourguignon, einem der Compagnons, du erinnerst dich? Ich hab ihn dir einmal vorgestellt. Bei einer meiner Tourneen durch Schweden hat sie uns begleitet. Guy hatte sie als meine Friseurin eingeschmuggelt, und ich sage dir: Von Haaren hat sie keine Ahnung. Das sah man schon damals, als sie den ersten Lockenwickler in der Hand hielt.«

»Und du hast sie trotzdem mitfahren lassen?«

»Sicher. Sie ist witzig. Und mir treu ergeben.«

»Eine gute Freundin also.« Marcel nimmt seinen Calvados hoch. »Auf die Freundschaft!«

»Auf die Freundschaft!«, erwidert Édith, die beiden Gläser klirren.

Es ist in der Tat ein sehr guter Calvados, der hier ausgeschenkt wird. Ebenso gut wie der Kuchen, den das Mädchen kurze Zeit später bringt und der noch warm ist. Eine Weile lang essen Édith und Marcel schweigend, genießen die Gegenwart des anderen und das Stückchen Normalität, das sie sich ergattert haben. Hier lauern keine Journalisten, sind sie nicht berühmt, anderweitig verheiratet, den unermüdlichen Proben oder dem streng disziplinierten Training unterworfen. Nachher, morgen, irgendwann wieder. Jetzt sind sie bloß eine Frau und ein Mann, die sich lieben, die zusammen sind und Kuchen essen. Das Leben kann einfach herrlich und herrlich einfach sein!

»Und was machen wir danach?«, fragt Marcel und Édith kennt ihn gut genug, um den leicht heiseren Unterton zu hören und zu ahnen, was er sich vorstellt.

»Nun, ich denke, wir sollten uns mal die Gegend ansehen«, erwidert sie mit unschuldigem Augenaufschlag. »Hier soll es viele schöne Apfelbäume geben.«

»Scheiß auf die Äpfel«, raunt Marcel ihr zu und legt ihr unter dem Tisch seine Hand aufs Knie. Jetzt sind seine Augen nicht mehr warm, sondern feurig, sein Lächeln gleicht einem Zähnefletschen, und das ist es, was Édith ganz besonders an ihm liebt, dies plötzliche Umschalten, der Angriff. Als würde ein Zug auf sie zurasen, der sich nicht aufhalten lässt. Ein Gefühl, das sie durchaus schätzt. Bisher war immer sie es, die unersättlich in ihrem Begehren war. Manche ihrer Männer haben regelrecht Angst vor ihr gehabt, sich erpresst gefühlt, so wie Nono: »Ich oder Hitler«, hat sie das tatsächlich gesagt? Sicher, sie war imstande, sich körperliche Liebe zu erpressen, sie einzufordern, sie zu erbetteln, je nachdem, was die Umstände erforderten. Während der sechsunddreißig Stunden dauernden Bahnfahrt von Paris nach Berlin hat Édith ihren Orchesterleiter Fred Adison so sehr gefordert, dass er per Losverfahren seinen sofortigen Nachfolger unter den Mitgliedern des Orchesters bestimmen ließ.

Das war natürlich alles vor Marcel. Ihr Boxer ist aus ganz anderem Holz geschnitzt. Er begehrt sie immer wieder, wird nicht müde in seiner Leidenschaft, kann sich nicht sattsehen an ihr. Und hat auch in jeder anderen Hinsicht eine erstaunliche Kondition.

»Ich finde, wir sollten gehen«, sagt sie und greift schon nach ihrer Tasche.

»Zahlen bitte!«, ruft Marcel dem Mädchen mit heiserer Stimme zu.

Marcel liegt nackt auf dem Rücken, den linken Arm hinter dem Kopf, neben sich Édith, die sich an ihn schmiegt. Durch das offene Fenster weht eine angenehm warme Luft, Vögel zwitschern. Im

Licht tanzt der Staub, irgendwo weiter weg kräht ein Hahn, und es ist nicht die kleinste Spur städtischen Lebens vorhanden. Vielleicht sind sie die letzten Überlebenden einer modernen Welt.

»Unter Umständen kann man es doch aushalten, auf dem Land zu wohnen«, sagt Édith in die träge Stille hinein, die die beiden Liebenden umhüllt wie eine Decke.

»Mmh?«, macht Marcel.

»Auf dem Land zu wohnen: Ich stelle es mir gerade vor.« Endlos laue Liebesnächte voller Calvados und Leidenschaft. Leider schiebt sich vor ihre Vorstellung die Vision von Marcel auf einer Leiter, wie er die Hand nach einem Apfel ausstreckt, ihn abdreht und in einen Korb fallen lässt, während eine Kopftuch tragende, selig lächelnde Édith unten steht und ihm eine Flasche selbst gemachten Cidre reicht. Das ist dann doch zu viel der Idylle, und sie muss lachen. »Na gut, vielleicht muss es nicht gleich die Normandie sein, aber ich könnte mir ein Haus vorstellen, ein wenig außerhalb von Paris. Was meinst du?« Édith hebt den Kopf, um Marcel ins Gesicht zu sehen, doch er ist eingeschlafen. Zärtlich betrachtet sie seine Bartstoppeln, die langen, dichten Wimpern. Die Nase, die schief ist und nach jedem Kampf zuschwillt und auf keinen Fall ausgeschnaubt werden darf, sonst bekommt man einen Bluterguss in den Augen. Das hat er ihr erklärt.

Sie schmiegt sich wieder an ihn, streicht über die Haare auf seiner Brust. Versucht, sich ein Außerhalb-von-Paris vorzustellen, und kommt nur bis Neuilly, allerhöchstens bis Nanterre. Dahinter beginnt die große Leere. Nein, es müsste ein Haus in einem der Vororte sein. Sie würde es ausstatten wie einen Palast, in dem sie und Marcel wohnen, wann immer er in Paris ist. Noch nie hat sie ein Haus eingerichtet, nicht einmal eine Wohnung. War immer auf dem Sprung, ihre Appartements leer bis auf den Flügel und die paar lieblos zusammengesuchten Möbel, die sie stets zurückließ. Dieses Mal würde es anders sein. Sie würde ein Zuhause schaffen, mit echten Kissen, Vorhängen und Möbeln, in denen man sich wohlfühlen konnte. Es gibt keinen französischen Begriff dafür, zumindest will ihr keiner einfallen, es ist vielleicht etwas zwischen *confort* und *atmosphère,* was ihr vorschwebt. *Un coin perdu,* ein verschlafenes, kleines Nest, so wie dies Örtchen hier.

Ein hübscher Gedanke, der sie beinah bis in den Schlaf trägt, während die laue Luft ihr den Arm streichelt, sodass sie sich vorkommt wie im Himmel …

Ein Gedanke blitzt auf, wie immer kurz vor dem Einschlafen, wenn das Bewusstsein noch nicht aufgeben will und auf der Suche nach etwas herumschweift, woran es sich festhalten kann. Dieses Mal ist es ihr *chanson bleue,* an das es sich klammert. Was kommt wohl danach, nachdem die Engel weinen? Sie sieht sich selbst in einem wolkigen Weiß, umgeben von den kleinen, dicken Kinderengeln, die die Maler auf so vielen Bildern verewigt haben. Dort, im Himmel, wird ihre Misssion erfüllt sein, die Zeit der Sorgen vorbei, denn St. Peter, die Engel und der gnädige Gott werden für sie die Tore des Himmels aufschließen … *Chanson bleue …*

Édith zwingt sich, die Augen zu öffnen, sie gähnt und setzt sich auf. Ja, das ist die dritte Strophe, jetzt muss sie sie nur noch aufschreiben und Marguerite schicken, die wird sich freuen. Sie zwingt sich aus dem Bett. Marcel schnarcht leicht. Leise schlüpft sie in ihre Crêpe-de-Chine-Bluse, die sie sich vorhin so hastig ausgezogen hat und die sie locker zuknöpft. Dann sucht sie nach einem Blatt Papier, kann keins entdecken und überlegt. Aber sicher doch. In der Schublade neben dem Bett liegt eine Bibel, wie sie wohl überall in den Gästezimmern der westlichen Welt zu finden ist. Selbst hier, in diesem winzigen Gasthaus, ist die Erbauung nicht weit, vielleicht dient sie auch als Hilfe zum Einschlafen. Die Seiten sind zu dünn, um sie zu beschreiben, jedoch der Einband … Nun, sie würde sie wohl stehlen müssen. Aber der Zweck heiligt nun einmal die Mittel, und apropos heilig: Sie weiß schon, wohin sie einen Ausflug mit Marcel machen wird, sobald er aufgewacht ist. Natürlich, warum ist sie nicht eher drauf gekommen? Sie werden die kostbare Zeit sicher nicht mit der Besichtigung von Schlössern und Apfelbäumen verschwenden.

1920

Édith konnte nichts sehen, aber sie konnte sie riechen. Und sie konnte sie hören. Ihre *mamans* hatten sich fein gemacht für ihren Ausflug, der nicht weniger als ein Wunder bewirken sollte. Seide raschelte, es knisterten Schals, Ketten klimperten. Zigarettenrauch mischte sich mit unzähligen verschiedenen Parfums zu einem einzigartigen, neuen Duft. Nach Liebe, hatte Lisette ihr einmal erklärt, wir riechen immer nach Liebe.

Die Waschfrau Madame Taillère wünschte ihnen Glück. Édith konnte sie schluchzen hören, bevor sie ein klebriges Etwas in die Hand gedrückt bekam. Dann wurde sie in eine Kutsche gehoben. Es musste eine große sein, damit alle darin Platz finden konnten, und Édith hätte sie zu gern gesehen. Und die Pferde, die sie zogen. Aber der Kutscher hatte ihr verboten, sie anzufassen, sie würden beißen. Édith hätte gern die beißenden Pferde gesehen.

Ihre Grandmère Tine nahm neben ihr Platz, die Bank senkte sich. Auf der anderen Seite kam Odette zum Sitzen: »Iss nur deinen Keks, Herzchen«, sagte sie. Édith spürte, wie ihr eine Decke über die Beine gelegt wurde, während sie an dem Gebäck knabberte. Kichern war zu hören, Rascheln, als die *mamans* sich ihr gegenübersetzten, sie konnte Lisette tuscheln hören, vernahm das Klimpern von Manons langen Ohrringen, roch Carmens Fuchs, den sie sich immer um den Hals wickelte und der nach Mottenkugeln stank. Carine und Gaelle mussten nach vorne auf den Kutschbock klettern. Sie lachten, weil der Kutscher ihnen einen Witz erzählte, den Édith nicht verstand. Es ging um einen Priester und ein freudiges Mädchen, aber Maman Tine sagte, so etwas dürfe er nicht erzählen und schon gar nicht vor unschuldigen Ohren. Édith fragte sich, wo die wohl waren, und stellte sich die Ohren der Pferde vor.

»Und los mit den wilden Hühnern«, sagte der Kutscher, und

wieder kicherten die Frauen vorne, aber mehr konnte Édith nicht verstehen, weil die Kutsche sich in Bewegung setzte und die Pferdehufe so laut waren.

Zuerst war es aufregend, das Klappern und Schnauben der Pferde, die *mamans,* die alle durcheinanderplapperten. Dann kamen sie durch Bernay und die Stimmung änderte sich. Die *mamans* wurden ruhiger, als Stimmen zu hören waren. Stimmen, die wütend klangen.

»Schämt euch, ihr Huren!«, rief jemand. Und: »Am helllichten Tag!«

»Sing doch was«, sagte Odette, als noch mehr böse Worte gerufen wurden, und Édith ließ sich nicht zweimal bitten. Sie sang gerne und hatte schon begriffen, dass man zudem sehr gut gegen etwas ansingen konnte. Gegen Hänseleien, böse Stimmen und höhnisches Gelächter. Sie sang *Sur le pont d'Avignon,* weil es ihr gefiel und weil es sie irgendwie an Maman Tine und ihre *filles* erinnerte, die auch so oft und gerne tanzten. Und danach *Voici le mois de mai,* weil ja schließlich Mai war, und ganz zuletzt *La petite fille et le papillon,* das Gaelle ihr beigebracht hatte, die aus der Bretagne kam. Die *mamans* fielen mit ein, selbst Odette, die fand, dass die Bretagne eigentlich kein französischer Ort und Gaelle eine Wilde sei.

Und schließlich waren sie in Lisieux, und niemand rief ihnen mehr böse Worte nach. Édith spürte sofort den himmlischen Frieden, der hier im Kloster herrschte. In der Kapelle der Karmeliten musste sich Édith auf eine Bank knien, die Hände falten und um Genesung für ihre Augen bitten. Überall war Gemurmel um sie herum, Schritte schabten über Stein, es roch schwer nach Kräutern und Kerzenwachs.

»Die kleine Thérèse wird dich erhören«, flüsterte Odette ihr zu. »Ihr Herz war so rein wie deines, sie hat niemandem ein Leid getan, so wie du, also soll auch dir kein Leid geschehen. Falte schön deine Hände zusammen. Ja, so ist es richtig. Denke ganz fest an Thérèse, sie ist deine Schwester.«

Und Édith verhakte ihre Fingerchen so sehr ineinander, dass sie ihr wehtaten, aber das machte nichts, musste ja so sein, schließlich hatte Thérèse ja auch gelitten. Deswegen sollte sie ja heiliggesprochen werden. Dazu war immer ein Opfer nötig. Angestrengt machte sich die kleine Édith an ihr eigenes Opfer und freute sich regelrecht, als ihre Knie anfingen wehzutun, ihr kalt wurde und ihr Nacken spannte.

Als man sie wieder in die Kutsche setzte, war sie durchgefroren und steif vor Heiligkeit und so mit sich zufrieden, dass sie ganz müde wurde. Ihre Augen fühlten sich genesen an, gar nicht mehr kratzig, aber sie durfte die Binden noch nicht abnehmen.

Schläfrig ließ sie sich nach Hause tragen und wurde nur manchmal wach, wenn eines der Mädchen zu laut kicherte oder die Kutsche in ein Loch rumpelte. Satzfetzen der Unterhaltung begleiteten sie wieder in den Schlaf: »So ein Widerling«, »Muss er extra zahlen«, »Nimm den Finger, dann kommt's ihm schneller«. Satzfetzen, die keine Bedeutung für sie hatten, die Édith einhüllten wie eine Decke. Parfüm umwehte sie, der Duft der Liebe, sie hatte ihre Grandmère neben sich, ihre sechs *mamans* und ihre Schwester Thérèse. Ihre eigene heilige Familie.

1948

»Du musst dich hinknien«, flüstert Édith.

»Nicht wahr.«

»Doch, das musst du. Nun komm schon, Marcel, sonst wirkt es nicht.«

Der Boxer stöhnt und lässt sich schwer auf die Bank vor sich nieder, die ebenfalls aufächzt. »Ich weiß nicht, wie ich mich von dir dazu habe überreden lassen«, sagt Marcel, faltet aber gehorsam die Hände.

Sein Chauffeur hat sie die zwei Stunden von Anet bis Lisieux hergefahren, trotz seines Einwands, dass sie es nicht rechtzeitig zur Besprechung abends zurückschaffen würden. Würden sie nicht, sicher, aber der Beistand der heiligen Thérèse ist ja wohl bei weitem wichtiger als die allabendliche Besprechung mit Lucien Roupp, findet Édith.

Man muss es natürlich ernst nehmen, und Édith wirft Marcel einen misstrauischen Blick zu. Nun ja, er hat die Augen geschlossen und die Hände gefaltet, schon einmal eine gute Voraussetzung. »Heilige Thérèse«, betet sie in Gedanken, sodass Marcel sie nicht hört, »ich erbitte nichts für mich. Lass mir Unglück und Leid, aber ihm, dessen Opfer und Mühen du kennst, ihm, der sich von diesem Kampf alles erhofft, ihm gib den Sieg, ich bitte dich darum!«

Es ist ein vertrautes Gefühl: Édith betet nicht zum ersten Mal für Marcel und auch sicher nicht zum letzten. Doch noch nie, seit ihrer Pilgerreise mit der Großmutter und ihren Mädchen, war sie der Heiligen so nah.

Und gleichzeitig so fern.

Denn die Pilgerstätte erkennt sie nicht wieder, allerdings hat sie sie ja auch noch nie mit eigenen Augen gesehen. Dennoch wollen ihre Empfindungen von damals, an die sie sich zu erinnern glaubt, die gedämpften Geräusche, der schwere, einschläfernde Geruch, nicht mit dem Ort zusammenpassen, der einer geschäftigen Baustelle gleicht. Draußen brummen Lastwagen hin und her, ein Kran dreht sich. Eine Basilika zu Ehren der heiligen Thérèse wird errichtet, schon jetzt ist das Hauptschiff riesig und soll noch durch eine Kuppel ergänzt werden. Seit der Heiligsprechung strömen unzählige Menschen ins Kloster. Marcel und sie haben über eine halbe Stunde warten müssen, bis sie hineingelassen wurden. Geistliche sind nicht etwa dazu da, die Beichte abzunehmen: Sie ermahnen die Gläubigen, sich kurz zu fassen, und achten darauf, dass niemand etwas anfasst. Die Spendenurne am Eingang verbirgt fast das Gefäß mit Weihwasser, Nonnen verkaufen Rosenkränze und Kruzifixe aus Holz.

Mit fest verschlossenen Augen versucht Édith, sich zu erinnern.

An die Ruhe, die Geborgenheit. An ihre Familie, an ihre Großmutter, ihre *mamans,* die freundliche Wäscherin, wie hieß sie doch gleich? An die Familie, in die sie ihre neue Schwester Thérèse ohne Schwierigkeiten aufnehmen konnte, die sie seitdem immer begleitet, deren Beistand sie sich jeden Abend, vor jedem Konzert versichert. O ja, die kleine Thérèse ist ihre Schwester, auch wenn sie in dem Getümmel hier unterzugehen droht.

»Bisschen trubelig, was?«, fragt Marcel, als sie in einem Strom von Besuchern nach draußen gedrängt werden, wo sie sofort wieder der Staub und Lärm der Baustelle empfängt.

Édith zuckt nur mit den Schultern. Dankbar schlüpft sie in die große Limousine, die sie wieder zurück nach Anet bringen wird. Und Marcel weiter nach Auteuil, wo er zwar zu spät zur Besprechung mit Lucien, aber unter dem Schutz der heiligen Thérèse eintreffen wird.

Marcel nimmt ihre Hand. »Ich fühle mich schon viel siegessicherer«, sagt er, und seine Augen lachen.

Édith lässt es ihm durchgehen. Vielleicht genügt es ja, wenn sie für ihn betet, sooft sie kann. Und ein wenig blasphemisch hofft sie auch, dass die kleine Thérèse etwas vom Boxen versteht.

Luciens Rache folgt auf dem Fuß: Am nächsten Tag dürfen Édith und ihre Freundin Ginou sich Marcel nicht einmal nähern.

»Das ist doch lächerlich«, sagt Édith und deutet auf das Hotel, in dem der Manager, Marcel und seine komplette Entourage untergekommen sind. Es ist nicht besonders groß oder imposant, verfügt aber über einen Saal, in dem normalerweise Feiern stattfinden. Jetzt hängen dort Sandsäcke und Punchingbälle von der Decke, sogar ein Boxring wurde aufgebaut. »Das ist ein öffentliches Hotel. Natürlich dürfen wir dorthin gehen.«

»Es tut mir leid, Mademoiselle Piaf.« Alan ist Bretone und hat einen starken Akzent, der Édith an Gaelle erinnert, eines der Mädchen im Etablissement ihrer Großmutter. Er ist ein glühender Verehrer von Édith und leidet sichtbar unter dem Auftrag, den Lucien Roupp ihm erteilt hat. »Sie dürfen dort nicht hin.«

»Und wer will mich aufhalten? Sie etwa, Alan?« Édith blitzt den zwei Köpfe größeren Mann wütend an. »Wollen Sie mich mit Gewalt daran hindern?«

Alan nickt treuherzig. »Allerdings, Mademoiselle. Monsieur Cerdan soll nicht gestört werden. Unter keinen Umständen.«

»Aber wir würden ihn gar nicht stören«, mischt sich Ginou ein.

Alan bleibt unbeeindruckt.

»Also wirklich, das ist doch …« Édith will an ihm vorbeihuschen, doch Alan braucht nur die Arme auszubreiten, um sie zu erwischen. Richtig laufen kann sie eh nicht in ihren hochhackigen Schuhen. Édith bereut bitter, nicht ihre bequemen Wanderstiefel angezogen zu haben. Und einen dicken Stock mitgebracht, wo sie schon einmal dabei ist.

»Bitte, Mademoiselle Piaf …«

»Gibt es Probleme, Alan?« Da ist er auch schon, Lucien Roupp, der Verursacher aller Probleme höchstpersönlich.

»Das ist doch lächerlich, Lucien«, empört sich Édith anstelle einer Begrüßung. »Du kannst mir nicht einfach verbieten, Marcel zu sehen.«

»*Bonjour, Édith, bonjour, Mademoiselle*«, wendet sich der Mann mit dem strengen Scheitel scheinbar höflich an die Damen. Er rückt seine Brille gerade. »Marcel hat gestern die Besprechung verpasst, eine wichtige Besprechung. Ich muss davon ausgehen, dass du ihn zu diesem Ausflug verleitet hast?«

»Es war eine Pilgerfahrt«, entgegnet Édith trotzig.

»*Bon,* natürlich. Wunderbar, wenn der Himmel auch auf unserer Seite ist. Doch ich glaube in erster Linie nun einmal an so irdische Dinge wie Training und Vorbereitungen auf den Kampf, und wenn ich gezwungen werde, dazwischen abzuwägen …« Er ruckelt wieder an seiner Brille und seufzt theatralisch. Das Funkeln in seinen Augen zeigt deutlich, wie sehr er die Situation genießt.

»Ich will nur mit ihm besprechen, wann wir uns sehen und …«

»Ah, auch das wird schwierig.« Lucien schafft es tatsächlich, so etwas wie Bedauern in seine Stimme zu legen. »Wir werden wohl heute oder morgen unsere Zelte hier abbrechen. Marcel fährt schon voraus. Wir verlegen unser Training nach Amerika, schließlich findet der Kampf ja auch dort statt. Glücklicherweise ist es mir gelungen, schon Flüge zu buchen. Es ist ja immer schwierig, so kurzfristig Tickets zu bekommen. Aber Marcel wird dich anrufen, Édith, da bin ich mir sicher.«

Édith beherrscht sich, auch wenn es sie unermessliche Kraft kostet. Die Genugtuung eines Ausbruchs will sie dem kleinen, widerlichen Manager nicht geben. »Wunderbar«, zwingt sie sich mit einem Lächeln zu sagen. »Wie schön, dass auch mein Engagement in Amerika mich dazu zwingt, bald abzureisen. Vielleicht sitzen wir ja sogar im selben Flugzeug?«

»Ja vielleicht«, gibt Lucien zurück.

Die Selbstgefälligkeit in seiner Stimme sagt Édith, dass er das gesamte Flugzeug gemietet hat. »Und wo geht es hin?«, fragt sie in neutralem Tonfall.

»Eh, siehst du, auch das kann ich dir nicht sagen. Leider. Das Trainingslager ist geheim, schließlich soll die Presse keinen Wind davon bekommen. Ich fürchte, ich kann höchstens seine Familie darüber informieren, für Notfälle, du verstehst.«

Das ist natürlich ein billiger Tiefschlag, und merkwürdigerweise wird Édith dadurch gleich ruhiger. Diese Art Kriegsführung kennt sie. Die Rolle der betrügerischen Geliebten ist ihr auf den Leib geschneidert, die des leichten Mädchens, das nimmt, was es kriegen kann. Das wartet, verzagt, das, so ist es immer in ihren Chansons, auf alles verzichten muss.

Doch falls Lucien darauf spekuliert, hat er sich dieses Mal getäuscht. Wenn Marcel, ihr *Amant de la coloniale* schon zurückgeschickt wird in die Wüste, dann wird sie nicht mehr warten und schmachten und ihm noch ein Lied hinterherschmettern, o nein. Die Zeiten sind endgültig vorbei. Dann mietet sie sich eben ein Kamel und folgt ihm. Folgt ihm überallhin.

»Das verstehe ich, Lucien«, sagt sie in fast schon triumphierendem Tonfall. Der Manager unterschätzt sie. »Du bist wirklich ein fürsorglicher Trainer und treuer Freund. Also grüß Marcel bitte von mir und sag ihm, dass ich ihm alles Gute wünsche. *Adieu, Lucien, adieu, Alan.*« Sie dreht sich um und lässt einen zutiefst erstaunten, aber auch beunruhigten Lucien zurück, während sie Ginou am Arm mit sich fortzieht.

Der Blick der beiden Männer folgt ihnen.

»Du gehst einfach? Was soll das? Was passiert jetzt? Was machen wir jetzt?«, fragt die Freundin.

»Jetzt packen wir unsere Koffer und fahren zurück nach Paris. Und dann geht es nach New York und daran, Marcel wiederzufinden.«

»O wunderbar.« Ginou klatscht in die Hände wie ein Kind. »Wir verfolgen Marcel?«

»Nicht wir, mein Kind«, sagt Édith gedankenverloren und ohne grausam sein zu wollen. Für einen Krieg mit Lucien braucht es eine Freundin ganz anderen Kalibers. Dafür braucht es Momone.

Ginou ist nicht beleidigt, dazu ist sie zu gutherzig. Aber ein wenig wehmütig ist sie schon. »Ah, ich beneide dich. Du wirst bald wieder mit den Compagnons auf Reisen gehen, oder etwa nicht? Nach Kanada! Dort muss es schön sein!«

»Ja sicher.« Édith ist abgelenkt, nimmt eine Bluse vom Bügel und wirft sie in den Koffer.

Ginou holt sie wieder heraus, faltet sie geschickt und legt sie ordentlich zurück. »Guy schreibt, im September färben sich die Blätter in den Wäldern dort ganz bunt, man nennt das ›Indianischer Sommer‹ oder so. Oh! Meinst du, ihr trefft Indianer?«, ruft sie in Richtung Badezimmer, in dem Édith gerade verschwunden ist.

»Indianer?«, tönt es daraufhin zurück. »Was für Indianer?«

»In Kanada. Meinst du, ihr trefft welche?«

»Wenn sie Eintrittskarten gekauft haben …«

»Ja natürlich.« Ginou macht sich daran, die Schublade der Kommode auszuräumen, in die Édith achtlos ihre Unterwäsche gestopft hat. »Ich würde gern mal einen echten Indianer sehen. Oder wenigstens einen Elch. Elche gibt es doch auch in Kanada?«

»Was?«

»Elche? Gibt es Elche in Kanada?«

Édith taucht aus dem Badezimmer auf, in ihren Händen diverse Cremes, Tuben und Flaschen, die sie aufs Bett fallen lässt. »Was hast du eigentlich immer mit Kanada?«

»Na, wegen eurer Tour. Du tourst doch von New York aus bald mit den Compagnons durch Kanada, hat Guy erzählt. Ihr habt ein echt straffes Programm, deshalb kann ich ja auch nicht mit … außer vielleicht als deine Friseurin. Du brauchst nicht zufällig jemanden, der dir die Haare macht?« Die Frage ist scherzhaft gestellt, doch Édith erkennt sehr wohl den sehnsüchtigen Unterton.

»Ach, Ginou«, sagt sie und nimmt die Freundin in den Arm. »Arme kleine Ginou. Du musst hierbleiben, während wir die große weite Welt bereisen …« Sie hält sie auf Armeslänge von sich. »Aber du stellst dir zu viel darunter vor. Damals, ja, da war das alles noch ein großer Spaß. Aber mittlerweile …« Sie seufzt, zuckt mit den Schultern und wendet sich ab.

»Ist es wegen der Stimme? Hast du Angst, dass sie dir wieder wegbleibt?«

Édith erstarrt, aber nur kurz. »Nein, ich habe keine Angst.« Hat sie Angst? Sie hat noch nicht darüber nachgedacht. Da ist dieses unbestimmte, mulmige Gefühl, wenn sie an die bevorstehende Tournee denkt. Es ist kein Lampenfieber, obwohl es sich so ähnlich anfühlt. Vielleicht ist es doch das? Angst?

»*Non,* ich glaube nicht«, beschließt sie dann. »Es ist das Gefühl, wieder von Marcel getrennt zu werden.«

»Nachdem du ihn gefunden hast.«

»Nachdem ich ihn gefunden habe, was ich zweifellos werde.«

Er hat kurz mit ihr sprechen können, war inzwischen schon in Paris. Schon morgen würde er weiterreisen zum Flughafen nach Orly und dann nach New York und dann … Irgendwie weiter, Lucien wollte es selbst Marcel noch nicht sagen. Er meint, dass sonst die Presse davon Wind bekommt.

Natürlich. Als ob Édith der Presse Bescheid geben würde, ausgerechnet! Aber finden wird sie ihn. Sie hat die Adresse von Marcels Sparringspartner Alan und ist sich ziemlich sicher, dass dessen kleine, schwatzhafte Frau Adaliz ihr weiterhelfen wird.

»Was ist damit? Meinst du, man bekommt das wieder heraus, oder soll ich sie wegwerfen?« Ginou hält die Crêpe-de-Chine-Bluse hoch, die ein deutlich sichtbarer blauer Tintenfleck ziert.

Kein zu hoher Preis für ihre Komposition, findet Édith. »Nein, wirf sie nicht weg, sie ist mein *chanson bleue.* Pack sie bitte ein, die nehme ich mit. Als Andenken.« Sie wirft den Mantel und eine Kostümjacke aufs Bett. In Amerika würde sie sich trotzdem eine neue kaufen müssen. Sie ist mit den Gedanken schon in der neuen Welt, als sie mit einem Mal etwas riecht. Etwas duftet stark nach Blumen. »Ist da Parfum ausgelaufen?«

»Wo?« Ginou betrachtet noch immer die Bluse.

»Ich weiß nicht. Riech doch mal!«

Ginou schnuppert, während Édith zwischen den Kosmetikartikeln herumwühlt, die sie so sorglos aufs Bett befördert hat. Keine der Flaschen ist zerbrochen oder ausgelaufen, alles noch …

»Rosen!«, unterbricht Édith ihre Suche. »Das ist der Duft nach Rosen!« Ihre Stimme klingt aufgeregt.

Ginou versteht noch immer nicht.

»Das ist ein Zeichen, Ginou, weißt du das denn nicht?« Édith stürmt auf sie zu, zieht sie an sich und lacht.

Ginou, die umhergewirbelt wird, weiß gar nicht, wie ihr geschieht. »Ein Zeichen wofür?«, bringt sie heraus und muss ebenfalls lachen, so ansteckend ist Édiths gute Laune.

»Die heilige Thérèse«, jubelt Édith. Sie bleibt stehen, die Augen geschlossen, und atmet tief ein und aus. »Sie sendet jedem, dem sie eine Gnade erweist, Rosenduft zum Zeichen. Jetzt weiß ich, dass Marcel die Weltmeisterschaft sicher ist.«

Ginou betrachtet zweifelnd das glückliche Gesicht der Freundin, konzentriert sich mit aller Macht auf die Gerüche, die sie umgeben. So etwas wie Blüten meint sie zu riechen, es könnten aber auch Äpfel sein. Oder auch nichts. Der Eindruck ist viel zu flüchtig. Außerdem entströmt dem Schrank eindeutig ein starker Lavendelduft, um Motten abzuhalten. Aber Rosen?

»Riechst du es auch, kleine Ginou? Riechst du, dass alles gut werden und die heilige Thérèse uns helfen wird?«, fragt Édith immer noch verzückt, ihre schweren Lider flattern, die Nasenflügel beben.

»Sicher«, sagt Ginou, auch wenn sie sich alles andere als das ist. Aber schließlich ist es ja möglich, und sie hat sich auf einem der langen Spaziergänge, auf die sie die Freundin geschickt hat, ja auch gehörig erkältet, und ihre Nase ist verstopft. Vielleicht duftet es nach Rosen. Alles ist möglich, *non?*

Édith riecht einen Weltmeistertitel, und Ginou faltet ein Chanson und legt es andächtig zu den anderen Sachen in den Koffer.

10.

New York 1948

Loch Sheldrake liegt zwei Stunden Fahrzeit außerhalb von New York. Der See ist an sich nichts Besonderes, nur einer von vielen in diesen unendlichen Wäldern, die sie »Catskills« nennen. Bäume, Bäume, Bäume und Seen, sonst nichts. Das Evans Hotel, in dem Marcel sich abgeschottet von der Außenwelt auf seinen nächsten Kampf vorbereiten soll, ist ein stattlicher Kasten, ein weißes Gebäude mit Holzveranda und einem riesigen Garten, der bis an den Sheldrake heranreicht. Das Training findet in dem Nebengebäude direkt am Waldrand statt. Es ist Licht in den Fenstern zu erkennen, ab und zu taucht ein Schemen auf, doch die Büsche stehen zu dicht. Das obere Stockwerk bleibt dunkel.

»Lass mich doch auch mal sehen«, verlangt Momone, die neben Édith hockt.

Nur widerwillig übergibt Édith das Fernglas. Sie richtet sich auf, streckt ihre Beine, die eingeschlafen sind. »Verdammt«, sagt sie, »wir sind nicht einen Schritt weiter. Wir wissen immer noch nicht, wo er genau schläft. Stell dir vor, ich schleiche rüber und klopfe Lucien ans Fenster!«

»Wer war noch mal Lucien?«, fragt Momone, das Fernglas vor den Augen.

»Lucien Roupp, Marcels Manager und Beschützer. Kotzbrocken par excellence.«

»Beschützer? Ich dachte, Marcel sei Boxer.«

»Beschützer vor zu viel Kultur, zu vielen Partys, zu viel Sex.«

»Also vor dir.«

»Exactement.« Édith blickt sich um, reibt sich fröstelnd die Arme. Tagsüber ist es noch recht warm, doch sobald die Sonne hinter den Bergen untergegangen ist, sinken die Temperaturen bis auf den Gefrierpunkt. Und das schon Anfang September! Kaum auszumalen, wie es hier im Winter sein wird. Schon jetzt fangen die Bäume an, sich zu verfärben, suchen Eichhörnchen am Boden nach Nüssen. Es ist beinah windstill, trotzdem ist der See leicht gekräuselt. Vielleicht wohnt ein Ungeheuer darin.

Einen gemeinsamen Flug hat Lucien tatsächlich geschickt zu verhindern gewusst, Marcel bis zuletzt über den Ablauf der Reise im Unklaren gelassen, und auch das Evans Hotel ist komplett in seiner Hand. Es wirkt wie eine uneinnehmbare Burg, trotzdem gehen ständig Menschen ein und aus, geladene Gäste. Anscheinend läuft dort drüben gerade eine riesige PR-Show für Marcel. So viel also zur Abgeschiedenheit. Édith hat bislang noch niemanden erkannt, doch sie schätzt, dass es sich bei den aufgedonnerten Blondinen und dauergrinsenden, pomadisierten Männern um Schauspieler und andere *celebrities* handelt. Oder um Politiker, was in gewisser Hinsicht auf dasselbe hinausläuft. Ein Wunder, dass Lucien das zulässt!

»Ah«, sagt Momone.

»Was ist?«

»Jetzt wird es lustig.«

»Und das ist gut oder schlecht?«, fragt Édith, die ihre Freundin schließlich kennt.

»Eher schlecht. Es kommt jemand auf uns zu.«

»Gib her.« Édith reißt ihr das Fernglas aus der Hand. *»Eh, merde.* Sieht wütend aus.«

»Madam?«, ruft der Mann, der auf sie zueilt schon von Weitem. *»Hello, Madam?«* Er wedelt mit den Armen. Und erschrickt nicht schlecht, als wie aus dem Boden gewachsen plötzlich auch noch Momone neben Édith auftaucht. *»Oh, yes … well, may I ask, what you are doing here?«*

Édith erzählt, was sie sich zurechtgelegt hat. Dass Momone und sie Vögel beobachten wollen und einen ganz besonders seltenen *pivert* gesehen hätten, wie war das Wort noch mal auf Englisch, vorhin hat sie es noch gewusst … Édith gibt ganz die naive Touristin, fällt immer wieder ins Französische und rudert hilflos mit den Händen.

Momone muss sich mächtig anstrengen, um sich ein Grinsen zu verkneifen.

Der Mann aus dem Hotel, der sich schlicht als Bill vorstellt, nachdem Édith ihn nach seinem Namen gefragt hat, ist zumindest im Zweifel. Glauben tut er ihnen nicht, kann aber auch nicht das Gegenteil beweisen. Édith zeigt ihm unschuldig das Fernglas, während Momone das Vogelbuch, das sie aus dem Motel hat mitgehen lassen, wie einen Schutzschild vor sich hält. Zudem zeigt ihre laszive Art, mit der sie schlichtweg jeden Mann im infrage kommenden Alter betrachtet, bei Bill seine Wirkung: Er ist zunehmend verunsichert.

Er fragt etwas, was Momone nicht versteht. »Was hat er gesagt?«

»Er sagt, im Hotel seien gerade viele Franzosen und ob wir nicht in Wahrheit nach einem berühmten Boxer Ausschau halten würden und nicht nach seltenen Vögeln.«

Momone lächelt schräg, wedelt mit dem dicken Wälzer in ihrer Hand und spitzt dann kokett den Mund. »Aber nein«, sagt sie. »Wir mögen Vögel, die kleinen, niedlichen Flattermänner. Sie etwa nicht?«

Der Mann, der kein Französisch versteht, blickt hilflos zu Édith, die ihn jedoch hängen lässt. »Okay«, gibt er sich schließlich geschlagen und fordert sie auf zu gehen. Natürlich mit der Ermahnung, dass dies Privatbesitz sei und sie bitte anderswo nach ihrem »Piwwet« Ausschau halten mögen.

Momone stößt Édith in die Seite. »Sag ihm, dass wir in diesem Kaff hier in der Nähe wohnen, wie hieß es doch gleich? Nenn ihm das Motel. Er kann gerne mal auf ein Bier vorbeikommen und …«

»Das tue ich gewiss nicht. *Thank you, Bill, you are very kind*«, sagt Édith stattdessen. »Na los, Rückzug.«

Momone will noch etwas sagen, muss sich dann jedoch angesichts ihrer mangelnden Englischkenntnisse geschlagen geben. Schmollend stapft sie hinter Édith her durchs Unterholz.

»Morgen werden wir es direkt am See versuchen, wenn Marcel sein Lauftraining absolviert. Das hat in Paris doch auch geklappt, erinnerst du dich?«, fragt Édith über ihre Schulter. Sie haben den Boxer in Paris so manches Mal im Bois de Boulogne »besucht«, um sich persönlich und intensiv vom Fortschritt seines Trainings zu überzeugen.

Die Aussicht darauf, Marcels gut gebaute Laufpartner ablenken zu können, damit Édith sich mit ihrem Geliebten treffen kann, muntert Momone ein wenig auf. »Na gut. Aber wenn ich noch eine Runde Rami spielen muss, schneide ich mir die Kehle durch. O nein. Heute Abend gehen wir aus. Keine Widerrede. Irgendwo in dem Orly-Nest wird es schon Alkohol geben. Und wenn es ihn gibt, werde ich ihn aufspüren, da sei dir mal sicher.«

Édith muss lächeln. Daran besteht nun wirklich kein Zweifel.

»Das ist das Einzige, was ich finden konnte.« Momone schiebt sich ins Zimmer, in der einen Hand eine Flasche, in der anderen zwei Gläser, am Arm einen Eimer, der hin- und herschaukelt. »Das ist Eis«, erklärt sie auf Édiths fragenden Blick hin. »Sie hatten keinen anderen Behälter. Eigentlich hatten sie auch kein Eis. Ich musste den Besitzer dieses reizenden Etablissements mächtig bezirzen, bevor er seine Gefriertruhe geplündert hat, und die Ausbeute ist trotzdem mager. Und apropos mager: Seine Frau hat mich die ganze Zeit über im Auge behalten, *cette conne!* Als wollte ich mich bei der erstbesten Gelegenheit auf ihren potthässlichen Mann stürzen. Was denkt die sich eigentlich?«

Édith, die auf einem der Betten sitzt, macht sich nicht die Mühe einer Antwort und lässt ihr Buch sinken. »Was ist in der Flasche?«

»Gin.«

»Wie passend!«

»Was ist daran passend?« Momone stellt Gläser, Flasche und Eimer auf den Tisch.

»In Amerika sagen sie ›Gin Rummy‹ zu Rami.«

»Und das erzählst du mir erst jetzt?« Momone verteilt Eis in die Gläser. »Wo war denn der Gin die letzten Tage, die wir hier Karten gespielt haben?«

»Jetzt ist er ja da.«

»Aber jetzt«, und sie tritt mit zwei gut gefüllten Gläser zu Édith ans Bett, »brauchen wir auch keine Karten mehr, wir haben ja den Gin. Rutsch mal rüber. *Tchin-tchin.*« Neben ihre Freundin am Kopfende des Bettes gelehnt, nimmt sie einen ordentlichen Schluck und seufzt erleichtert. »Lieber Himmel, das war nötig. Anscheinend haben sie hier oben immer noch Probition.«

»Prohibition.«

»Was auch immer.« Sie trinkt noch einmal.

Im Zimmer ist es dämmerig, die Gardinen sind zugezogen: Die einzige Möglichkeit, in dem Motel einigermaßen ungestört zu bleiben. Die Zimmer liegen alle auf einer Ebene mit einer kleinen Holztreppe zum Parkplatz hin, um den sich das hufeisenförmige Gebäude gruppiert. Vor den Zimmern stehen alle Arten von Automobilen mit runden Scheinwerferaugen, als wollten sie ihre Besitzer beobachten, und ihre bunten Karosserien sind ein imposanter Anblick. Schon allein ihre Größe ist beeindruckend, auch wenn man nichts von Autos versteht, die Heckflossen, glänzenden Chromteile und Stoßstangen. Die Schnauzen, die wie hungrige Mäuler aussehen oder aber spitz zulaufen und damit denen von Haien gleichen. Gegenüber steht ein stromlinienförmiger Lincoln mit Bullaugen, daneben ein Oldsmobile in leuchtendem Himmelblau. Édith und Momone sind noch viel zu sehr an die tarngrünen Lastwagen des Krieges und die leichten Panhards gewöhnt, die klein und praktisch sind und wenig Benzin verbrauchen. Nach Hurleyville sind sie mit dem Bus gekommen, einem silbernen Greyhound mit dem Abbild eines springenden Hundes an den Seiten. Édith wollte nicht extra einen Chauffeur und ein Auto mieten, schließlich sind sie und Momone in geheimer Mission unterwegs. Für die kurze Strecke bis zu Marcels Hotel hat ihnen der Motelbesitzer gegen einen Aufschlag zwei Fahrräder geliehen.

Frühstück ist ebenfalls nicht im Preis inbegriffen. Die beiden Frauen müssen dafür in ein Diner etwas weiter die Straße hinunter gehen und werden dort mit Pfannkuchen, Speck und Rühreiern, Toast und Würstchen gemästet. Es gibt keinen Alkohol zu kaufen, was Momone zu ihrem Missvergnügen sofort getestet hat. Dafür sind die beiden dazu eingeladen worden, am dörflichen Quiltnähen teilzunehmen. Was sie höflich abgelehnt haben, obwohl sie keine Ahnung hatten, was »Quilt« bedeuten sollte. Allein das Wort »nähen« genügte völlig, um sie in die Flucht zu schlagen.

Das Zimmer der Freundinnen ist ein einziger Raum mit zwei auseinandergerückten großen Betten und einem kleinen Badezimmer. Den Betten gegenüber steht der Schminktisch, an der Wand ein Schrank und eine Kommode. Die Bilder an den Wänden sind allesamt handgemalte Ansichten von Loch Sheldrake, und Momone hat die Frau des Motelbesitzers in Verdacht, diese Dekoration in Serie zu produzieren. Aus jedem der Seen springt derselbe gelbgrüne Fisch.

Sie haben zwar nicht den Fisch, jedoch die Malerin bei ihrem Eintreffen kennengelernt. Eine spindeldürre Frau mit nagetierartigen Zähnen. Sehr passend für die Gegend, fanden sowohl Édith als auch Momone, die beide unter der Abgeschiedenheit, dem Mangel an beruhigendem Straßenlärm und dem gehäuften Aufkommen an wilden Tieren leiden. Und dem Krach, den sie veranstalten. Wer hätte gedacht, dass Wildnis so laut sein kann? Nachts sind allerlei Arten von Jägern zu hören: schreiende Eulen, das Bellen der Füchse. Tiere, die anderen Tieren den Garaus machen. Aber auch die kleinen, eigentlich stummen Kreaturen stoßen im Augenblick des Todes einen Schrei oder einen verzweifelten Quietscher aus, bevor eine endgültige Stille über sie hereinbricht. Mücken surren zu jeder Tages- und Nachtzeit, und morgens röhren Hirsche wie Dampfsirenen. Nein, das ist nicht die vertraute, zarte Natur voller Apfelblütenträume, die Édith in der Normandie erlebt hat. Der Wald in Amerika ist ungezügelt, permanent auf der Pirsch – und definitiv aufs Töten aus.

»Wie lange müssen wir hier noch aushalten?«, fragt Momone

und nippt an ihrem Drink, das Einzige, was ihre Nerven beruhigen kann.

Édith trinkt ebenfalls einen Schluck, hustet angewidert, nimmt dann aber noch einen. »Keine Ahnung. Ich muss Marcel unbedingt sehen, verstehst du? Mitte des nächsten Monats werde ich mit Jean-Louis und den Compagnons in Kanada sein, da bleibt keine Zeit. Und dann ist ja schon der Kampf in New York ...« Ihre Stimme bricht ab. Auf dem Kies draußen ist ein vorbeifahrendes Auto zu hören, Scheinwerfer erleuchten kurz die Gardine. Irgendwo weiter weg schreit ein Vogel, den sie nicht erkennt.

»Machst du dir Sorgen?«, fragt Momone und schenkt sich noch einmal nach. Sie wirft einen sehnsuchtsvollen Blick zum Eiskübel, der allerdings unerreichbar weit weg auf der Kommode steht.

»Ein wenig«, erwidert Édith und hält ihr das Glas hin. Sie muss an das Zeichen denken, das Versprechen der heiligen Thérèse. Sie betet jeden Abend und dankt der Heiligen dafür, dennoch war es in Frankreich wesentlich einfacher zu glauben. Selbst in New York, dem Straßendschungel, in dem es wenigstens Kirchen gibt. Hier jedoch, knapp hundert Meilen entfernt davon, existiert nichts außer dem Gesetz des Stärkeren. Wie inmitten dieser urwüchsigen, überbordenden und grenzenlosen Natur überhaupt ein spirituelles Wesen überleben soll, will ihr nicht in den Kopf. Das amerikanische Hinterland hat sich gegen sie verschworen, so kommt es ihr vor, und sie und ihr Glaube werden unbarmherzig davon verschluckt.

»Das wird ein Kampf um die Weltmeisterschaft, ein Riesending. *Merci*«, sagt sie, als ihr nachgeschenkt wird. Dann stößt sie mit der Freundin an. »Es ist, als ob alles von diesem Kampf abhinge, verstehst du? Er wird es nicht überleben, wenn er verliert. Fühlt sich jetzt manchmal schon zu alt. Ich meine, er ist jetzt zweiunddreißig. Das ist alt für einen Boxer.«

Momone erwidert nichts, und Édith ist klar, was sie denkt. Marcel ist ihr zu »alt«, zu ruhig und zu gesittet mit seiner Höflichkeit und seiner merkwürdig zurückhaltenden Art, die so gar nicht zu seinem draufgängerischen Äußeren passen will. Edith ist sich nicht einmal sicher, ob die Freundin ihn mag. Nicht, dass es darauf groß ankäme. Momone kann sich mit allen von Édiths Männern arrangieren, auf die eine oder andere Art. So manch abgewiesenen oder enttäuschten Liebhaber wusste sie sehr wohl schon zu trösten, anderen war sie Verbündete, hat ihnen Tipps und Tricks verraten, mit denen sich Édith erobern ließ. Oder observieren: Darüber macht sich die Sängerin keine Illusionen.

»Doch was wird Marcel machen, wenn er nicht mehr boxen kann?«, überlegt Édith weiter. Der ungewohnte Gin legt sich schon auf ihre Zunge, macht sie schwer. »Wahrscheinlich wird er zurückkehren zu seiner Frau und seinen Kindern, oder? Oh, ich weiß es nicht, Momone, es ist, als ob ich ihn verlieren würde, wenn er diesen Kampf nicht gewinnt. Er muss ihn gewinnen, muss einfach, damit er bei mir bleiben kann.« Sie lässt ihren Kopf auf Momones Schulter sinken.

Beide Frauen trinken stumm, starren auf das hässliche Gemälde ihnen gegenüber. Eine Seenlandschaft, im fahlen Mondlicht springt der Fisch aus dem Wasser.

Doch es gibt noch ein Tier. »Sag mal, ist das ein Hirsch? Das da links, im Dickicht?«, fragt Édith aus der schrägen Perspektive heraus.

»Was denn? Das da? Das ist ein Bär, dachte ich immer.« Momone kneift die Augen zusammen. »Ja doch, ein Bär, auch wenn er völlig misslungen ist.«

»Ein Bär am Loch Sheldrake«, murmelt Édith. Sie richtet sich auf, beugt sich ein wenig vor und macht ebenfalls die Augen schmal. »Das würde ja passen, das mit dem Bären. Ich finde immer, Marcel sieht einem Bären ähnlich.« Sie lässt sich wieder gegen Momone sinken. Das ist ein gutes Zeichen, findet sie. Nicht so gut wie der Rosenduft, nichtsdestotrotz ein Zeichen, das seinen Weg hierher in die Wildnis gefunden hat.

Vom Alkohol und dem Zeichen gleichermaßen getröstet, schließt Édith die Augen. »Morgen lauern wir ihm auf, morgen fangen wir ihn«, murmelt sie noch, bevor sie einschläft, und Momone weiß nicht: Meint sie den Bären oder den Fisch?

Sie bleibt noch länger wach. Hört ihrem Atem zu und trinkt gegen die Nacht und ihre Geräusche an, bis auch sie schließlich wegdämmert.

Ein Boxkampf ist einzigartig, niemals Show, kein bloßes Spektakel, sondern »*the real thing*«, wie die Amerikaner sagen. Das ist es, was Lucien Roupp an diesem Sport liebt, das ist es, was ihn antreibt. *The real thing.* Aus seinem Schützling das Beste herauszuholen, ihn über alle anderen erhaben, ihn zu einem Weltmeister zu machen. Und Marcel steht kurz davor, so kurz!

Von der Gardine verborgen, ein Glas Bourbon in der Hand, beobachtet Lucien den Umtrieb vor dem Hotel. Die Limousinen, die vorfahren, um ihre illustre Fracht wieder einzusammeln, nachdem sie dem inszenierten Training beigewohnt hat. Er selbst hat auch teilnehmen müssen und war längst nicht so gut wie Marcel, der sich seinen Zuschauern wie selbstverständlich präsentierte. Auf einen Sandsack einschlug. Zum Amüsement der Damen ein paar Schläge in Richtung ihrer Galane absolvierte. Auf den Punchingball eindrosch, während um ihn herum Häppchen gereicht wurden. Mit nacktem Oberkörper flapsige Sprüche zum Besten gab und dabei die Muskeln spielen ließ. *The real thing*, von wegen.

Lucien wischt sich erschöpft die Stirn, während Chauffeure aus ihren Wagen springen, um Türen aufzuhalten für Menschen, die vom Boxen nichts verstehen, aber auch gar nichts. Stars, Politiker, Möchtergerngrößen mit weit geöffneten Brieftaschen, mächtige Industrielle mit schlecht sitzenden Toupets. Der französische Kulturattaché hat ihn darum gebeten, diese Veranstaltungen zuzulassen, selbst der Botschafter hat ihm in den Ohren gelegen. Es sei wichtig für Frankreich, für die französischen Beziehungen zu den USA, die sie ja immerhin von den Deutschen befreit hätten. Gerade steigt ein schlanker, dauergrinsender Schauspieler in seinen Wagen und winkt zum Abschied. Der hat sicher niemanden befreit, zumindest nicht in diesem Aufzug. Hat der nicht sogar mal einen Boxer gespielt?

Lucien trinkt einen hastigen Schluck Whiskey. Wünscht sich

eine Runde mit diesem Möchergernboxer und Marcel in einem Ring, ach was, nicht eine ganze Runde, nur einen einzigen Schlagabtausch. Dabei ist ihm klar, dass auch er nicht die erforderlichen drei Minuten überstehen würde.

Er bewundert Boxer dafür. Für die Kraft, natürlich, vor allem aber für ihre Fähigkeit, Schmerz zu ertragen. Das kann man lernen, das ist ein System, ein Training, so wie aller Erfolg nur vom Training kommt: der langsamen, mühsamen, minutiös vorbestimmten Zeit der Vorbereitung. Zu behaupten, das sei wichtig, ist der Witz des Jahrhunderts. Vorbereitung und Training sind alles!

Na endlich. Jetzt ist auch der Botschafter weg, doch Luciens Erleichterung ist nur von kurzer Dauer, als er Jo Rizzo wegfahren sieht, Marcels Chauffeur. Er weiß längst, dass zwischen dem Trainingslager und einem gewissen Motel in Hurleyville ein regelrechter Shuttleservice eingerichtet worden ist. Mehrmals am Tag fährt Jo mit Marcels Limousine weg, angeblich, um zu tanken und Besorgungen zu machen. Wenig später ist er dann zurück, allein, wie es scheint, während sich die verfluchte Piaf hinter dem Rücksitz klein macht, vielleicht auch im Kofferraum, wer weiß.

Lucien muss auch das akzeptieren, obwohl Marcel sich jetzt eigentlich ausruhen sollte vor dem nächsten, dem richtigen Training. Ausruhen, pah. Diese Frau ist doch unersättlich. Selbst beim Joggen lauert sie ihm auf, treibt es mit ihm hinter irgendwelchen Büschen, da kann er sich wer weiß was holen, eine Erkältung wenigstens, vielleicht erwischt ihn irgendwann ein Bär. Nein, soll sie sich reinschmuggeln, das Flittchen. Wie eine billige Dirne, die große Sängerin, der alle Welt angeblich zu Füßen liegt.

Lucien hat sie nie singen gehört, er interessiert sich nicht für Musik. Er interessiert sich für Vorbereitung und Training. Und Marcel. Mit dem Glas in der Hand, in dem die Eiswürfel klirren, blickt er hinaus auf die leere Ausfahrt, ohne sie wirklich wahrzunehmen. Vor seinem geistigen Auge erscheint sein Schützling, der die Arme emporreckt mit dem riesigen goldenen und irgendwie großkotzig verzierten Meisterschaftsgürtel um seine Hüften. Er kann es schaffen, *the real thing*. Marcel kann es schaffen.

Als Lucien sich gerade vom Fenster wegdrehen will, sieht er einen Wagen zurückkehren. Anscheinend hat der Botschafter etwas vergessen. Und richtig, schon eilt ein Angestellter des Hotels heraus, einen Hut und eine Aktentasche in der Hand. Der Botschafter steigt genau in dem Moment wieder ein, als Marcels Limousine um die Ecke kommt und hinter ihm halten muss. Jemand sitzt neben Jo, eine Gestalt mit Kopftuch, und flüchtig meint Lucien auch noch, den Haarschopf von Édith auf dem Rücksitz zu sehen, der rasch wegtaucht. Der Botschafter hat sie glücklicherweise nicht gesehen. Diese Gelegenheit hätte er sich niemals entgehen lassen, schließlich ist er ein großer Piaf-Fan, wie anscheinend alle Franzosen.

Alle Franzosen außer ihm selbst.

Nein, der Botschafter hat sie nicht bemerkt. Er bedenkt die Limousine nur mit einem flüchtigen Blick, nickt in Richtung Fahrer, dann steigt er in seinen Wagen ein.

Das war knapp. Jo fährt langsam am Eingang vorbei zur Hinterseite des Hotels.

Das muss ein Ende haben, Lucien ist entschlossen wie nie. Marcel kann es jetzt nicht gebrauchen, dass seine Beziehung zu der Sängerin auffliegt, nicht so kurz vor dem Kampf. Nur wie? Marcel verteidigt seine Édith bis aufs Blut, wenn es sein muss, Lucien würde nicht mal die erste Runde in dem Kampf um sie überstehen.

Der Manager überlegt, nippt an seinem Drink, überlegt weiter. Kann wenig später eine Gestalt im dunklen Mantel sehen, die die Auffahrt herunterspaziert: Nicht die Piaf, das ist ihre Freundin, Marone, Malone oder so ähnlich, die sie überallhin mitschleppt. Sie sieht verfroren aus, missmutig, wie sie da den Kies entlangstapft, die Arme untergeschlagen, ein Tuch um den Kopf. Noch jemand, der über das heimliche Treffen der Turteltäubchen alles andere als erfreut zu sein scheint. Die Gestalt verschwindet in Richtung See, und Lucien stellt das Glas ab, in dem nur noch ein paar Eiswürfel vor sich hin schmelzen. Vielleicht, nur vielleicht eröffnet sich hier eine ganz neue Möglichkeit, einen Keil zwischen die Liebenden zu treiben. Seinem Boxer ein wenig Luft von der Klette zu verschaffen.

Lucien schnappt sich seinen Mantel und macht sich seinerseits auf in Richtung See.

Es ist ein Arrangement mit dem Teufel, darüber ist sich Édith von Anfang an im Klaren. Sie durchschaut nur nicht, welche Rolle Momone dabei spielt. »Hier sollen wir also wohnen?«, fragt sie und sieht sich noch einmal ungläubig um.

Der Bungalow auf dem Gelände des Evans verfügt über zwei Schlafzimmer, die beide von dem luxuriösen und modern eingerichteten Wohnzimmer abgehen. Am Ende liegt das Badezimmer inklusive Wanne mit goldenen Wasserhähnen. Hier gibt es keine kitschigen Gemälde, keine Stockflecken auf der Tapete, keine griesgrämige, hasenzähnige Besitzerin, die jeden ihrer Schritte misstrauisch beäugt. Muss es auch nicht, denn verlassen dürfen die beiden Frauen ihr geheimes Domizil unter keinen Umständen.

»Ich schicke meine Männer, die euch Essen und Getränke bringen«, erklärt Lucien. »Und Marcel kann euch, sooft er will, besuchen. Aber er wird in seiner eigenen Unterkunft schlafen. Und zwar allein.« Er versucht, seinen Tonfall so neutral wie möglich zu halten und vor allen Dingen nicht zu Momone zu sehen, die auf dem Sofa Platz genommen hat. Aber was heißt schon Platz genommen: Sie sitzt recht undamenhaft zurückgelehnt auf dem Sofa, beide Arme rechts und links auf die Lehne gestreckt, und grinst ihn an.

Schwer, sie da zu ignorieren.

»Und was sollen wir hier den ganzen Tag tun?«, fragt Édith stirnrunzelnd.

»Du hast doch noch dein Strickzeug«, sagt Momone. »Und wir könnten Karten spielen.«

»Hast du nicht behauptet, du würdest dir die Kehle durchschneiden, wenn wir noch einmal Rami spielen müssten?«

»Müssen wir ja nicht. Spielen wir doch die amerikanische Version, die mit dem Gin. Wir bekommen doch Gin, nicht wahr, Lucien?«

»Sicher«, erwidert der Mann knapp.

Lucien? Édith fragt sich, seit wann Momone und Marcels Manager auf so vertrautem Fuß miteinander stehen. Irgendetwas stimmt hier nicht, sie kommt allerdings nicht darauf, was das sein kann. »Nun gut«, sagt sie nach einer Weile, »warum nicht.« Obwohl sie die heimlichen Fahrten mit Jo fast schon genossen hat, das Versteckspiel, das Herumhuschen durch die Flure bis zu Marcels Unterkunft. Die hastige, aber umso leidenschaftlichere Liebe, dann wieder die Trennung, die nochmaliger Küsse bedurfte, manchmal mehr als das, das atemlose Begehren und den Stich des Abschieds, der in allem lag.

Dann, wie aus heiterem Himmel, hat Lucien aus irgendeinem Grund eingewilligt, Édith als kranke Schwester von Marcel und Momone als deren Freundin auszugeben, und ihnen diesen Bungalow verschafft.

Was durchaus auch seinen Reiz hat. Édith, die schon länger mit dem Gedanken an ein »richtiges« Zuhause für sich und Marcel spielt, ein *trou perdu,* kann dem Vater-Mutter-Kind-Spiel in diesem Puppenhaus durchaus etwas abgewinnen. Wobei es ohne das »Kind« Momone zweifellos wesentlich reizvoller wäre, aber das lässt sich wohl nicht ändern. Dieses Mal kann sie die Freundin nicht so einfach wegschicken, wie sie das sonst und ohne mit der Wimper zu zucken zu tun pflegt.

»Keine Spaziergänge zum See?«, vergewissert sie sich noch einmal.

»Nein, tut mir leid. Obwohl ich ja weiß, wie viel den Damen an Ausflügen in die Natur liegt«, erwidert Lucien mit einem Lächeln, das weit davon entfernt ist, seine Augen zu erreichen, und nichts von seinen wahren Gedanken preisgibt. Weder, ob er von den Pariser Treffen während Marcels Joggingrunden weiß, noch, ob er über den »Überfall« vor vier Tagen am See informiert ist, bei dem Édith (»Überraschung! Überraschung!«) hinter einem Baum hervorgesprungen ist und Marcel beinah einen Herzanfall beschert hätte. Vielleicht spielt der allwissende Manager auch einfach nur auf Édiths Reise in die Normandie an, wer weiß das schon? Lucien ist undurchsichtig, und Édith überkommt wie stets die starke Abneigung, die sie schon bei ihrem ersten Treffen in der Boxhalle verspürt hat.

»*D'accord*«, verspricht sie. »So machen wir es.« Einen kurzen Augenblick lang befürchtet sie, der Manager würde ihr daraufhin die Hand reichen, aber auch Lucien verspürt wohl wenig Neigung, Édith berühren zu müssen.

»*Bon.* Ich lasse dann das Gepäck vom Motel herüberbringen und bezahle die Rechnung«, erklärt er förmlich und deutet eine ironische Verbeugung an.

»Und den Gin«, ruft Momone ihm nach. »Bloß nicht den Gin vergessen.« Kaum ist die Tür hinter ihm zugefallen, streift sie die Stiefel ab und schlägt die Beine unter. »*Cést très agréable*«, sagt sie, Übermut in der Stimme. »Nur wir drei allein, Marcel und du und ich.«

Édith sieht aus dem Fenster, die Arme vor der Brust verschränkt. »Ja, sehr gemütlich«, erwidert sie, eine Vokabel, die bislang weder in Momones noch in ihrem Wortschatz vorgekommen ist. Und sich auch merkwürdig falsch anhört.

1932

Das Zimmer im Hôtel de l'Avenir war schmal und lang. Links nahm der Kleiderschrank mit dem Spiegel fast den gesamten Platz ein, daneben passte nur noch das Sofa, auf dem Momone schlief. Vor dem Fenster stand ein Nachtschrank, der Édiths kostbarsten Besitz enthielt: eine Tasche mit falschen Perlen, ein Hütchen mit gehäkeltem weißem Rand, eine Schnupftabakdose, die ihrem Vater gehört hatte und in der sie ein paar Sou sammelte und es »sparen« nannte. Daneben, kaum eine Armlänge vom Sofa entfernt, war das Bett, das sie sich mit P'tit Louis teilte. An das Bett stieß schon der Tisch mit seiner karierten Decke und einem Aschenbecher darauf. Keiner der drei Jugendlichen rauchte, dazu fehlte es ihnen an Geld, doch Momone hortete Walnüsse darin wie ein Eichhörnchen. Sobald sie getrocknet waren, eignete sich der Aschenbecher hervorragend als Nussknacker. Vor dem Tisch mit seinem einen Stuhl, gleich gegenüber dem Schrank, befand sich das Waschbecken. In einem Glas mit angeschlagenem Rand stand eine echte Zahnbürste, die Momone bei der *aide sociale* abgestaubt hatte: der einzige Luxusartikel in ihrer »Wohnung«.

Obwohl Louis sich nach Kräften bemühte, Hausrat herbeizustehlen: »Seht mal, ein Kochtopf!« Er hielt das verbeulte Blechding so stolz in die Luft, als hätte er es persönlich durch Paris gejagt und schließlich erlegt.

»Tür zu, es zieht«, erwiderte Édith nur müde vom Bett her. Sie fror, außerdem war ihr schlecht. Das war ihr jetzt fast ständig, obwohl Yéyette, die Frau ihres Vaters, ihr versichert hatte, das würde sich schon irgendwann geben.

»Das ist ein schöner Topf, Édith«, sagte Louis gekränkt, schloss aber wie befohlen die Tür hinter sich. »So einen haben wir noch nicht.«

Édith gab ein unwilliges Geräusch von sich und vergrub sich so tief unter ihre Decke, dass nur noch ein paar Locken auf dem Kissen zu sehen waren.

»War sie draußen zum Singen?«, fragte Louis in Richtung Momone, die auf dem ungemachten Sofa saß.

Momone schüttelte den Kopf, ohne aufzusehen. Sie blätterte in einem Filmprogramm, das sie im Müll gefunden hatte. »War sie nicht«, erwiderte sie geistesabwesend.

»Gut so«, sagte Louis zufrieden, »das braucht sie auch nicht. Ich habe Möbel geschleppt. Und morgen habe ich Aussicht auf eine Arbeit beim Bau, drei Tage, wenn alles gut geht. Dann können wir einkaufen gehen.« Er öffnete vorsichtig den Schrank, damit nichts herausfiel, pfiff dabei irgendeine Melodie, die er aufgeschnappt hatte. Gefiel sich in seiner Position als Beschützer und Oberhaupt, als Ernährer. Zu der schon bald die Rolle als Familienvater hinzukommen würde.

Im Schrank, den alle drei gemeinsam nutzten, befand sich neben der Kleidung vor allem jede Menge Hausrat. Vieles davon war gestohlen, so wie das Besteck. Kleinere Dinge, die Louis als Umzugshelfer leicht in die Tasche stecken konnte. Beim Geschirr war es schwieriger. Manchmal ging etwas zu Bruch, eine Untertasse zum Beispiel, und er konnte dann die dazugehörige Tasse haben. Teller hatte er bislang keine auftreiben können, die würden sie beim Ramschhändler kaufen müssen, dafür hatte er eine Vase mit einem Blumenmädchen darauf geschenkt bekommen. Momone hatte ihn dafür ausgelacht, doch für Louis war die Vase das Symbol seines zukünftigen Hausstandes. Das Prunkstück der Wohnung, in der er irgendwann mit Édith und ihrem gemeinsamen Kind leben würde. Nun gut, wahrscheinlich musste zunächst ein Zimmer reichen, ein möbliertes noch dazu. Alles war ihm recht, solange nur Momone draußen blieb. Momone, die sonst überall dabei war.

Am Anfang war es noch lustig gewesen, hatten die drei gemeinsam Paris unsicher gemacht. Er hatte die beiden ins Kino eingeladen, gemeinsam hatten sie sich kaputtgelacht über Charlie Chaplin, den alle nur »Charlot« nannten. Sie waren durch Nachtklubs und Varietés getingelt, oft nicht hereingelassen worden, hatten die Türsteher beschwatzt. Darin war Momone unübertrefflich. Morgens hatten sie auf der Pont Neuf den Sonnenaufgang begrüßt und in die Seine gespuckt. Dort hatte er Édith das erste Mal geküsst, hatte sie später im Hauseingang geliebt, während Momone an der Ecke Schmiere gestanden hatte.

Doch mit der Schwangerschaft würde sich alles ändern. Édith würde mit der Singerei aufhören müssen. Schon jetzt sah sie lächerlich aus in ihrem selbst gestrickten Pullover, unter dem sich deutlich sichtbar ihr Bauch abzeichnete.

Er war dagegen, dass sie noch »arbeitete«. Was war das schon für eine Arbeit? Ein Zurschaustellen war es. Wo er noch vor wenigen Wochen andächtig an ihren Lippen gehangen und ihr zugehört hatte, gehörten diese Lippen, diese Lieder jetzt ihm. Édith war seine Frau, auch wenn sie nicht verheiratet waren. Und nach der Geburt wäre sie eh Mutter, und die ewige Diskussion über ihre Auftritte hätte endgültig ein Ende.

Ja, Louis war zufrieden mit sich. Sorgfältig räumte er den Topf auf, die zwei Pfannen und das Teesieb, die er schon ergattert hatte, warf einen stolzen Blik auf die Vase, schloss dann die Schranktür.

»He, Fifi.« Er zog sich die Schuhe aus, legte sich neben Édith und streichelte ihr zärtlich über das widerspenstige Haar. »Wie wäre es, wenn wir heute mal wieder etwas unternehmen? Hast du Lust?«

Unter der Decke ertönte ein undefinierbarer Laut, doch Momone ließ das Programmheft sinken.

»Wohin gehen wir denn?«, wollte sie wissen.

Louis hatte schon damit gerechnet. »Du nicht«, sagte er unerbittlich, »ich will mit meiner Frau allein sein und sie zum Essen ausführen. Schließlich ist es ihr Geburtstag.«

Édiths Kopf tauchte auf. »Du führst mich aus?« Ihr war nicht zum Essen zumute, zum Ausgehen jedoch immer. »Aber Momone muss mit. Was soll das für eine Feier sein, wenn wir nur zu zweit sind?«

Ihre leicht geröteten Augen blickten zu ihm auf, sie sah blass aus. Louis hatte Mitleid. »Nun gut, Momone auch. Ihr zwei macht euch hübsch, und wir gehen etwas essen.«

Das ließ sie sich nicht zweimal sagen. Édith schälte sich aus der Decke, krabbelte über ihren Freund, ihr Bauch berührte kurz den seinen. Dann standen die beiden Freundinnen vor dem Spiegel über dem Waschbecken, kicherten, versuchten sich mit Wasser die Haare zu glätten. Der Schrank wurde geöffnet, Kleidungsstücke herausgesucht und wieder hineingeworfen, das Schnattern der Mädchen hüllte P'tit Louis auf dem Bett bald ein.

Er wurde schläftig, seine Arme taten ihm weh. Morgen auf dem Bau würde er sich anstrengen müssen, um die Arbeit zu behalten, und konnte es sich eigentlich nicht leisten, jetzt auszugehen. Aber Édith hatte Geburtstag. Man wurde nur einmal siebzehn. Er war zwar kaum älter als sie, wusste aber Bescheid.

Es würde eine Party geben, es würde spät werden, und morgen musste er doch …

Ein Geräusch ließ ihn hochschrecken, etwas war zerbrochen, er blinzelte, um den Schlaf abzuschütteln. Was war … Ach ja, er wollte ausgehen. Die Mädchen: Sie machten sich hübsch dafür.

»Eh, Louis«, sagte Momone ohne Bedauern in der Stimme, »jetzt ist etwas kaputtgegangen. Die Vase mit der komischen Schäferin: Ich fürchte, sie ist zerbrochen.«

Es mochte an seinem Wegdämmern gelegen haben, am plötzlichen Aufwachen, aber für einen kurzen Augenblick sahen die beiden Gestalten im dunkler werdenden Licht des Hotelzimmers aus wie zwei teuflische Zwerge, der eine dick und struppig, der andere hämisch und gefährlich.

1948

»Ich kaufe«, sagt Édith und greift nach ihren Banknoten.

»Kannst du nicht«, erwidert Momone streng, »die Straße gehört bereits mir. Und daher schuldest du mir Miete. Und ein Hotel baue ich auch noch darauf.«

»Darf sie das?«, wendet sich Édith anklagend an Marcel, die Lippen zu einem Schmollmund gerundet, die Stirn zerfurcht.

Der Boxer muss lachen. »Nicht bei diesem Spielzug, Momone. Du kannst ihr keine Miete für ein Hotel berechnen, das du erst nachträglich baust.« Er schiebt den Stuhl zurück und steht auf. »Möchte noch jemand etwas zu trinken? Édith, Simone?«

»Nein«, erwidert Édith missmutig und zählt die verlangte Summe ab.

»Mit trinken meinst du sicher einen deiner Säfte? Dann nein«, winkt auch Momone genervt ab und schiebt die Geldscheine unter den Rand des Monopoly-Spielbretts.

Édith blickt auf ihr zu einem kümmerlichen Rest zusammengeschmolzenes Vermögen und lässt sich in den Sessel zurückfallen. »Ich gebe auf. Im Spiel habe ich einfach kein Glück.« Sie sieht zu Marcel, der sich einen Saft einschenkt. »Dafür aber in der Liebe.« Sie geht zu ihm herüber, schmiegt sich an ihn.

Marcel setzt die Karaffe ab, küsst sie aufs Haar, während Momone ein winziges Hotel auf dem Spielbrett errichtet. »Was ist mit dir, Marcel?«, will sie wissen.

»Ich gebe auch auf. Du hast gewonnen.«

Momone nickt zufrieden, zählt ihr Geld ab und nimmt sich anschließend das von Marcel, um es nachzuprüfen. »Ich habe in der Tat gewonnen, selbst wenn ihr nicht aufgegeben hättet. Hört ihr?« Sie sieht kurz über ihre Schulter zu dem sich küssenden Paar, das der Ausgang des Spiels nicht für fünf Sou interessiert, wendet sich dann ab. »Nicht doch, Édith«, hört sie hinter ihrem Rücken, »nein, lass das.« Momone verzieht das Gesicht, als hätte sie Zahnschmerzen. *Mon Dieu,* was für ein Getue!

Dieses Mal ist es anders, das Zusammenleben mit Édith und ihrem Liebhaber. Das Gefühl, das sie im Varieté in New York das erste Mal überkommen hat, die Ahnung hat sich bestätigt: Es hat sich etwas verändert. *Édith* hat sich verändert.

Mit ihr und P'tit Louis hauste sie in einem Loch, hat praktisch neben ihnen geschlafen, bis die beiden sich ein möbliertes Zimmer genommen haben. Selbst da war sie täglich aufgetaucht, vor allem, nachdem die kleine Cécelle geboren worden war, hat praktisch weiterhin bei ihnen gelebt. Schließlich war es Louis, der seine Koffer packen und gehen musste. Bei Édith und Paul war es anfangs nicht anders, bis die beiden sie rauswarfen. Nun gut, aber auch diese Beziehung hat nicht lange gedauert. Momone hat nur warten müssen. Und warten kann sie, das hat sie in all den Jahren nur allzu gut gelernt.

Marcel jedoch wird sie nicht so einfach aussitzen können, das ahnt sie. Und das macht ihr Angst und sie fast verrückt vor Eifersucht.

Édith ist die einzige Familie, die Momone etwas bedeutet. Sie hat sie damals unter ihre Fittiche genommen, ihr alles über das Leben auf der Straße beigebracht. Édith ist so sehr ihre *maman,* wie es Momones diffuser Vorstellung von einer Mutter entspricht. Einer Art unreifer Teenagermutter, die ihr Kind verhätschelt und liebt und auch schon einmal vergisst oder wegschickt, was Momone völlig selbstverständlich findet. Édiths wechselnde Liebschaften wurden für sie stets zu Vätern und potenziellen Liebhabern gleichermaßen.

Zu Vätern, weil sie sie mit durchfüttern mussten. Zu Liebhabern, weil ihr deren Intimität mit Édith natürlich nicht entgehen konnte.

Doch während Marcel der ersten Rolle, der des Ernährers, voll und ganz gerecht wird und seine Männer jeden Tag das feinste Essen servieren, verweigert er sich Édith und damit auch ihr. Er ist sicher kein Mann, der mit Édith schläft, während sie Schmiere steht, damit hat sie auch nicht gerechnet. Aber nicht einmal in eines der angrenzenden Zimmer will er sich mit der Geliebten zurückziehen, solange Momone im Nebenzimmer sitzt. Da kann Édith noch so sehr betteln und ihre kleinen Tricks anwenden. Nein, Marcel kommt mehrmals am Tag zu Besuch, zum Rami oder Monopoly-Spiel. Anschließend sitzen alle beieinander, und Marcel liest die Bücher, die Édith ihm empfiehlt. Dann strickt sie, und Momone bleibt nichts anderes übrig, als stundenlang in Zeitschriften zu blättern.

Er verweigert sich. Lässt Momone nicht teilhaben am »Familienleben«, zumindest nicht ganz.

Lucien wird es wahrscheinlich glücklich machen. Der Manager reibt sich sicherlich die Hände vor Vergnügen, wenn er daran denkt, wie sein Boxer sittsam und gebändigt im Bungalow sitzt und sich nicht »anderweitig« verausgaben kann, während Momone unfreiwillig die Aufpasserin spielt. Doch das, was sie selbst sich von dem Arrangement erhofft hat, die Aufnahme in die »Familie«, erfüllt sich nicht.

»Wollt ihr ungestört sein? Ich könnte nach nebenan gehen«, bietet sie noch einmal an.

Doch Marcel lacht nur, streift Édith mit einem letzten Kuss. Dann setzt er sich aufs Sofa und greift nach seinem Buch.

Sowohl Édith als auch Momone seufzen enttäuscht, während Letztere es allerdings heimlich tut. Und Édith, die sich eine solche Behandlung früher nie hätte gefallen lassen, setzt sich neben ihn und greift nach ihrem Strickzeug.

Ja, sie hat sich verändert. Momones Blick fällt auf das Haus, das wie ein winziges Mahnmal auf dem Spielplan steht, ihr Hotel, das nichts mehr wert ist. Es ist nichts sicher, gar nichts, will es ihr sagen. Letztendlich hängt ihre Zukunft allein von ihren beiden Mitspielern ab.

Als Marcel die Augen aufschlägt, weiß er einen kurzen Moment lang nicht, wo er sich befindet. Das Zimmer liegt im Halbdunkel, schemenhaft sind ein Tisch mit Stühlen, ein Sideboard zu erkennen, ein paar dunkle Flecken, die Bilder sind: Ach ja, er ist im Bungalow, muss eingeschlafen sein. Neben ihm amtet Édith ruhig und gleichmäßig, sie lehnt an ihm.

Wo steckt Momone?

Marcel lässt seinen Blick durchs Zimmer schweifen, kann sie aber nirgends sehen. Wahrscheinlich ist sie schon zu Bett gegangen, die Giftspritze. Selbst für einen Mann, der seine Mitmenschen mit fast schon überirdischer Geduld betrachtet, ist die Frau eine Prüfung. Ihr neugieriger, durchdringender Blick, diese Schamlosigkeit … Als wäre es ihr natürliches Recht, jede seiner Regungen und die von Édith genau unter die Lupe zu nehmen, sich irgendwie einzumischen. Er versucht, ihr mit besonderer Liebenswürdigkeit zu begegnen, sich einen Panzer aus Höflichkeit umzulegen. Auf keinen Fall soll sie sein Innerstes sehen. Das erlaubt er Édith allein. Und solange sie ihren symbiotischen Zwilling mit sich herumschleppt, nun, so lange muss er eben beide auf Abstand halten, ob sie das begreift oder nicht.

Die Geliebte in seinem Arm regt sich, Marcel küsst sie automatisch aufs Haar.

Morgen wird sie abreisen. Wird mit ihren Kollegen durch Kanada touren, während Marcel sich endgültig auf das Match gegen Zale konzentrieren kann. Er ist beinah erleichtert darüber. Es wird ein Kampf um sein Leben, seine Zukunft, ihrer beider Zukunft. Das sieht auch er so. Und Édith, seine geliebte Édith, ahnt doch allerhöchstens, was dieser Weltmeistertitel bedeutet. So wie sie nur ahnen kann, was sie ihm bedeutet.

Liebt er sie?

Und wie. Er hat noch keine Frau getroffen, die so ist wie sie, so ungestüm, gierig, weltoffen und weise, abgeklärt, verrückt und hoffnungslos naiv zugleich. Eine Frau mit solch einer Stimme, die ihm immer wieder Tränen der Rührung in die Augen treibt und ihn mit sich selbst vertraut macht, manchmal mehr, als ihm lieb ist.

Aber er liebt auch seine Familie, was sie nicht versteht, auch wenn sie es vorgibt. Liebt seine Kinder mehr als sein Leben und seine Frau immerhin so sehr, dass er zu ihr stehen wird, was auch geschieht. Sie ist die Mutter seiner Söhne. Édith kann das nicht verstehen, hat keine eigenen Kinder und meidet dieses Thema auch wie der Teufel das Weihwasser. Er ahnt natürlich den Grund, fragt aber nicht ausdrücklich nach. Es gibt immer noch Gebiete in ihrer Beziehung, die zu betreten der andere sich hütet. Was nur gut ist. Édith fragt nicht nach seiner Beziehung zu Marinette, er nicht nach ihrer Kinderlosigkeit. Es ist zu früh dafür, nicht der richtige Zeitpunkt, vielleicht kommt der nie. Es stört ihn nicht, im Gegenteil, er liebt sie umso mehr dafür. Es gibt Geheimnisse, die lohnen es, mit Klauen und Zähnen verteidigt zu werden. Daran glaubt er.

Édiths Atem stockt kurz, sie ist jetzt wach, auch wenn sie es zu verbergen versucht. Marcel kann es an der Körperspannung spüren, ihr Kopf dreht sich ganz leicht. Vielleicht hat auch sie überprüft, ob sie allein sind, und ist zu einem positiven Ergebnis gekommen, denn ihre Hand wandert wie von selbst sein Hemd herunter, streicht darüber, flattert über seinen flachen Bauch. Dann, noch immer wie zufällig und ohne zuzugeben, dass ihre Besitzerin wach ist, macht sie sich an seiner Gürtelschnalle zu schaffen.

Marcel spürt sofort den Funken, der überspringt, seinen Körper, das Blut, das durch seine Adern rauscht. Es gibt nur noch diesen einen Abend, sie würden sich erst in New York wiedersehen. Momone ist mit einem Mal weit weg, dieses Gefühl übermächtig: wie Teenager, die nicht voneinander lassen können. Irgendwo spukt sie noch herum, die gnomenhafte Freundin, in seinen Gedanken, in diesem Bungalow, will sich wie gewohnt zwischen sie drängen, hat ein verdammtes *Recht* dazu, und dieser Gedanke lässt ihn wieder nüchtern werden. Nein, sie darf nicht gewinnen. Er und Édith haben noch genug Zeit allein, nur sie beide.

Er fasst Édiths Hand, und sie stöhnt auf vor Enttäuschung und Frustration. Draußen schreit ein Käuzchen oder eine andere Art von Eule auf der Jagd, Édith lässt sich fallen. Legt ihren Kopf auf seine Brust, ihre Schultern beben. Vielleicht weint sie, vielleicht atmet sie schwer. Auch er spürt diese schmerzhafte Leere, während sein Körper pocht, wütend protestiert, und er lenkt seine Gedanken auf den bevorstehenden Kampf, auf den Feind. Und kann nicht verhindern, dass sich vor das Bild von Tony Zale, gegen den er in New York boxen wird, immer wieder das von Momone schiebt. Zale im Rock, ein Zale mit Lockenschopf, der spöttisch grinst, Lippenstift auf den Zähnen … Aber das müssen Träume sein. Er ist wohl wieder eingeschlafen.

11.

1948

Es regnet. Wassertropfen laufen an den Fenstern herunter, die Gehsteige der Park Avenue liegen verlassen da, der Himmel hat die Farbe von geschmolzenem Blei. Nur ab und an huscht ein Regenschirm unter einem der überdachten Hauseingänge hervor, die von oben wie Tunnel aussehen und bis an den Straßenrand heranreichen. Autos erzeugen kleinere Fontänen, sie fahren langsam. Den spärlichen umgitterten Bäumen wird der Staub von den Blättern gewaschen, über den Ablaufgittern entstehen Seen.

»Die Wolken, die Wölfe«, murmelt Édith, die nach draußen blickt.

»*Pardon?*« Momone tritt neben sie und reicht ihr einen Becher Kaffee.

»Das stammt aus einem Lied, das ich Anfang des Jahres aufgenommen habe.« Sie umfasst den Becher mit beiden Händen, als müsste sie sich wärmen. »Es geht darin um eine Großstadt, die im Regen versinkt. Und immer, wenn es regnet, muss ich an diese Zeile denken: ›Die Wolken, die Wölfe‹. Ich habe auch immer das Gefühl, dass mit den Wolken große graue Wölfe in die Stadt kommen und draußen umherstreifen.«

Momone hebt die dünne, nachgemalte Augenbraue. Der skeptische Zug um ihren Mund herum vertieft sich. »Wölfe? Wo sollen die herkommen in New York?«

»Wer weiß.« Édith blickt herunter auf die Straße, als erwartete sie jederzeit, eines dieser Tiere zu sehen, vielleicht hält sie auch Ausschau nach Marcel. Er wird erst später kommen, gegen Abend, und sicher wird Jo unten im Wagen warten und Momone weggeschickt werden: Vielleicht kann sie sich zu dem Chauffeur setzen, mal sehen. Édith will ihren Freund unbedingt noch einmal sehen vor seinem großen Kampf, ihm Glück wünschen.

»Bringt Regen nicht auch Glück?«, fragt sie gedankenverloren, als hätte sie Momones Gedanken gehört, und nippt an dem Kaffee.

»Ich dachte, er bringt die Wölfe?«

»Nein, ich meine im Sprichwort. Gibt es nicht so etwas mit Regen?«

»Auf Regen folgt Sonnenschein. So etwas in der Art?«

»Ja, aber besser!«, fordert Édith.

»Besser«, murmelt Momone in ihre Tasse. Sie trinkt, denkt nach und muss dann passen. »Nein, da fällt mir nichts ein. Höchstens: Wer Wind sät, wird Sturm ernten, oder so ähnlich.«

Édith schüttelt den Kopf. »Nein, das ist es auch nicht. Obwohl ich mir Sturm wünschen würde, wahlweise auch ein Gewitter. Irgendetwas Dramatisches.«

Momone meint, Édiths innere Anspannung fast greifen zu können. Morgen ist der Kampf, der Kampf gegen Zale. Der Boxer steht ebenso sehr unter Strom, ist wie die Sängerin hoch konzentriert, fiebrig vor Erwartung. Momone kann den Wachhund Lucien jetzt doch ein wenig verstehen, begreift, dass sich diese Spannung nicht in Sex entladen soll. Hinterher vielleicht, aber da wird er verletzt sein, und das ist noch der günstigste Ausgang. Vielleicht ist er dann auch tot.

»Er wird gewinnen, du wirst schon sehen«, sagt Momone erschrocken über ihre eigenen Gedanken. Egal, was passiert: Morgen wird sie neben ihr sitzen und ihr bei Marcels Kampf beistehen.

»Meinst du?« Édith lässt den Becher sinken, betrachtet die Freundin hoffnungsvoll.

»Klar wird er das«, bestätigt Momone. »Die Buchmacher setzen auf ihn, und die werden es ja wohl wissen«, gibt sie ihr aufgeschnapptes Wissen weiter. »Der andere ist der ›Mann aus Stahl‹. Der war früher Stahlarbeiter, deshalb nennen sie ihn so. Aber er hat wohl auch ›Nehmerqualitäten‹, so heißt es.«

»Und das bedeutet?«

»Er kann mächtig einstecken. Er hat im ersten Kampf um den Titel im Mittelgewicht in den ersten fünf Runden nur Schläge kassiert und den anderen, Graziano oder so, dann in der sechsten trotzdem k. o. geschlagen.«

»Wie tröstlich.«

»Du hast gefragt.«

»Ja leider.« Édith stellt den Kaffee auf die Fensterbank. Der Regen hat noch immer nicht nachgelassen. *»Mon Dieu.«* Sie lässt ihre Stirn gegen das beschlagene Glas sinken. All das Spielerische, der Übermut ist vergangen. Die Tage am Loch Sheldrake, die gestohlenen Momente mit so etwas wie Häuslichkeit scheinen meilenweit entfernt. Nichts weniger als ihre Beziehung zu Marcel, mehr noch: Ihrer beider Zukunft steht auf dem Spiel, so glaubt sie und hat sich bitter darüber beklagt, dass sie nichts tun kann, außer abzuwarten. »Ich denke nicht, dass ich so einen Kampf noch einmal durchhalte. Es ging ihm so schlecht, als er damals in Brüssel verloren hat. Er war wochenlang am Boden zerstört, Momone, es war furchtbar. Noch viel schlimmer wird es werden, wenn er hier k. o. geht. Er wird mit dem Boxen aufhören …« Zu seiner Frau zurückkehren, das denken sie beide, doch das spricht sie nicht aus, das ist zu grausam, um es in Worte zu kleiden. »Und meine Premiere ist nur einen Tag später. Und wenn er verliert, werde auch ich untergehen, das weiß ich.«

Momone winkt ab. »Ach was, das wird schon, so wie immer«, sagt sie mitleidlos, schließlich hat sie die Lieder die letzten Tage oft genug hören müssen. Édith hat die letzte Zeit beinah ununterbrochen Proben mit ihren Musikern anberaumt, ernsthafte Sitzungen, die bis spät in die Nacht gingen. Geradezu wehmütig erinnert sich Momone an die früheren Übungsstunden in Paris, die ebenso angefangen haben, schließlich aber immer mehr oder weniger in Partys ausarteten. *Das* sind noch richtige Proben gewesen, aber auch andere Lieder, andere Zeiten. Sie seufzt. »Die vielen Titel auf Englisch kommen sicher gut an bei den Amis. Ganz bestimmt. Vielleicht solltest du dies Regenlied mit aufnehmen. Passt ja ganz gut zu dem miesen Wetter.«

Édith blickt auf. »*Il pleut?* Meinst du?«

Momone hat es eigentlich nur so dahingesagt. Es ist ihr egal, was Édith singt und was nicht. Sie wird Erfolg haben, es ist doch meistens so. Wen die Götter lieben, den lassen sie nicht einfach so fallen. War das nicht auch ein Sprichwort? Momone lehnt sich gegen den Fenstersims, die Tasse Kaffee in der Hand, und hört der Freundin zu, die zum Flügel gegangen ist und ein paar Akkorde anschlägt. Ihr Klavierspiel ist immer noch nicht überragend, doch sie kann inzwischen wenigstens die Lieder begleiten, die sie im Kopf hört. Noten braucht es dafür nicht.

Und so traurig ist das Chanson gar nicht, klingt überraschend frisch, nicht gerade heiter, aber auch nicht schwermütig, obwohl es, wie eigentlich immer, um eine verlorene Liebe geht … Ein recht schönes Lied.

In das unerbittlich die Türglocke schallt.

»Lass nur, ich geh schon«, sagt Momone, die vermeiden will, dass Édith wieder in ihre miese Stimmung verfällt. Sie stellt die Tasse ab, um die Tür zu öffnen.

Édith klimpert noch ein wenig auf der Tastatur, während sie der Freundin nachblickt, ist mit einem Ohr aber bei dem Geschehen im Flur. Für Marcel ist es noch zu früh, aber wer weiß, vielleicht ist etwas passiert, etwas beim Training … Nein, das ist nicht seine Stimme. Sie lauscht der Unterredung draußen, die auf Französisch stattfindet.

Ein Mann, der verlangt, Édith zu sehen. Momone, die betont förmlich fragt, wen sie melden dürfe. Der Mann will wissen, wer sie ist, und Momone behauptet, Édiths Schwester zu sein.

Édith verdreht die Augen.

Der Mann erwidert etwas, was Édith nicht verstehen kann.

»*Un moment.*« Momone klappert auf ihren hohen Absätzen zurück ins Zimmer. »Édith«, sagt sie, »ein trauriger kleiner Clown will dich sprechen.«

Édith beißt sich auf die Lippen, um ein Lachen zu unterdrücken. Für eine Empfangsdame fehlt ihr dann doch das nötige Fingerspitzengefühl. »*Merci,* Momone. Lass ihn doch bitte herein.«

»Sie können kommen«, ruft Momone in den Flur und tritt zur Seite, als ein sichtlich irritierter Mann mit großen, runden und sehr ausdrucksvollen schwarzen Augen unter buschigen Augenbrauen das Zimmer betritt. Mit seinem runden Gesicht, der markanten Nase und dem langen Strich als Mund wirkt er in der Tat ein wenig wie ein trauriger Clown, eine Haarlocke fällt ihm in die sich lichtende Stirn. Er blinzelt.

»Charles!«, ruft Édith erfreut. »Was machst du denn hier?« Sie stürzt sich auf den jungen Mann, der immer noch verwirrt zwinkert, als wäre er eine Eule, die ins grelle Licht gezerrt wird.

»*Salut,* Édith.« Der junge Mann küsst Édith dreimal auf die Wangen. »Ich wollte dich besuchen, aber … traurig? Clown?« Er wirft einen raschen, bestürzten Blick zu Momone. »Was soll das heißen?«

»Ach, hör nicht auf sie.« Édith winkt ab. »Wie schön, dass du da bist.« Sie strahlt, dann verblasst ihr Strahlen beinah ebenso plötzlich, wie es aufgetaucht ist. »Nein, ist es nicht, Charles. Es ist gar nicht schön. Du kommst im wahrscheinlich schrecklichsten und ungünstigsten Moment meines Lebens. Ich habe überhaupt keine Zeit für dich. Was tust du hier? Warum bist du hier?«

Der arme Charles mit seinen runden Augen sieht inzwischen der Eule viel ähnlicher als einem Clown. »Ich … Also, du hast gesagt … also, wenn ich mal in New York bin …«

»Möchten Sie ein Glas Wein?«, mischt sich Momone ins Gespräch ein.

»Wie … Wein? Nein, dafür ist es vielleicht noch etwas früh …«

»Dann Kaffee.«

Édith stellt sie vor. »Das ist Charles Aznavour, der Komponist von dem Lied, das ich dir gerade vorgesungen habe. Welch Zufall! Und Charles: Das ist Momone, meine Freundin.«

»Wusste ich es doch«, entfährt es dem jungen Mann. »Ich kenne Sie aus Paris. Dass mit der Schwester hat mich irritiert … Ist sie wirklich deine Schwester?«, fragt er, kaum dass Momone das Zimmer verlassen hat.

»Manchmal«, erwidert Édith ausweichend. »Du bist also nur da, um mich zu besuchen, weil du zufällig in New York bist?« Sie setzt sich wieder an den Flügel.

Dem jungen Charles bleibt nichts anderes übrig, als ihr dorthin zu folgen und, mangels Sitzgelegenheit, neben ihr stehen zu bleiben. Ein nackter, leerer Raum ohne Bilder mit einem Flügel in der Mitte entspricht zwar nicht jedermanns Einrichtungsstil, aber die Höflichkeit gebietet eine Bemerkung: »Schön hast du es hier«, sagt er prompt.

»Ach was.« Édith winkt ab. »Es erfüllt seinen Zweck.« Und es erfüllt auch seinen Zweck, dass der junge Charles hier aufgetaucht ist, das weiß Édith sehr wohl. Es ist nur allzu verständlich, dass Musiker und Schauspieler aus dem grauen, kriegsgebeutelten Europa in den USA ihr Glück versuchen. Wem es gelingt, das Publikum in Manhattan, Las Vegas oder Hollywood zu begeistern, der kann hier gutes Geld verdienen. Außerdem ist ein Erfolg in Amerika auch nicht schlecht für die Reputation in der Heimat, und Charles Aznavour ist zwar ein großes Talent, muss sich jedoch erst noch einen Namen machen.

Édith hat ihn vor zwei Jahren kennengelernt, bei der Aufzeichnung einer Radioshow. Sie hatte sich gerade von Yves Montand getrennt, der davon tief getroffen war. Jean-Louis Jaubert hatte religiöse Bedenken, eine Beziehung mit ihr einzugehen, und Édith steckte in einer flüchtigen Affäre mit dem Unterhaltungskünstler Luc Barney, als sie Aznavour begegnete. Schon damals war er zur Unzeit aufgetaucht, trotzdem hat sie ihn unter ihre Fittiche genommen: Wieder ein junger begnadeter Künstler, den sie in jeglicher Hinsicht zu fördern gedachte. Sobald sich Zeit dafür fand.

Und den sie jetzt ebenso gut einspannen kann, wenn er nun schon einmal da ist. »Charles, ich denke daran, vielleicht eines deiner Chansons in mein Repertoire aufzunehmen: *Il pleut.* Was hältst du davon?«

»Natürlich. Es wäre mir eine Ehre.« Aznavour deutet eine Verbeugung an. »Außerdem ist es ein schönes Lied.«

»Das noch ein wenig Arbeit verträgt. Du hast doch Zeit? *Bon.* Lass uns gleich anfangen …«

Die beiden bemerken Momone kaum, die wenig später mit frisch gebrühtem Kaffee zurückkommt, sind sofort in die Musik vertieft. Aznavour hat sein Jackett ausgezogen, über den Flügel gelegt und die Ärmel seines Rollkragenpullovers hochgezogen, er ist voll und ganz auf Édith konzentriert. Mit dem Tablett in den Händen steht Momone im Zimmer, während draußen vor dem Fenster die Stadt ertrinkt.

Einen Abend später steht Édith unter dem Vordach ihres Appartementhauses und wickelt sich fester in ihren Mantel. Der gestrige Regen ist immer noch zu riechen, hat die Stadt aufgefrischt, doch die Wölfe haben sich verzogen. Sie hört stattdessen den Tauben zu, die über ihrem Kopf gurren, während der Portier ihr ein Taxi heranruft.

Die Welt, wie sie sie kennt, kommt ihr undeutlich vor. Unwahrscheinlich, dass in ihr Marcel bald um sein Leben kämpfen wird. Unrealistisch, dass sie es erträgt, ihm dabei zuzusehen. Unfassbar, dass es danach ein Morgen geben wird, an dem sie auftreten wird.

Die Dunkelheit ist schuld daran, glaubt sie, obwohl sie ein Nachtmensch ist, das Dunkle immer dem grellen Tageslicht vorgezogen hat. Heute stört es sie. Sie würde gern klarer sehen, die Kontrolle behalten. Auch wenn es nur eine Illusion wäre, so viel ist klar.

Charles hat sie erfolgreich abwimmeln können, ihm und seinem Bühnenpartner in Windeseile einen Auftritt in Montreal vermittelt. Momone wird sie später am Eingang treffen, ebenso ihren Manager Louis Barrier. Marc Bonel, ihr Akkordeonist, hat ebenfalls versprochen, zum Kampf zu kommen, dazu allerlei Prominenz: Der Komiker Fernandel, mit dem sie schon als Teenager im Cirque Medrano bei einer Benefizgala aufgetreten ist, hat ihr telegrafiert und sich einen Platz in ihrer Nähe besorgt. Alle werden da sein, um sie zu unterstützen, doch jetzt ist sie allein, und das ist ihr auch recht so. Sie will noch nicht reden müssen. Die Welt soll so unwirklich bleiben, wie sie ist, denn nur so wird es auszuhalten sein, wenn sie untergeht.

»*Good luck*«, wünscht ihr der Portier, der ihr die Tür aufhält.

Anscheinend wissen alle, wohin sie unterwegs ist, auch wenn nur die wenigsten ahnen, was dieser Tag für sie bedeutet. Und der folgende. Zwei Tage im September, die für alle anderen Menschen, die sie aus dem Fenster beim Vorbeifahren beobachten kann, normal sein werden. In dem Paralleluniversum, in dem sie sich befindet, redet der Taxifahrer nicht. Laufen die Menschen ahnungslos ihren Geschäften nach. Lachen Pärchen auf der Straße, gehen Verliebte zum Essen aus, locken die Nachtklubbesitzer mit ihren Shows. Die meisten von ihnen ahnen nichts von den Momenten, die ein Leben zerstören oder es emportragen können. Édith kennt sich nur allzu gut aus damit. Sie hat sie erfahren, als sie Papa Leplée in einer Blutlache gefunden hat und in Sekundenschnelle von dem Pariser Publikum fallen gelassen wurde. Und Jahre später im ABC, als das Orchester schon die Einleitung von *Les Mômes de la Cloche* spielte, als die Ansagerin verkündete: »Der Spatz ist tot! Von jetzt an hören Sie Édith Piaf!«, und sie neu geboren wurde.

Und heute ist wieder so ein Tag, ein Wendepunkt. Zum Guten oder zum Schlechten, das wird sich zeigen, und sie hat keinerlei Einfluss darauf.

Das imposante, im Art-déco-Stil gebaute stahlgraue Roosevelt Stadium taucht vor ihr auf, Menschen strömen von allen Seiten darauf zu. Édith lässt sich am VIP-Eingang absetzen, gibt das Doppelte der Fahrtkosten an Trinkgeld.

»*Good luck*«, sagt der Taxifahrer, als würde auch er über sie Bescheid wissen.

Den Mantel am Kragen fest umklammert, die Handtasche unter den Arm geklemmt, schreitet Édith tapfer ihrem Schicksal entgegen.

Eine Sekunde. Länger dauert es nicht, um ein Leben zu zerstören. Karrieren enden, Herausforderer stürzen, Comebacks scheitern. Junge Boxer stürmen an die Spitze oder verschwinden sang- und klanglos, versierte Kämpfer schaffen es endgültig, den Titel zu holen – oder sie geben auf. Dieses Gefühl eines unausweichlichen Endes gibt es nur beim Boxen. Die Zuspitzung ist absolut, die Einsamkeit des Kämpfers universell.

Marcel ist allein.

Allein unter zwanzigtausend Menschen, die sich in dem riesigen Baseballstadion eingefunden haben. Die Sitze sind beinah alle belegt, es gibt nur noch Stehplätze. In der Mitte des Rasenfeldes ist unter einem grell ausgeleuchteten Baldachin der Boxring aufgebaut: eine Bühne, eingegrenzt von Seilen, zwei Schemel in den Ecken. Um den Ring herum sind die besseren Sitzplätze gruppiert, aber auch hier gibt es genug Menschen, die stehen geblieben sind. Der Kampf Cerdan gegen Zale ist ein Weltereignis und wird live im französischen Rundfunk übertragen.

Édith sitzt in der zweiten Reihe zwischen Momone und Loulou und wünscht sich nichts sehnlicher, als weit weg, in Frankreich zu sein und nicht sehen zu müssen, was gleich passiert. Dann wiederum greift sie sich an den Hals, umklammert das Kreuz, das Marlene Dietrich ihr geschenkt hat, und beschwört die heilige Thérèse. Du hast es versprochen, fleht sie in Gedanken, denk daran, du hast es versprochen.

Jubel und Pfiffe ertönen, als die Kontrahenten in den Ring steigen, irgendwo hinter ihr wünscht jemand Marcel, dem *frog*, den Tod. Schon jetzt tobt die Menge, sind der Jubel und die Hassgesänge beinah übermächtig. Bei der *Marseillaise* wird gegrölt, es hagelt Buhrufe, die amerikanische Hymne jedoch ertönt aus Tausenden und Abertausenden Kehlen.

Marcel ist allein dort oben.

Noch immer kann Édith kaum hinsehen. Dann lässt es sich nicht mehr vermeiden, die beiden Boxer legen ihre Trainingsmäntel ab, stehen nackt und schutzlos da, bekleidet nur mit Shorts, Socken und Schuhen, den Blicken der Zuschauer ausgesetzt, sie müssen frieren in der eiskalten Luft.

Sie werden es nicht merken. Die Menge dampft.

Ein Gong ertönt, und das Spektakel beginnt, und mit ihm fängt Édith an zu singen. Leise zunächst, beherrscht, so wie Marcel und sein Gegner, die sich umtänzeln, hier einen Schlag versuchen, dort die Lücke in der Deckung sehen. Padam, padam: Es ist das Lied ihres Herzens. Sie singt ein Chanson, das sie vor Ewigkeiten mit Nono ersonnen hat, mitten im Krieg, es war ein spontaner Einfall. Er spielte, sie sang eine Melodie, die Melodie ihres schlagenden Herzens vielleicht. Seitdem standen Melodie und Ausdruck fest, Nono kassierte seinen Vorschuss, doch sie hat noch immer keinen Text dafür gefunden. Dieses Lied, dieser *»Java triste«*, wie Nono ihn einmal nannte, ist wie ein Fluch, lässt sie nicht los, taucht auf, wann es ihm passt, und lässt sich nicht beherrschen. Existierte nur in diesem Pulsieren, padam, padam, mit dem sie sich jetzt zu beruhigen sucht.

Jetzt passt es. Kann sie die Schläge, die auf ihren Geliebten niedergehen, nur so ertragen. Padam, padam, ballt sie selbst die Fäuste, versetzt die Luft mit Schwingern, während Marcel um ihrer beider Leben kämpft.

Und Zale um das seine. Er schenkt dem Franzosen nichts, der Kampf ist unbarmherzig hart. Bis in die zwölfte Runde dauert er, Édith hat längst alle Zurückhaltung aufgegeben, singt und boxt, schreit und tobt, so wie die Menschen um sie herum, die alle aufgesprungen sind.

Es beginnt mit einem Stolpern.

Tony Zale kann, sosehr er es auch versucht, seine Verteidigung nicht aufrechterhalten, findet seinen Schwerpunkt nicht mehr. Er schwankt, weicht zurück, um Zeit zu gewinnen, die er nicht bekommt. Sein Platz ist begrenzt, es gibt kein Versteck. Er stolpert, versucht, seine Deckung wieder aufzunehmen (*»protect yourself at* *all times«)*, und vermag dabei den Angriff von Marcel nicht mehr zu erwidern, der unerbittlich zuschlägt. Die Schläge lassen ihn taumeln. Dann kommt sie, die Sekunde, die über Sieg oder Niederlage entscheidet, über das Ende oder Fortbestehen einer Karriere, über das ganze weitere Leben. Tony Zale fällt um. Er geht nicht etwa zu Boden, knickt nicht ein. Er fällt wirklich um. Und jedem wird sofort klar, dass er danach nicht mehr aufstehen wird. Das Anzählen ist reine Formsache.

Der Jubel, die Pfiffe, die Erleichterung sind ungeheuerlich, Édith weint. Sie weint vor Schmerzen, denn vor Freude kann man nicht weinen. Es steckt immer auch ein Verlust darin, der Verlust des Schreckens. Sie schluchzt so herzzerreißend, als hätte Marcel verloren, der sofort ihren Blick sucht, noch während er die Arme hochreißt. Kaum sehen kann aus zugeschwollenen Augen und unter dem gleißenden Scheinwerferlicht: »Ich bin hier! Ich bin ja hier«, schreit sie, aber auch das kann er wohl nicht hören.

Die Proklamation des Siegers und neuen Weltmeisters nimmt sie kaum noch wahr, sie fühlt sich wie betäubt. Alle Emotionen sind verpufft, sie könnte sich unter dem Sitz zusammenrollen und sich eingraben, so müde fühlt sie sich, während alle Welt auf Marcel zustürzt, ihn mit sich reißen will.

»*Madam!*« Der Mann einen Platz vor ihr hat sich umgedreht und reicht ihr seinen Hut. Er ist schwer zu verstehen, sein Englisch breit und mit Dialekt, die Menge immer noch laut, und sie muss sich vorbeugen, um hören zu können, was er sagt. Er schenkt ihr seinen Hut, auf den sie im Eifer des Gefechts immer wieder eingeschlagen hat und der verbeult ist, als Andenken. Und er empfiehlt ihr, eine Karriere als Sängerin in Erwägung zu ziehen: Ihre Stimme sei wirklich mächtig, und auch wenn er jetzt bestimmt halb taub sei, habe er ihren Gesang doch sehr genossen. Er winkt ihr noch, dann ist er in der Menge verschwunden.

Édith lässt sich, den Hut in der Hand, auf den Stuhl sinken. Sie fühlt sich so allein wie vorhin Marcel, unverstanden, ja, regelrecht ausgenutzt von Menschen, die einem den Tod wünschen und dann jubeln, in rascher Abfolge. Die deine Lieder lieben oder hassen, die jubeln oder pfeifen. Es ist alles im Leben doch nur auf Gewinnen ausgerichtet. Aber, und sie besieht sich den zerbeulten Hut wie eine Trophäe, es schließt das Vergessen aus. Marcel, egal, was auch passieren wird, ist nach diesem Kampf unsterblich geworden.

1933

Im Petit Jardin waren die Tische beiseitegeräumt worden, jetzt wurde getanzt. Ältere Herren mit vom Alkohol geröteten Gesichtern schoben leicht bekleidete Damen im Kreis herum. Mädchen mit neuartig gestutzten Bubiköpfen wiegten sich allein im Takt der Musik und begrüßten sich überschwänglich, ob sie sich nun kannten oder nicht. Das Musetteorchester war zum Java übergegangen, die Hände der Männer wanderten den Damen den Rücken herunter bis weit über die Hüften. Es wurde geschunkelt und animiert, die Champagnerkorken knallten. Die Luft war so rauchgeschwängert, dass die Tabletts mit den gefüllten Gläsern gleichsam aus dem Nichts aufzutauchen schienen.

Édith hatte gesungen, am Klavier begleitet von einem jungen Deutschen namens Norbert Glanzberg, dann hatte sie noch ihre Zwillingsnummer mit Momone gebracht, doch jetzt waren alle verschwunden: der Deutsche, Momone, selbst das Klavier. Sie fühlte sich mit einem Mal einsam, so allein, wie man es nur unter sehr vielen Menschen sein konnte, spürte ihr Herz schlagen. Padam, padam, beinah eine Melodie. Kurz, ganz kurz nur musste sie an ihre kleine Cécelle denken, die allein gelassen in ihrem Gitterbettchen lag, und sie griff hastig nach einem Glas Champagner, trank es gierig in einem Zug aus, wischte sich den Mund. Strich sich durch die Locken und rückte ihr geliehenes Cocktailkleid gerade, das ihr an Hüften und Busen viel zu weit war. Ihre knabenhafte, fast kindliche Figur hatte sie auch nach Cécelles Geburt nicht eingebüßt. Manche Männer mochten so etwas. Manche Frauen auch, und es fiel ihr schwer, sich die Zuhälter vom Leib zu halten, die rund ums Moulin Rouge patrouillierten. Ebenso wie ihre »Schwestern«, die ihr und Momone nicht über den Weg trauten und sie schlicht und einfach für unregistrierte Konkurrenz hielten. Irgendwann, das war Édith klar, würde sie sich einen »Beschützer« suchen müssen, aber einen, der sie als Straßensängerin und nicht als Dirne unter seine Fittiche nehmen würde.

Doch noch nicht jetzt, noch nicht an diesem Abend. Noch arbeiteten sie und Momone auf eigene Rechnung. Sangen und tanzten und spülten Gläser, wenn es nicht anders ging. Und sollten, so machte der scharfe Blick des Varietébesitzers immer wieder klar, die Gäste zum Trinken animieren.

»Édith, he, Édith!« Momone winkte, schob sich durch die Menge der Tanzenden. Sie trug noch das gestreifte Matrosenkleid, in dem sie aufgetreten waren. Eine anzügliche »Zwillingsnummer«, deren kindlicher Charakter durch derbe Reime und zweideutige Gesten für Lacher sorgte. »Was hängst du hier herum und machst eine Miene zum Davonlaufen? Rousel guckt schon.«

Der Besitzer hatte in der Tat rote Haare, die unter dem Zylinder aufzuleuchten schienen und ihm zu seinem Spitznamen verholfen hatten. Dazu verfügte er zudem noch über das Temperament, das allen Rothaarigen nachgesagt wurde. Er sah nicht nur zu Édith herüber, er ließ auch seinen Daumen nach oben schnellen. *Allez hop,* sollte das heißen.

Édith ließ sich von Momone auf die Füße ziehen, die beiden Mädchen mischten sich unter die Tanzenden. Momone warf die Arme nach oben, was seit Josephine Bakers skandalöser Revue in Paris immer noch en vogue war, und die Musiker reagierten prompt: Das Tempo zog an. Armeschlenkernd und mit abgewinkelten Beinen kam Momone auf Édith zugetanzt, die lachen musste, dann aber auf den zappeligen Tanzstil einstieg. Bald hatte sich ein Kreis um die beiden wilden Jugendlichen gebildet, die Charlestonbraut und ihre Matrosenschwester, es wurde geklatscht und gejohlt. Als die Musik abbrach, um sich wieder dem moderneren, leichter zu tanzenden Java zuzuwenden, fielen sich Momone und Édith kichernd in die Arme.

»Und jetzt noch die Zugabe, Schwesterherz«, sagte Momone, und dann küsste sie sie, lange und andauernd, unter den begeisterten Anfeuerungsrufen der Zuschauer.

An diesem Abend, so war klar, mussten sie nicht mehr spülen. Dieses Mal hatten sie sich ihre Gage wahrlich verdient.

1948

Die Musik kommt aus der hölzernen Vitrine mit ihren Seitenkästen, hinter denen sich Lautsprecher verstecken. Unter ihrem Deckel verbergen sich ein Plattenspieler und ein Radio. Durch die Räder an ihren Stangenbeinen kann man sie leicht überallhin rollen, was sehr praktisch ist, vor allem, wenn man das Flügelzimmer in einen Tanzsaal verwandeln will.

Édith hat alle eingeladen, die sie kennt. Selbst den Portier, der ihr die Taxis heranzurufen pflegt, dem das jedoch peinlich war und der seine Arbeit vorgeschoben hat.

Alle anderen sind gekommen. Berühmtheiten, Schauspieler, Sportler, Boxer, Politiker oder einfach nur Freunde. Marlene natürlich, die begeistert darüber ist, dass Édith zurück in New York ist. John Garfield, gut aussehend wie immer, der ihr zuzwinkert und von dem sie sich geflissentlich fernhält. Die gesamte französische Gesellschaft inklusive Madame Nicola und natürlich Jacques Pills, der ihr über die Köpfe der anderen hinweg zunickt und dessen sehnsüchtige Blicke sie überallhin begleiten. Der Botschafter kommt mit dem Kulturattaché nebst Gattin, und dann sind da noch jede Menge von Marcels Leuten, seine Entourage vom Masseur bis zum Manager. O ja, auch Lucien Roupp ist gekommen, obwohl es schon wieder einen Streit gab: Als frischgebackener Weltmeister sollte Marcel so schnell wie möglich nach Frankreich fliegen, um sein Bad in der Menge zu nehmen, doch Luciens Schützling hat sich schlichtweg geweigert, dem Befehl nachzukommen. Eine Woche hat er ausgehandelt, eine Woche, die er noch mit Édith in New York verbringen will: um mit ihr essen zu gehen, die Vögel im Central Park zu füttern, endlich einmal den Freizeitpark auf Coney Island zu besuchen. Nicht zu viel verlangt, nach alldem harten Training. Lucien hat sich, wie immer, nur widerwillig gefügt. Sowieso treten zwischen den Männern immer öfter Spannungen auf, und das nicht nur in Bezug auf Édith. Lange wird das nicht mehr gut gehen, so viel ist klar. Demzufolge sieht Lucien auch als Einziger so aus, als wäre ihm nicht nach feiern zumute.

Alle anderen sind bester Stimmung, wollen mit Marcel und Édith auf das anstoßen, was sie erreicht haben. Denn nicht nur Marcel ist auf dem Höhepunkt seiner Karriere. Édith steht ihm in nichts nach, was Erfolg betrifft. Ihr neues Programm im Versailles ist ein voller Triumph, das Haus jetzt jeden Abend ausverkauft. Eine Fernsehstation hat ihre Show aufgezeichnet und macht sie im ganzen Land berühmt.

Marcel könnte nicht stolzer auf sie sein. Und sie auf ihn.

Strahlend flaniert das Paar Arm in Arm von einer Gruppe zur anderen, wird gefeiert und mit Glückwünschen überhäuft. Das Versteckspiel haben sie beide endgültig aufgegeben. So viel Glück lässt sich gar nicht verbergen.

»Ah, Édith!« Arnold Rossfield, einer der Besitzer des Versailles, steuert auf die beiden zu. »Bravo. Toller Kampf«, wendet er sich zunächst artig an Marcel, obwohl er sich für diesen brutalen Sport alles andere als erwärmen und auch nicht verbergen kann, wer für ihn die wahre Heldin des Abends ist. »Und, Édith, meine Sonne, mein Augenstern! Habe ich dir schon gesagt, wie wunderbar du gestern warst?«

»Hundertmal, Arnold.« Édith muss lachen. »Und du zeigst es mir immer wieder auf meinen Gehaltsschecks.«

»Ach, Geld, Édith! Was ist schon Geld? Du bist es, deine Kunst … Es gibt keine Worte dafür.«

»Wo er recht hat, hat er recht«, mischt sich Marcel ein. Auch er lächelt breit, wenn auch vorsichtiger: Sein linkes Auge ist noch geschwollen, seine Wangen und vor allem sein Kinn sehr empfindlich. In den nächsten Tagen wird sein Gesicht sich zweifellos von blau über grün zu leicht gelblich verfärben, aber immerhin hat er keine Zähne eingebüßt. Und seine Nase sieht auch nicht krummer aus als vorher.

Arnold streckt sich. »Es war genau richtig, so viele englische Titel ins Programm zu nehmen: Habe ich es dir nicht gesagt, *darling?*«

»Hast du«, erwidert Édith brav. »Hat er«, bestätigt sie noch einmal lächelnd an Marcel gewandt.

»Die Menschen konnten verstehen, was du ihnen sagen wolltest, und das ist ja nie verkehrt, Édith. Was nützt ein tragisches Lied, wenn niemand weiß: Geht es jetzt um eine verflossene Liebe oder einen zerbrochenen Blumentopf?«

»Doch wohl meistens um die Liebe, Arnold. Das lehrt uns schon die Erfahrung.«

»Ja, ja, du hast gut reden. Du liebst, aber manche Menschen bekommen eben nur Blumentöpfe in ihrem Leben ab, und apropos Blumen: Deine Garderobe quillt schon wieder über von Bouquets, und wir müssen uns unbedingt etwas einfallen lassen. Ach, es ist herrlich!« Er reibt sich die Hände, nickt noch einmal und macht sich dann auf, den nächsten willigen Zuhörern von »seiner« genialen Édith zu erzählen.

Marcel zieht sie an sich, küsst sie zärtlich. »Ein lustiger Mann«, sagt er dann, und Édith nickt.

»Ein wahrer Schatz. Er hat mir damals eine Chance gegeben, er und sein Partner Nicholas. Obwohl es eine geheime Klausel im Vertrag gab, von dem mir Loulou erst viel später erzählt hat: Falls die Leute weggeblieben wären, hätten sie die Konzertserie jederzeit beenden können und den Vorschuss zurückbekommen.«

Marcel grinst. »Nun ja, er ist neben einem großen Bewunderer deiner Kunst eben auch ein Geschäftsmann. Und ein Verehrer von Marlene Dietrich, so wie es aussieht.« Er nickt über seine rechte Schulter in Richtung Arnold, der auf die einen Kopf größere Marlene einredet, kommt aber nicht mehr dazu, etwas hinzuzufügen, weil in diesem Augenblick Momone auf die beiden zugetanzt kommt.

Sie hat die Arme erhoben, ein Glas in der Hand, schaukelt mit den Hüften und führt ein paar unsichere Tanzschritte vor, die wohl so eine Art Charleston sein sollen. Dann stolpert sie, fällt fast und muss von Marcel aufgefangen werden.

»Oh, hoppla«, kichert sie. »Nichts passiert, nichts passiert.« Sie trinkt einen großen Schluck. »Komm, Édith, lass uns tanzen.« Sie will nach ihrer Hand greifen, doch Édith zieht sie weg.

»Meinst du nicht, du hattest genug, Momone?« Sie hat die Freundin selten so betrunken gesehen. Normalerweise kann sie einiges vertragen.

»Ob ich genug hatte oder nicht, ist doch völlig egal. Ich möchte jetzt tanzen. Hier, halt mal.« Sie drückt Marcel das Glas in die Hand und greift entschlossen nach Édith, die sich losmacht.

»Was soll denn das? Ich will jetzt nicht tanzen. Und schon gar nicht mit dir.« Der letzte Satz ist ihr so rausgerutscht, doch trotz ihrer Trunkenheit versteht Momone natürlich ausgerechnet das.

»Nicht mit mir? Was soll das heißen? Wieso tanzt du nicht mehr mit mir?«

»Momone, bitte.« Sie will sie am Arm greifen, doch dieses Mal ist Momone es, die sich losmacht.

»Nein, lass mich.« Ihr Gesicht ist bitter, die Züge auf einmal scharf geschnitten und verhärmt.

Édith fragt sich, ob die Freundin tatsächlich so betrunken ist, wie sie vorgibt.

Momone nimmt ihr Glas wieder aus Marcels Händen, trinkt einen kräftigen Schluck. »Ich verstehe schon. Jetzt brauchst du mich nicht mehr, jetzt bist du ja ach so wichtig. Die Sängerin Édith Piaf: Jetzt hast du es endgültig geschafft. Jetzt bist du unsterblich. Und, ach ja: Du ja auch«, wendet sie sich an Marcel, deutet mit dem Zeigefinger auf ihn. »Einen Toast!«, ruft sie dann, tritt einen Schritt zurück und hebt das Glas hoch über ihren Kopf. »Auf das unsterbliche Paar!«

Ein paar der umstehenden Gäste heben ebenfalls ihre Gläser, prosten Édith und Marcel zu.

»Du bist ja betrunken«, sagt Édith und will Marcel mit sich fortziehen.

»Betrunken, ja. Ich bin betrunken, und ihr seid unsterblich. Ihr seid wie Götter, nicht wahr? Ihr braucht keine Sterblichen mehr. Nichts und niemand kann euch jetzt noch etwas anhaben, denkt ihr. Wenn ihr euch damit mal nicht täuscht.« Plötzlich lacht sie, freudlos und bitter. »Wenn ihr euch da mal nicht täuscht«, wiederholt sie, dann dreht sie sich auf dem Absatz um und wankt davon. Wenig später sieht Édith sie mit Marcels Manager tanzen, auch wenn der wenig begeistert aussieht.

»Merkwürdiger Auftritt«, sagt Marcel, der Édith sanft über den Rücken streicht. »Sie hat anscheinend schon eine Menge intus.«

»Entweder das«, erwidert Édith zögernd, »oder sie wollte uns damit etwas sagen.«

»Was denn sagen?«

»Keine Ahnung.« Édith beobachtet, wie Momone sich an den finster blickenden Lucien hängt, ihm etwas ins Ohr flüstert. »Es klang wie eine Warnung.«

»Eine Warnung? Übertreibst du es nicht ein wenig?« Marcel hält sie auf Armeslänge von sich weg, sucht in ihrem Gesicht nach einer Antwort. »Es ist eine Party. Sie hat zu heftig gefeiert.«

Édith nickt zögernd, dann reißt sie ihren Blick von den Tanzenden los. »Wie auch immer. Wir werden es sowieso nicht herausbekommen. Momone sagt nur, was sie sagen will, betrunken oder nicht. Komm, Monsieur Weltmeister, wir mischen uns wieder unter die Gäste.« Lächelnd und ohne noch einmal zur Tanzfläche zu sehen, zieht sie den Boxer mit sich fort.

Der Rummel auf Coney Island hat sicher schon bessere Tage gesehen: Zwei der großen Freizeitparks sind abgebrannt, nur der

Steeplechase Park lockt noch Besucher. Tausende von bunten Glühlampen täuschen über den allgemeinen Verfall hinweg, nicht wenige der Karussells sind geschlossen. Immerhin ragt noch das metallene Gerüst des Parachute Jump wie eine riesige Blume in den nächtlichen Himmel, es riecht nach Zuckerwatte und gebrannten Mandeln.

»O nein«, lacht Édith, »da bekommst du mich ganz gewiss nicht hinein.«

Marcel, der bei jedem »echten« Flug schweißnasse Hände bekommt, grinst vor Vorfreude wie ein Junge.

»Nein, Marcel, wirklich nicht.«

»Dann wenigstens die Achterbahn«, bettelt er. Das Haar hängt ihm wirr ins Gesicht, seine Augen blitzen.

»Na gut«, gibt Édith nach und lässt sich zum *rollercoaster* ziehen.

Sie steigen ein, die Bügel werden geschlossen, langsam bewegt sich die mechanische Raupe nach oben. Es ist ein herrlicher Ausblick, der sich ihnen bietet: Neben ihnen das schwarze Meer, in dem sich in Ufernähe die Lichter spiegeln, unter ihnen Zirkuszelte und verschiedene kleinere und größere Buden, auf der anderen Seite die bunte Vergnügungsmeile der Surf Avenue. Die Geräusche, das Lärmen der Karussells und die Musik sind weit weg, ein kräftiger Wind weht. Doch schon geht es in atemberaubender Fahrt bergab. Édith kreischt, Marcel lacht ausgelassen, legt den Arm um sie. Mit geröteten Wangen und zerzausten Haaren steigen sie aus, kichernd wie Teenager.

Dermaßen gestählt wagen sich die beiden ins Kettenkarussell und anschließend sogar in die Geisterbahn. Lassen sich von herumwischenden Gespenstern, hundegroßen Ratten und Köpfen, aus denen Messer ragen, gar nicht groß beeindrucken und brechen küssend durch die letzte, blutverschmierte Wand.

»Die Fahrt ist zu Ende«, muss sie ein als Frankenstein verkleideter Angestellter erst zum Aussteigen auffordern.

»Das war nicht besonders gruselig«, findet Édith, die sich von Marcel aus der Gondel helfen lässt.

»Von mir geküsst zu werden? Das will ich doch hoffen!« Er hebt sie die Holzstufen herunter und stellt sie wieder auf die Füße.

»Du siehst, mich kann im Leben nichts mehr schrecken, wenn du nur bei mir bist«, sagt Édith. Dann sieht sie sich suchend um. »Und jetzt habe ich Hunger.«

Die beiden essen erst einen Hotdog, danach teilen sie sich eine rosa Zuckerwatte und einen kandierten Apfel. Untergehakt lassen sie sich durch die Menge schieben, Marcel versucht sich am Schießen.

»Miserabel«, urteilt Édith, die danebensteht und noch am Rest ihres Apfels nagt. Von der Reihe tönerner Enten, auf die Marcel angelegt hat, stehen alle noch in Reih und Glied.

»Ich mag nun einmal Enten«, sagt Marcel und gibt das Gewehr wieder zurück. »Sie haben mir leidgetan.«

Édith prustet los.

»Doch, wirklich, lach nicht«, sagt Marcel gespielt beleidigt und küsst sie geradewegs auf ihren verschmieren, klebrigen Mund.

»*Hey you*«, sagt plötzlich eine Stimme neben ihnen und treibt die beiden Liebenden auseinander. »*You're the boxchamp, the french chap from Roosevelt Stadium, ain't you?*« Ein Mann mit billigem Jackett und Schiebermütze steht neben ihnen, eine selbst gedrehte Zigarette im Mundwinkel.

»Oje«, sagt Édith und lächelt. »Du bist enttarnt.«

»*Yes, I am*«, bestätigt Marcel, argwöhnisch, was wohl als Nächstes passiert.

Ein breites Grinsen geht über das Gesicht des Zigarettenmannes, der sofort seine Freunde heranruft, seine Frau vor sich schiebt und ihr das Kind aus dem Arm nimmt, um auf Marcel zu zeigen: »*This is the world champion in boxing*«, proklamiert er stolz und klopft Marcel auf die Schulter. Eine Geste, die alle anderen nachahmen. Schon bald ist Marcel verschwunden in einer Traube von Menschen, die auf ihn einklopfen, ihn anfassen, ihm gratulieren wollen. Sätze auf Englisch, auf Spanisch und Portugiesisch hallen durch die Nacht, Bravorufe erschallen, es wird geklatscht und gejubelt. Die Menge der Gratulanten wird immer größer.

»Hilfe!«, ruft Marcel in gespieltem Entsetzen Édith zu, doch die lacht nur. »Du hast gut lachen. Warte nur, bis sie dich erkennen«, ruft er, bevor ihm ein Passant kurzerhand sein Kind in den Arm drückt und er es unter dem Jubel der Umstehenden hochwirft und wieder auffängt, was dem Kleinen gut zu gefallen scheint.

Édith steht ein paar Schritte abseits und beobachtet in einer Mischung aus Stolz und Rührung das Geschehen. So ist er, ihr Marcel, so gutherzig und großzügig und liebevoll und …

»*Madam?*«, spricht sie in diesem Augenblick ein Pärchen an, die Frau fast noch ein Kind, der Mann nicht viel älter, aber entschlossen selbstbewusst. Mit einem Räuspern fragt er sie, ob sie nicht etwas für sie singen könne, irgendetwas.

»*La vie en rose*«, fällt ihm seine Freundin ins Wort und zieht sich, erschrocken über ihre eigene Kühnheit, in den Schutz seines Armes zurück.

Es wird ruhig, als die Marcel-Bewunderer einer nach dem anderen den Kreis öffnen, den sie um den Boxer gebildet haben, und Édith anblicken.

»Édith Piaf«, hört sie ihren Namen wie einen Floh von einem zum anderen springen. »*This is Édith Piaf!*«

Der Mann an der Schießbude reagiert sofort. Er raunt etwas in ein Telefon, dann kommt er nach vorne, um sich zu den Wartenden zu stellen.

Édith blickt unsicher zu Marcel, der sie mit einem besonderen Lächeln bedenkt. Er nickt ihr zu, und Édith holt tief Luft. Stellt sich ihre Bühne vor, gefüllt mit Glitzer und Lichtern, die der Wirklichkeit um sie herum entsprechen, hebt leicht die Arme. Und dann singt sie. »*Quand il me prend dans ses bras / Il me parle tout bas / Je vois la vie en rose.*« Und während sie singt, werden alle Karussells angehalten, die Musik der Buden ausgestellt, das Klingeln und Läuten verstummt. »*C'est toi pour moi, moi pour toi dans la vie*«, weiß sie, und so singt sie es auch: Es gibt nur noch diesen Mann für sie und sie ist ihm ebenso lieb und teuer, das ist sicher. Es gibt nichts mehr, was sie trennen kann. Es ist alles rosa.

Nach ihrem Vortrag bleibt es eine kurze Zeit still, die Menschen kommen erst langsam wieder zur Besinnung. Wie aus einem Traum erwacht, applaudieren sie, fangen an zu jubeln, die Karussells und die Welt drehen sich weiter.

»*Mon Dieu*«, sagt Marcel, der zu ihr tritt, mit Tränen in den Augen. »Ich habe nur meinen Sport, aber du, du gibst diesen Menschen Freude und Glück.«

Édith winkt ab und lächelt verlegen zu ihm hoch. Erst später begreift sie, was Marcel sofort gesehen hat: die Bewunderung und Freude der einfachen Leute. Und dass diese Anerkennung das größte Kompliment ist, das ihnen beiden gemacht werden kann.

12.

Paris 1949

Das Telefon klingelt, und Édith kramt nach ihren Schlüsseln. Sie versucht, das Einkaufsnetz so anzulehnen, dass es nicht umfällt, das Baguette gegen den Türrahmen gelehnt, während sie sich die Handtasche von der Schulter reißt und sie hastig öffnet. Verdammt, warum geht denn Momone nicht ans Telefon? Es könnte Marcel sein! Sie hat der Freundin nun wirklich mehr als einmal eingeschärft, sofort ranzugehen, wenn jemand anruft. Vielleicht ist er in Paris: Er wollte ihr kabeln, aber man weiß ja nie, wie das ist mit diesen Leitungen in Casablanca. Manchmal ist es einfacher, man fliegt los. Oder ruft an.

»Momone!«, ruft sie hektisch durch die geschlossene Tür. Das Läuten geht weiter. »*Merde.*« Die Handtasche fällt zu Boden, während gleichzeitig geradezu malerisch die Einkäufe am Türrahmen heruntergleiten, sich auf der Türschwelle verteilen und mit dem Inhalt ihrer Handtasche gegen sie verschwören. Zwischen Puderdose, umhäkelten Taschentüchern und einer Dose Erbsen findet sie schließlich die Schlüssel, *enfin!*

Hastig schließt sie auf, woraufhin das Telefon prompt verstummt, während Édith ins Zimmer stolpert und beinah von der Erbsendose zu Fall gebracht wird. Sie flucht und wartet ab, ob es noch einmal läutet, aber natürlich ist das eine vergebliche Hoffnung.

»Momone?«

Édith dreht sich um und kniet nieder, um die Dose sowie alle anderen Einkäufe zurückzustopfen, das Baguette klemmt sie sich unter den Arm. Mit einem Tritt schließt sie die Wohnungstür und geht dann gleich in die Küche, wo sie alles zusammen auf den Tisch fallen lässt.

Auch hier keine Spur von der Freundin.

Édith schnappt sich den Wasserkessel, füllt ihn und stellt ihn auf den Herd. Sie braucht drei Streichhölzer, bis sich die Gasflamme entzündet, dann zieht sie den Kessel darüber. Erschöpft nimmt sie den Hut ab, knöpft den Mantel auf und legt beides über den Stuhl.

Es ist bitterkalt in Paris. In der Beziehung nimmt es die französische Hauptstadt locker mit New York auf. Die Gehwege sind mit einer feinen Schneeschicht überzogen, die Scheiben der Autos mit Eisblumen bedeckt, Laternen und Gitter glitzern tückisch. In den Avenues pfeift ein eiskalter Wind, der noch mehr Schnee verspricht, doch noch scheint eine fahle Januarsonne. Die Teiche im Bois de Boulogne sind zugefroren, und sie mussten schon mehr als einen Schwan aus dem Eis befreien, worüber die Zeitungen jedes Mal ausführlich berichteten.

Normalerweise hätten Édith bei dem Wetter keine zehn Pferde aus dem Haus gebracht, aber in ihrer Wohnung im gediegenen Auteuil gibt es nun einmal keinen Zimmerservice, und die Chancen, einen französischen Concierge zum Einkaufen zu bewegen, sind gleich null. In New York waren die Portiers bestechlicher, muss Édith sich wehmütig eingestehen und verbietet sich den Vergleich sofort. Sie liebt beide Städte, die ihre Heimat geworden sind, und nun ist sie eben in Paris. Ohne Marcel, aber mit Momone, die allerdings wer weiß wo steckt.

Es klingelt wieder, aber nur zwei Mal, und Édith ist nicht schnell genug. Sie stürzt ins angrenzende Zimmer, wartet dann neben dem Telefon, aber es kommt nichts mehr.

Zurück in der Küche, gießt sie den Tee auf. Sie hat jede Menge dieser praktischen kleinen Beutel aus Amerika mitgebracht. Dann setzt sie sich mit untergeschlagenen Beinen in einen Sessel und bewacht das Telefon. Ungeduldig und immer noch verfroren beobachtet sie, wie sich das Wasser in ihrer Tasse tiefbraun verfärbt. Unter dem Telefontisch liegen genug Zeitungen, auf denen sie den Beutel ablegen kann. Zu spät bemerkt sie, dass darauf ein Foto ist, das sie aufheben wollte: Es zeigt Marcel nach seinem großen Kampf, glücklich strahlend, zerzaust in seinem halb offenen Trainingsmantel. Rechts neben ihm, den Arm um seine Schultern gelegt, strahlt der Komiker Fernandel mit seinem berühmten Pferdelächeln, daneben steht Lucien Roupp. Der Teebeutel ist gerade dabei, ihn zu ertränken, und das ist ja auch nur passend, denn Lucien, der finstere Lucien ist inzwischen Geschichte. Er und Marcel haben sich getrennt, Marcel verlässt sich jetzt ausschließlich auf Jo Longman, der auch auf dem Foto ist: In einer weißen Dinnerjacke reckt er sich ins Bild, als wollte er sein Recht auf den Spitzenboxer deutlich machen.

»Prophetisch«, murmelt Édith, die den Teebeutel in die eine Hand nimmt und das Bild, so gut es geht, mit der anderen trocken wischt.

Die Zeitung darunter berichtet von Marcels Ankunft in Paris. Etwas, das sie in New York nur am Rande miterleben konnte. Loulou musste alle französischen Zeitungen für sie sammeln, die er in die Hände bekam. Stolz hat sie nachgelesen, wie Marcel vom Bürgermeister persönlich begrüßt und willkommen geheißen, wie er im offenen Wagen zum Rathaus gefahren worden war. Vom Boulevard Saint-Michel bis zum Place de la Concorde, von der Madeleine bis zur Oper, vom Place de la République bis zur Bastille: Überall haben die Menschen auf ihn gewartet, sich gereckt, um ihren Helden zu sehen, ihm zuzujubeln. Vor dem Hôtel de Ville war kein Durchkommen mehr, der Jubel muss überwältigend gewesen sein. Genauso wie die Tage danach: Marcel wurde von Präsident Vincent Auriol im Elysée-Palast empfangen und durfte im Arc de Triomphe die Flamme des Unbekannten Soldaten neu entfachen. Der Weltmeister war überall, auf allen Titelseiten französischer Zeitungen. Ein wahrer Triumphzug.

In den die Nachricht von Marcels Frau geplatzt war wie eine Bombe: Marinette hatte die Nase voll von all den Gerüchten um Édith und ihren Mann und verlangte die Scheidung. Das war den Zeitungen zwar keine Aufmacher, doch immer noch genug Zeilen wert. Und einigen von ihnen sogar ein Foto.

Édith nimmt eines der Blätter, die Marinette Cerdan zeigen, und wickelt den Teebeutel darin ein. Das hat sie verdient, immerhin hat sie damit gedroht, nach ihrer Scheidung die Kinder mitzunehmen. Sie hat Einfluss, eine große Familie in Marokko und viele Freunde. Zuzutrauen war es ihr. Marcel musste sofort zu ihr fahren, um sie zu beschwichtigen.

Heimlich hat er weiterhin Telegramme und Nachrichten geschickt, seitenlange, wunderbare Liebesbriefe, die Édith wieder und wieder liest, um sich ihm näher zu fühlen.

Um ihn zu Gesicht zu bekommen, musste sie noch weitergehen. Hat sie Loulou überredet, eine kleine Tournee zusammenzustellen, die sie in Marcels Nähe führen würde. Kairo, Alexandria und Beirut im Frühjahr, im Sommer dann Oran und Algier. Über die Weihnachtsfeiertage ist sie schon in Casablanca aufgetreten und hat sich wenigstens ein paar Stunden mit ihrem Geliebten treffen können. Alles ist ihr recht, keine noch so große Reise zu viel, um Marcel zu sehen. Und sei es nur für eine Minute!

Édith nippt an ihrem Tee. Casablanca ist so gesehen keine gute Idee gewesen. Sie haben sich zwar ausschließlich im Hotel getroffen, doch gerade jetzt war Marinette sehr misstrauisch. War es ratsam, Marcels Namen nicht gemeinsam mit dem ihren auftauchen zu lassen? Ihre Reisen ins Maghreb sind so gesehen nicht ohne Risiko.

Ich brauche ein Haus, denkt Édith. *Wir* brauchen ein Haus. Hier in Frankreich. Ein schön eingerichtetes, wohnliches Zuhause, an das sie schon in der Normandie gedacht hat. Als Ausgleich zu Marinette, als Gegenpol sozusagen. Sie würde ihr Haus voll Bücher stellen, eine Bibliothek einrichten, Marcel weiter zum Lesen verführen und zur Bildung, ihm ganz neue Horizonte eröffnen. Sie konnte das, war die *maîtresse,* und das waren in der Geschichte Frankreichs schon immer die gebildeten, spannenden Frauen von Welt, *n'est-ce pas?*

Fast gefällt sie sich in der Rolle. Sie lehnt sich zurück, in Gedanken schon in der großen Bibliothek, in der sie Gesellschaften geben, bedeutende Menschen empfangen wird.

Als es klingelt, fährt sie so sehr zusammen, dass beinah der Tee in ihrer Hand überschwappt. Dieses Mal kommt es von der Tür, und Édith vermutet, dass wieder einmal Momone ihren Schlüssel vergessen hat, doch es ist Louis Barrier, der wenig später verfroren und händereibend ihre Wohnung betritt.

»Auch einen Tee, Loulou?« Édith deutet auf ihre Tasse.

»Nein danke, ich glaube, dieses Mal brauche ich etwas Stärkeres.« Schwer lässt sich Louis in den Sessel fallen, in dem bis eben noch Édith gesessen hat.

Édith entschließt sich, ihm und sich selbst einen Martini zu machen, den sie in New York kennengelernt hat und nicht sonderlich mag, dessen Kultiviertheit sie aber schätzt, allein schon der ausladenden Gläser wegen. Während sie den Cocktail mixt, denkt sie über ihren Freund und Manager nach, der nicht nur ihre Engagements und Tourneen organisiert, sondern auch ihr Geld verwaltet. Der rund um die Uhr für sie da ist, im Hintergrund die Fäden zieht und ihre Konzerte erst zum Erfolg werden lässt, der knallhart verhandeln kann, der sie tröstet, sie aufbaut, ihr aber auch den Kopf zurechtrückt, wenn es sein muss. Gerade heute sieht er nach Letzterem aus, und Édith fragt sich, was sie wohl ausgefressen hat.

»Das hier? Das soll ein Getränk sein? Na dann …« Louis schüttet den Drink in einem Zug herunter und verzieht das Gesicht. »Du bist eindeutig zu lange in Amerika gewesen.« Er streckt die Hand aus, und Édith tauscht gehorsam ihren Martini mit seinem leeren Glas. Dieses Mal trinkt er langsamer, nippt nur an dem Drink, den er dann wegstellt. »Gehst du eigentlich nie ans Telefon? Ich habe ein Dutzend Mal versucht, dich anzurufen.«

Édith setzt sich ihm gegenüber, das Glas noch in der Hand. »Ich war einkaufen. Momone sollte aufschreiben, wenn jemand sich meldet. Ich erwarte einen Anruf von Marcel.«

»Momone, genau. Ich habe schlechte Nachrichten.« Louis schweigt, wahrscheinlich überlegt er, wie er sie am besten verpacken kann, dann lacht er bitter auf. »Was soll's, man kann es gar nicht netter formulieren.« Er greift nach dem Cocktail. »Deine Freundin Momone hat dich bei der Polizei angezeigt. Dich und Marcel. Wegen Körperverletzung und Freiheitsberaubung.« Er trinkt einen kräftigen Schluck.

Édith fühlt sich, als hätte man ihr ins Gesicht geschlagen. Hellwach mit einem Mal. Und bei Weitem nicht so überrascht, wie sie sein sollte. Momone? Nein, das kann eigentlich nicht sein. Nicht schon wieder … Gedankenverloren hebt sie das Glas in ihrer Hand an die Lippen bis ihr einfällt, dass es ja leer ist. »Gib her«, sagt sie und nimmt Louis den Cocktail weg. »Ich hole uns jetzt was Französisches zu trinken.«

Zwei Stunden später gibt es so etwas wie einen Schlachtplan. Die Presse darf auf keinen Fall Wind von der Anzeige bekommen. Das ist Punkt eins. Punkt zwei ist, dass Édith eine Aussage machen muss. Dank Louis' weit reichenden Kontakten kann man das jedoch so unauffällig wie möglich gestalten.

»Du gehst morgen mit mir hin, wir reden nur mit dem *capitaine* persönlich. Es darf gar nicht erst zu einer Untersuchung kommen, denn dann können wir die Angelegenheit nicht mehr vor der Presse geheim halten.«

Punkt drei sind Leumundszeugen. Édith braucht so viele Menschen wie möglich, die belegen können, dass Momone in Édiths Appartement in New York nicht gegen ihren Willen festgehalten wurde.

»Und in so einem Trainingslager.« Louis sieht in seinen Unterlagen nach. »Loch Sheldrake, hier steht es. Da sei sie auch eingesperrt und misshandelt worden.«

Édith schnaubt. »Wie denn misshandelt? Und warum?«

»Was weiß denn ich?« Über die Blätter in seiner Hand wirft Louis ihr einen Blick zu. »Vielleicht habt ihr sie putzen lassen, die Klos säubern, vielleicht als Sexsklavin gehalten …«

»Das hätte sie wohl gern gehabt«, murmelt Édith und kann sich ein leises Lächeln nicht verkneifen.

»Du findest das lustig, Édith? Ich nicht.« Louis' Stimme ist frostig. »Sie kann und sie *will* dir schaden, unbedingt. Was schlechte Presse aus deiner Karriere machen kann, hast du doch schon am eigenen Leib erfahren. Was sie mit Marcel macht, kannst du dir ausmalen. Seine Frau dreht durch, er verliert seine Kinder. Und ob er dann noch boxen …«

»Schon gut, schon gut. Ich bin ganz Ohr.« Édith setzt sich aufrecht hin, gießt sich noch ein Glas Rotwein ein, was so gesehen kein Widerspruch ist. Wein gilt für sie zu Hause in Frankreich nicht als Alkohol und dient gewissermaßen der Konzentration.

»Also Lake …« Louis sieht wieder in seine Unterlagen. »Nein, *Loch* Sheldrake, ihre Gefangenschaft im Trainingscamp. Dafür hat sie sogar einen Zeugen benannt, einen gewissen Roupp.« Er blickt auf. »Aber das ist doch Marcels Manager, nicht wahr?«

Édith wird blass. »Er *war* sein Manager. Marcel und er haben sich getrennt.«

»Soso. Dann hoffe ich nur, dass sie das in gegenseitigem Einvernehmen und immerwährender Freundschaft getan haben.« Louis beobachtet sie aufmerksam.

»Keine Ahnung. Marcel und ich vermeiden es, über Lucien zu reden. Er ist ein fieser Kotzbrocken und verdient es nicht, auch nur mit einem Wort erwähnt zu werden.«

Louis zieht vielsagend die Augenbraue hoch und macht sich eine entsprechende Notiz. »Über deine Freunde in New York, die als Zeugen auftreten könnten, habe ich schon eine Liste angelegt, die du dir mal ansehen musst.«

Édith nimmt das Papier, auf das mehrere Namen gekritzelt wurden. »Eh, John auch? Das ist doch nun wirklich ewig her …«

»Je mehr illustre Namen, desto besser.«

»Marlene Dietrich, na gut. Ingrid Bergmann, Greta Garbo … Übertreibst du nicht ein wenig? Und Gene Kelly war höchstens einmal in einem meiner Konzerte und hat Momone nie gesehen.«

»Egal.« Louis nimmt ihr die Liste wieder ab. »Je mehr Schauspieler, desto besser. Der *capitaine* ist ein großer Filmfreund. Und ein Fan von dir, insoweit haben wir Glück.«

»Was ist mit Josephine Baker? Die haben wir mal zusammen getroffen, Momone und ich, und mit ihr gegessen. Die kann sicher bezeugen, dass …« Sie sieht Louis' schmerzverzerrtes Gesicht und begreift. »Keine farbigen Nachtklubsängerinnen, ich verstehe.«

Louis kritzelt wieder auf seinen Papieren. »Die Dietrich ist die bessere Wahl, glaub mir.«

Édith nickt. Sie sieht Marlene und die Garbo geradezu vor sich, diese beiden unglaublich schönen Frauen, und daneben Momone, zerrupft, missmutig, in dem Pelzmantel, der eigentlich Édith gehört und in dem sie immer wirkt wie ein halb ertrunkenes Frettchen. Fast könnte sie einem leidtun.

»Ich will nicht, dass sie angezeigt wird.«

»Wer?« Gedankenverloren sieht Louis auf.

»Momone. Wegen Falschaussage oder so. Ich will nicht, dass sie dafür Ärger bekommt.«

Louis lässt die Blätter sinken. »Diese Frau bezichtigt dich aus Niedertracht und purer Bosheit der Körperverletzung. Sie behauptet, du hättest sie geschlagen, mehrfach, was gelogen ist. Und du machst dir Sorgen, dass sie dafür belangt werden könnte?«

Édith nickt, während Louis auf eine Erklärung wartet, die nicht kommt.

»Na gut«, seufzt er schließlich, »du musst es ja wissen. Lass uns weitermachen. Wir müssen überlegen, wie wir Marcels Namen so weit wie möglich aus der Sache heraushalten können …«

Das Mikrofon hängt von der Decke, jemand, wahrscheinlich irgendein Assistent, nimmt erst in letzter Sekunde das schützende Baumwolltuch herunter und verschwindet. Édith sieht zum Aufnahmeleiter, der nur wenige Meter von ihr entfernt sitzt und ihr seinen erhobenen Daumen zeigt. Die Musik erklingt, die paar Takte, die ihr den Ton angeben und vor allem das Tempo. Es ist fast atemberaubend schnell, wirbelt auf, führt sich auf wie ein Freier, der ein junges Mädchen auf die Füße zieht, und schon stimmt Édith ein: *»Ce soir, il y a bal dans ma rue.«* Nie war ihr weniger nach einem Tanz in ihrer Straße zumute, aber damit trifft sie genau den Ton des Chansons. Klar ist da dieses Fest, ungeheure Freude, ein Haufen Gäste und sieben Musiker, die in einem Bistro für die Liebenden aufspielen. Jeder ist aufgeregt, vielleicht auch ein wenig betrunken: So der Text. Aber die Sängerin, Édith, ist außen vor. Kann sich nicht daran erfreuen.

Sie hat die Hände auf dem Rücken verschränkt, während sie das Lied mit ihrer Stimme zum Leben erweckt. Ihre eh nicht üppigen Gesten spart sie sich für die Bühne auf.

Auch als sie davon singt, wie stolz sie auf ihn war, ihren hübschen Galan, nach dem sich alle umdrehten, zeigt sie äußerlich keine Regung, nicht einmal nachdem sie ihn ihrer besten Freundin vorgestellt hat – jetzt allerdings zögert sie das *meilleure amie* heraus. Dehnt es, als müsste sie es sich selbst noch einmal klarmachen. Ihre beste Freundin: Welch ein Verrat!

Denn ihre Freundin und ihr Galan fanden sofort Gefallen aneinander. Sie wurden an diesem Morgen getraut. Sie gaben ein beeindruckendes Paar ab. Und sie selbst, Édith, war die Trauzeugin …

Noch eine Strophe durch die Straße, auf der die Tanzenden um sie herumwirbeln, so wie sie die Töne tanzen und wirbeln, sie das Fest vor den Augen der Zuhörer entstehen lässt, ohne selbst daran teilzunehmen. Hat sie eben noch von Verrat gesungen? Davon ist nichts mehr zu spüren, alle sollen feiern, sich amüsieren: *»Il y a bal dans ma rue.«*

Sie berichtet davon, sie beschreibt dieses Fest, dann überlässt sie den Tanzenden das Feld, doch sie verlässt nicht die Bühne. Steht wie gebannt vor dem Mikrofon, das Gesicht starr geradeaus gerichtet, wartet auf etwas. Auf was wartet sie?

Der letzte Satz, der ihr gehört. Jetzt greift sie sich doch an die Kehle, ihr Gesicht verzieht sich leicht, die Augen werden größer. *»Y a eu bal dans ma rue…«* Da war dieser Tanz in ihrer Straße …

»Großartig! Alle sagen, die Aufnahmen mit den Tanznummern seien großartig! Ich selbst habe sie noch nicht gehört, aber Guy behauptet das, und du weißt doch, wie kritisch er immer ist! Hauptsächlich sich selbst gegenüber und den Sachen der Compagnons natürlich: Dich vergöttert er! Alle vergöttern dich, und erst nach diesen Aufnahmen …«

Édith lässt Ginou weiterplappern, ohne die Freundin zu unterbrechen. Sie ist unkonzentriert, ihr Hals tut weh. Außerdem ist ihr heiß … Ob sie Fieber bekommt? Es liegt an den Aufnahmen, sicher, an den vielen Konzerten, die sie die letzte Zeit gegeben hat.

»… den hätte ich gern gesehen, den Auftritt in der Salle Pleyel. *Mon Dieu,* sind die Leute am Schwärmen. Guy sagt, du solltest nächstes Mal auch unbedingt …«

Ginous Stimme plätschert unter dem Piepen in Édiths Ohren: Ein hoher Ton, der nicht weggeht. Besonders nachts ist er da, wenn sie schlafen will, unbedingt schlafen muss, um ihr Pensum zu bewältigen. Geprobt hat sie schon seit Ewigkeiten nicht mehr. Wann auch? Auftritte und Aufnahmen wechseln sich in immer rascher werdender Folge ab, sie kommt kaum noch zum Luftholen. Sie singt aus ihrem Repertoire, aus ihrem Kraftreservoir. Ha, das reimt sich. Amüsiert fällt ihr das auf, sie denkt daran, dass jemand noch zu küssen bekommt, der unabsichtlich reimt. So lautet das Sprichwort. Aber wen sollte sie küssen? Ginou etwa? Marcel ist mal hier, mal dort, und nur die Aussicht auf das nächste Zusammensein mit ihm hält sie überhaupt auf den Beinen. Wenn es doch nicht so heiß wäre!

Hilfe suchend sieht sie sich im Restaurant um, aber was können die Kellner, die mit beladenen Tellern und Sektkübeln unterm Arm durch den Saal huschen, schon dagegen ausrichten? Die Fenster öffnen? Es ist März, immer noch bitterkalt in Paris. Sicher hat sie sich erkältet. Das erklärt ihre Erschöpfung. Das Wegbleiben ihrer Stimme. Ein paarmal hat sie sich von Lys Gauty oder Yves Montand bei ihren Auftritten vertreten lassen, aber so geht das nicht weiter. Die Leute murren. Sie werden unzufrieden.

»*Bal dans ma rue* ist absolut mein Lieblingschanson. Aber auch *Fais-moi valser* gefällt mir. Guy findet …«

Noch etwas, das Guy findet. Édith legt das Besteck beiseite und trinkt noch mehr Rotwein, der ihr erst recht den Schweiß auf die Stirn treibt. Es stehen einige Konzerte mit den Compagnons de la chanson an, und Édith wird noch früh genug herausfinden, was Guy alles findet. Dafür wird er schon sorgen. Überhaupt gehen ihr die Compagnons mittlerweile gehörig auf die Nerven: etwas, das sie der kleinen Ginou natürlich nicht erzählen kann. Sie muss es sich aufheben, um später mit Momone darüber zu lästern, aber … Geduldig nimmt Édith den Stich hin, den der Gedanke an Momone stets begleitet. Nun, ihre alte Freundin hätte ihr darin zugestimmt, wie nervig die Compagnons sind, allen voran ihr Verflossener Jaubert und der liebe Guy, der ja jetzt förmlich mit am Tisch sitzt und wenigstens indirekt zu allem seine Meinung hat.

Verdammt, Momone. Mit ihr hätte sie darüber lachen können!

Die Anzeige ist ins Leere gelaufen, nachdem Lucien Roupp sich geweigert hat, gegen Marcel auszusagen. Seine Loyalität hat sich als unerschütterlich herausgestellt. Etwas, das Momone nie verstehen würde.

Édith greift nach der Rotweinflasche, schenkt sich selber nach, ohne auf den entsetzten Kellner zu achten, der auf sie zustürzt. »Zu spät, zu spät«, winkt sie ihn weg, dann stützt sie sich mit beiden Ellenbogen auf und lauscht schicksalsergeben dem Redefluss der kleinen Ginou.

»… und nehmt ihr das auch auf?«

»Was?« Das ging zu schnell, Édith konnte nicht folgen.

»In Reims. Du und Guy und die anderen treten doch dort auf. Nehmt ihr auch die Tanznummern mit ins Repertoire?«

Ach ja, Reims. Wie lange braucht man eigentlich nach Reims? Vielleicht kann sie auf der Fahrt dorthin ein wenig schlafen? »Mal sehen«, antwortet sie, als sie immer noch den Blick ihrer jungen Freundin auf sich spürt. »Die Jungs haben ihr Programm, ich meines.« Vielleicht sollte sie anfangen, dann käme sie mal früher ins Bett. Ja, gute Idee, sie würde gleich nachher Jean-Louis anrufen und ihn darum bitten, erst ihren Programmteil bringen zu dürfen. Und inzwischen …

»Hör zu, Ginou«, sagt sie mit einem Mal entschlossen. Es ist ihr

Hals, der ihr diese Schroffheit diktiert, das Piepen im Ohr und die Müdigkeit, sicherlich nur das. »Ich werde jetzt nach Hause fahren. Mir geht es nicht gut. Nein, nein, du musst dir keine Sorgen machen. Ich schaffe das schon alleine. Nur eine Erkältung, nur das.«

Ginou, die sich schon erhoben hat und sie mit Kaninchenaugen ansieht, setzt sich wieder.

»Ruf doch deinen Guy an. Sag ihm … Ach, was immer du sagen willst. Ich lasse dir Geld da. Und nun guck nicht so«, sagt sie, als sie schon in ihrer Tasche kramt und einen ungezählten Haufen Geldscheine auf den Tisch fallen lässt. »Guck gefälligst nicht so.« Sie hört selber, wie schroff das klingt, wie gemein. »Nur eine Erkältung. Ganz bestimmt.« Unter den Blicken der Freundin wankt Édith zur Garderobe, lässt sich ihren Mantel geben und ein Taxi rufen. Sie sieht nicht zurück. Ihr Mund ist so trocken, dass sie meint, nie wieder einen Ton daraus hervorbringen zu können, ohne dass er versickert. Auch das nur Zeichen einer Erkältung. Nur das.

1943

Es gab da dieses berühmte Foto, das Édith nach dem Tod von Papa Leplée beim Verhör zeigte und das damals durch alle Zeitungen ging. Es sah aus wie gestellt oder aus einem billigen Stummfilm geschnitten: Édith zermürbt, selbstmitleidig, den Mund zur Schnute verzogen, die Augen halb geschlossen, als hätte sie Drogen genommen. Ein billig aussehender Pelz hing ihr von der Schulter. Sie hatte den rechten Arm aufgestützt, starrte benommen ins Nichts. Bedrängt wurde sie von drei Männern, die ihr keinen Raum ließen und sich, wie Commissaire Guillaume, jovial zu ihr lehnten. Ganz der gutmütige Onkel, dabei schon den Triumph witternd, den die erlegte Édith ihm liefern würde. Am abstoßendsten noch die Hand, die sich besitzergreifend um ihren Hals legte. Und sie ließ es geschehen. Sie sah nicht aus wie ein Opfer, sie sah aus wie Beute. Und niemand, der das Bild gesehen hatte, hatte auch nur die Spur von Mitleid empfunden.

Nach tagelangen Verhören hatte man sie noch achtundvierzig Stunden in Untersuchungshaft gelassen, bis ihr Ruf restlos ruiniert gewesen war. Den Mörder von Leplée hat man nie gefunden.

Dieses Mal war es anders, war Édith hellwach. Hin- und hergerissen zwischen Wut, Ungläubigkeit und nervös aufflatternder Angst saß sie den Polizisten und Untersuchungsbeamten der deutschen Besatzungsmacht gegenüber. Die Herren hielten Abstand, sie selbst hatte auf einem bequemen Lehnstuhl Platz nehmen dürfen, der zweifellos dem früheren Commissaire gehörte. An der Wand hing ein Bild von Hitler, wie es Vorschrift war, ansonsten war alles in der Gendarmerie beim Alten geblieben. Selbst der Ofen in der Ecke, den Édith als Mordverdächtige im Fall Leplée immer und immer wieder angestarrt und dessen Kacheln sie gezählt hatte. Die Protagonisten des Schauspiels hatten allerdings gewechselt: Eine Wendung, die ihr damals nicht im Traum in den Sinn gekommen wäre.

Die Feldgendarmerie und Geheime Feldpolizei kannte sie schon von Begegnungen bei Madame Billy, unheimlicher waren die Herren in Zivil. Édith nahm an, dass sie von der Gestapo waren. Und war froh, Dédée bei sich zu haben, die den größten Teil des Gesprächs übernahm.

»Und Sie sind …«, wandte sich gerade einer der Herren in Zivil an ihre Sekretärin und Freundin. Ein kleiner Bart bewuchs seine Oberlippe, weit entfernt von dem im Geheimen als Rotzfähnchen geschmähten Bart seines Führers, und ließ ihn fast wie einen Landsmann erscheinen. Sein Französisch war akzentfrei, und Édith beschloss, vor diesem Mann ganz besonders auf der Hut zu sein.

»Ich heiße Andrée Bigard und kümmere mich um die Geschäfte von Mademoiselle Piaf«, erwiderte Dédée liebenswürdig. »Ihnen ist sicher bekannt, dass Madame Piaf eine große Künstlerin ist.«

»Und eine große Widerstandskämpferin?«, fragte der Schnurrbärtige und lächelte nachsichtig.

Nachsichtig! Als wäre die *Résistance* ein leicht verwirrter Haufen und die Mitgliedschaft nichts weiter als eine Jugendsünde, von der man ganz einfach kuriert werden musste. Édith konnte sich vorstellen, wie diese »Kur« sich gestalten würde. Sie hatte sich nie für Politik interessiert, doch in Zeiten des Krieges, in denen ein falsches Lied, eine Pause an falscher Stelle deinen Tod bedeuten konnten, war alles politisch geworden.

Was Dédée mit allen Kräften zu leugnen versuchte. »Eine Widerstandskämpferin, indem sie singt? *Mais non!*«, antwortete Dédée schmunzelnd. »Obwohl einige Lieder auf die eine oder andere Art schon anstößig sind …« Sie lächelte vieldeutig. »Aber das ist dann wohl eher Sache der Zensurbehörde und nicht der Gestapo, oder etwa nicht?« Auch sie hatte also sofort erkannt, mit wem sie es hier zu tun hatten. Egal, was Momone gefunden und abgeliefert hatte: Es wurde ernst genommen.

Der Schnurrbärtige verzog keine Miene. »Das überlassen Sie ruhig uns, Madame Bigard.«

»Natürlich.«

Mehrere Männer grinsten und zwinkerten sich vielsagend zu. Es gab wohl niemanden auf der Wache, der nicht wenigstens eines von Édiths Chansons kannte. Das war ja gerade das Merkwürdige an diesem *drôle de guerre*, der für Frankreich so schnell beendet gewesen war, wie er begonnen hatte: Plötzlich wehte die Hakenkreuzfahne über dem Arc de Triomphe, und ein demütigender Waffenstillstand wurde ausgehandelt, während Wehrmachtssoldaten die Varietés und Theater bevölkerten und französischen Künstlern zujubelten. Mit dem kreuzbraven Einheitsbrei von zu Hause abgefüttert, mundete ihnen die freche und frivole Kultur der französischen Hauptstadt umso besser. Nicht wenige der Umstehenden hatten offen ihre Bewunderung für Édith geäußert und Dédée ihnen prompt freien Eintritt in Aussicht gestellt. Sowie diese »leidige Angelegenheit« vom Tisch sei.

»Die leidige Angelegenheit, soso.« Der Schnurrbärtige strich sich mit langem Finger die Oberlippe entlang. »Soweit ich es verstanden habe, hat ihre eigene Freundin, eine gewisse Simone Berteaut, die Anzeige erstattet? Es gibt hier Unterlagen …« Er breitete einige Blätter vor Édith und Dédée aus, die Momone aus der gemeinsamen Wohnung hatte mitgehen lassen.

Unfassbar! Sie hatte es tatsächlich getan.

»Ah, natürlich, dieser Text.« Dédée deutete auf ein Chanson, über das Édith oder einer ihrer Gäste anzügliche Zeilen geschmiert hatte, die man leicht auf die Deutschen oder Schweine ganz allgemein beziehen konnte. Édith konnte sich vage an ein Saufgelage mittleren Ausmaßes erinnern und hatte völlig vergessen, warum sie das aufgehoben hatte. Gesungen hatte sie dies Lied gewiss nie.

»Das war ein Scherz, kein besonders guter, wie ich zugeben muss. Wir haben nach einem Chanson gesucht, einem frechen, für die Soldaten, verstehen Sie? Es muss schon ein wenig, nun ja, derb sein. Die Männer mögen das. Und dies ist ein Einkaufszettel für Konservendosen. Ich weiß nicht, wer diese Zeichnung gemacht hat. Das soll wohl Wurzeln darstellen, da in den Dosen. Mademoiselle Piaf hat sicher nicht vor, Ausbruchswerkzeug in Gefangenenlager zu schmuggeln, dazu hat sie viel zu wenig Zeit, oder, Édith?«

Doch, hat sie. Diese Pläne gab es wirklich für ihren Besuch in den Gefangenenlagern im nächsten Jahr. Ob sie sie wirklich ausführen würde, stand allerdings in den Sternen.

»*Pardon?*« Sie stellte sich dumm. Wie unter Zwang musste sie immer zu dem Ofen sehen, zogen die Kacheln sie magisch an, und sie begann automatisch zu zählen. Ihr Hals tat weh, ihr Kopf fühlte sich heiß an, als bekäme sie Fieber.

»Hast du in letzter Zeit irgendwelche Ausbruchswerkzeuge geschmuggelt oder die Absicht, es zu tun?«, fragte Dédée leichthin, als wäre sie jetzt die Inquisitorin.

»Nein«, erwiderte Édith entschieden und schüttelte den Kopf.

Dédée zuckte mit den Schultern und legte das Blatt zurück. »Und dieses Flugblatt hier«, sie zeigte auf ein Dokument, »haben wir noch nie zuvor gesehen. Irgendwer wird es in einen Haufen Noten gesteckt und uns untergeschoben haben. Und dieses hier …« Eines nach dem anderen zerpflückte Dédée die ohnehin nicht gerade aussagekräftigen Dokumente, die Momone der Behörde übergeben hatte.

Aber warum hatte sie es getan? Das hatte Dédée auf dem Weg zur Gendamerie ständig wissen wollen, das Warum.

Und Édith hatte ihr nicht klarmachen können, dass es Hunderte Gründe gab, die allesamt in Momones Kindheit vergraben lagen und die sich ganz allgemein mit dem Wort »Hunger« umschreiben ließen, mit Unzufriedenheit, dem Gefühl, zu kurz gekommen zu sein. Momone war immer hungrig. Wie eine Ratte war sie auf der Suche nach Nahrung, blieb im Verborgenen und fraß, was vom Tisch abfiel. Bis sie sich in die Enge gedrängt fühlte. Dann wurde sie unberechenbar. Wann das geschah oder was der Auslöser war, konnte niemand voraussehen. »Sie ist ein Straßenkind« war alles, was Édith als Entschuldigung anzubieten gehabt hatte.

»… und das ist ganz normal, dass wir mit so vielen Leuten reisen. Bei uns wird niemand versteckt«, beendete Dédée gerade ihren Vortrag. »Es ist immer ein Orchester von acht, neun Musikern um uns herum, dazu kommen die Männer, die sich um den Transport der Instrumente kümmern, dann das Küchenpersonal, der Chauffeur … Édith hat noch eine Friseurin und eine Visagistin bei sich. Aber das war's dann auch.«

Ein paar Personen wurden noch verhandelt, einmal fiel der Name Norbert Girard, Nonos Tarnname, bei dem Édith unwillkürlich den Atem anhielt, doch dann war es tatsächlich geschafft. Die Dokumente waren entkräftet, und Édith hatte nur einmal »Nein« zu sagen brauchen.

Der Gestapo-Mann mit dem Schnäuzer war der Einzige, der sich nicht zu einem der folgenden Konzerte einladen ließ. »Wissen Sie, Mademoiselle Piaf«, sagte er und klopfte die Papiere auf dem Tisch gerade. »Dafür, dass Sie so eine gewaltige Stimme haben, habe ich heute merkwürdig wenig von Ihnen gehört.«

Édith konnte nur nicken. »Siebenunddreißig«, erwiderte sie. »Siebenunddreißig Kacheln hat der Ofen. Ich war schon einmal hier, wissen Sie?« Als würde das etwas erklären. Wahrscheinlich war es das Einzige, das es erklären konnte: die Angst, ihre Angespanntheit, das nervöse Flattern ihrer Finger.

Der Gestapo-Mann folgte dem Finger ihrer ausgestreckten Hand. »Der Ofen ist mir noch nie aufgefallen, Mademoiselle Piaf. Aber ich werde wohl die Papiere dort verbrennen, die uns in eindeutig denunziatorischer Absicht zugespielt worden sind. Und hoffe, Sie nicht noch ein drittes Mal hier zu sehen.«

Édith nickte. Dann machte sie, dass sie nach draußen kam.

»Mon Dieu«, sagte sie, nachdem sie eine Weile gelaufen war, und hakte sich bei Dédée unter. Erst jetzt merkte Édith, wie sehr die Freundin zitterte. »Ich glaube, ich brauche jetzt etwas zu trinken. Und du ganz sicher auch.«

Dédée blieb stehen. »Was ist nur los mit dieser Momone? Will sie dich tot sehen? Ist es das?«

»Natürlich nicht. Ein Streich. Aus Bösartigkeit, aus Langeweile …«

»Ein Streich? Das nennst du einen Streich?« Dédée machte sich los und stapfte davon.

Édith, deren Lebensgeister bei jedem Schritt zurückgekehrt waren, lachte auf, auch wenn es noch etwas angespannt klang. »War ja gar nicht so schlimm, Dédée. Mir konnte doch gar nichts passieren: Ich *bin* ja tatsächlich nicht in der *Résistance.*«

Dédée blieb stehen und bedachte sie mit einem unergründlichen Blick. »Aber ich, *mon amie*«, antwortete sie und ging dann weiter, ohne sich noch einmal umzudrehen.

1949

»Was denn nun?« Guy Bourguignon sieht Jean-Louis erwartungsvoll entgegen. Eben noch hat er durch den Vorhang in den ausverkauften Saal gespäht, die Gesichter der Zuschauer nach Anzeichen von Ungeduld oder gar Missmut abgesucht. Sie sind jetzt beinah zwanzig Minuten über die Zeit, Édith ist immer noch nicht aufgetaucht. »Hast du sie erreicht?«

»Nein, natürlich nicht.« Jean-Louis zieht an seiner Krawatte, als würde sie ihn würgen. »Louis sagt, sie sei planmäßig abgefahren. Er weiß nicht, wo sie steckt.«

Hubert, der die gleiche Krawatte trägt, schüttelt den Kopf. »Dann sollten wir eben anfangen, so wie wir es auch sonst immer tun.«

»Sie hat mich ausdrücklich darum gebeten, den Abend zu eröffnen«, erklärt Jean-Louis nicht zum ersten Mal. »Sie sei müde, wolle früh ins Bett.«

»O nein«, stöhnt Jo, »dann lasst uns lieber schon einmal Yves Montand anrufen.«

»Schon geschehen.« Jean-Louis nickt düster. »Nur vorsichtshalber. Er fährt jetzt los, wird aber an die drei Stunden brauchen. Zweieinhalb, wenn er schnell macht.«

»Na toll«, murmelt Fred.

Er und die anderen Compagnons stehen schon seit Stunden bereit. Haben sich eingesungen und warten jetzt auf Édith Piaf, den Programmhöhepunkt, der den Abend ausnahmsweise einmal eröffnen soll.

Sein Bruder René linst noch einmal durch den Vorhang, doch das ist nicht nötig. Die Geräusche, die aus dem Zuschauerraum zu ihnen hinter die Bühne dringen, sind eindeutig lauter geworden. Es wird gehustet und geraschelt, mittlerweile aber auch laut geredet. Die Konzentration, die gespannte Erwartung des Publikums lässt langsam nach. Ist sie erst einmal umgeschlagen in Ärger, wird es ein gehöriges Stück Arbeit werden, das Konzert erfolgreich über die Bühne zu bringen. Enttäuschte Zuhörer sind wie abgewiesene Liebhaber: nicht leicht zu besänftigen.

»Wir sollten jetzt wirklich anfangen«, drängt Guy noch einmal. »Das gibt Édith oder Yves Zeit, hier aufzutauchen. Einer von beiden wird es schon schaffen.«

Sein Optimismus gibt den Ausschlag: Noch ist nichts weiter passiert, als dass das Konzert zwanzig Minuten später beginnt.

»Nun, dann mal los.« Die Compagnons stellen sich auf, Jean-Louis gibt dem Orchesterleiter das Zeichen, dass die Show beginnt.

Ein gemeinschaftliches Aufatmen ist im Saal zu hören, als die Männer endlich die Bühne betreten, es wird geklatscht, das Orchester spielt. Drei Chansons lang merkt niemand etwas von der zweimaligen Programmänderung, bis plötzlich, mitten im Lied, Édith Piaf die Bühne betritt.

In eiligen kleinen Schritten stapft sie nach vorne, ihre Absätze hallen.

Verblüfft sehen die Compagnons ihr zu, wie sie sich nach vorne stellt, die Arme hinter dem Rücken verschränkt und wartet. Nur das. Sie wartet ab. Starrt in die Menge.

Tapfer singen die Männer weiter, was bleibt ihnen übrig, machen gute Miene zum bösen Spiel. Dann, als klar ist, dass Édith weder etwas sagen noch erklären wird, gibt Jean-Louis ein Zeichen, sich zurückzuziehen. Wie die begossenen Pudel marschieren sie ungeordnet hinaus, Jo stolpert noch, Hubert wirft der Diva hinter ihrem Rücken wütende Blicke zu.

Wenig später erklingt wieder Musik, Édith beginnt mit ihrem Programm.

»Was sollte denn …«, beginnt Hubert, doch Jean-Louis hält beide Hände hoch, um ihn zu stoppen. Dann deutet er mit der Hand auf den Abgang, der hinunter in die Katakomben, die Proberäume und die Garderobe der Künstler führt.

»Verdammt, was sollte das?« Hubert kann seine Wut gerade mal bis zu dem Zeitpunkt zügeln, bis die Tür hinter ihm zugefallen ist. »Ist sie jetzt völlig verrückt geworden?« Er tritt gegen einen Stuhl, die Hände tief in den Taschen vergraben.

»Ja, Hubert hat recht: Was bildet sie sich ein? Dass wir unser Programm einfach so an- und ausknipsen können, wie es der Dame beliebt?« Auch Jo ist ungehalten, ebenso wie der Rest der Gruppe.

»Es ist nicht meine Schuld!« Jean-Louis hat es endgültig satt, das Sprachrohr der Diva zu sein. Sie waren zusammen, Édith hat ihn abserviert. Mit dieser Geschichte ist er ja weiß Gott nicht allein auf der Welt, aber seine Kollegen brauchen einen Ansprechpartner, ein Ventil für ihren Ärger.

»Dieser ganze Aufwand«, stöhnt Guy, der sich erinnert, dass sich jetzt auch noch Yves Montand auf den Weg gemacht hat. Dem sie zweifellos zumindest die Auslagen würden erstatten müssen.

Aus dem Lautsprecher dringt Édiths Stimme nur verschwommen und plärrend in den Raum und lässt sie klingen wie ein quengelndes, verzogenes Kind.

Wie passend, denkt Jean-Louis, der auf einem Stuhl niedersinkt und sich die Krawatte lockert.

»Wie lange singt sie jetzt wohl?«, fragt Gérard erstaunlich beherrscht.

Niemand weiß es. Niemand weiß, was jetzt passiert, wie Édith sich entscheidet, wie ihre Laune ist, ihre Stimme. Mit unverfrorener Brutalität führt sie den Compagnons ihre Abhängigkeit vor Augen, ohne Rücksicht auf Verluste.

»Wir können nur abwarten«, sagt Jean-Louis matt.

»Das ist doch …« Wieder tritt Hubert gegen den Stuhl, der durch den halben Raum fliegt.

»Der kann auch nichts dafür«, sagt Gérard und stellt ihn wieder auf.

Niemand kann etwas dafür außer Édith selbst.

»Es wird ihr alles zu viel. Diese Sache mit der Anzeige. Ich habe euch doch davon erzählt? Ginou hat es berichtet«, übernimmt jetzt Guy die Rolle des Verteidigers. »Dann die vielen Gastspiele, die Reiserei, die Aufnahmen … Sie hat sich auch noch ein Haus gekauft, das sie einrichtet. Hat sich einfach übernommen, denke ich.«

»Ach was. Sie ist rücksichtslos, das ist alles«, erwidert Jo.

»Und diese Reisen unternimmt sie doch bloß, um bei ihrem Stecher zu sein«, gibt Hubert giftig dazu, woraufhin alle wie auf Kommando zu Jean-Louis blicken, der sich auf die Unterlippe beißt und so tut, als hätte er die Bemerkung nicht gehört. Édith war gestern, ist Vergangenheit. Auch wenn ihre Stimme, selbst wenn sie so verzerrt und quäkig ist wie hier, eine merkwürdige, höchst unwillkommene Sehnsucht in ihm hervorzurufen vermag.

Wütend steht er auf. »Ich geh kurz raus an die frische Luft.«

»Und wenn Madame aufhört zu singen? Wenn ihre Stimme sie mal wieder im Stich lässt? Wäre ja nicht das erste Mal. Dann müssen wir einspringen. Dazu sind wir dann gut genug.« Gérard köpft eine Flasche Wasser, reicht sie Jean-Louis. »Hier, versuch es damit. Wir können nichts anderes tun, als zu warten. Vielleicht sollte jemand hochgehen und gucken, was passiert. Jo? Wärst du so gut? Gib uns Bescheid, wenn wir kommen sollen.«

Sie warten, ein Lied nach dem anderen, viele sind es nicht. Nach *Bal dans ma rue,* es wird noch geklatscht, was sich im Lautsprecher anhört wie eine Rinderherde, die durch Wasser stapft, stürmt Jo in die Garderobe.

»Sie ist weg, ihr müsst kommen.«

»Wie: Sie ist weg?« Hubert richtet sich auf dem Stuhl auf, den er vor Kurzem noch so malträtiert hat.

»Sie ist gegangen. Hat mir nur noch gesagt, dass ihr Programm beendet sei und wir wieder dran seien. Dann ist sie gegangen.«

»*Merde!*« So schnell es geht, ziehen die Männer ihre Jacketts über, richten sich die Krawatten und die Frisuren, stürmen die Treppe hoch. Tatsächlich. Keine Spur von Édith. Als hätte es dies merkwürdige Intermezzo nie gegeben.

Im Zuschauerraum ist empörtes Gemurmel zu hören, sogar der eine oder andere Pfiff: Der Liebhaber ist zwar nicht abgewiesen worden, er wurde jedoch grob aus dem Bett gestoßen. O ja, das

Publikum ist alles andere als begeistert von Édiths lieblos abgespultem und hastig beendetem Vortrag. Und es werden die Compagnons sein, die das zu spüren bekommen.

»Lässt sich nicht ändern«, sagt Jean-Louis leise und deutet zum Vorhang und damit auf die Bühne. »Wie sagen die Amis doch so schön: *Show must go on.* Also los.«

Lächelnd, als wäre nichts gewesen, betreten die neun Männer die Bühne.

13.

1949

Es ist genau so, wie Édith es sich ausgemalt hat: Vor ihrem Haus im Vorort Boulogne rollen die Autos vor, Wagentüren werden aufgerissen, vornehme Herrschaften herausgelassen. Ein eigens dafür engagierter junger Mann, er ist weitläufig mit ihrer ehemaligen Vermieterin Madame Billy verwandt, nimmt den Gästen den Mantel ab. Ein wenig ruppig zwar, daran würde er noch arbeiten müssen, aber es erfüllt seinen Zweck. Ein Koch aus dem Bistro in ihrer Straße bereitet in ihrer fertig eingerichteten und auch schon funktionstüchtigen Küche kleine Häppchen zu, die die Kellnerinnen nach oben tragen. In den Salon. O ja. Édith hat sich auch den Traum vom Salon erfüllt, auch wenn sie die Bücher anders als ursprünglich geplant in ihrem Schlafzimmer aufbewahrt. Sie hat sich schlussendlich doch für eine eigene kleine Bibliothek entschieden, die allerdings, wie noch ein paar andere Räume im Haus, noch nicht fertiggestellt ist. Den Gedanken, dass einer der Gäste seinen benutzten Teller oder sein Glas auf ihren Büchern abstellen könnte, fand sie dann doch zu bedrohlich. Dabei denkt sie an Momone, die das ungerührt mehrere Male getan hat, obwohl Momone natürlich nicht kommt, nicht eingeladen ist. Trotzdem hält Édith unwillkürlich nach ihr Ausschau, ob sie es nun will oder nicht.

Nein, in ihrem Salon steht nur ihr Flügel, an den sich zweifelsohne früher oder später einer der anwesenden Künstler setzen wird, um etwas vorzutragen. Genug Pianisten und Sänger sind ja vorhanden. Vielleicht wird sie sich auch selbst dazu bereit erklären, ein Chanson zu singen, mal sehen. Zunächst einmal muss sie die Gäste begrüßen. Das hat sie schon tausendmal erlebt, doch jetzt ist sie selbst die Gastgeberin. Und das viele Händeschütteln bei Weitem nicht so vergnüglich, wie sie es sich vorgestellt hat.

»Hallo, Claude, hallo, Yvette, schön, dass ihr kommen konntet … Ja, es ist ganz reizend, in der Vorstadt zu wohnen, nein, es ist wirklich schön hier …«

Blablabla. Ihr Lieblingsgast, ihr Marcel, für den sie die ganze Gesellschaft ursprünglich geben wollte, kommt nicht. Er hat ihr gestern telegrafiert, dass er es nicht schaffen würde. Sein Flug wurde angeblich gestrichen. Er nimmt das Schiff und wird wesentlich später in Paris sein als geplant. Das sagt er. Édith nimmt jedoch an, dass seine Abneigung gegen Flugzeuge der wahre Grund ist und er die Verspätung dafür gern in Kauf nimmt.

Das war eine riesige Enttäuschung, sicherlich. Andererseits steigert es die Vorfreude, ihn endlich wiederzusehen. Sehnsucht ist immer noch die größte Liebe, hat ihr Maman Tine beigebracht, daher ist Édith wild entschlossen, das Beste aus der Situation zu machen. Nach dem Händeschütteln und der Begrüßung. Ach was, sofort. Entschlossen winkt sie einer der Kellnerinnen und lässt sich ein Glas Champagner an die Tür bringen. Sollen die Gäste doch denken, was sie wollen. Die meisten sind eh Künstler wie sie selbst und einiges an Exzessen gewohnt. Man denke nur an Momone … Nein, an die denkt man eben nicht schon wieder.

Édith trinkt einen ordentlichen Schluck, während sie weiterhin die rechte Hand ausstreckt, sich fast verschluckt, dann aber wie gewohnt breit lächelnd den amerikanischen Botschafter und seine Frau begrüßt, oder ist es seine Freundin? Gerüchte darüber gibt es. Ein Tropfen Champagner läuft ihr über das Kinn, und sie wischt ihn entschlossen mit dem Handgelenkt weg.

»*Bonsoir,* meine Schöne.« Ein Mann ist hinter sie getreten, legt ihr die Hand auf die Hüften und raunt ihr mit tiefem Timbre ins Ohr. Montand natürlich. Sie hat alle eingeladen zur Eröffnung ihres neuen Hauses und Yves natürlich nicht außen vor lassen können, vor allem, nachdem er bei Konzerten in letzter Zeit mehrmals für sie eingesprungen ist.

»Yves, mein Schatz, habe ich dich nicht gerade eben begrüßt?«

»Und schon bin ich dabei, mich zu langweilen, so ganz ohne dich. Daher dachte ich, ich hole die Gastgeberin ab, bevor sie sich noch verkühlt.«

Wo er recht hat, hat er recht. Édith winkt der Kellnerin, sich an ihrer statt an die Tür zu stellen und die Gäste zu begrüßen, und reicht ihr Tablett mit den Champagnerkelchen nonchalant an Montand weiter.

Montand lächelt sein unwiderstehlich jugendliches Lächeln und folgt Édith durch das Treppenhaus in den angrenzenden Salon, in dem sich schon eine stattliche Anzahl Menschen befindet. »Du hast es schön hier«, sagt er, nachdem er das Tablett in einer der hohen Fensternischen abgestellt hat und sich gleich daran bedient.

Édith trinkt ihr Glas aus und nimmt sich ebenfalls ein neues. »Nicht wahr?«

»Ein kuscheliges, geheimes Nest für dich und deinen Marcel?«

Wie immer hat Yves den Nagel auf den Kopf getroffen. Er hält sich selten zurück mit seinen Ansichten, die zumeist schmerzhaft zutreffend sind. Doch Édith lässt sich nicht so leicht aus der Balance bringen, dafür kennt sie ihn schließlich gut genug. »Ja, ein Nest in dem verschlafenen Nest der Vorstadt, ein doppeltes Versteck sozusagen. Und höre ich da etwa einen schmutzigen, eifersüchtigen Marseiller Akzent?«

»Auf keinen Fall. Den hast du mir nun wirklich gründlich exorziert.«

»Wenn du solch komplizierte Worte benutzt, muss das wohl stimmen.« Édith zwinkert ihm zu.

»Und doch kann ich deinen Meisterboxer heute nicht hier sehen«, sagt Montand und tut so, als blickte er sich um.

»Er ist *Welt*meister«, erwidert Édith mit Genugtuung, bevor sie gestehen muss: »Nein, Marcel kommt heute nicht. Er ist aufgehalten worden. Sein Flugzeug.«

»Sein Flugzeug?«

»Nun, es fliegt eben nicht.« Über den Rand ihres Glases hinweg betrachtet sie Yves. Er sieht immer noch gut aus, ach was, hat nie besser ausgesehen. Das lange Haar fällt ihm lockig über den weißen Kragen seines Hemdes, der dunkle, lässige Anzug steht ihm ausgezeichnet. Die Falten um seinen Mund herum verstärken sein schiefes Lächeln, was dadurch stets etwas Überlegenes, leicht Ironisches hat. Von dem merkwürdigen Cowboy und Stepptänzer, als den sie ihn getroffen hat, ist nichts mehr übrig. Vor ihr steht ein Mann von Welt. Dazu noch jemand, der singen kann, wie sie sehr wohl weiß.

»Wirst du uns heute noch beglücken mit dem einen oder anderen Chanson?«, fragt sie, sich sehr wohl der Zweideutigkeit ihres Ausdrucks bewusst.

Montand lächelt. »Nur gemeinsam mit dir, das weißt du doch.«

Édith trinkt einen Schluck, verzieht den Mund genießerisch. »Mal sehen.«

Montand zwinkert. Doch, das tut er tatsächlich, und als einer der wenigen Männer steht es ihm sogar und unterstreicht nur noch mehr sein jugendliches Aussehen. »Was ist mit Aznavour dort drüben?« Yves deutet mit der Champagnerhand und dem kleinen Finger in die entsprechende Richtung. »Ist er nicht dein neues Projekt?«

»Charles?« Sie folgt seinem Blick. Kann den herausfordernden Unterton, der in dieser Bemerkung mitschwingt, sehr wohl hören. »Ich habe keine ›Projekte‹ mehr, wie du es auszudrücken pflegst.«

»Ach nein, du bist ja in festen Händen.«

Eine Kränkung ist eine Niederlage, die niemals überwunden wird. Das weiß Édith nur zu gut. Schon aus diesem Grund hat sie früher weitestgehend dafür gesorgt, dass sie es war, die sie verteilte. Besser etwas zerbrechen, als selbst gebrochen zu werden. »Das bin ich, mein Lieber. In festen Händen. Und wie du weißt, halte auch ich die, die ich liebe, besonders fest. Du kannst dich nicht beklagen.«

»Nein, kann ich nicht«, erwidert Montand überraschend einsichtig. Er tauscht sein leeres Glas gegen eines von dem Tablett auf der Fensterbank. »Ich bin dir für vieles dankbar, Édith.«

Das kann er auch sein. Édith hat ihn verwandelt, von einem Möchtegernsänger zu einem umjubelten Star gemacht, ihm Lieder und Auftritte zugeschanzt, die seiner Ausnahmestimme und seinem Talent entsprachen, ihn zu sich selbst werden lassen. Denn das ist es, was Asso ihr beigebracht hat: sich der eigenen Begabung klar zu werden, sie auszubauen und daraus einen ganz eigenen, unverwechselbaren Chansontyp zu entwickeln. Sie hat es an Montand weitergegeben, er war ihr erster Schüler.

»Aber dankbar bist du nicht für alles.«

»Nein, gewiss nicht.« Er sieht ernst aus, dann jedoch siegt wieder sein jungenhafter Charme. »Trotzdem bereue ich es nicht. Und wie steht es mit dir?« Seine Augen blitzen und lassen erkennen, dass er jetzt nicht nur an ihre gemeinsame Arbeit denkt.

Sie haben sich wahrlich nichts geschenkt, der Arbeitersohn aus Marseille und die Pariser Straßengöre. Beides Kämpfernaturen, die voneinander und miteinander lernten, die mit verteilten Rollen Molière lasen und sich gegenseitig ihren Akzent ankreideten, die sich jeden Ton vorhielten und um jede Nuance feilschten, die dies Ringen nach Perfektion genossen und ihre Erfolge feierten, auf der Bühne und im Bett. Natürlich war sie dabei zunächst der Star, die Lehrerin, wie sie es später noch so oft wiederholen sollte, doch unterlief ihr damals noch ein Fehler. Der Fehler, ihn zu sehr zu lieben. So nah ließ sie danach nie wieder einen Bühnenpartner an sich heran.

Trotzdem antwortet sie: »Nein, ich bereue nichts.«

»Und warum haben wir uns dann noch mal getrennt?«

»Du hast angefangen, mir die Show zu stehlen«, erwidert Édith mit entwaffnender Aufrichtigkeit.

»Ach das, stimmt ja«, sagt er ironisch, aber natürlich hat sie recht. Irgendwann sind sie, statt sich anzuspornen, zu Konkurrenten geworden. Das war der Anfang vom Ende, denn Édith konnte jemanden auf Augenhöhe nur schwer ertragen. Zumindest dann nicht, wenn er ihr Metier teilte. »Das stimmt«, wiederholt Montand noch einmal, dieses Mal nachdenklicher. Hätte er bloß geboxt. Dann wären sie vielleicht noch zusammen.

»Ach was.« Édith knufft ihn spielerisch gegen den Arm, als hätte sie seine Gedanken gelesen. »Das hättest du nie geschafft.«

»Was hätte er nie geschafft? *Salut, Édith, salut, Yves.*« Jean-Louis ist zu ihnen getreten, elegant auch er in seinem schwarzen Anzug und der Fliege. Natürlich sind er und die Compagnons eingeladen, auch wenn einige nicht kommen wollten. Der Abend in Reims ist noch nicht verziehen, was Édith allerdings wenig zu kümmern scheint.

»Wir reden davon, dass Yves es nie geschafft hätte, Momone im Trinken zu schlagen«, verschleiert sie den wahren Grund ihrer Unterhaltung.

»Herr im Himmel, allerdings nicht«, stöhnt Montand auf, und auch Jean-Louis muss bitter lächeln.

»Du hast sie doch nicht eingeladen?«, fragt er.

»Natürlich nicht«, erwidert Édith entrüstet. »Noch nicht«, setzt sie weit weniger selbstsicher hinzu.

Yves nickt wissend. »Sie verzeiht ihr. Natürlich.«

Jean-Louis verzieht das Gesicht, als hätte er Zahnschmerzen.

»*Noch* nicht«, wiederholt Édith, »aber jetzt muss ich mich auch mal um die anderen Gäste kümmern.« Auf Zehenspitzen gibt sie erst dem einen verflossenen Liebhaber, dann dem anderen einen Kuss.

Beide schauen ihr halb wehmütig, halb liebevoll nach.

»Was für eine Frau«, sagt Yves Montand.

»Allerdings«, bestätigt Jean-Louis.

Die Männer sehen sich einen kurzen Moment in die Augen, nicken sich dann zu und wenden sich ab, erschrocken über das, was sie im Blick des jeweils anderen wahrzunehmen glaubten. Und in ihrem eigenen nur vermuten können.

»Und dies ist die Speisekammer. Siehst du? Sehr praktisch.«

Es ist die ganz ausführliche Führung durchs Haus, die Édith ihrem Marcel angedeihen lässt. Nach dem Flur, dem Salon und der Gästetoilette befinden sie sich nun in der Küche. Marcel musste schon das Buffet mit den vielen Schubladen und Fächern und den Spitzengardinen hinter den runden Fenstern bewundern, auf die ihn Édith im Besonderen aufmerksam gemacht hat. Was ihm im Geheimen Rätsel aufgibt, denn warum sollte man Fenster in einen Schrank bauen, noch dazu mit Gardine? Damit die Teller und Tassen einen schönen Ausblick haben, wann immer ihnen danach ist? Auch für den nagelneuen Gasherd kann er sich, wenn er ehrlich ist, nur schwer erwärmen, ebenso wenig für den (amerikanischen!) Kühlschrank und die extra angefertigten Arbeitsplatten. Und bei der Küchenmaschine, die ihm Édith vorhin so stolz präsentiert hat, ist er sich sicher, dass sie genau wie er keine Ahnung hat, was man damit anfängt. Gleichzeitig rührt ihn ihre Begeisterung, mit der sie ihm jetzt einen mit Lebensmitteln vollgestellten Schrank zeigt.

»Es gibt ein kleines Fenster, das direkt nach außen führt. Für die Kühlung. Ist das nicht fantastisch?« Édith öffnet und schließt das Fensterchen voller Entzücken, und Marcel kann nicht anders, als sie zu beobachten. Und staunen, an welchen Kleinigkeiten sich diese Frau erfreuen kann. Sie lacht viel und gerne. Und findet Gefallen an Dingen und Menschen, die so weit weg von ihrer Lebensrealität sind, dass sie sie einfach in ihren Bann schlagen müssen. Mal waren das Künstler, mal Wissenschaftler. Der einfache *clochard,* der eine besondere Geschichte weiß, oder die reiche Witwe, die das Kunststück beherrscht, ihr Gebiss mit der Zunge im Mund herumzudrehen, faszinieren sie gleichermaßen. Oder eben dies Küchenfenster, das ihr, die freiwillig keine Küche betritt, zumindest nicht, um darin zu kochen, wie ein besonders interessantes Experiment vorkommen muss.

»Früher vergrub man die Sachen in der Erde, um sie kühl zu halten«, sagt Marcel. »Und es gab Kühlhäuser.«

Schon interessiert es sie. Sie blickt ihn aufmerksam an.

»In den Katakomben unter Paris hält man das immer noch so. Zwischen all den Knochen liegen Schinken und Käse, und es gibt eine spezielle Abteilung für Wein.«

»Wirklich?« Édith schließt die Tür zur Speisekammer und sieht, dass er lacht. »Sehr witzig, Marcel. Ich hätte dir beinah geglaubt.«

»Aber praktisch wäre es.«

»Ja, und sicher ziemlich unhygienisch.«

»Für die Toten oder den Wein?« Marcel zieht sie an sich.

»Beides«, kann Édith gerade noch murmeln, bevor er sie küsst. »Willst du jetzt das Schlafzimmer sehen?«, fragt sie, als sie wieder Luft holen kann.

Anstelle einer Antwort hebt er sie hoch und setzt sie auf den Küchentisch. »Wann kommt dein Koch?«, fragt er.

»*Unser* Koch«, verbessert sie.

»Wann kommt unser Koch?«

»Nicht vor zwölf.«

Wieder ist keine Erwiderung nötig, als er ihr den Rock hochschiebt.

Édith muss lachen. »Lebensmittel in den Katakomben, Sex in der Küche: Das ist jetzt aber auch nicht sehr …« Weiter kommt sie nicht, denn sie wird still und drängt sich gegen ihn. Erst jetzt weiß sie wieder, wie sehr sie ihn braucht, wie sehr sie ihn vermisst hat. Dass ihr Leben unwiderruflich mit dem seinen verknüpft ist, egal, was da kommt, und dass sie ihn liebt bis in alle Ewigkeit. Marcel beugt sich über sie und küsst ihren Hals. Und dann weiß sie gar nichts mehr und will auch nichts mehr wissen.

Es ist das Schöne, das Gewöhnliche und zugleich das Seltene: mit Marcel am Abend zusammen zu sein und ihn beim Lesen zu beobachten.

Mit dem Wohnzimmer hat sich Édith besondere Mühe gegeben, die Möbel ausgesucht, eierschalenfarben, mit Gold und zartem Blau. Ein bisschen protzig vielleicht, aber geschmackvoll. Die Sessel sind mit einem gestreiften Brokatstoff bezogen, das Sofa ist schlicht taubengrau. Die Tapeten sind in einem dezenten Beige gehalten. Ihr Innenarchitekt hat sie erst dazu überreden müssen, aber es sieht schön aus.

Édith sitzt seitwärts von der hohen Sofalehne gestützt, Marcel im Blick. Über den Rand ihres Buches hinweg betrachtet sie ihn amüsiert.

Als sie ihn kennenlernte, hat er höchsten einmal einen Comic zur Hand genommen. Wie sie selbst hatte er nur eine kurze Schullaufbahn hinter sich, sein Interesse am Lesen war nie geweckt worden. Bei ihr war der Funke durch die Bekanntschaft mit Jacques Bourgeat übergesprungen. Papa Leplée hatte ihr den Poeten vorgestellt, der es mit viel Einfühlungsvermögen verstanden hat, das kleine wilde Straßenmädchen mit seiner Bücherleidenschaft anzustecken. Jemand, der sie ernst nahm, der ihre Meinung hören wollte und sie sogar schätzte: Das war der vernachlässigten Édith vorher noch nie passiert. Gemeinsam haben sie sich die schwierigsten Bücher vorgenommen, und Édith hat gelernt, ihre Gedanken zu ordnen und in Briefform niederzuschreiben – eine Fähigkeit, die ihr bei ihrer Fernbeziehung zu Marcel nur umso nützlicher geworden ist.

Geschickt wie einst Bourgeat, köderte Édith ihren Liebsten zunächst mit Abenteuergeschichten von Jack London und John Steinbeck. Und konnte wahrlich nicht behaupten, dass da ein Funken übergesprungen wäre, er eine wahre Passion für Literatur entwickelte, im Gegenteil. Mehr als einmal beschwerte er sich über die schwierigen Texte, das umständliche Gerede, die merkwürdigen Wörter, die ja doch kein Mensch benutzen würde. Und war mit dem Buch auf der Brust eingeschlafen.

Aber beharrlich war er, das musste man ihm lassen. Und bestrebt danach, sich weiterzubilden, um bloß nicht als dumm dazustehen.

Inzwischen liest er leidenschaftlich gern und bummelt am liebsten am Quai de Conti oder am Pont Neuf entlang, um in den *boîtes* der Buchhändler nach interessanten Schätzen zu graben. Die an den Quaimauern befestigten Holzkästen sind bis spät am Abend offen, und die meisten der *bouquinistes* kennen ihn mittlerweile. Und schätzen seinen Geschmack.

»Was liest du da?«, fragt Édith, die sich selbst gerade einen Klassiker von Stendhal vorgenommen hat. Sie trägt einen bequemen Morgenmantel und Pantoffeln an den Füßen, die sie jetzt abstreift, um ihre Füße Marcel in den Schoß zu legen.

Marcel umfasst sie mit einer seiner gewaltigen Hände. »Mmh?«, macht er konzentriert.

»Was liest du?«, wiederholt Édith.

Marcel dreht das Buch um, um den Titel zu lesen. »Einen Menschen namens de Laclos. Sehr alt.«

»Der Mensch?«

»Die Sprache. Es sind alles nur Briefe. Und ich nehme nicht an, dass die Angelegenheit gut ausgehen wird.« Er hält ihr den Titel hin, damit sie ihn lesen kann: *Gefährliche Liebschaften.*

»Ah ja, ich glaube, ich erinnere mich.«

»Auch eines der Bücher, die du mit deinem Freund gelesen hast?« Er sagt es halb augenzwinkernd, halb ernst, und Édith weiß, dass er damit nicht ihren väterlichen Freund Bourgeat meint, dem sie heute noch schreibt. Denn Marcel ist nicht der Einzige, dem sie dessen Bildungsvirus weitergegeben hat. Sie hat unvorsichtigerweise einmal erwähnt, wie sie und Yves Montand sich gegenseitig nächtelang Bücher vorgelesen haben.

Marcel ist kein eifersüchtiger Mann, schließlich hat er kein Recht dazu, doch die Beziehung zu Montand ist ihm stets suspekt geblieben. Vielleicht spürt er unbewusst, dass die Beziehung zu ihm die einzige gewesen ist, die einer großen Liebe nahegekommen war.

Sie antwortet daher nicht direkt auf seine Frage. »Ich meine mich zu erinnern, dass vier Menschen an dem Komplott beteiligt sind?«

»O ja«, lässt Marcel sich prompt ablenken. »Eine Marquise, ein Vicomte, eine verheiratete Frau und eine Klosterschülerin. Der Vicomte sollte erst das Mädchen und dann die verheiratete Frau verführen, um mit der Marquise ins Bett gehen zu dürfen. Recht anrüchig, wenn man die Zeit bedenkt.«

»Recht anrüchig in jeder Zeit, sollte man meinen.« Édith wendet sich wieder ihrem Buch zu, in dem es alles andere als anrüchig und leider eher langweilig zugeht.

»Ach, Édith, da ist übrigens noch etwas, was ich mit dir besprechen will.« Marcel stockt, und Édith blickt auf.

»Ja?«

»Ich weiß nicht, wie …« Marcel sieht mit einem Mal verlegen aus. Und irgendwie schuldbewusst. Dann räuspert er sich. »Es geht um Marinette. Sie ist wieder schwanger.«

Es kommt aus heiterem Himmel, und Édith ist es, als würde sich Eiswasser in ihrem Magen ausbreiten. Sie will automatisch die Füße zurückziehen, die Marcel jedoch weiter festhält.

»Ich wollte es dir persönlich sagen, damit du es nicht aus den Zeitungen erfährst.«

Wie rücksichtsvoll von ihm! Wie ungemein großzügig! Mit einem Mal kommt ihr alles lächerlich vor: dies Haus, die Möbel, Goldbrokat. Wie lächerlich! Genau wie dies Beisammensein. Gestohlene Zeit in einer Illusion, nicht mehr. Und mittendrin sie selbst, die sich in einem Traum von Familie eingerichtet hat … Hat sie nicht selbst gehofft, schwanger von Marcel zu werden? Obwohl das nicht mehr möglich war, nach der Geburt von Cécelle. Es war, wie alles, nur ein Wunschtraum. Aber *sie* kann es, sie wird schwanger, seine richtige Frau, mit der er immer noch schläft, natürlich tut er das, sie sind schließlich verheiratet.

Marcel sieht ihr ihre Gedankenstürme an. »Édith«, sagt er leise. »Sie ist immer noch meine Frau.«

»Ja, aber ich dachte …« Was dachte sie? Natürlich: dass sie alles für ihn sei, so wie er alles für sie ist, das ist nun einmal so. Warum, Herrgott noch mal, kann er nicht ebenso empfinden? Warum muss sie ihn mehr lieben als er sie?

Mit Gewalt zieht sie ihre Füße zurück. Er kann sie nicht halten. Jetzt ist ihr danach, ihn zu schlagen, zu verletzen, so wie er sie verletzt, und es gab eine Zeit, da hätte sie genau das getan. So nimmt sie nur ihr Buch und wirft es mit aller Kraft gegen die Wand. Es hinterlässt eine Delle in ihrer sorgsam ausgesuchten beigen Tapete, und sie sieht es mit einer Verzweiflung und einem anderen Gefühl, das mitleidlos über ihr zusammenschlägt und das sich als Schuld entpuppt. Ein Ozean voller Schuld aus Ehebruch, Betrug und Verrat und etwas, das viel tiefer geht als das …

1934

»Édith! Sie quengelt, dabei habe ich sie gerade gefüttert!« Momone hielt Cécelle von sich gestreckt, ihrer Mutter entgegen, die gerade dabei war, sich am Spiegel über dem Waschbecken zu schminken.

Es wurde wieder gefeiert im Pigalle-Viertel. Die ganze Nacht tanzten die Menschen den lebhaft schwingenden Java, berauschten sich am Alkohol, folgten den Bordsteinschwalben hinaus in die Nacht. Dieses Viertel war nichts für *mauviettes*, für Weicheier, und Édith und Momone machten sich bereit dafür mitzufeiern. Sie waren mit der kleinen Marcelle in einer Absteige in der Nähe, im Hotel Eden, untergekommen, immer auf der Hut vor P'tit Louis, der mal wieder nach seiner Tochter suchte.

Édith drehte eilig den Lippenstift zurück, legte ihn auf die Ablage vor dem Spiegel. »Oh, kleine Cécelle, nicht weinen. *Maman* ist ja da.« Sie nahm Momone das Kind ab, wiegte es, küsste es auf das Köpfchen. »Guck mal, die süßen Locken. Findest du nicht, dass sie schon unheimlich viele Haare hat? Sie wird bestimmt mal eine richtige Schönheit.« Mit auf und ab wippenden Schritten durchmaß sie das Zimmer, summte eine beruhigende Melodie.

Momone, die nun ihrerseits den Lippenstift benutzte, antwortete nicht. Es war auch keine Antwort vonnöten. Seit Édith ein Kind hatte, benahm sie sich, als hätte sie das Muttersein erfunden. Jede noch so kleine Regung ihrer Tochter wurde mit entzückten Kommentaren versehen, für jede noch so selbstverständliche Tätigkeit forderte sie Bewunderung.

»Siehst du? Ich kann sie beruhigen. *Maman* kann dich beruhigen, ja, das kann sie …«, gurrte Édith in unablässigem Singsang.

»Das musst du auch«, erwiderte Momone mitleidlos vom Waschbecken her, »denn wir müssen bald los.« Sie presste die Lippen mehrmals aufeinander wie ein Karpfen, um die Farbe zu verteilen, dann betrachtete sie sich und drehte dabei den Kopf abwechselnd nach links und nach rechts. Sie trug nicht nur denselben Lippenstift, sondern auch den gleichen Matrosenanzug, mit dem sie und Édith später in Lulus Kabarett auftreten würden. Einem Etablissement für Frauen, die sich in Männerkleidung amüsierten. Momone und Édith mit ihrem knabenhaftem Äußeren sollten die Damen dazu verleiten, anständig Spesen zu machen. Die Champagnerkorken, die die Mädchen dabei sammelten, wurden zum Schluss abgerechnet – und Momone und Édith konnten wieder einmal ihre Miete bezahlen.

Oder eben nicht.

»Also, wir sollten lieber früh anfangen. Ich gehe nämlich auf keinen Fall noch mal auf den Boulevard de Clichy mit dir, um dort aufzutreten«, warnte Momone und tuschte sich die Wimpern. »Die *putains* dort greifen hart durch, wenn sie uns noch einmal erwischen.«

»Aber wir sind doch keine Konkurrenz, nicht wahr, kleine Cécelle? Sind wir nicht«, erwiderte Édith immer noch in Babysprache, während sie ihre Tochter hoch über ihren Kopf hielt und sie leicht schüttelte, bis das Kleinkind endlich lachte. »Wir singen doch nur, meine Kleine, mehr nicht.«

»Das glauben sie uns aber nicht. Und dann erst ihre ›Beschützer‹, ihre *julots* … Puh.« Mit dem kleinen Finger wischte Momone sich den verunglückten Lidstrich gerade.

»Ach die. Die können uns mal«, sagte Édith und setzte Marcelle in ihr vergittertes Bettchen. »Die müssen einfach nur begreifen, dass wir uns einen Namen machen wollen in den Varietés und Kabaretts. Wir machen hier Karriere.«

»Ja, beim Putzen und Gläserspülen.« Momone klang bitter.

»Wir müssen auch essen. Und wir haben jetzt ein Kind.«

Ein Kind, das gar nicht glücklich darüber war, wieder einmal in sein kleines Gefängnis gesperrt zu werden. An dem Holzgitter zog es sich hoch auf seine kurzen, pummeligen Beinchen und fing wieder an zu weinen.

»Ach, Cécelle«, sagte Édith, »*maman* muss doch arbeiten.« Sie blickte unsicher zu Momone. »Haben wir denn niemanden, der auf sie aufpassen kann?«

»Wer sollte das sein?«

»Irgendjemand. Madame von unten? Papa, Yéyette … nur nicht Louis. Der schleppt sie wieder zu seiner Mutter, und die Alte droht mir ständig, dass sie sie mir wegnimmt.« Édith machte einen unsicheren Schritt auf das Kind zu, das seine Arme nach ihr ausstreckte und, seines Halts beraubt, prompt auf den Hintern fiel und nur umso heftiger weinte. Nein, entschied sie sich, sie durfte ihre Tochter auch nicht zu sehr verwöhnen. »*Maman* muss arbeiten«, wiederholte sie und räusperte sich. Die Abschiede waren am schlimmsten, am liebsten überließ sie sie Momone und wartete draußen im Flur.

»Sie wird sich schon beruhigen«, versicherte ihr die Freundin. »Kaum dass wir weg sind, wird sie aufhören mit dem Theater. Sie will doch nur, dass du dableibst. So, fertig. Was sagst du?« Momone drehte sich, und Édith nickte abgelenkt.

Das Schreien ihres Kindes ging ihr durch Mark und Bein. Erst später, im Kabarett, würde sie es vergessen können. Ein bisschen Champagner konnte da helfen. Das Singen, das Feiern. Und dann, wenn Momone und sie nach Hause kämen, würde ihre kleine Tochter schlafen, so wie immer.

»Sie wird sich dran gewöhnen. Komm, wir müssen los«, befahl Momone und zog Édith mit sich am Arm fort.

Das Weinen Marcelles war die ganze Treppe hinunter zu hören. Erst auf der Straße war es verklungen und später, im Kabarett, dann tatsächlich vergessen.

1949

Édith hat sich nur die leichte Kostümjacke genommen, die an der Garderobe hing, und sie friert. Es hat ewig gedauert, ein Taxi zu bekommen, und dann noch einmal so lange, den Fahrer dazu zu überreden, sie aus dem Vorort in die Pariser Innenstadt zu fahren. Vor allem, da sie kein Geld dabeihatte.

»*SacreDieu!*«, hat Édith ihn angeherrscht, »ich bin Édith Piaf.«

»Und ich der Präsident persönlich«, hat der Fahrer nur spöttisch geantwortet, sie aber nach einigem Hin und Her schließlich mitgenommen. Jetzt wartet er geduldig an der angegebenen Adresse, bis Édith Momone herausgeklingelt hat.

»Ich bin's«, sagt sie nur, nachdem Momone endlich die Tür geöffnet hat. »Du musst den Fahrer bezahlen, ich habe kein Geld.«

Das ist das Gute an Momone: Sie fragt nicht groß nach, geht nur rasch nach oben, um ihr Portemonnaie zu holen, während der misstrauische Fahrer kein Auge von Édith lässt.

Die nur hoffen kann, dass sie sich in ihrer dünnen Kostümjacke nicht den Tod holt.

»Und Sie sind wirklich Édith Piaf?«, fragt der Fahrer und legt den Kopf schief, als könnte er es so prüfen. »Dann singen Sie etwas.«

Édith starrt ihn an und weiß nicht, ob sie weinen oder lachen soll. »Sing doch selbst«, herrscht sie ihn an.

Gott sei Dank kommt in diesem Augenblick Momone, um die Angelegenheit auf ihre Weise zu lösen: Sie gibt dem Fahrer das Geld und fordert ihn auf, sich zu verpissen. Was er unter wüsten Flüchen und Verwünschungen auch tut.

»*Alors*«, sagt sie ungerührt und deutet auf die Haustür.

»Nein, lass uns gehen. Irgendwohin.«

Wie schon zuvor fragt Momone nicht groß nach, huscht nur schnell nach oben und bringt Édith ihren Mantel mit. Den Pelzmantel, den Jean-Louis ihr vor Ewigkeiten in New York geschenkt hat. Als sie noch nicht der Star war, der sie jetzt ist. Als sie Marcel noch nicht kannte.

»Es gibt ein neues Bistro in der Rue Ramey«, sagt Momone, und Édith nickt nur dazu. Es ist ein ordentlicher Fußmarsch dorthin, aber er tut gut, tut ihnen beiden gut. Schweigsam stapfen die Frauen dahin, bis sie an dem kleinen Lokal angekommen sind, das genau Momones Geschmack entspricht: klein, eng, beschlagene Scheiben, viele Männer und noch mehr Alkohol.

Édith ist es nur recht. Sie lässt sich einen Pastis bringen, dann noch einen. Hat nicht vor, sich zu betrinken, aber auch nichts dagegen.

Momone bedrängt sie nicht, zecht nur mit ihr. Wie in alten Zeiten. Wie in so vielen Zeiten. *Oh Dieu,* was bilden sich diese Männer in ihrem Leben nur ein, über jemanden wie Momone zu richten? Sie haben viel durchgemacht zusammen.

Und Édith selbst findet sich nicht einen Deut besser als die viel geschmähte Freundin. »Kannst du dich noch an Cécelle erinnern?«, fragt sie so unvermittelt, dass Momone zusammenzuckt. Damit hat sie nicht gerechnet. Das ist ihr anzusehen. Wahrscheinlich dachte sie, es gehe um Marcel. Hat darauf spekuliert, dass Édith sich getrennt hat. Eine Spur Enttäuschung huscht über ihr Gesicht.

»Natürlich«, antwortet sie trotzdem.

Es gibt nicht viele, die Cécelle gekannt haben. Schon allein aus diesem Grund wird sie immer mit Momone verbunden sein. »Sie hatte wunderschöne Locken, weißt du noch? So viele Haare. Und sie war so niedlich …« Édiths Stimme bricht. Nein, das führt zu nichts. Es ist nicht ihr kleines Mädchen, das ihr Kummer macht. Das hat sie nicht verdient. Es ist Marcel ganz allein. Es ist seine Schuld, dass sie traurig ist. »Marcels Frau erwartet ein Kind«, sagt Édith, und mehr muss sie auch nicht sagen.

»Eh«, sagt Momone in einem gleichzeitig wissenden und abfälligen Tonfall, der zeigt, dass sie verstanden hat. Wortlos steht sie auf und holt noch zwei Pastis von der Bar, wobei sie sich heute nicht von den anderen Gästen aufhalten und in ein Gespräch verstricken lässt. Heute nicht.

Édith trinkt auch diesen Pastis schnell und ohne Genuss. »Das ist seine richtige Familie. Ich bin seine Geliebte. Die ihm gerade ein Haus eingerichtet hat.«

»Ah ja, ich habe davon gehört«, erwidert Momone. »Neuilly?«

»Nein, Boulogne.«

Momone nickt nur.

»Er liebt mich nicht«, sagt Édith, nur so ins Blaue, um es selbst zu hören. Um den Schmerz zu spüren und zu prüfen, ob er auszuhalten wäre. Wäre er nicht.

»Blödsinn«, erwidert Momone, die auch das durchschaut. »Er liebt dich, und das weißt du. Und er liebt seine Kinder. Auch das kennst du, daher deine Frage nach Cécelle. Er schläft mit seiner Frau. Nun, das hättest du wissen können.«

»Ich habe mir nicht vorgestellt …«

»Nein. Hast du nicht«, sagt Momone nur und trinkt einen Schluck ihres Pastis. Er ist klar und scharf, so wie sie ihn liebt, ohne Eis, ohne einen Tropfen Wasser, der ihn sanfter, aber auch milchig werden lässt. »Denk nicht darüber nach«, rät sie Édith, nachdem sie das Glas abgesetzt hat.

Édith lacht auf. »Wie soll das gehen?«

»Es geht doch die meiste Zeit.« Momone zuckt mit den Schultern.

»Aber jetzt wird da noch jemand sein. Jemand, der Marcels Aufmerksamkeit fordert. Für den er den ganzen Weg auf sich nehmen wird …«

»Dann bist du nicht eifersüchtig auf seine Frau, sondern auf sein Kind?«

Darüber muss Édith nachdenken. »Man kann auf ein Kind nicht eifersüchtig sein«, sagt sie.

»Eben«, sagt Momone. »Dafür sind sie zu klein. Selbst für mich.«

Édith blickt überrascht auf. So nah ist sie einer Reflexion und einer Entschuldigung von Momone noch nie gekommen.

»Du bist die Geliebte, Édith. Es hat sich nichts geändert. Es ist dir nur wieder klar geworden.«

»C'est lui pour moi, moi pour lui dans la vie«, sagt Édith, und ja: Sie glaubt nicht mehr daran. Hat es ja auch nie wirklich getan. »Schon gut«, winkt sie ab, als Momone etwas entgegnen will. »Es war nie wirklich mein Lied.«

Momone nickt.

»Es ist kompliziert.«

Wieder nickt Momone. »Und darauf trinken wir?« Sie hat sich schon wieder halb erhoben, wartet nur noch auf Édiths Einverständnis.

Die zuckt mit den Schultern. »Solange dein Geld reicht.«

»Das meiste stammt eh von dir«, erwidert Momone trocken und macht sich auf den Weg, um Pastis zu holen.

Es ist schon Nachmittag, als Édith erwacht, mit einem fürchterlichen Kater, der im Französischen kein Tier, sondern ein »Mund aus Holz« ist. So fühlt es sich auch an.

Mühsam schlägt sie die Seidendecke zurück, schlüpft in ihre Pantoffeln und den Morgenrock. Wie ist sie gestern nach Hause … Ach ja, es fällt ihr wieder ein: Momone hatte sie gebracht. Im Taxi. Dann ist sie weitergefahren, aber was danach passiert ist, hat sie vergessen. Vielleicht auch besser so. Vage meint sie, sich an eine Auseinandersetzung mit Marcel zu erinnern, aber das ist vorher gewesen, oder? Und apropos Marcel: Ist er noch da?

Von plötzlicher Angst getrieben, hält sie sich nicht groß damit auf, sich anzuziehen oder zurechtzumachen. Stürmt mit wehendem Mantel die Treppe herunter – und sieht sich einem Haufen Menschen gegenüber, die zu ihr hochstarren.

»Oh«, sagt Édith. Sie macht auf dem Absatz kehrt und läuft die Treppe ebenso schnell wieder hinauf. Ihr Herz pocht. Hat sie etwas vergessen? Irgendeinen Termin, den Dédee ihr gesagt und den sie ebenso wie alles andere verdrängt hat?

Als ihr Blick in den Spiegel über ihrem Schminktisch fällt, zuckt sie zusammen. Gütiger Gott, so hat sie sich sehen lassen? Nun hält sie es doch für ratsam, sich im angrenzenden Badezimmer erst einmal Wasser ins Gesicht zu spritzen und zu versuchen, dies wilde Gestrüpp auf ihrem Kopf zu bändigen, das sich Haar nennt. Und vielleicht könnte etwas Make-up nicht schaden. Andererseits wäre ihr vielmehr nach einer dunklen Sonnenbrille, aber im eigenen Haus? Was ist mit Marcel? Und was haben die ganzen Menschen in ihrem Haus zu suchen?

Es klopft an der Schlafzimmertür, und Édith öffnet sie zunächst nur einen winzigen Spalt.

»Ich bin es«, flüstert Marcel, »und ich sage auch niemandem, dass du dich hier oben versteckst.«

Édith macht die Tür weiter auf, lässt ihn hereinkommen und fällt ihm um den Hals. Eine Welle der Erleichterung durchströmt sie, die so gewaltig, so groß ist, dass sie kaum noch zu atmen wagt, aus Angst, sie könnte darin ertrinken.

Marcel drückt sie an sich und schließt mit dem Fuß die Tür. Eine Zeit lang sagt keiner der beiden etwas.

Édith hält ihn fest und will nur noch eins: für immer so bleiben, ohne sich zu bewegen, ohne zu denken, und einfach nur dieselbe Luft atmen. Schließlich redet sie doch. »Ich habe gedacht, du wärst gegangen. Für immer.«

»Gegangen? Wohin denn?« Marcel sieht sie ehrlich erstaunt an.

»Ich weiß nicht. Weg. Nach Hause.«

»Ich dachte, hier wäre mein Zuhause?«

Édith lächelt schief, würde es nur zu gerne glauben.

»Hier ist mein Zuhause, Édith, bei dir. Das weißt du. Und wenn die Dinge anders lägen … Aber den Gedanken muss ich mir verbieten, verstehst du? Denn dann hätte ich Marcel und René nicht. Dann würde ich sie verraten, kannst du das verstehen? Sie haben auch ein Zuhause verdient.«

Es ist keine hundertprozentig undurchlässige, wasserdichte Erklärung, aber so ist das Leben ja auch nicht, hundert Prozent wasserdicht, und Édith ist mehr als gewillt, sie durchgehen zu lassen. Wieder lächelt sie nur, schluckt die Tränen herunter, die hartnäckig ans Licht drängen wollen. »Es ist, wie es ist«, sagt sie und ist entschlossen, das auch zu glauben. »Und solange du bei mir bist, ist es auch gut so.«

Marcel küsst sie aufs wilde, verstrubbelte Haar. »Ich habe mir etwas überlegt. Als Nächstes muss ich mir Krawczyk vornehmen, mal wieder. Der Junge verlangt nach noch einer Lektion, und ich werde sie ihm erteilen. Danach steht noch der große Kampf in Detroit an, aber gleich danach fahren wir in den Urlaub. Versprochen. Nur wie beide. Was hältst du davon?«

»Wirklich?« Édith sieht mit tränenverschleiertem Blick zu ihm auf. Großer Gott, denkt sie gleichzeitig, Marcel wird noch denken, ich sei eine Heulsuse. Oder ein Stummfilmstar. Sie zieht die Nase hoch und macht sich frei. »Das wäre schön«, antwortet sie nun schon etwas beherrschter.

»Ich dachte an Biarritz. Oder Nizza? Was meinst du?«

»Oh, die Côte d'Azur wäre wunderbar!«

»Nicht wahr? Das dachte ich mir.« Marcel küsst sie, dann hält er sie wieder fest umschlungen, als könnte er nicht von ihr lassen. »Wir werden im Meer baden und Schnecken essen …«

»Schnecken?«, murmelt Édith an seiner Brust.

»Isst man da. Wir werden uns ein Hotel suchen oder eine kleine Pension und all das tun, was man am Meer eben so tut.«

»Muscheln suchen, Burgen bauen …«

»Was immer du willst.«

»Das klingt wunderbar.«

Wieder stehen die beiden lange Zeit still und genießen nur die Gegenwart des jeweils anderen und dessen Nähe, seinen Geruch, die Wärme.

»Marcel«, fragt Édith schließlich nach einer ganzen Weile, »wer sind all die Menschen dort unten in der Eingangshalle?«

»*Merde!*« Marcel zuckt zusammen. »Die habe ich völlig vergessen. Die Hälfte von ihnen sind anscheinend Musiker, die mit dir irgendetwas proben wollen, andere wollen dir ein Chanson anbieten. Und dazwischen irren wohl auch noch ein paar Innenarchitekten und Dekorateure herum, wenn ich es recht verstanden habe.«

»Du meinst also Arbeit.«

»Absolut Arbeit.«

»Dann bleiben wir lieber hier oben«, flüstert Édith und streicht ihm über das Haar.

»Das wollte ich dir auch gerade vorschlagen«, sagt Marcel, greift hinter sich und schließt die Schlafzimmertür ab.

14.

1949

Es ist ein abgekartetes Spiel, der Boxkampf in Detroit: So zumindest stellt es die Presse in Frankreich anschließend dar. Es wird zudem nicht der große Kampf, den sich alle erhofft haben und der einem im Gedächtnis bleibt, einfach, weil es kein fairer Kampf wird. Und daran ist nicht etwa sein Gegner schuld, sondern ein Schuh.

LaMotta – Here I come hatte sich Marcel siegessicher auf den Koffer geschrieben, mit dem er in Amerika von Bord gegangen ist, und die Faust gen Himmel gestreckt. Er hat den britischen Champion Dick Turpin besiegt und wenig später Lucien Krawczyk auf die Bretter geschickt. Eigentlich hätte nichts schiefgehen können. Eigentlich.

Édith kann nicht bei ihm sein, ist durch ein mehrwöchiges Gastspiel im Pariser Copacabana gebunden: ein schlechtes Omen, zumindest empfindet sie das so. *Mittwoch werde ich in deinen Boxhandschuhen sein, in deinem Atem, in deinen Augen, in deinem Herzen, überall; ich werde versuchen, LaMotta in die Hinterbacken zu beißen,* hat sie ihm geschrieben.

Doch die Amerikaner zwingen ihm neue Boxhandschuhe auf, in denen keine Édith sitzt, und, was noch schlimmer ist: nagelneue Schuhe. Er probiert sie aus, sie rutschen auf der Matte. Das wird schwer werden, das wird ihm sofort klar. Noch dazu hat er zu viel Zeit auf die Auseinandersetzung um die Ausrüstung verschwendet, nun kann er sich kaum noch aufwärmen.

Die Halle dampft, das Publikum schreit, die Energie ist beinah mit Händen zu greifen.

Marcel in seiner Ecke wirkt nervös, fast schon verunsichert. Bestreitet die ersten Runden mehr schlecht als recht, rettet sich in der Eine-Minute-Pause immer wieder in die Ecke und wippt auf seinen Schuhen, als könnte er ihnen nicht trauen. Er verlegt seine Taktik gegen die hammerharten Schläge des Amerikaners in ein seitliches Ausweichen, in schnelle Jabs und Kombinationen, ist ständig in Bewegung, doch genau das wird ihm zum Verhängnis: Er rutscht aus. Fällt schmerzhaft auf seine Schulter, etwas reißt. Marcel wird nicht etwa geschlagen, nein, es ist das Material, das ihn zu Fall bringt.

»*Une petite pause*«, verlangt sein Trainer. Es geht fast unter in den gequälten, entsetzten Schreien der Zuschauer. Nichts fürchten sie so sehr, als dass ein Kampf abgebrochen werden muss, kein Blut kann zu viel, keine Verletzung zu schwer sein. Es widerspricht den Regeln des Boxens, des absoluten Kampfes, bei dem es einen klaren Sieger und Verlierer geben muss. Das ideale Ende eines Kampfes ist der Knock-out: Ein Mann fällt, der andere steht und tänzelt mit hocherhobenen Armen durch den Ring. So muss es sein, nicht anders. Kein Sieg nach Punkten ersetzt diese Gier und noch viel weniger ein TKO, ein technischer K. o., aufgrund von Verletzungen. In solch einem Fall wirkt ein Kampf immer unerfüllt, bleibt ein schales Gefühl zurück: Dafür haben sie nicht bezahlt.

Doch es wird schnell deutlich, dass es bei der kurzen Pause nicht bleiben wird, Marcel tatsächlich nicht weiterboxen kann. Der Mannschaftsarzt schüttelt den Kopf, ein Stöhnen geht durch die Menge. Jo Longman bleibt ruhig, während Marcels Chefbetreuer wütend aufschreit, beinah selbst in den Ring steigt und LaMotta auf Französisch anschreit, was dieser allerdings nicht verstehen kann, schon gar nicht bei dem Tumult in der Halle, der jetzt losbricht. Alle pfeifen, buhen, schreien erregt durcheinander.

Sie wollen, *brauchen* die Auflösung der Spannung, die sich in ihnen aufgebaut hat. Sie brauchen die Erlösung.

»Du musst aufgeben«, sagt Longman, eigentlich undenkbar, eigentlich, doch Marcel kann den Arm nicht mehr heben. Er selbst merkt es kaum. Im Kampf und kurz danach spürt sich der Boxer nicht mehr, und er hat Herz, viel Herz, und ist nicht müde, im Gegenteil. Er will sich nicht unterwerfen. Es kommt nicht infrage, selbst wenn er mit nur einem Arm, ach was, mit nur einem Finger weiterkämpfen muss. Um den Weltmeistertitel geht es in diesem Moment nicht, es geht um das Verlieren. Er hat es verdient, im Kampf verletzt zu werden. Aufgeben ist wie Sterben.

Seine Betreuer brauchen all ihre Überzeugungskraft, bis Marcel schließlich einwilligt. Geschlagen, gedemütigt. Mit dem umgehängten Trainingsmantel und gesenktem Kopf, unter den wütenden Pfiffen und dem Grölen der Zuschauer führen ihn seine Betreuer zurück in die Katakomben, wie ein Schutzschild umringen sie ihn. Programmhefte regnen auf sie herunter, Bierbecher, ein Regenschirm fliegt in seine Richtung.

Den wirklichen Mut braucht ein Boxer zum Verlieren.

So wie ein Boxer taumelt, der Augenblick, in dem er seine Balance verliert, so ist für Édith das Gefühl, nicht mehr durchatmen zu können. Keine Luft zu bekommen für den nächsten Ton, die Mitte zu verlieren, die Melodie.

Der Einsatz ist da, sie hat ihn gehört, sogar schon den Mund geöffnet, dann ist er vorbei, verpasst. Ein scheußliches, erschreckendes Gefühl für alle Beteiligten, für die Sängerin sowie das Orchester. Denn nun muss man abbrechen. Etwas, das man normalerweise nie tut, auf keinen Fall: *Show must go on.* Selbst wenn man den Text vergisst, singt man weiter, improvisiert irgendetwas über den Mond, die Liebe … *Protect yourself at all times.*

Aber hier geht es nicht nur um den Text. Es ist die Stimme, die ihr wegbleibt. Panisch wirft Édith ihrem Orchesterleiter einen Blick zu, und der versteht sofort. Raunt den Musikern einen Titel zu, den sie spielen, während Édith die Bühne verlässt. »*Une petite pause«*, wirft er ins Publikum, und die Musiker spielen lauter, um das Raunen und Getuschel zu übertönen.

»Édith? Was ist los?« Loulou hat hinter der Bühne gestanden. Er ist der Erste, der die Sängerin in Empfang nimmt.

Édith winkt ab, versucht, wieder zu Atem zu kommen. Sich nicht zu räuspern, denn das ist Gift für die Stimme. Sie summt, versucht es mit den Übungen, die sie jeden Morgen absolviert, lässt ihre Lippen vibrieren und lockert den Kiefer, tiefe Töne sollen die Stimmbänder entspannen. Draußen spielt das Orchester, als ihr klar wird, dass es nichts nützen wird.

Verzweifelt flüstert sie Loulou zu, er solle Montand holen. Wieder einmal.

»Der blaue Himmel kann auf uns herabfallen / Und auch die Erde einstürzen / Mir egal; solange du mich liebst. / Mir ist die Welt völlig gleichgültig / Solange die Liebe mich jeden Morgen erfüllt / Solange mein Körper unter deinen Händen erzittert / Habe ich keine Sorgen / Mein Herz, weil du mich liebst …«

Das ist es, das Lied für Marcel, das Édith niederschreibt, als hätte sie ein Rausch ergriffen. Der Rausch der Liebe und der Verzweiflung gleichermaßen. Es muss ihr irgendwie gelingen, Marcel aufzumuntern. Und sich selbst nach dem verunglückten Konzert wieder Mut zu geben. Ihnen beiden zu verdeutlichen, dass es wichtigere Dinge im Leben gibt, dass nichts bedeutender ist als ihre Liebe.

Der Boxer ist wieder einmal in seine Kampfwelt versunken, in der es nur den Sieg gibt und die Niederlage und das Warten auf die Revanche, die gleich im September stattfinden soll.

»Marcel?« Édith klopft gegen die Badezimmertür. Normalerweise schließt er nicht ab, zumindest dann nicht, wenn er ein Bad nimmt, aber jetzt will er seine Ruhe. Sagt er. »Bist du ertrunken?«

»Nein, bin ich nicht«, kommt es dumpf zurück. »Leider.«

»Ich habe etwas Schönes für dich. Sobald du herauskommst.«

Marcel stöhnt, es ist Wasserplätschern zu hören. »Du sollst mir doch nichts mehr kaufen. Meinst du nicht, die letzten acht Anzüge waren mehr als genug?«

»Ich habe dir dieses Mal gar nichts gekauft«, erwidert Édith pikiert. Sie legt die flache Hand gegen die Tür, als könnte sie ihn damit durch das Holz erreichen. »Ich habe etwas geschrieben. Ein Lied.«

Wieder ist Plätschern zu hören, dann wird die Tür aufgeschlossen, und Marcel stapft nackt, wie Gott ihn schuf, an Édith vorbei ins Schlafzimmer, wo seine Sachen liegen. »Édith, mir ist jetzt nicht danach, ein Lied zu hören. Bitte verzeih.« Er zieht sich einen dünnen Pullover über den Kopf, unter den eigentlich ein Hemd gehört. Aus dem V-Ausschnitt quellen seine Brusthaare. Danach schlüpft er in seine Hose.

»Nun gut, wir können auch etwas unternehmen. Essen gehen. Ins Theater. Oder wir bummeln an den Seine-Quais entlang. Worauf hast du Lust?«

Marcel lässt sich rückwärts aufs Bett fallen und verschränkt die Arme hinter seinem Kopf. Auf nichts, so wie es aussieht.

Édith seufzt. Sie streift die Pantoffeln ab und legt sich neben ihn, den Kopf auf seiner Brust. So kann sie seinen Herzschlag hören und sich vergewissern, dass er da ist, zumindest körperlich. Geistig ist er weit weg, in Amerika, geht er wieder und wieder den verlorenen Kampf durch.

»Es waren die Schuhe, weißt du?«, sagt er auch jetzt wieder. »Sie waren zu rutschig. Ob sie LaMotta auch solche Schuhe gegeben haben? Aber ich war auch zu unkonzentriert. Die Schuhe haben mich völlig aus dem Gleichgewicht gebracht.«

Wie schafft man es, dass dieser Mann, dieser LaMotta, nicht ihre ganze gemeinsame Zeit vergiftet? Marcel hat recht. Noch mehr Anzüge kann sie ihm nicht kaufen, keine Pullover mehr stricken, die er eh nicht trägt. Sie muss etwas anderes für ihn tun. Etwas, das ihm zeigt, wie sehr sie ihn liebt und dass ihre gemeinsame Zeit zu kostbar ist, um sie zu verschwenden.

»Ich würde bis ans Ende der Welt gehen«, murmelt sie.

»Hmh?«

»Würde mein Haar blond färben, wenn du mich darum bitten würdest.«

»Ich mag deine Haare so, wie sie sind«, erwidert Marcel.

»Ich würde den Mond vom Himmel losmachen …«

Er lacht.

»Würde ein Vermögen stehlen, wenn du mich darum bitten würdest.«

»Édith? Wovon redest du? Du musst nichts stehlen, schon gar nicht für mich.«

»Ich würde mein Vaterland verraten …«

»Édith?«

»Ich würde meine Freunde verleugnen, wenn du mich darum bitten würdest.«

Marcel nimmt einen Arm herunter und streicht ihr über das Haar. »Das musst du nicht«, flüstert er. »Du musst mir nichts beweisen. Und deine Freunde wären wohl auch reichlich schockiert.«

»Soll man doch über mich lachen. Ich würde alles tun, wenn du mich darum bitten würdest.«

Marcel sieht die Gestalt an, die sich da an ihn schmiegt und plötzlich schweigt. »Édith? Hast du mich gehört? Du musst nichts für mich tun. Ich weiß es doch, dass du mich liebst. Du musst mir nichts beweisen.«

Édith sieht mit großen, merkwürdig verklärten Augen zu ihm hoch, irgendwie anwesend und auch wieder nicht, dann nickt sie, und ein Lächeln zieht über ihr Gesicht.

»Édith, mein Schatz, alles in Ordnung mit dir?« Jetzt ist es Marcel, der sich wundert.

»Ha!«, macht Édith. Sie sieht triumphierend aus, und ja: regelrecht vergnügt. Munter, wie seit Langem nicht mehr. »Das war die zweite Strophe meiner Hymne an dich.«

»Eine Hymne an mich?«

»Ja, an dich.«

»*Hymne an Marcel Cerdan?* Findest du das nicht ein wenig übertrieben?«

»*Hymne an die Liebe*«, verbessert Édith. »Sie gehört dir.« Sie richtet sich auf, wobei sie sich schmerzhaft auf seinem Brustkorb abstützt und ihm ein unwillkürliches Stöhnen abpresst. »Aber jetzt muss ich sie schnell niederschreiben, bevor ich sie vergesse.« Und schon sitzt sie an ihrem kleinen Schreibtisch und kritzelt wie besessen auf einem Blatt Papier, einen verdutzten Marcel hinter sich, der zum ersten Mal begreift, was all die Männer in ihrem Leben lernen mussten: Édith kann nur deshalb so singen, wie sie es tut, weil sie alles in ihrem Leben in ein Chanson packt. Édiths Leben *ist* dieses Chanson.

Was würde passieren, wenn er eines Tages aus irgendeinem Grund nicht mehr da wäre? Würde sie auch davon singen?, fragt sich Marcel und hört Édith prompt murmeln:

»*Wenn eines Tages das Leben dich mir wegnimmt / Wenn du einst stirbst, weit fort von mir / Kümmert es mich wenig, solange du mich liebst / Denn ich werde mit dir sterben … / Wir werden die Ewigkeit für uns haben / Im unermesslichen Blau / Im Himmel gibt es keine Probleme / Mein Herz, glaubst du, wir lieben uns …? /… Gott vereinigt diejenigen, die sich lieben!*«

Marcel wartet auf sie, also muss sie sich beeilen. Édith hat es inzwischen meist eilig. Immer ist ihr, als liefe ihr die Zeit davon. Es liegt an diesem Rückwärtszählen: noch soundsoviele Tage bis zur Revanche mit LaMotta. Zehn, neun, acht … Als würde man ausgezählt werden, wie beim Boxen. Édith fühlt sich, als würde ihr die Luft wegbleiben. Wenigstens macht jetzt ihre Stimme wieder mit, und sie ist hoffnungsfroh, die übrigen Tage ihres Gastspiels im Copacabana ohne die Hilfe Montands über die Bühne bringen zu können. Nein, sie *muss* die Konzerte über die Bühne bringen. Danach kann sie sich ausruhen. Dann nämlich planen sie und Marcel einen Urlaub an der Côte d'Azur, bevor er wieder nach Amerika abreisen muss.

Sie zieht sich rasch die Lederhandschuhe über, greift nach dem Mantel, der über der Stuhllehne hängt, und ruft ein »*Au revoir*« in Richtung Bühne, auf der noch aufgeräumt wird.

Am Hintereingang lauern ihr die üblichen Fans auf. Édith schlingt sich ihren leichten Seidenschal um den Hals, lässt ihren Blick suchend über die Menschen gleiten. Ah, da steht Marcel, halb verborgen unter der Laterne, und sie winkt. Ignoriert die ihr hingehaltenen Blöcke, die Bitten auf Französisch und Englisch: »*Non, excusez-moi,* darf ich mal durch. Ich habe keine … Nein, tut mir leid. Ich habe es wirklich furchtbar eilig, verstehen Sie? *Je n'ai absolument pas le temps,* ich möchte durch.« Sie drängelt sich durch die Menge, und ihr strahlendes Lächeln straft die Eile eigentlich Lügen. Die letzten paar Meter läuft sie auf die Gestalt im Schatten zu. »*Bonsoir*«, grüßt sie fröhlich und widersteht wie immer der Versuchung, Marcel um den Hals zu fallen. Nicht jetzt, nicht in Sichtweite all der Leute. Das Versteckspielen ist ihr in Fleisch und Blut übergegangen. »Komm schnell, lass uns gehen.«

Sie rennt übermütig ein paar Schritte voraus, genießt die Bewegung und die Gegenwart ihres Geliebten. Nach der dunklen Gasse, notdürftig beleuchtet von einer einzigen, an einer Hauswand baumelnden Lampe, biegen sie ab auf den Boulevard de Clichy. Hier sind keine Laternen mehr nötig, strahlen die Theater, Restaurants und Varietés mit ihren riesigen Leuchtreklamen um die Wette. Es gibt keine Tische und Stühle draußen, dafür ist zu wenig Platz, doch die Menschen stehen rauchend und sich unterhaltend in kleineren Grüppchen auf dem Bürgersteig. Autos schieben sich geduldig hinter Autos, irgendwo spielt ein Akkordeon. Erst einen Block weiter, als sie an einer Ampel wartet, fällt Édith auf, dass Marcel noch kein Wort gesagt hat.

»Was ist?« Endlich wagt sie es, sich bei ihm einzuhaken. »Ist etwas passiert?« Sie sucht sein Gesicht nach einer Antwort ab, doch es ist undurchdringlich, so abweisend, wie sie es nur vom Boxen her kennt. »Habe ich etwas falsch gemacht?«

Die Ampel springt um, und sie muss sich beeilen, um mit ihm Schritt zu halten.

»Habe ich dich verärgert? Nun sag schon, Marcel.« Sie bleibt stehen, sieht zu ihm hoch.

Sie stehen mitten auf dem Bürgersteig, doch es gibt keine Bemerkungen, keinerlei böse Kommentare. Die Menge teilt sich um Marcel herum, wie sie es immer zu tun pflegt. Als wäre er ein Fels und es folglich naturgegeben, dass sie ihn umrunden müssen.

»Ich weiß nicht, Édith. Heute hast du mich das erste Mal enttäuscht.«

Ihr ist, als hätte er einen Eimer kaltes Wasser über sie gegossen. »Was? Warum denn?« Den Verkehrslärm, das Hupen nimmt sie gar nicht mehr wahr. Nur sein Gesicht, unter der Hutkrempe dunkel verborgen.

»Ich bin mindestens so enttäuscht wie deine Anhänger. Sie haben lange da gewartet, Édith. Ich konnte sie beobachten. Und du kommst heraus und würdigst sie keines Blickes.«

»Ach das.« Sie ist erleichtert, aber nur für einen Augenblick, denn Marcel fährt schon fort.

»Ja das. Möchtest du in Zukunft in leeren Räumen auftreten? Ist es das? Denn diese Menschen sind diejenigen, die dir zuhören. Die dich dafür bezahlen zu singen. Denen du alles verdankst.«

Édith ist viel zu verdattert, um zu antworten.

»Wenn ich drüben in Amerika in den Ring steige und gegen einen Amerikaner boxe: Meinst du, die Menschen jubeln mir zu? Sicher nicht. Sie haben viel dafür bezahlt, ihren Favoriten siegen zu sehen. Und wollen, dass ich verliere. *Et alors?* Ich gebe ihnen einen Kampf. Ich nehme ihre Wut, mache sie zu meiner eigenen und gebe sie wieder zurück. Stachele sie so an, dass es ihnen schließlich egal ist, wer da oben steht. Ob Franzose oder Amerikaner, schwarz oder weiß. Ich kitzele das in ihnen wach, was sie auch in mir sehen wollen: den unbedingten Willen zum Sieg. Dann sind wir eins, ich und die Masse. Und zum Schluss werden sie mir zujubeln. Weil ich gewinne.«

Marcel spricht beherrscht und konzentriert, und Édith fühlt sich unangenehm an seinen Boxstil erinnert. Das kontrollierte Zuschlagen.

»Das ist kein Schauspiel, Édith. Gar kein Spiel. Und so ist es bei dir auch, habe ich immer gedacht. Du singst, was du bist. Das ist es, was ich an dir so bewundere. Was alle an dir bewundern. Das hebt dich über alle anderen Sängerinnen deiner Zeit heraus. Sind wir uns da einig?«

Immer noch verdutzt und kleinlaut zugleich, bleibt Édith nichts anderes übrig, als zu nicken. Sie fühlt sich entblößt und verstanden zugleich.

»Also kannst du nicht aussteigen aus dem Ring und so tun, als ob nichts gewesen wäre. Du hattest eine Beziehung zu diesen Menschen, Édith. Eine Beziehung, in der es um weit mehr ging als um Geld. An einem Punkt wart ihr eins. Also hast du auch eine Verantwortung. Sie sind dir gefolgt bis zu diesem Punkt, also lässt du sie nicht so einfach fallen. Und wenn sie das nächste Mal eine Minute deiner kostbaren Zeit wollen und eine Unterschrift, dann …« Er atmet kurz durch, und auch das erinnert Édith an den Übungskampf, den sie damals in New York gesehen hat. Das Lockerlassen, das Ausschütteln. »Dann gibst du ihnen eben ein Autogramm. Es kostet dich nichts und besiegelt euren Pakt. Das ist alles.«

Das ist alles? In ihrem ganzen Leben hat Édith noch nie so eine Ansprache gehört. Sie weiß nichts zu sagen, also hält sie sich an das, was sie vor Augen hat: Marcels Mantel in dem Fall. Es hat leicht zu nieseln begonnen, und auf dem Stoff sammeln sich winzige Wassertröpfchen, die zu betrachten sich lohnt. Bis in alle Ewigkeit, wenn es sein muss.

»Édith?«

Sie schaut nicht auf.

»Édith.« Er hebt ihr Kinn mit dem Zeigefinger.

Sie schließt ihre Augen gegen den herabfallenden Regen.

»Du bist die größte Sängerin deiner Zeit. Verlier nicht den Kontakt zu den Menschen, die dir das ermöglichen.« Mit seinem Daumen streichelt er ihre Wange, dann lacht er kurz auf. »Oder anders ausgedrückt: Sei nett.«

»Ich bin nett.« Édith blinzelt trotzig.

»Ich weiß.« Marcel beugt sich über sie und küsst sie, aber nur ganz leicht. »Eigentlich bist du nett, also vergiss das nicht.«

»Ich verge…«, will Édith antworten, doch dieses Mal verschließt Marcel ihr den Mund. Küsst sie richtig, mitten auf dem Boulevard de Clichy, inmitten all der Menschen. Und auch das tut er kompromisslos, das ist kein Spiel. Das sind nur er und sie, nur sie beide.

Das Klatschen ist eben erst verebbt, die Musik spielt wieder. Es gibt eine kleine Pause. Und eine Änderung: Als besonderer Gast wird heute Abend Yves Montand auftreten. Édith weiß nicht, was sie mehr berunruhigt, das Murren der Menschen, ihre Enttäuschung oder das Ausbleiben desselben. Niemand scheint etwas dagegen zu haben, dass Montand übernimmt, so wirkt es zumindest. Misstrauisch beobachtet Édith durch einen Spalt im Vorhang aus den Kulissen heraus das Publikum, aber nein, sie sehen zufrieden aus. Fächeln sich Luft zu mit ihren Programmen, flüstern miteinander, warten auf den Fortgang des Konzerts, niemand verlässt den Saal.

Als sich ihr plötzlich eine Hand auf die Schulter legt, bleibt ihr beinah das Herz stehen. »Herrgott noch mal, Yves, willst du mich umbringen?«, flüstert Édith und lässt den Vorhang fallen.

»Nein, ich komme, um zu singen. *Bonsoir,* Édith.« Er küsst sie dreimal auf die Wangen, wie es üblich ist, hält sie dabei nur eine Spur zu lang fest.

Édith macht sich frei. »Das ist sehr nett von dir, Yves. Es tut mir leid, dass du schon wieder …«

Ein Bühnenassistent zischt ihnen zu und legt den Finger an den Mund.

Édith verdreht die Augen, zieht Yves dann jedoch weiter nach hinten in die Kulissen. »Tut mir leid, dass du schon wieder einspringen musst.«

»Die Stimme?«, fragt Yves einfühlsam. Es ist ihm jedoch anzumerken, dass er es inzwischen gewohnt ist, um Hilfe gebeten zu werden.

»Nein«, erwidert Édith, »es ist mein Fuß. Natürlich ist es die Stimme!«

»Schon gut, schon gut.« Montand hebt beschwichtigend die Hände. »Du mutest dir auch zu viel zu, Édith.«

»Ja, das sagen mir alle.« Sie winkt ab. »Aber du weißt doch, wie das ist …«

Sie hat es nur so dahingesagt, doch Yves nimmt ihre beiden Hände in die seinen. Sie stehen dicht beieinander, damit sie reden können, Édith kann ihn riechen. Etwas in ihr erkennt diesen Geruch und beginnt sich zu sehnen, nach alten Tagen, die nicht gerade unbeschwert waren, aber … nun ja, anders. Schließlich hatte sie damals noch ihre Stimme. Konnte sich auf sie verlassen, egal, wo sie war und wie viel sie sich auch zumutete.

»Ich weiß, wie es ist«, sagt Montand. In seinem Blick sieht sie denselben Hunger, denselben unbedingten Willen, den sie auch in Marcels Augen sieht. Und immer dann, wenn sie vor einem Auftritt in den Spiegel blickt. »Ich kenne die Hinterhöfe und Mülltonnen, das Geschrei in den Nachbarwohnungen und dieses Grau in Grau. Erinnere mich nur allzu gut. Und dann, schon damals, habe ich deine Stimme gehört, Édith. Und es geahnt. Das erste Mal geahnt, dass es in dieser lieblosen Welt noch etwas anderes gibt. So etwas wie …« Er stockt.

»Hoffnung?«

Montand lächelt. »Schönheit, Édith. Das ist es, was deine Stimme mir bedeutet. Du bist meine Heldin. Und die von vielen anderen Menschen auch.«

Édith forscht in seinem Gesicht, ob er es ernst meint. Er drückt sich eine Spur zu dramatisch aus, *eh bien.* Das tut sie auch, sie schreiben ja schließlich Chansons, da ist zu viel eigentlich gerade gut genug. Trotzdem weiß sie, was er ihr sagen will. Ihre Stimme ist das Wertvollste, das sie besitzt. Es war einmal anders. Es gab da etwas, tief vergraben in ihrer Vergangenheit …

Der Beifall holt sie aus ihrer Erinnerung. »Danke, Yves«, sagt sie zu dem Sänger, der immer noch ihre Hände hält, und küsst ihn auf den Mund. »Ich danke dir, dass du mich immer wieder an mich erinnerst, auch wenn es wehtut. Und jetzt geh los. Und zeig ihnen, wie ein echter Cowboy singen kann.«

Montand verzieht das Gesicht bei diesem Scherz, nickt jedoch. Er macht sich auf in Richtung Bühne, und Édith sieht ihm nach, beruhigt und sehnsüchtig zugleich.

1935

Sie war weg. Ihre kleine Cécelle war verschwunden.

Édith durchwühlte das Bett so gründlich, als gälte es, eine verloren gegangene Brosche oder einen Ohrring zu finden und keine Zweijährige. In aufsteigender Panik sah sie auch hinter dem Vorhang nach, der das Waschbecken umgab, blickte unter das Bett, in dem sie und Momone schliefen.

»Madame! Madame!« Aufgeregt lief sie nach draußen in den Flur, ließ dabei achtlos die Tür zu ihrem Zimmer offen und stürmte die Treppen hinunter, um nach ihrer Pensionswirtin zu suchen. Eine halbwegs bekleidete Dame, die gerade mit ihrem Galan auf dem Weg zu ihrem Zimmer war, stieß sie ebenso achtlos beiseite wie einen Betrunkenen, der sich noch mühsam am Geländer festhalten konnte. Verwünschungen begleiteten ihren Weg.

»Madame, Madame!« Im Erdgeschoss hämmerte Édith an die Wohnungstür der Concierge. »Madame? Hören Sie? Madame!«

»Was ist denn passiert? Brennt es?« Momone war aufgetaucht, Édith fuhr herum.

»Cécelle, sie ist verschwunden. Hast du sie mitgenommen? Du solltest auf sie aufpassen, Momone! Verdammt! Du solltest aufpassen!« Es fehlte nicht viel, und Édith hätte sie am Kragen ihrer Jacke gepackt, die eh schon eingerissen war. Mühsam hielt sie ihre Panik unter Kontrolle. Und die Wut, nachdem sie Momones Ausflüchte zu hören bekommen hatte.

»Ich war nur ganz kurz weg. Ehrlich. Sie muss noch da sein. Ich habe sie in ihr Bettchen gelegt und …«

»Sie ist aber nicht da!«, schrie Édith, als in diesem Augenblick die Tür hinter ihr geöffnet wurde.

Im Morgenrock, eine Zigarette in der Hand, erschien Madame auf der Schwelle und sah gelangweilt und gefährlich zugleich aus. Etwas, was in dieser Kombination nur ihr gelang. Aus ihrer Wohnung war ein Klimpern zu hören, das Édith von den ungezählten Malen her kannte, in denen sie Cécelle hier abgegeben hatte: Die Concierge besaß eine dieser Musikspieldosen, die man aufziehen konnte und die dann so lange dieselbe Melodie herunterleierte, bis sie müde wurde. Irgendein Geheimnis verknüpfte sich wohl mit dieser Spielerei, zumindest ließ Madame sie wieder und wieder laufen. Édith hatte nicht danach gefragt: Hier hatte jeder seine dunklen Geheimnisse, die sich in Blutergüssen, Narben an den Handgelenken oder eben geheimnisvollen Spieluhren ausdrückten, an denen man aber nie und nimmer rühren sollte.

Einen Augenblick lang loderte eine wilde Hoffnung auf, dass Madame Cécelle genommen haben könnte, aber nein, sie hatte ausdrücklich Momone darum gebeten. Madame war die Aufsicht über die Kleine in letzter Zeit zu viel geworden, sie hatte damit gedroht, sie zu berechnen.

»Wer ist nicht da?«, fragte die Concierge jetzt und lehnte sich in den Türrahmen.

»Oh, niemand. Ich meine … Nichts«, erwiderte Édith. Ihre anfängliche Panik war verschwunden und hatte neben der Sorge einem anderen, widerwärtigen Gefühl Platz gemacht: der Scham. »Ich habe Momone gesucht, weil sie … weil sie etwas genommen hat, das ich brauchte. Aber nun ist sie ja wieder da.«

»Ja, jetzt ist sie wieder da«, erwiderte Madame, deren Nachnamen keiner genau kannte und die auch keinen Vornamen besaß und von allen daher schlicht »Madame« genannt wurde. Die Concierge nahm einen tiefen Zug von ihrer Zigarette. »Sie hatten Besuch, Mademoiselle«, sagte sie, während der Rauch aus ihr herausströmte wie aus einem Drachen. »Ihr Freund.«

Offiziell hatte Édith nur einen Freund, und zwar Albert, einen im Pigalle bekannten Zuhälter, für den sie jedoch nicht anschaffen, sondern singen ging. Ein gutes Arrangement, fand sie, auch wenn Albert kräftig hinlangen konnte, sei es aus Eifersucht, sei es, weil sie seiner Meinung nach zu wenig verdiente. Doch er war gut zu Cécelle, und sie und ihr Kind und auch Momone profitierten von seinem Schutz. Das war ihr schon ein paar Ohrfeigen wert. Allerdings würde er sich nie und nimmer ihr Kind aufhalsen, außerdem war sie bis eben noch mit ihm zusammen gewesen.

»Der Vater hat die Kleine mitgenommen«, erklärte Madame, und Édith meinte, so etwas wie Mitleid in ihrer Stimme zu hören. Falls der Drachen zu so etwas überhaupt fähig war. »Er hatte auch so 'n Papier dabei, da musste ich es ihm schon glauben.«

»Das ist … das ist schon in Ordnung, Madame«, brachte Édith heraus. »Ich habe … Es war … es war so eine Absprache zwischen uns. Muss es wohl vergessen haben.« Sie drehte sich um, ihre Beine schwer wie Blei, ihr Herz wummerte. P'tit Louis hatte sie geholt. Er hatte es oft genug angedroht. Ein Schmerz, so groß, dass sie ihn sich nicht hätte ausmalen können, wollte sich ihrer bemächtigen, doch sie hielt ihn zurück, bohrte sich die Fingernägel tief in die Handfläche, bis sie blutete. »Schon gut«, murmelte sie und ging zurück zur Treppe.

»Er sah aus, als hätte er wirklich was übrig für die Kleine«, rief ihr die Concierge nach: Es war wohl als Trost gemeint.

Édith blieb stehen, ohne sich umzudrehen.

»Er hat ihr 'ne Puppe mitgebracht, ich denke, das ist gut so. Ich denke, jetzt muss sie nicht so viel alleine bleiben.«

Édith suchte nach einer Erwiderung, fand keine. Sie nickte nur, doch Madame war noch nicht fertig mit ihr.

»Die Spieluhr, die hat sie gemocht. Sie hat zugehört, wenn ich sie für sie aufgezogen habe. Das mochte meine früher auch. Nun ja. Jetzt sind sie weg, alle beide.«

Édith konnte sich vorstellen, wie die Zigarette in diesem winzigen goldenen Aschenbecher ausgedrückt wurde, den die Concierge stets mit sich herumtrug.

»Es ist besser so. Glauben Sie mir. Das hier ist keine Umgebung für ein Kind.«

Édith nickte, immer noch unfähig, ein Wort von sich zu geben. Wenn sie jetzt den Mund geöffnet hätte, wäre ein Laut herausgekommen, den sie nicht hätte ertragen können. Sie hörte die Tür, die ins Schloss fiel, ging ein paar Schritte. Dann, noch bevor sie wieder ins dunkle Treppenhaus eintauchte, taumelte sie, griff ins Leere. Drehte sich um, als wollte sie Halt suchen, doch Momone war längst verschwunden.

1949

Es ist nicht leicht, sich an Bord der Île de France zu schmuggeln, auf der Marcel seine Überfahrt nach Amerika antreten wird. Das Schiff gilt immer noch als das schönste der CGT-Flotte, vor allem, nachdem beinah all die anderen Überseedampfer im Krieg ausgebrannt oder versenkt worden sind. Sie buchen die Reichen und Berühmten für ihre Überfahrt nach Amerika, auf ihr lungern die Reporter überall herum, immer auf der Suche nach einem bekannten Gesicht.

Édith muss vorsichtig sein. Sie sticht allein schon durch ihre geringe Körpergröße aus der Menge der Passagiere heraus und hat Dédée überredet, sie an die Hand zu nehmen.

»Das ist doch lächerlich, Édith«, murmelt die treue Sekretärin und Freundin zwischen ihren Zähnen hindurch. »Ich komme mir dumm vor.«

»Ach was. Du bist meine *maman,* und wenn schon das nicht, dann eben meine große Schwester«, raunt Édith zurück. Sie trägt ein Cape mit Kapuze, unter der das blonde Haar der Perücke zu Zöpfen geflochten hervorlugt. Und gratuliert sich insgeheim zu diesem brillanten Einfall. Auf Minderjährige achtet niemand, und Édith fühlt sich übermütig, wäre beinah auf und ab gehüpft, aber das hätte Dédée sicher nicht geduldet.

Der Dampfer, der vor ihnen aufragt, wirkt riesig: Es muss über zweitausend Menschen aufnehmen, darunter allein achthundert Mann Besatzung, behauptet die aufwendig und in Gold gedruckte Broschüre, die den Reisenden ausgehändigt wurde. Es gibt acht »Staatskabinen«, was immer das auch sein mag, Luxuskabinen für dreißig Passagiere und dann allein vierhundertvierzig Personen, die erster Klasse reisen. Marcel, so nimmt sie wenigstens an, hat sicherlich auch eine Luxuskabine, er dürfte also nicht weit weg von ihr untergebracht sein. Die Werbebroschüre, die Édith in der Warteschlange durchblättert, stammt zwar aus der Zeit vor dem Krieg, ist aber immer noch gültig, hat man ihr versichert. Und das, obwohl der Dampfer zwischenzeitlich als Materialtransporter diente und Bomben und Panzer geladen hatte. Es ist beinah alles wiederhergestellt, versichert die Reederei: die Gesellschaftsräume im mordernen Art déco, die Eingangshalle, die vier Decks hoch ist. Der Speisesaal, der über drei Decks reicht und über eine riesige Treppe betreten wird. Die Kapelle im neugotischen Stil existiert noch, ebenso der »gut ausgestattete Sportbereich mit Schießstand«. So steht es im Prospekt, und Édith nimmt an, dass das Marcel besonders freuen wird. So kann er während der sechstägigen Überfahrt weiter trainieren. Der Rest, das Karussell für die Kinder, das Shuffleboard und die anderen Vergnügungen an Bord, interessiert sie nicht. Sie wird sich ganz bestimmt amüsieren, sobald sie Marcel gefunden hat, und für Spielereien kaum Zeit haben.

»Ah, es geht weiter«, sagt Dédée und ergreift seufzend wieder die Hand, die Édith ihr hinstreckt. Die steile Gangway hinauf, an den Offizieren vorbei, die dazu abkommandiert sind, die Passagiere zu begrüßen.

Wie vorhergesagt blitzen überall die Lichter der Fotografen auf, werden Namen gerufen, es wird sogar geklatscht, doch gilt die Aufmerksamkeit dieses Mal nicht Édith Piaf. Noch ein paar Schritte, und das gigantische Schiff hat sie ganz heimlich verschluckt.

Die Eingangshalle ist in der Tat beeindruckend mit ihren eckigen Säulen in grauem Stein, den Handläufen in gelbem Marmor, zudem ist sie so hoch wie eine Kathedrale. Flächen und Formen beherrschen den Saal, der von den geraden Linien der Paneele unterteilt wird, im Spiegel endlos fortgeführt, und dessen klare Struktur sich im Schachbrettmuster des Bodens bis hin zu den großen, achteckigen Vasen wiederfindet, die auf den Säulen thronen. Alles nimmt seine ihm eigene Ordnung ein, der sich die Dinge wie Stühle und Tische zu unterwerfen haben. Wiederholung ist das Zauberwort. Hier lauert keine Überraschung, wird der Blick von den Linien gelenkt, ab und an darf ein Oval ihn auffangen. So wie im Speisesaal oder dem Teesalon, in dem die Tische so akkurat gestellt sind, dass eine Heerschar von Bediensteten mit Lineal und Wasserwaage am Werk gewesen sein muss.

In den Suiten geht es zwar ebenso modern, aber nicht ganz so streng zu. Sie wirken gemütlich mit ihren kleinen Boudoirs mit eigenem Schreibtisch, zwei Sesseln und einer Chaiselongue. Das Badezimmer mit Bidet wurde sogar mit einem floralen Muster ausgestattet: Über der Badewanne tummeln sich unter üppigen, farblich kräftig gehaltenen Palmwedeln zwei muntere Äffchen.

»*Bon*«, murmelt Édith, die ihr Reich inspiziert, »solange sie mir nicht beim Pinkeln zusehen …«

»Wer sieht dir wobei zu?«, fragt Dédee im angrenzenden Schlafzimmer.

»Schon gut«, ruft Édith zurück. Sie teilt sich die Suite mit den zwei Einzelbetten mit ihrer Sekretärin. Es war auf die Schnelle keine andere Kabine zu bekommen, zudem geht Édith davon aus, dass sie die Nächte sowieso anderswo verbringen wird. Sobald sie herausgefunden hat, wo Marcel steckt.

»Na, wo wird er wohl sein?«, fragt Dédée, die Édiths Ratlosigkeit sieht. Sie ist damit beschäftigt, ihre und die Wäsche von Édith ordentlich gefaltet in den getäfelten Wandschrank einzuräumen. »Dein Marcel wird sicher als Erstes die Sporträume aufsuchen. Es ist irgendwann auf der Fahrt ein Showkampf vorgesehen, also müssen sie an Bord auch einen Boxring haben.« Sie tritt einen

Schritt zurück, um ihr Gleichgewicht wiederzufinden: Das Schiff rollt leicht von einer Seite auf die andere. Noch ist es kaum zu spüren, es wird auf offener See wohl stärker werden.

»Du hast recht«, sagt Édith und küsst sie auf die Wange. »Ich danke dir.«

»Für was?« Dédée sieht erstaunt aus, einen Stapel Blusen in der Hand.

»Für alles. Dass du mitkommst. Dass du immer für mich da bist. Dass du mich damals bei der Gestapo rausgehauen und nach dem Krieg für mich ausgesagt hast.«

»Ach das.« Dédée lächelt und legt die Blusen auf eines der Betten. »Nun geh schon und such deinen Boxer. Deswegen sind wir doch hier, oder?«

Édith lacht und stürmt zur Tür hinaus wie ein Teenager. Doch ihr Übermut verfliegt bald, als sie merkt, wie groß das Schiff in Wirklichkeit ist! Eine komplette schwimmende Stadt tut sich vor ihr auf, und sie muss erst einen der Stewards nach dem Weg zum Gymnastiksaal fragen.

»Jetzt, Madame?« Der Mann zieht die Augenbrauen hoch. »Wir haben gerade erst abgelegt.«

Édith funkelt ihn an. »Gibt es eine Bestimmung zur Benutzung des Gymnastikraums bezüglich des Abstands zum Festland oder der Seemeilen, die man zuvor zurückgelegt haben muss? Na also.«

Nach der Wegbeschreibung lässt sie ihn stehen, ohne sich zu bedanken. Sie hat es eilig. Schlängelt sich an den Reisenden vorbei, die immer noch auf der Suche nach ihrer Kabine sind, und denen, die sich schon auf Erkundungsgang befinden, doch die meisten stehen zweifellos noch draußen an der Reling und sehen das gute alte Europa kleiner und kleiner werden. Es riecht stark nach Rauch aus einem der drei Schornsteine, die Türen nach draußen öffnen und schließen sich wie im Taubenschlag.

Marcel ist nicht im Gymnastiksaal mit seinen Fahrrädern, Gewichten und dem Punchingball an der Wand. Er ist nebenan, in einem Trainingsraum für Ringer. Zumindest lassen die vielen Matten auf diesen Zweck schließen. Ein Sandsack hängt von der

Decke, auf den er fleißig eindrischt, seine Sporttaschen liegen am Rand, seine gesamte Ausrüstung. Dédée hatte richtig geraten: Wenn es einen Ort gibt, den Marcel als Erstes aufsuchen würde, an dem er sich wohlfühlt, dann wäre es sicher der Trainingsraum.

»Überraschung!«, ruft Édith und steht, beide Arme erhoben, in der Tür.

Marcel dreht sich um, ein breites Grinsen im Gesicht.

»Du bist gar nicht überrascht«, sagt Édith enttäuscht und gleichzeitig glücklich, ihn gefunden zu haben.

»Ehrlich gesagt habe ich so etwas geahnt.« Er kommt zu ihr herüber, greift sie sich, indem er sie hochhebt, und küsst sie innig. Sie haben sich die letzte Zeit häufig gesehen, die Zeit nach ihrem Urlaub in Nizza und Bandol praktisch ständig zusammen verbracht, und trotzdem ist es ihnen, als läge ein Ozean an einsamen Tagen hinter ihnen. »Hast du mich vermisst?«, fragt Marcel und sieht sie an, seine Augen glitzern schelmisch.

»Und wie«, erwidert Édith, deren Füße immer noch einen halben Meter über dem Boden baumeln.

»Dann rate mal, wer einen Schlüssel zu diesem wunderbaren kleinen Trainingsraum besitzt.«

»Du«, sagt Édith und pikst ihm in die Brust.

»*Exactement.* Er steckt.« Marcel küsst sie wieder, während er mit dem Fuß die Tür zuschubst. Édith muss noch hinter sich greifen, um sie zuzuschließen, bevor Marcel und sie sich auf den Mattenboden gleiten lassen. »Ich muss nur noch die Handschuhe …«

»Wozu?« unterbricht Édith ihn.

Ja, wozu eigentlich? Das Schiff schlingert und rollt leicht, die Matten quietschen, während Marcel und Édith den Kontinent und all ihre Sorgen und Befürchtungen hinter sich lassen.

15.

New York 1949

Endlich wieder New York! Endlich wieder Sirenen, Taxis, bestechliche Portiers und diese unvergleichlichen, irrsinnigen Nächte, die niemals enden wollen! Es ja auch gar nicht können. Zweimal jeden Abend tritt Édith im Versailles auf, um zehn und um eins, und das für jeweils acht Chansons. Viertausend Dollar bekommt sie dafür pro Woche: eine unvorstellbar hohe Summe, wie sie findet, obwohl Loulou ihr sogleich die Kosten für die Wohnung und das große Team vorgerechnet hat. Nicht zu vergessen das amerikanische Finanzamt, das seinen Teil vom französischen Kuchen fordert.

Édith ist das egal. Ihre Vorstellungen sind schon jetzt bis auf Wochen ausgebucht, die Leute reißen sich um die Tickets. Nicholas und Arnold sind völlig aus dem Häuschen. Édith ist das stärkste Zugpferd, das sie je hatten. Und der Kampf ihres Liebsten gegen LaMotta sorgt zusätzlich für Schlagzeilen. Auch das lässt die Vorverkaufszahlen kräftig klingeln. »Die Piaf« ist zur Ikone geworden, ihren Namen kennt man im ganzen Land – was für einen europäischen Star wahrlich ungeheuerlich ist. Die US-Presse liegt ihr zu Füßen, die mitgereisten französischen Journalisten sowieso. Es ist eine regelrechte Piaf-Mania entstanden!

Und Édith befindet sich im Belagerungszustand.

»O nein, nicht schon wieder«, stöhnt sie, als es an der Tür

zu ihrem Appartement klingelt. »Bestimmt die Presse.« Sie muss an Marcel denken, an seine Standpauke, die er ihr in Paris gehalten hat. »Möchtest du in Zukunft in leeren Räumen auftreten?«, hört sie seine Stimme. Nein, möchte sie nicht, aber das hier ist auch etwas anderes. Sie hat schon drei Interviews gegeben, unzählige Autogramme geschrieben und für Fotos posiert. Jetzt hat sie sich eine kurze Pause verdient, findet sie. Und ein wenig Privatsphäre.

»Soll ich sie abwimmeln?«, bietet Marlene Dietrich an und stellt schon ihre Tasse Tee auf dem Tischchen neben sich ab.

»Oh, würdest du? Ich wäre dir ewig dankbar!«, erwidert Édith. Sie vergräbt sich tiefer in den Sessel, obwohl man sie von der Tür aus sowieso nicht sehen könnte.

»Nein, Madame Piaf ist zurzeit nicht zu sprechen, tut mir leid«, hört sie Marlene zunächst auf Französisch und dann, zur Sicherheit, noch einmal auf Englisch sagen. »Wer ich bin? Ich bin ihre Sekretärin. *Her secretary.*« Stimmengemurmel, dann die entschiedene Erwiderung: *»No. Tempting, but … no.«* Und dann: »*Yes*, kommen Sie ein anderes Mal wieder. Und machen Sie vorher einen Termin bei mir. *An appointment. Yes, bye-bye.*«

»Meine Sekretärin?«, grinst Édith, kaum dass sie wieder zurück ist und sich in ihren Sessel gesetzt hat. »Das haben sie dir geglaubt?«

»Anscheinend.« Marlene lacht ihr dunkles Lachen. »Einer der Reporter wollte sich mit mir verabreden. Aber seien wir ehrlich: Der wollte doch nur über mich an dich herankommen.«

Édith nickt ernst. »Ganz bestimmt. Kein Mann würde je auf die Idee kommen, sich mit dir verabreden zu wollen.«

»So ist es.« Die Dietrich seufzt. »Ich führe ein Leben als Mauerblümchen. Aber Gott sei Dank arbeitete ich ja für eine Berühmtheit!«

Die beiden lachen, amüsieren sich köstlich und malen sich noch mehr Aufgaben für die Sekretärin Marlene aus.

»Und dann könntest du meine Ansagen machen. Schließlich sprichst du ganz passabel Englisch.«

»Und mein Französisch ist auch nicht schlecht. Ich könnte deine Übersetzerin sein.«

»O ja, das wäre praktisch. Aber sicher bist du sehr teuer, und was würde die arme Dédée dazu sagen?«

Es sind wie immer gestohlene Momente in dem Trubel, den alle Ruhm nennen, doch es gibt sie. Eine Art Normalität mit ihrer Freundin, mit ganz profanen Dingen wie Essen zubereiten: eine von Marlenes Spezialitäten, die, wer hätte das gedacht, wunderbar kochen kann.

Doch sie werden seltener. Mittlerweile hat Édith immer öfter das Gefühl, getrieben zu werden. Mehr noch: dass ihr die Zeit davonläuft. Sie wird dann ungeduldig, unwirsch, was vor allem ihre Musiker zu spüren bekommen. Ruhe findet sie nur noch selten. Eigentlich nur, wenn Marcel bei ihr ist.

»Wann siehst du denn deinen Boxer wieder?«, fragt Marlene nach einer kurzen Pause, als hätte sie Édiths Gedanken gelesen.

Édith nippt an ihrem Tee, bevor sie antwortet. »Er ist wieder in seinem Trainingslager am Loch Sheldrake, und es sieht gut aus. Ich denke, er wird diesem LaMotta ordentlich den Hintern versohlen.« Sie hat selbst ein paar Tage dort oben verbracht und ihr Versteckspiel wiederholt, dieses Mal allerdings ohne Momone. Und konnte sich ein genaues Bild von der Verfassung ihres Geliebten machen.

»Wunderbar. Dann läuft ja alles wie am Schnürchen.«

Édith nickt.

»Und jetzt erzähl mir mal von dem neuen Lied, von dem alle so begeistert sind. Ich bin anscheinend die Einzige, die es noch nicht gehört hat. Barbara Stanwyck musste mir davon erzählen. Und Cary Grant soll ganz hingerissen sein!«

»Tja, das hast du nun davon, dass du meine Vorstellungen nicht besuchst. Nein, nein, ich weiß von deinen Dreharbeiten in Hollywood, meine Liebe, das war ein Scherz.« Noch einen Schluck, dann stellt sie die Tasse ab. »Ich habe die *Hymne à l'amour* am Premierenabend gesungen und war sehr aufgeregt deswegen, das kannst du mir glauben. Alle möglichen Leute waren da …«

»Ja, Barbara hat es erwähnt. Rex Harrison, Jane Wyman …«

»Wer auch immer. Ich war aufgeregt, weil ich die *Hymne* öffentlich zu Marcels Lied erklärt habe. Ich habe es nur für ihn geschrieben, singe es nur für ihn, und das habe ich auch erzählt. Das erste Mal, dass ich ein Chanson so persönlich habe werden lassen, verstehst du? Aber ich wollte ehrlich sein. Und dieses Lied beschreibt nun einmal meine Gefühle für Marcel.«

»Und die Menschen waren begeistert.«

Édith lacht bei der Erinnerung. »*Standing ovations.* Minutenlang. Sie haben es verstanden.«

»Wunderbar.« Marlene stellt ihre leere Tasse ab. »Ich werde es ja nachher hören, aber du könntest nicht jetzt schon … sozusagen als Vorschau …?«

»Natürlich. Weil du es bist.« Édith geht an den Flügel, klappt ihn auf. Sie kann nur ein paar Grundakkorde zu der Melodie, die ihr Marguerite Monnot komponiert hat, aber sie hat ihre Stimme. Versunken, den Blick irgendwo in die Ferne gerichtet, singt sie über den blauen Himmel, der herabstürzen kann, und die Erde, die einbricht, was soll's, solange er sie nur liebt …

Marlene, die einmal mehr Édiths Schönheit bewundert, wenn sie singt, die einmal mehr glaubt, sich in die Sängerin verlieben zu können, spürt einen Stich der Eifersucht und der Sehnsucht gleichermaßen. Nach dieser Liebe. Zu all den Dingen, die sie tun würde und leidenschaftlich und wie nebenbei aufzählt. Zum endlosen Blau, in das das alles führen wird: Ihre Stimme ist jetzt ein einziges Vibrato.

Dann, nach einer langen Pause, in der die Sängerin jedoch nicht hochschaut, den Blick nicht hebt und Marlene atemlos abwartet, singt sie beinah verträumt, gleichzeitig aber völlig überzeugt und daher mit Inbrunst: »*Gott vereinigt diejenigen, die sich lieben!*«

Und Marlene Dietrich, dem kühlen Engel, läuft eine Träne über die Wange.

Sie sind wieder zu viert bei der Teestunde im Waldorf Astoria: Édith und Marlene mit Josephine Baker, nur dass dieses Mal die französische Sängerin Lucienne Boyer den Platz von Coco Chanel einnimmt. Etwas, das Édith verlegen machen könnte, schließlich hat sie in der Vergangenheit heftig mit Jacques Pills, ihrem Mann, geflirtet. Doch Édith ist eine andere geworden, in festen Händen. Das alles, die Männer, Jacques, liegt hinter ihr.

»*Mon Dieu,* Édith! Noch ein Wort über deinen übermenschlichen Boxer, die wunderbare Überfahrt und die Vorzüge von Ringermatten, und wir stürzen uns hier und auf der Stelle ins Teemesser«, stöhnt Josephine Baker in gespielter Verzweiflung. »Siehst du nicht, dass wir alle schon grün sind vor Neid?«

»Also, ich nicht«, widerspricht Lucienne Boyer. »Jacques könnte nicht wunderbarer und aufmerksamer zu mir sein.« Sie wirft einen raschen Blick zu Édith, was der jedoch entgeht. Sie ist mit der Zuckerzange beschäftigt. »Seit der Geburt unserer Tochter weicht er mir gar nicht mehr von der Seite.« Auch das sagt sie mit Blick auf Édith, die den Zuckerklumpen erfolgreich eingezwängt hat und in ihre Tasse fallen lässt.

»Seit ... Warte mal, wie alt ist deine Tochter doch gleich?«, greift an ihrer statt Marlene den vergifteten Köder auf. »Seit acht Jahren? Nun, da hoffe ich doch, dass er dich zwischendurch wenigstens einmal allein hat auf die Toilette gehen lassen.«

Josephine lacht, und Lucienne wirft ihr einen wütenden Blick zu.

»Es ist eben anders, wenn man ein Kind miteinander hat«, wirft sie in die Runde. »So etwas festigt eine Ehe, die ja für immer sein soll.«

Josephine Baker, die mit dreizehn von ihrer Mutter zwangsverheiratet worden ist, inzwischen in fünfter Ehe lebt und immer noch unter ihrer Kinderlosigkeit leidet, zuckt zusammen, behält aber ihr Lächeln bei. Es wird nur eine Spur kühler. Sie ist es gewohnt, wegen ihrer Hautfarbe, ihres Geschlechts und ihrer Lebensweise kritisiert zu werden. In Frankreich ist sie eine Königin, sie besitzt ein Schloss. Doch sie ist immer noch schwarz. In den USA muss sie manche Hotels durch den Hintereingang betreten.

»Ja, Kinder sind ein Segen«, sagt sie mit charmantem Lächeln, das nichts von ihren Gefühlen preisgibt. »Ich trage mich schon länger mit dem Gedanken, ein Kind zu adoptieren. Vielleicht auch mehrere. Von jeder Farbe eins.«

Jetzt wird auch Édith aufmerksam, die immer noch mit der Zuckerzange spielt. »Was meinst du damit: von jeder Farbe?«

»Ein schwarzes, ein weißes, ein rotes, gelbes … Was gibt es noch?«

»Grün«, schlägt Marlene vor und nippt an ihrer Tasse.

»Blass«, entscheidet Josephine. »Einen Eskimo oder so.«

Lucienne ist natürlich empört. »Das hört sich an wie in einem Kaufhaus für Menschenkinder.«

»Platz genug hat sie schließlich«, sagt Marlene ungerührt, die ihr Schloss Les Milandes kennt. »Und genug Angestellte auch.«

»Du bist ständig auf Tournee. Wer soll die vielen Kinder erziehen?«, fragt Lucienne entsetzt.

»Das macht dann Jo. Oder ich nehme sie alle mit.« Mittlerweile gefällt ihr ihre Gedankenspielerei, mit der sie Lucienne nur aufziehen wollte. Wer weiß: Vielleicht wird sie wirklich einmal ein Kind adoptieren? Vielleicht auch mehrere?

»Ein Kind auf Tournee.« Lucienne schüttelt den Kopf. »Das wäre uns nie in den Sinn gekommen.«

»Stimmt«, sagt Marlene, »du bleibst schön zu Hause, während Jacques in der Weltgeschichte umherreist.«

»Natürlich. Ich bin schließlich Mutter. Gerade du müsstest doch wissen, was das bedeutet.«

Marlenes tiefes, rauchiges Lachen trägt durch den Saal. »Lass mich da raus. Marie ist erwachsen, hat ihr eigenes Leben. Ich bin gerade Großmutter geworden. Aber danke, dass du mich an mein fortgeschrittenes Alter erinnerst.«

»Und du, Édith? Wolltest du niemals Kinder?« Das war böse. Oder einfach Unwissenheit. Nein, der genugtuende Gesichtsausdruck von Lucienne deutet darauf hin, dass die Sängerin sehr wohl weiß, dass Édith einmal ein Kind gehabt hat. Genauso, wie sie mitbekommen hat, dass ihr Mann Édiths Reizen gegenüber viel zu empfänglich ist.

Édith versteht es ebenso wie Josephine, sich zu verstellen, die Menschen nicht hinter ihre Maske sehen zu lassen. Jede Berühmtheit lernt das mit der Zeit. Es gilt, sich und seine Privatsphäre zu schützen. Doch Luciennes Bemerkung trifft sie unvorbereitet. Sie ist der Unterhaltung nur mit einem Ohr gefolgt. War in Gedanken halb bei Marcel und halb bei der Zuckerzange, die sie zwar nicht praktisch, aber kultiviert fand, und ernsthaft überlegte sie, ob sie sie nicht einfach einstecken sollte.

»Doch, natürlich«, antwortet sie viel zu ehrlich. »Ich hätte mir Kinder mit Marcel gewünscht.«

»Aber es hat nicht geklappt? Nun, an ihm kann es ja nicht liegen, schließlich …«

»Lucienne«, unterbricht Marlene gefährlich ruhig, »du gehst zu weit.«

»Ich meine doch nur …«

»Wir wissen, was du meinst.«

Es wird ein paar Minuten still in der Runde, während Lucienne sich auf die Lippe beißt. Wenigstens besitzt sie den Anstand, rot zu werden.

Josephine schüttelt missbilligend den Kopf, dass ihre großen Ohrringe nur so schwingen.

Marlene stürzt sich auf das nächstliegende Thema: »Was hast du eigentlich mit dieser Zange vor?«

Édith, dankbar für die Ablenkung, lächelt. »Ich finde sie unheimlich … unpraktisch, eigentlich.«

»Ungeheuer unpraktisch«, pflichtet Josephine ihr bei, »wo man doch seine Finger hat.«

»Wer so etwas wohl herstellt?« Édith klappert mit der kleinen silbernen Zange. »Meint ihr, es gibt so etwas wie eine Zuckerzangenfabrik?«

Und schon ist der Eklat abgewendet, können sich die Freundinnen wichtigeren Dingen zuwenden als Kindern und Karrieren. Und noch eine Runde Tee bestellen, auch wenn es ihnen schwerfällt, ihre ursprüngliche Leichtigkeit wiederzufinden.

Zwei ganze Monate: Édith kann ihr Glück nicht fassen! Zwei weitere Monate mit Marcel beschert ihr die Nachricht, dass LaMotta im September nicht boxen kann. Der *fight* muss auf Anfang Dezember verschoben werden!

»Angeblich ist seine Schulterverletzung noch nicht auskuriert. Seine Schulter! Nicht meine! Es ist eine bodenlose Frechheit. Ein Affront.« Marcel schnippelt an seinem Steak herum, als könnte er sich anstelle dessen gut LaMottas Schulter vorstellen, die er operiert.

»Ach was. Es sind zwei Monate mehr für uns. Verstehst du denn nicht?« Eine Woche, die sie ungestört miteinander verbringen können, ist schon viel, aber gleich Monate? Das ist ein ungeheures Geschenk, so zumindest empfindet es Édith. Sie hat ihr Besteck zur Seite gelegt, strahlt ihn an.

Wieder haben sie sich das ermöglicht, was ihnen nur in New York gelingen kann: In der Menge der Gassen unterzutauchen, in ein kleines Restaurant zu fliehen und unerkannt essen zu können. Diese Mal ist es eine griechische Taverne mit riesigen kitschigen Wandbildern und einer Theke, um die sich künstlicher Wein rankt. Hinter Marcels Kopf sieht man auf einen eindimensionalen Hafen, in dem Schiffe mit weißen, geblähten Segeln gegen eine unendliche Menge Blau ansegeln. Gipsstatuen von Göttern stehen in den Nischen, es gibt sogar einen kleinen Springbrunnen, der allerdings nicht läuft. Im Hintergrund spielt Bouzouki-Musik, es riecht scharf nach angebratenem Lammfleisch.

»Édith, du begreifst es nicht.«

»Doch, doch, ich weiß.« Édith verzieht das Gesicht. »Du denkst nur noch an den Rückkampf. Aber es ist, wie es ist. Und du solltest dich ablenken in der Zwischenzeit, Abstand gewinnen. Kein Mensch kann so eine lange Zeit über wütend sein.«

»Doch, kann er«, widerspricht Marcel. Er trinkt einen Schluck Rotwein. »Aber ich muss Abstand gewinnen, da hast du recht.«

»Wunderbar!« Édith strahlt. Sie nimmt ihr Besteck wieder auf, isst weiter.

Marcel räuspert sich. »Ich werde wohl ein paar Wochen zu meiner Familie fliegen, Édith.«

Sie erstarrt. Fängt sich dann wieder, zerteilt weiter das Fleisch auf ihrem Teller. »Ein paar *Wochen?*«

»Du weißt doch, Marinette …«

»Müssen wir von deiner Frau reden?« Édith sagt es unbeteiligt, doch in ihrem Inneren wütet ein Sturm der Enttäuschung. Alles, das wunderbare Essen, der Wein, das Zusammensein mit Marcel wird davon erfasst und weggerissen.

»Sie erwartet ein Kind. Natürlich muss ich mich da um sie kümmern, nach ihr sehen.«

Édith isst weiter, ohne ein Wort. Was gibt es gegen ein Kind schon einzuwenden?

»Du kannst nicht verstehen …«

»Was verstehe ich nicht?«, unterbricht sie scharf und sieht auf. »Was um alles in der Welt versteht die kleine, dumme Édith jetzt schon wieder nicht? Ich verstehe, dass du verheiratet bist. *Bon.* Ich verstehe, dass Boxen deine Leidenschaft, dein Leben ist, dass diese Besessenheit eines Rückkampfes dazugehört. Ich verstehe es zu siegen, und ich verstehe, wie es ist, wenn man eine Niederlage erleidet. Inzwischen verstehe ich das Wort »Trennung« besser, als mir lieb ist. Sehnsucht ist mein zweiter Vorname, und das Verlangen nach dir ist manchmal so übermächtig, dass ich es wie einen körperlichen Schmerz spüre. Also was, Marcel, ist es, was ich nicht verstehen kann?«

»Du hast keine Kinder.«

Na also, jetzt ist es raus. Dies ewige Herumschleichen um das Thema hat ein Ende. Natürlich weiß er von Cécelle. Sie hat es ihm erzählt. Kurz und knapp, damit er darüber Bescheid weiß, so wie er alles Wichtige in ihrem Leben kennt. Wer ist also der, der hier etwas nicht versteht?

»Ich habe eine Tochter, sie heißt Cécelle. Eigentlich Marcelle. Sie ist mit zweieinhalb an einer Gehirnhautentzündung gestorben.«

»Ich weiß, Édith, ich meinte …«

»Nein, das weißt du nicht. Du hast zwei gesunde, lebendige Söhne, bald ein drittes Kind. Ich habe eine tote Tochter. Ich *habe* diese Tochter: Sie geht nicht weg. Das will ich auch gar nicht. Cécelle ist mein kleines Mädchen.«

Marcel ist einen Augenblick lang ruhig. »Und doch kannst du dich nicht mehr um sie kümmern …« Er hört selbst, wie das klingt, und bricht ab.

»Nein«, sagt Édith dunkel, »nicht mehr. Das habe ich sowieso nie gekonnt.«

»Excuse me, Sir.« Der Mann von der Bar, wahrscheinlich der Besitzer, steht vor ihnen. Verlegen knetet er seine Mütze.

Édith und Marcel starren ihn an, beide müssen erst einmal zurückfinden in die Realität, dieses Restaurant. Griechenland an einem besonderen Abend, ach ja. Sie beide, Berühmtheiten, die ein Essen genießen. Eben gerade waren sie bloß ein Mann und eine Frau, tief vergraben in der Vergangenheit. Und nur Millimeter entfernt von einem Abgrund.

Es geht um ein Autogramm. Natürlich geht es das. Marcel nickt, der Mann winkt aufgeregt seiner gesamten Belegschaft, seiner Familie.

Édith findet sich eingerahmt von lauter Menschen wieder, griechische Sätze und Ausrufe umschwirren sie, jemand rempelt sie an. Stifte und Blöcke werden über ihren Kopf gereicht. *»Excusez-moi, s'il vous plaît, laissez-moi passer.«* Sie schlängelt sich durch die aufgebrachte Menge. Um sich in den Waschraum zu flüchten, zunächst, doch dann, auf dem Weg dorthin, lässt sie sich von der Garderobiere ihren Mantel geben und flieht hinaus in den Abend. Sie muss sich bewegen, muss weg von diesen Menschen und von Marcel. Ihr Kopf schwirrt, sie will jetzt nicht reden. Ruhe, sie muss Ruhe haben, und sie weiß auch schon, bei wem sie sie findet.

»Heilige Thérèse«, betet Édith. Sie kniet in einer Kirche in der Vierundsiebzigsten Straße mitten in Manhattan. Die Church of the Resurrection, ein braunes Steingebäude mit einem winzigen

Turm, steht eingezwängt zwischen zwei hohen, funktionalen Gebäuden. Sie sieht beinah verloren aus, fast so, als wollte sie sich verstecken. Innen ist sie schlicht, aber schön, viel größer, als sie von außen wirkt, mit einem eindrucksvollen Holzgerüst und einem steinernen, kunstvoll verzierten Altar.

Édith hat sich eine Bankreihe auf der rechten Seite ausgesucht, gleich gegenüber dem vergoldeten Marienbild. Außer ihr sind nur eine Handvoll Gläubige da, die meisten von ihnen warten darauf, dass der Beichtstuhl frei wird und sie ihre Sünden loswerden können.

Édith selbst hat noch nie gebeichtet. Ihre Sorgen und Nöte erzählt sie ihrer Schwester, der heiligen Thérèse, und niemandem sonst. Die Augen geschlossen, hat sie die Hände zu fest ineinander verschränkten Fäusten geballt. So hat sie es gelernt, so hat sie es als Kind gemacht. Man bekommt nur etwas, wenn man darum kämpft. Nett um etwas zu bitten hat noch niemandem genützt, nein. Man muss es dem Leben abtrotzen. Und man muss dafür bezahlen. Jeden erfüllten Wunsch gilt es tausendfach zurückzugeben. Das Glück ist absolut, dafür währt es nur Sekunden, das Sehnen und die Trauer jedoch ein Leben lang.

So hat sie es wieder und wieder beschworen in ihren Liedern von den Seemännern und verlorenen Soldaten, sich mit ihnen in jedem Chanson vereinigt und sie dann ziehen lassen, sie kurz geliebt und endlos verloren.

Alles in ihrem Leben folgt diesem Prinzip, und Édith weiß das.

Die Unruhe, die sich immer wieder bemerkbar macht, ist ein Zeichen davon.

Sie kostet die Sekunden des Glücks aus und bereitet sich dann auf den Sturm vor. Der kommt, der immer kommt. Für ihr kurzes Glück würde sie schrecklich büßen müssen.

Das gerötete kleine Gesicht ihrer Tochter taucht vor ihr auf, verschwommen wie immer, das Gefühl, das sich auf ihre Brust legt und sie kaum atmen lässt. Auch das ist ihr nur allzu vertraut.

»Thérèse«, betet Édith eindringlich, »dieses Mal bitte ich für mich, aber es ist nicht Marcel, um den ich dich bitte. Ich bitte um

Cécelle, mein kleines Mädchen. Ich kann sie nicht sehen! Ich kann sie nie sehen, nie an sie denken, weil …« Auch dieses Mal stockt sie.

Weil da dieser Verrat ist. Dies dreckige Zimmer, das Gitterbettchen, Cécelle, die weint und weint und die Édith allein gelassen hat. Eben nicht nur, weil sie arbeiten, Geld verdienen musste. Nicht nur das.

»Es war wie bei mir«, gesteht sie in Gedanken. »Es war das, was meine Mutter mir angetan hat, und dabei wollte ich alles besser machen. Ich hatte es so fest vor, glaub mir, Thérèse. Du kannst in mein Herz sehen, du weißt, dass ich es wollte.«

Und doch hat sie ihre kleine, unschuldige Tochter vergessen. In den Varietés, sobald sie sang, war sie fern von Cécelle, in der Wüste verliebt, verloren, auf sandigen Spuren unterwegs in einer Traumwelt. Die ihr besser gefiel, die ihr auch wahrhaftiger vorkam als junges Mädchen. Sie war einfach nicht bereit dazu gewesen, ihre Träume gegen die schäbige Wirklichkeit einzutauschen.

»Ich kann nicht an sie denken, nicht um sie trauern, weil da diese Schuld ist, die auf mir lastet, Thérèse. Ich kann nicht um sie herumsehen. Ich kann mein kleines Mädchen nicht sehen. Darum bitte ich dich, mir zu verzeihen.«

Aber auch dafür hat sie schon oft gebetet, und sie weiß, dass Thérèse das längst getan hat, das ist ja ihre Aufgabe. Sie ist schließlich die Heilige, die alle Sünden auf sich nimmt. Darauf vertraut Édith, daran glaubt sie. Was ist also der Grund? Warum kann sie um Cécelle nicht trauern?

»Du musst mir vergeben, Thérèse, du musst mir vergeben.«

Wieder und wieder sagt sie sich das, immer verzweifelter wird ihr Flehen, inzwischen bewegt sie auch die Lippen: »Du musst mir vergeben, du muss mir vergeben …« Und dann steht plötzlich nicht das Antlitz der Heiligen vor ihrem inneren Auge, sondern das ihrer eigenen Mutter, Line Marsa.

»Ich muss ihr verzeihen? Nun, wenn es das ist: Bitte schön«, denkt Édith, aber das reicht noch nicht. Nichts hat sich geändert. Ihrer Mutter hatte sie die Schmähgesänge in ihrem Hinterhof sowieso viel übler genommen als die jahrelange Vernachlässigung, an die sie sich ja selbst nicht erinnert.

»Bitte, Thérèse, was soll ich denn noch tun?«

Der Schmerz, der sich in ihrem Inneren ausbreitet, ist fast übermächtig, will heraus: Sie glaubt, ersticken zu müssen. Um Luft ringend, öffnet Édith die Augen. Kerzen brennen vor der Mutter Gottes mit ihrem kleinen Spielzeugjesus auf dem Arm, lassen das Bild funkeln, als wäre es lebendig. Das Jesuskind sieht zu klein aus, gar nicht echt. Es ist, als würde auch Maria nur ein Bild ihres Kindes mit sich herumtragen, so wie sie. Und Édith fragt sich, ob seine Mutter ihn wirklich sehen konnte neben all den vielen Bildern von ihm, die doch nur sein Abglanz sind. Oder ob ihr ihr Kind auch vor Augen verschwamm vor lauter Schuld, es geboren zu haben.

»Édith, *mon Dieu,* ich habe mir solche Sorgen gemacht.« Marcel hat auf sie in ihrem Appartement gewartet. Er schließt sie in die Arme, führt sie zum Sofa und nimmt ihr den Mantel ab. »Du bist ganz kalt. Wo warst du? Ich bin fast verrückt geworden vor Angst.«

Édith kann sehen, dass es ihm ernst damit ist. Er ist nicht mal wütend, nur reichlich blass um die Nase.

»Warte: Sag nichts. Ich mache dir erst einmal einen Tee, dann erzählst du. Oder möchtest du etwas Stärkeres?«

Édith lässt ihn machen, ihn davon berichten, wie die Familie des Gastwirts ihn belagert, ihn ausgefragt hat. Der jüngste Sohn boxt auch, sie waren bei dem Kampf im Madison Square Garden, sie wollten alles von ihm wissen, und als er Édith endlich suchen gehen konnte, war es zu spät und sie verschwunden.

»Du kannst dir nicht vorstellen, was für Sorgen ich mir gemacht habe!«

Édith nippt an dem heißen Tee. Sie sitzt eingehüllt in eine warme Decke und merkt erst jetzt, dass sie tatsächlich gefroren hat, und das im heißen September!

»Ich war bei Cécelle«, sagt sie und sieht sofort den schuldbewussten Ausdruck auf Marcels Gesicht. »Nein, nein, du hattest ja recht. Ich kümmere mich nicht gut um meine Kleine. Das ist mir noch nie gelungen, weißt du.«

Er schweigt, betrachtet sie misstrauisch, als müsste er erst einschätzen, ob sie jetzt Wahnvorstellungen hat.

»P'tit Louis kam zu mir, tränenüberströmt. Es war im Sommer, so heiß wie jetzt, ich hatte eine Vorstellung im Chez Lulu. Na ja, oder das, was ich damals dafür hielt.«

»Du musst nicht …«, beginnt Marcel, doch Édith unterbricht ihn kopfschüttelnd.

»O doch, ich muss. Louis war ein schöner Junge, bildschön. Er stand vor mir, und Tränen liefen seine Wangen herunter. Ich müsse sofort kommen, unsere Kleine sei im Hospital. Er hat so gestammelt, dass ich ihn zunächst gar nicht verstanden habe.« Sie nippt an ihrem Tee, es wird ihr langsam wärmer. »Ich bin den ganzen Weg zum Hôpital Necker gelaufen, um sie zu sehen. Sie hatte Gehirnhautentzündung, und die Ärzte hatten eine Punktion gemacht, ich habe den Begriff vergessen. Nur wenige Patienten überleben das. Neun Tage sollten wir warten, doch dann, eines Abends … Nein, es war schon spät in der Nacht, da erwachte Cécelle und sah mich an. Sie hatte so lange geschlafen, ich hatte schon fast vergessen, wie schön ihre Augen waren. Sie sah mich ganz klar an, so als wollte sie sich mich noch einmal ganz fest einprägen. Und ich musste so weinen und küsste sie und flehte sie an, bei mir zu bleiben, doch sie schloss nur ganz ruhig ihre Augen und schlief wieder ein. Am nächsten Morgen war sie tot.«

Marcel ist jetzt ruhig, greift nur nach ihrer Hand und streichelt mit seinem Daumen darüber.

Édith nimmt es gar nicht wahr. »Die Beerdigung kam und ging, Louis und ich trennten uns, ohne noch ein Wort miteinander gesprochen zu haben. Ich habe ihn nie wiedergesehen. Und seitdem frage ich mich Tag um Tag, ob es wirklich die Gehirnhautentzündung war, die sie mir genommen hat, oder ob sie nicht vielmehr an Vernachlässigung gestorben ist.«

»Ich bin mir sicher, dass …«, beginnt Marcel wieder, bereit

dazu, es mit ihrer Vergangenheit aufzunehmen, so schrecklich sie auch sein mag, doch wieder lässt Édith ihn nicht aussprechen.

»Nein, Marcel. Das kannst du nicht wissen. Und ich auch nicht. Das werde ich erst dann wissen, wenn wir uns wiedersehen. Und das werden wir, daran glaube ich fest. Aber heute, in dieser Kirche, habe ich begriffen, dass ich alle, wirklich alle um Vergebung anflehen kann, solange ich lebe, und es doch nie genug sein wird. Weil ich es bin, die das nicht kann. Ich kann mir nicht verzeihen, Marcel. Und solange ich das nicht kann, werde ich Cécelle nicht wirklich sehen, sondern nur die Schuld, die ich auf mich geladen habe. Und das ist nicht fair, verstehst du? Nie sehe ich sie. Immer geht es nur um mich.«

Es hält Marcel nicht mehr auf dem Stuhl, er setzt sich neben Édith und legt den Arm um sie. »Wenn du sie schon nicht siehst, dann sprich doch zu ihr«, sagt er.

Édith lacht traurig auf. »Sie ist so klein. Sie versteht mich nicht.«

»Aber«, sagt Marcel langsam, »sie kann dich doch singen hören. Ich bin sicher, sie hört dich immer. Deine Stimme erkennt man überall auf der Welt und sicher auch im Himmel, sie ist unverwechselbar. Wie wäre es, wenn du ihr jetzt etwas vorsingst? Etwas nur für sie?«

Édith schnaubt, doch sie denkt darüber nach. Und dann, in Marcels Armen, singt sie ihrer Cécelle *Au clair de la lune, mon ami Pierrot.* Es ist das Kinderlied, das allen französischen Kindern vorgesungen wird, obwohl es gleichzeitig voller versteckter Anspielungen ist, voller Wortspiele, und es nicht ganz klar ist, ob nun »um der Liebe Gottes willen« gesungen wird oder an den »Gott der Liebe«. Wie passend für Édith. *»Leih mir dein Licht, damit ich schreiben kann«*, singt sie, ihre Stimme klingt traurig, und doch: *»Meine Kerze ist aus, ich habe kein Feuer mehr. Öffne mir deine Tür …«* Sie singt stets auch für den Pierrot, für ihren Liebhaber.

1935

Édith lag auf dem Bett, die Augen aufgerissen, starrte sie zur schmutzigen, von Rissen durchzogenen Decke. In den Stockflecken meinte sie, Länder erkennen zu können: Marokko, Algerien. All die Wüsten, in denen ihre Fremdenlegionäre stets verschwanden, die Sanddünen ihre Spuren zudeckten. Im Sand zu ertrinken musste schön sein, schön warm, viel besser als das nasse Grab der Seeleute. So stellte sie sich das vor.

Der Mann neben dem Bett schnallte sich den Gürtel um, griff nach seiner Jacke. »Also dann.« Er legte ein paar Münzen auf den Nachttisch, räusperte sich. Wollte wohl noch etwas sagen.

Édith starrte in die Wüste, so wie sie es die ganze Zeit über getan hatte, als er auf ihr gelegen hatte. Er konnte ruhig reden oder stöhnen: Sie würde ihn nicht hören müssen, unter all dem Sand. Sand hatte ein ziemliches Gewicht. Er hatte sie wund gescheuert.

Der Mann, ihr Freier, sagte nichts mehr. Édith hörte nur noch die Tür klappen. Dann horchte sie in sich hinein, aber auch da war nichts als Wüste. Na also. War doch gar nicht so schlimm gewesen. Nichts, was sie nicht schon getan hätte, dieses Mal eben für Geld.

Zehn Franc hatten gefehlt für ein anständiges Begräbnis für Cécelle. Gerade mal zehn Franc. Alle hatten gesammelt, ihre Pigalle-Freunde, die Sängerinnen und Huren, die sie kannte, ihre Familie und die von P'tit Louis. Aber es hatten eben zehn Franc gefehlt, und die waren jetzt verdient.

Die Stockflecken wurden langsam wieder zu dem, was sie waren: Spuren von Verfall und Armut. Sie durfte nicht länger warten, sonst würde der Nachtportier mit dem widerlichen Grinsen ihr noch mehr berechnen. Ächzend, als wäre sie eine alte Frau, richtete Édith sich auf. Schob ihren Unterrock herunter, suchte auf dem abgewetzten, dreckigen Boden nach ihren Kleidern. Sie hatte das Bedürfnis, sich zu waschen, diesen fremden Schweiß herunterzuschrubben, doch das würde warten müssen. Es gab hier nur eine Waschschüssel, und die hatte er benutzt. Sein Gesicht verschwamm schon. Sie hatte eh nicht so genau hingesehen.

Zuletzt griff Édith nach ihrem Mantel, steckte sich das Geld vom Nachttisch in die Tasche.

Jetzt war es also geschehen. Zwei Jahre Pigalle hatte sie durchgestanden, hatte Prügel und Drohungen und Verachtung ausgehalten, und nun war sie doch gefallen. Sie würde es nie wieder tun, für niemanden. Würde sich nie wieder so weit in die Wüste hinauswagen, schwankend stand sie auf. Sie wünschte, sie könnte ihre Kleine im Sand begraben.

1949

Édith kann ihn hören, durch die geschlossene Badezimmertür und das Rauschen der Dusche hindurch: Marcel singt. Vergnügt und aus vollem Hals. Wie kann er singen, wo er sie doch heute verlassen wird?

Nackt, immer noch erhitzt von ihrer Liebe, liegt Édith auf dem Bett, unwillig, sich anzuziehen. Unwillig, auch nur die Augen aufzumachen und diesem Tag, dem Tag des Abschieds, entgegenzusehen. Acht Wochen. Sie werden sich acht Wochen nicht sehen: Eine unvorstellbar lange Zeit.

Und Marcel singt!

Aber sie hat versprochen, ihn auf seinem Weg zu unterstützen, und das auch, wenn er steinig wird. Und ihn weit weg führt, nach Marokko, hinein in die Wüste, die sie inzwischen fürchtet. Dieses Mal kann sie ihm nicht folgen. Ihre Gastspielserie im Versailles fordert sie voll und ganz und macht Konzertabstecher nach Afrika unmöglich. Nein, es werden acht einsame Wochen werden bis Dezember, wenn er endlich gegen LaMotta boxen kann.

Schon jetzt sehnt Édith diesen Kampf noch glühender herbei als Marcel, und das will etwas heißen.

Wieder hat sie Dutzende Geschenke für ihn und seine Familie gekauft, selbst für seine Frau hatte sie eine Kleinigkeit besorgt, einen Kettenanhänger mit einem Topas. Es ist unsinnig, völlig idiotisch, aber mittlerweile ist ihr Marinette irgendwie vertraut. Gehört sie zu ihrem Leben beinahe dazu.

Marcel und sie sind das letzte Mal den Broadway hinuntergebummelt, haben ein letztes Essen im Le Havre eingenommen, einem angesagten Restaurant an der Upper East Side, haben sich ein letztes Mal geliebt …

Hör auf damit, schimpft Édith mit sich selbst in Gedanken. Es sind acht Wochen, ja, aber danach wird er wieder in New York sein, und wer weiß, vielleicht bleibt er ja über Weihnachten … Sie kann bis zu diesem Zeitpunkt nicht denken, ihn sich einfach nicht vorstellen. Schritt für Schritt, befiehlt sie sich, und der erste Schritt führt sie erst einmal heraus aus diesem Bett. Sie richtet sich auf, ist schon von dieser geringen Anstrengung erschöpft. Diesen Tag muss sie jetzt hinter sich bringen, und heute Abend … Nein, sie kann nicht mal an den heutigen Abend, ihre zwei Konzerte denken. Es wird »danach« sein, nach Marcels Abschied, und der kommt ihr unüberwindlich vor.

Vielleicht sterbe ich einfach an Verlassenwerden, denkt sie, aber so leicht stirbt es sich dann auch nicht, wie sie aus Erfahrung weiß. Also steigt sie aus dem Bett und schleppt sich zum Badezimmer. Vor der Tür strafft sie sich und befiehlt sich, sich zusammenzureißen. Marcel soll nicht merken, wie nah ihr seine Abreise geht. Wie verraten sie sich fühlt.

Nach einem tiefen Ausatmen, das wie ein Seufzer klingt, öffnet sie die Tür und macht sich daran, ihren Abschied noch einmal so intensiv und rauschhaft werden zu lassen, dass Marcel ihn niemals wieder vergessen wird. Niemals.

16.

1949

Valère Benedetto ist ein außergewöhnlich hübscher Boxer. Der Franzose mit dem italienisch klingenden Namen, zehn Jahre jünger als Marcel, ist erst seit letztem Jahr im Profigeschäft und wird noch aufgebaut – daher wohl auch seine markante, noch ungebrochene Nase. Beim Probematch in Troyes soll er gegen den ehemaligen und wahrscheinlich auch zukünftigen Weltmeister Cerdan nicht etwa gewinnen, das erwartet wohl keiner. Doch er ist auch kein »Fallobst«, liefert Marcel einen anständigen Kampf. Und das braucht der Boxer, er muss in Form bleiben.

Es ist Ende Oktober, nur noch einen Monat bis zur alles entscheidenden Revanche gegen LaMotta.

Über Paris soll es zurückgehen nach Casablanca, und hier hat er endlich Gelegenheit, mit Édith zu telefonieren. Es rauscht, die Verbindung ist schlecht, doch es tut gut, ihre Stimme zu hören. Auch wenn sie verzweifelt klingt.

»Ich vermisse dich.«

»Ich vermisse dich auch.« Und das tut er, in der Tat. Auch wenn das Familienleben ihm gefällt: Er liebt seine Söhne. Marinette hat am ersten Oktober einen Sohn zur Welt gebracht, dem sie den Namen Paul gegeben haben. Paul ist süß, schreit die ganze Zeit natürlich. Marinette kümmert sich um ihn. Und hat wenig Verständnis dafür, dass er so bald nach dessen Geburt schon wieder mit dem Boxen anfängt. Er sei zu alt dafür. Das hat sie ihm so einfach ins Gesicht gesagt. Es gab immer öfter Streit deswegen, auch Édiths Name ist mehr als einmal gefallen, und Marcel denkt zum ersten Mal an Scheidung.

Es ist noch unausgereift, ein Gedanke nur, doch er vermisst Édith, verdammt, inzwischen weiß er gar nicht, ob sie ihn mehr braucht als er sie. Er bezweifelt es. Er sehnt sich nach ihren Umarmungen, ihren Küssen, dem Sex mit ihr, sicher, gleichzeitig aber auch nach den Gesprächen. Ihre Tipps für ein Buch, das sie ihn zwingt zu lesen, ihre Kommentare dazu. Ihre Liedtexte voller Gefühl, ihre wunderbare Stimme … Einfach nur mit ihr zusammen zu sein, das wäre schön. Und dass sie sein Glücksbringer ist bei seinen Kämpfen, daran glaubt er inzwischen fast schon genauso zwingend wie sie.

»Vielleicht, nur vielleicht, kann ich ja eine Woche in New York einschieben …«, schickt er über den riesigen Ozean hinweg, der sie beide trennt. Seine Nase tut weh, ein Zahn wackelt, und ja: Er wäre jetzt gern bei Édith, die sich um ihn kümmern würde.

»Oh, Marcel, bitte tu das. Ich halte es nicht mehr aus, hörst du? Ich halte es einfach nicht mehr aus, von dir getrennt zu sein.«

Weint sie? Nein, das ist nur das Rauschen. Die Verbindung kann jederzeit abbrechen, es ist kein Verlass auf diese Telefone. »Weißt du, ich komme«, beschließt er. Das ist keine Laune, sondern eine Eingebung: Er muss sie sehen, auch wenn er dazu um die halbe Welt reisen muss. »Ich werde mir einen Dampfer suchen und eine Passage buchen, in ein, zwei Wochen bin ich bei dir. Was sagst du, mein Schatz?«

Édith sagt gar nichts mehr, jetzt schluchzt sie wirklich. »Ich brauche dich hier. Sofort.«

Aber das ist nun einmal nicht möglich, selbst für einen Mann wie ihn.

»Nimm doch das Flugzeug. Bitte, Marcel. Flieg so schnell wie möglich zu mir. Du könntest in drei Tagen bei mir sein!«

Marcel hasst das Fliegen, ihm wird jedes Mal schlecht dabei.

Es ist besser geworden, seit Édith ihm diese spezielle Atemtechnik beigebracht hat, aber er ist immer noch weit davon entfernt, freiwillig in ein Flugzeug zu steigen. Außer, es muss unbedingt sein.

»Das muss es, *mon amour,* wirklich. Ich bin am Ende meiner Kräfte ohne dich. Die Sehnsucht frisst mich noch auf. Wenn ich wüsste, dass du kommst … schon bald da bist! Das wäre das schönste Geschenk meines Lebens. Du müsstest nie mehr etwas für mich tun, Marcel, nur das: Komm zu mir! Bitte komm!«

Und Marcel, der alles für sie tun würde, weil er sich in diesem Augenblick ebenso sehr sehnt, weil er endgültig begreift, wie sehr er sie liebt, willigt ein. »Ist gut, mein Herz, ich nehme das Flugzeug. Ich werde bald bei dir sein!«

Ein Glücksschrei am anderen Ende der Welt belohnt ihn für seine Entscheidung und lässt ihn grinsen, was er allerdings schnell wieder sein lässt: Seine Wange ist noch zu empfindlich.

»Oh, Marcel, das ist so wunderbar, ich liebe, liebe, liebe dich! Und wir werden …«

»Édith? Édith!«, ruft Marcel in den Hörer, klopft dagegen, als würde es an ihm liegen, doch es ist die Entfernung. Er kann nur noch Rauschen hören. Wenig später dann gar nichts mehr: Die Leitung ist tot.

Édith? Édith! Ihren Namen von weit, weit weg: Mehr kann Édith nicht verstehen. Die Verbindung bricht ab.

»Marcel? Marcel!«, ruft sie in den Hörer, doch es kommt nichts mehr. Wenig später bestätigt ihr das Fräulein vom Amt, dass ihr Gespräch getrennt worden ist, und Édith hängt auf. Sie verharrt eine Weile, als könnte sie das Gehörte kaum fassen, dann dreht sie sich glückstrahlend um. »Er kommt, Marlene. Hast du das gehört? Er kommt! Er nimmt das nächste Flugzeug und kommt hierher!«

Marlene Dietrich muss es ihr gleichtun. Das breite Lächeln von Édith ist einfach zu ansteckend.

»Oh, Marlene, das müssen wir feiern. Nein, warte. Feiern tun wir später. Wir müssen noch alles Mögliche vorbereiten …« Édith überlegt fieberhaft, sieht sich um. In ihrem Haus in Boulogne ist es viel wohnlicher. Ihr Appartement hier in New York ist eher funktional gehalten. Hier probt sie, verschläft die halben Tage, nachts steht sie eh auf der Bühne. »Es muss irgendwie schöner werden, wenn Marcel kommt. Er muss sich fühlen, als käme er nach Hause.« Sie sieht die Freundin verzweifelt an.

Auch Marlene blickt sich um, als Innenarchitektin ebenso verloren wie sie. »Vielleicht könnte man ein paar Kissen hier und da verteilen und eine Lampe aufstellen oder so.« Sie macht eine Handbewegung in Richtung des Sofas, das halb von Notenblättern begraben in der Ecke steht.

»*Merde*«, flucht Édith und stürzt sich darauf, um die Blätter einzusammeln.

»Édith. Édith!«, versucht Marlene die Freundin aufzuhalten. »Ich denke nicht, dass dein Marcel gleich in der Tür stehen wird. Außerdem kann ich dir jemanden schicken, der aufräumt.«

Édith richtet sich auf. »Stimmt.« Sie lässt die Notenblätter sinken. »Aber ich muss mir etwas einfallen lassen. Etwas ganz Besonderes …« Dann reißt sie die Augen auf. »O nein, morgen habe ich eine Besprechung und eine Autogrammstunde, und übermorgen kommt auch noch Luis Mariano, der Tenor. Doch, Marlene, ich hab dir schon von ihm erzählt. Der Hübsche, der mit der netten Stimme. Wir gehen essen, ich soll ihn ein paar Leuten vorstellen. Also bleibt nur noch heute. Nun los.« Sie stürzt in Richtung Schlafzimmer.

»Nun los?« Marlene sieht ihr verständnislos nach.

»Wir müssen einkaufen gehen. Für Marcel!«, schallt es aus dem Nebenzimmer.

Marlene schüttelt den Kopf, greift dann aber gehorsam nach Hut und Handschuhen. Es ist wie immer, wenn Édiths überbordende Gefühle einen Weg nach draußen finden müssen, sie nicht auf der Bühne steht und ihre Emotionen sich daher in einer Geschenkearie entladen.

»Meinst du, Marcel braucht eine neue Krawatte?«, fragt die Sängerin wenig später atemlos, während sie sich die Kostümjacke zuknöpft.

Marlene verbeißt sich ein Lächeln. »Eine mehr oder weniger kann sicher nicht schaden.«

»Das hat uns ein Vermögen gekostet. Ich musste erst zwei andere Passagiere bitten, ein späteres Flugzeug zu nehmen. Habe etwas von einem Notfall erzählt.« Jo Longman schlägt Marcel mit den beiden Tickets gegen die Brust. »Du schuldest mir was. Und ich weiß auch schon, was das sein könnte.« Sein Blick fällt über die Schulter des Boxers auf die wartenden Journalisten.

Sie sind nicht nur wegen Cerdan da. Es fliegen einige Berühmtheiten von Orly Richtung New York, darunter die Violinistin Ginette Neveu mit ihrem Bruder und ihrer millionenschweren Stradivari. Die Musikerin hat sich schon zu einem Ständchen überreden lassen und die teure Geige den Fotografen präsentiert, jetzt ist Marcel dran.

»Nun los.« Sein Manager deutet auf die Presseleute. »Versuch dich doch auch mal als Geiger.«

Marcel runzelt die Stirn, lässt sich dann jedoch dazu herab, die Geige für ein Foto selbst einmal in die Hände zu nehmen. Sie kommt ihm klein und zerbrechlich vor, und er ist froh, sie wieder der Violinistin übergeben zu können, die sie zärtlich in ihren Kasten legt. Danach posiert er selbst in blauem Anzug und Tweedmantel. Schultert lässig seinen schweren Koffer und lässt sich mit der Neveu ablichten, strahlt und schüttelt Hände. Ihm ist nicht nach Lächeln zumute, doch er weiß, was von ihm verlangt wird. Innerlich graut es ihm bei der Aussicht auf den langen Flug, und er ist froh, als er sich in die Wartelounge zurückziehen kann, um ein Glas Champagner zu kippen. Und eines mehr.

»Na, na, wird schon nicht so schlimm werden.« Auch sein Manager und Freund Jo schenkt sich ein Glas ein und deutet auf das beleuchtete Rollfeld, auf dem schon das viermotorige Propellerflugzeug steht. »Wir fliegen die ganze Nacht, sind erst gegen zwei auf den Azoren, soweit ich die Stewardess verstanden habe.

Dort tanken wir kurz, dann geht es weiter nach Neufundland, und dann sind wir auch schon da. Du wirst die meiste Zeit über schlafen.«

»Würde ich nicht drauf wetten«, murmelt Marcel düster und kippt den Champagner herunter. Hauptsache, er muss sich nicht übergeben. Dieses Mal ist keine Édith dabei, die die anderen Passagiere von seiner Schwäche ablenken kann.

»Weiß Édith, wann du kommst?«, fragt Jo Longman.

»Ja, ich habe telegrafiert. Louis, ihr Manager, wird uns abholen.«

»Na dann.« Er führt nicht weiter aus, was er meint. Ist in Gedanken schon weiter, schon bei der Zeit nach dem kurzen Liebesurlaub, den er seinem Boxer gönnen wird, schon beim Boxkampf gegen LaMotta. Diese Mal werden sie Marcel nicht so einfach austricksen mit ihren neuen Regeln und noch neueren Schuhen. Dafür wird er sorgen. Es wird ein fairer Kampf werden, den Marcel gewinnt. Weihnachten werden sie wieder einen französischen Boxweltmeister im Mittelgewicht haben.

»Oh, ich denke, es geht los.« Jo hat die Stewardess bemerkt, die sich am Ausgang postiert hat, und stellt sein Champagnerglas ab. »Na los, nur Mut«, zwinkert er seinem Freund zu und zieht ihn am Arm mit.

Marcel, innerlich seufzend, ergibt sich in sein Schicksal.

Édith eilt den Bühnenausgang hinunter. Sie ist mehr als nur gut gelaunt, geradezu berauscht von ihrer letzten Vorstellung und der Vorfreude auf Marcel. Aufgekratzt könnte sie die ganze Welt umarmen, kritzelt ihre Unterschrift auf die Blöcke, die ihr hingehalten werden, spricht ein paar Worte mit ihren Bewunderern und posiert sogar für Fotos.

Nach vier langen Wochen wird sie endlich, *endlich* Marcel wiedersehen, und es kommt ihr fast zu schön vor, um wahr zu sein.

»*Bonsoir*, ich bin da!«, ruft sie in ihre Wohnung, in der schon Loulou und Marc auf sie warten. Die beiden haben sich bereit erklärt, Marcel vom Flughafen abzuholen, und Édith gibt letzte Instruktionen. »Ich lege mich jetzt hin, obwohl ich sicher kein Auge zumachen werde, aber ihr müsst mich gleich wecken, wenn ihr mit Marcel da seid, versprochen? Nein, wartet.« Édith denkt nach. »Ich werde scheußlich aussehen. Also ruft ihr mich am besten noch vom Flughafen aus an und weckt mich, dann kann ich mich zurechtmachen, ja? *Bon.* Ah, Loulou, Marc: Ich bin euch ja so dankbar.« Sie küsst erst ihren Manager und dann ihren Akkordeonisten auf die Wange und tänzelt ins Schlafzimmer. Sie kann ganz sicher nicht schlafen, aber es wird ein langer Tag werden mit Marcel. Ein Tag mit Marcel! Die Aussicht darauf lässt sie gleich wieder wach werden, und sie muss jetzt unbedingt schlafen, um nicht auszusehen wie eine Schleiereule. Jetzt ist sie noch allein, doch sobald sie aufwacht, wird Marcel bei ihr sein. Sie schließt entschlossen die Augen.

»Édith? Édith!«

War das seine Stimme? Ist es schon so weit? Verwirrt nimmt Édith die Schlafmaske ab, aber nein, es ist nicht mal sieben, sie hat noch nicht lange geschlafen. Ein Traum wahrscheinlich, ein trauriger, an den sie sich jedoch nicht wirklich erinnern kann. Sie hört nur Marcels Stimme, ein ferner Nachhall, der langsam verebbt. Ihr Herz klopft wie verrückt, doch sie kann sich nicht erklären, woher ihre Aufregung stammt. Ein böser Traum wahrscheinlich. Nur gut, dass er jetzt vorbei ist.

Misstrauisch legt sie sich zurück in die Kissen, schließt die Augen wieder, zupft ihre Maske zurück. Sie wird an etwas Schönes denken, an sie und Marcel, an seinen Körper, seine Hände. Die Wärme des Wassers, das an ihnen heruntergleitet, nachdem sie zu ihm unter die Dusche gestiegen ist. Wasser wie von einem Regenguss, *il pleut,* die Menschen tragen Regenschirme und sehen von oben aus wie große, sich bewegende Pilze …

Sie schläft wieder ein.

1948

»Hörst du, wie es regnet? Wir müssen nicht aufstehen.« Marcels Stimme durchdrang ihren Traum. Sie war schon halb wieder eingeschlafen gewesen, musste sich erst einmal wach kämpfen.

»Was meinst du?« Ihre Stimme klang noch ganz undeutlich und auch ein wenig heiser. Sie hatte sich bei ihrem Ausflug nach Coney Island erkältet, wahrscheinlich im Riesenrad. Marlenes Hühnerbrühe hatte ein wenig geholfen, doch das Konzert gestern hatte sie abgesagt. Sie würde es nachholen müssen.

»Wir können hier liegen bleiben, den Tag im Bett verbringen«, erklärte Marcel an ihrer Seite.

Jetzt war Édith wach. Sie streckte sich an seiner Brust, fuhr mit der Hand durch sein dichtes, krauses Haar. »Das sagst ausgerechnet du? Ich dachte, du musst trainieren?«

»Heute nicht. Ich habe beschlossen, diesen Tag mit dir im Bett zu verbringen. Draußen regnet es Katzen und Hunde. Wir müssen nicht rausgehen.«

Édith gähnte, sie rekelte sich zufrieden. »Katzen und Hunde. Du hast schon die englische Ausdrucksweise übernommen.«

»Was regnet es denn bei uns?«

»In Frankreich? Wie eine pissende Kuh.«

»Wie eine …« Marcel prustete los.

»Was denn, kennst du nicht? Aber doch: *Il pleut comme vache qui pisse.* Das ist ein gebräuchlicher Ausdruck!«

»In den Hinterhöfen von Paris vielleicht …«

»Nun, immerhin ist es sinnvoller als alle Katzen und Hunde zusammen. Das versteht doch kein Mensch! Warum sollten die denn vom Himmel fallen? Nein wirklich, Marcel, hör auf zu lachen.« Sie blickte zu ihm hoch. »Was sagt man denn bei euch?«

»Gar nichts. Es regnet ja nie.«

»Es wird doch mal regnen!«

»Aber höchst selten. Und dann sperren wir Mund und Nase auf und reden gar nicht mehr.«

Édith stützte sich auf den Unterarm, um ihm ins Gesicht zu sehen. »Ach was. Du machst dir einen Spaß mit mir.«

»Es regnet, stürmt, und manchmal schneit es sogar.«

»Es schneit …«, sagte Èdith versonnen. Sie legte ihren Kopf zurück auf seine Brust. »Erzähl mir über den Schnee in Marokko.«

»Darüber weiß ich nichts: Bei uns in Casa schneit es wirklich nicht. Es wird auch im Winter nicht sehr kalt, nachts vielleicht um die zehn Grad. Das Meer ist warm, selbst im Januar. Man kann darin baden, wann immer man will. Und regnen tut es wirklich nur sehr selten.«

»Ein warmes Meer. Das ist schön. Schön für die Beschwörer …«

»Die Beschwörer?«

»Dass es nicht regnet. Dann werden …«, sie gähnte, »dann werden ihre Schlangen nicht nass.« Édith war schon wieder dabei einzunicken. Der Geruch von Marcel betörte sie, die Kissen waren samtweich, und sie genoss ihre Nacktheit unter dem Laken. Vor ihrem inneren Auge zog eine beruhigend gleichförmige Wüstenlandschaft vorbei, die aus Dünen bestand, aus sanftem Wind und einem azurblauen Meer, in das man jederzeit eintauchen konnte.

1949

Édith schlägt die Augen auf. Das heißt, sie will die Augen aufschlagen, merkt dann, dass sie ihre Schlafmaske noch trägt, und zieht sie sich unwillig herunter, sie baumelt jetzt an ihrem Hals. Gähnend sieht sie auf den Wecker: Es ist beinah zwei Uhr nachmittags. Zwei Uhr! Marcel muss längst gelandet sein, und niemand hat sie geweckt!

Mit einem Satz ist sie aus dem Bett, wütend wie eine Furie,

schnappt sich den Morgenmantel, die biestige Maske noch um den Hals, die sie abzerrt und beiseitewirft. Was fällt ihnen bloß ein, Dédee und den anderen? Warum haben sie sie nicht geweckt?

Entschlossen stürmt sie in das Wohnzimmer, rafft den Morgenrock zusammen.

Und sie sind alle da. Dédee und Louis, ihr musikalischer Begleiter Robert Chauvigny, ihr Akkordeonspieler Marc und seine Frau Danielle. Selbst Marlene. Was hat sie hier zu suchen, so früh am … nun ja, Nachmittag? Den Morgen hat sie ja verschlafen.

»Marcel?«, fragt sie, und dann: »Warum hat mich niemand geweckt?«

Niemand antwortet, sagt etwas, und das macht Édith Angst. Sie bekämpft sie, indem sie ihrer Wut den Vorrang lässt: »Ihr hättet mich wecken müssen, verdammt. Was ist denn hier los? Marcel? Marcel!« Loulou und Marc sind da. Sie haben ihn abgeholt. Also steckt Marcel hier auch irgendwo. Das ist nur eine logische Schlussfolgerung. »Marcel!« Ihr letzter Ruf klingt jedoch unsicher. Gewiss hätte er sich gezeigt, oder? Er sollte keinen Spaß mit ihr machen, nachdem sie ihn so lange nicht gesehen hat, das ist grausam. »Marcel«, sagt sie leise, sich schon bewusst, dass etwas passiert sein muss.

Nein, denkt sie, nein, und schließt die Augen für den kurzen Augenblick, in dem ihr Leben noch ihr altes ist, an dem sie festhalten will. In dem noch nichts passiert ist von dem, was die anderen ihr gleich sagen werden. Sie will, nein, sie kann sich gar nicht wappnen für das, was jetzt kommt.

Es ist Louis Barrier, der zu ihr tritt und sie in den Arm nimmt. »Édith«, sagt er, und er hält sie fest, so fest, wie er es noch nie getan hat, und es ist ihr unangenehm, trotzdem muss sie ihn anhören. Es bleibt ihr ja gar nichts anderes übrig.

»Es gab einen Unfall, Édith.«

Unfall ist nicht so schlimm, nicht schlimm, nicht schlimm. Ein Unfall kann alles sein, man hat ja doch so viele Knochen. Es kann etwas gebrochen sein oder noch nicht mal das, ein Körper ist so groß, die Möglichkeiten sind noch vielfältig.

»Einen Unfall mit dem Flugzeug.«

Flugzeug, oh. Flugzeug ist schlimm.

»Es ist zerschellt, beim Anflug auf die Azoren. An einem Berg zerschellt. Sie sind alle tot, Édith, alle. Marcel hatte keine Chance. Er ist tot.«

Die Luft wird aus ihr herausgepresst, die Eingeweide herausgerissen. Was Worte alles bewirken können, denkt sie noch erstaunt, bevor nur einen Sekundenbruchteil später der Schmerz über ihr zusammenschlägt. Es gibt kein Erbarmen, keine Pause. Sie kann es nicht leugnen, nicht verdrängen. Sie versteht es sofort und mit brutaler Härte, dass Marcel nicht mehr kommt. Nie mehr kommen wird. Sie ahnte es schon beim Eintreten, und jetzt hat es sich bestätigt.

Édith lässt sich fallen, körperlich und seelisch. Loulou muss all seine Kraft aufbieten, um sie zu halten.

Und dann fängt sie an zu schreien.

Stunden, es müssen Stunden sein, die Édith tobt und schreit und heult wie ein verwundetes Tier. Marlene ist in die Küche geflüchtet, hebt mit bebenden Fingern den Beutel aus der Tasse. Noch einen Tee, den sie nicht trinken wird, dennoch: Er muss abkühlen, erst muss er noch etwas abkühlen. Sie zittert am ganzen Körper.

»Soll ich ihn ihr bringen?« Dédée ist hinter sie getreten, ohne dass Marlene sie bemerkt hätte.

Es ist zu laut, ihr Kopf tut weh, kann nicht mal irgendjemand diesen Lärm … Marlene schüttelt den Kopf, besinnt sich wieder. »Nein danke. Ich mache das schon. In einer Minute. Ich muss erst kurz …«

Sie braucht nicht weiterzusprechen, Dédee nickt ihr verständnisvoll zu. »Ich werde ihn ihr bringen. Schon gut«, sagt sie sanft und nimmt Marlene die Tasse ab.

Die Schauspielerin bleibt in der Küche zurück, hört das Wehklagen im anderen Zimmer und möchte sich die Ohren zuhalten. So kann es nicht weitergehen. Sie hätten den Arzt doch überreden sollen, ihr eine Spritze zu geben, aber Édith wollte nicht, wollte partout nicht. Zwischendurch ist einer der Versailles-Manager gekommen, der von dem Unglück gehört hatte, und hat Gemüsebouillon gebracht. Davon hat sie ein wenig getrunken. Inzwischen ist es Abend. Irgendwann wird sie zusammenbrechen.

Dann, als wäre ihre Befürchtung wahr geworden, hört das Weinen plötzlich auf. Als hätte jemand einen Schalter umgelegt. Mit einem Mal ist Ruhe.

Marlene steht wie erfroren, ihr Spiegelbild vor ihr in der Küchenscheibe starrt sie an wie ein Geist. Sie reißt sich los und eilt ins Wohnzimmer. »Was ist?«, fragt sie atemlos vor Schreck. »Was ist mit ihr?«

Robert und Marc haben sich vor den Fenstern postiert, damit Édith nicht hinausspringen kann. Dédee sitzt neben ihr auf der Couch, den dampfenden Tee in der Hand, Loulou steht mitten im Zimmer. Er sieht erschöpft aus, leichenblass, doch auf Marlenes fragenden Blick hin hebt er nur die Schultern.

Marlene beobachtet Édith scharf, die auf dem Sofa mit rot geweinten Augen, wirren Haaren, immer noch im Morgenmantel sitzt. Ihre Unterlippe zittert, sonst wirkt sie leblos.

»Ist sie … Bist du … Édith?« Marlene geht einen vorsichtigen Schritt auf die Freundin zu. Es gibt solche Fälle, wo Menschen in eine Schockstarre verfallen, oder? Sie wünscht sich, sie würde sich besser auskennen, aber sie hat davon gehört. Vorsichtig fasst sie Édith an die Schulter, die das geschehen lässt, ansonsten aber kein Zeichen gibt, dass ihr bewusst ist, was um sie herum geschieht.

Was dann ja auch nicht gerade viel ist, muss sich Marlene verzweifelt eingestehen und fühlt sich hilflos wie selten zuvor. »Wir müssen ihre Freundin anrufen, diese Simone«, sagt Marlene leise zu Louis. »Sie muss herkommen.«

Der Manager verzieht das Gesicht, aber er nickt.

»Und wir müssen auch ihr zweites Konzert absa…«

»Kommt nicht infrage.« Die Statue, die Édith war, wird mit einem Mal lebendig. »Kommt nicht infrage«, wiederholt sie, während sie aufsteht. »Das Konzert findet statt.«

Alle, Dédee, Marlene, die Männer, starren sie an.

»Ich werde auftreten!«, sagt Édith.

»Das wirst du nicht!«, erwidert Louis zeitgleich mit Marc, beide gleichermaßen entsetzt.

»Ich werde heute Abend auftreten«, sagt Édith noch einmal, leiser dieses Mal, aber nicht weniger entschlossen. Sie wirkt gefasst.

Die Männer wechseln einen Blick, doch Marlene versteht sie. Nicht, dass sie selbst so handeln würde, und Gott möge verhüten, dass sie es jemals herausfindet, aber für die Freundin ist es nur folgerichtig. Wie alles in ihrem Leben muss sie es sich erst einverleiben, auf der Bühne durch das Brennglas ihrer Chansons betrachten, um es zu verstehen. Die Welt ist ihre Bühne, die Bühne ihre Welt. Es ist nur logisch.

»Lasst sie«, sagt Marlene, obwohl ihr vor ihren eigenen Worten graut. »Lasst sie auftreten. Ich helfe dir, dich zurechtzumachen, Édith.« Als könnte sie ihre Hände schon jetzt in Unschuld waschen, streift Marlene sie wieder und wieder an ihrer Hose ab. Tränen steigen ihr in die Augen, während Édith in Richtung Schlafzimmer geht.

Als Marlene ihr nachgehen will, hält Louis sie am Arm zurück. »Das ist zu viel für sie, Madame Marlene. Sie wird das nicht durchstehen.«

»Ich weiß«, sagt die Dietrich, und jetzt weint sie. »Ich weiß.« Dann folgt sie ihrer Freundin.

Édiths Hände zittern nicht mehr vor einem Auftritt, auch wenn sie es nicht mag, im Dunkeln hinter dem Vorhang zu stehen. Allein. Das hat sie noch nie gemocht, und normalerweise sind immer Menschen da, die mit ihr warten. Loulou, Dédée, ihre Freundin Ginou, manchmal sogar Momone, aber heute nicht. Im Versailles ist dafür einfach zu wenig Platz.

Édith fasst sich an den Hals, um zu kontrollieren, ob ihr kleines Kreuz auch da ist, das mit den sieben Smaragden, das Marlene ihr geschenkt hat. Es bedeutet ihr viel. Ohne dieses Kreuz kann sie nicht auftreten, aber es ist ja da, beruhigt sie sich. Alles ist wie immer, oder zumindest beinah.

Édith atmet tief ein und aus, hört auf die Geräusche, die aus dem Zuschauerraum hinter die Bühne dringen. Das Stimmen der Instrumente, das Rascheln und Raunen der Zuschauer, ihr Gemurmel. Das sind die Töne ihres Lebens, eine Melodie, die sie immer begleiten wird, egal, wohin sie auch geht. Die Spannung, die ihrem Auftritt vorausgeht. Alle warten nur auf sie. Das Gefühl berauscht und ängstigt sie gleichermaßen. Dann, wie auf ein geheimes Zeichen hin, tritt Ruhe ein.

Es ist alles wie immer. Und doch ist es anders, alles ist anders. Édith kann es sich nicht leisten, daran zu denken, was diese Veränderung hervorgerufen hat (nicht jetzt, nicht bald, am liebsten nie), aber sie weiß darum. Sie wird dies Anderssein nutzen, herausholen aus sich und mit ihrem Publikum gemeinsam betrachten, wenn es Zeit dafür ist. In ihren Liedern, ihren Chansons. Nur nicht sofort. Noch muss sie funktionieren.

Noch einmal der Griff zur Kette, das Kleid heruntergestrichen, das kleine Schwarze: Nie war es passender als heute. Dann nimmt sie ihren Mut zusammen, denn den braucht es schon, auch wenn ihre Hände nicht mehr zittern.

Sie betritt die Bühne, lächelt sogar, es wird schon jetzt frenetisch geklatscht. Die Spiegel des Versailles glitzern, sie kann sich selbst darin sehen und kommt sich fremd vor. Eine kleine schwarze Person steht da, ganz allein. Sie sieht traurig aus. Édith wendet den Blick ab und stellt sich in die Mitte der kleinen Bühne, legt die Hände auf ihre Oberschenkel und nickt dem Konzertmeister zu.

Der zögert kurz, einen Moment nur, dann erklingen die ersten Takte. Das Konzert hat begonnen.

Marlene, Louis und all diejenigen, die nicht gerade mit Édith auf der Bühne stehen, haben sich hinten an der Bar versammelt. Auch die beiden Direktoren des Versailles sind gekommen, Arnold schluchzt mehr oder weniger leise, Nicholas sieht leichenblass aus. Marlene kaut auf ihrer Unterlippe, Louis lässt sich vom Barmann zwei Aspirin und ein Wasser geben.

Alles geht gut, drei, vier Chansons lang. Bis zur Hymne, der *Hymne de l'amour.*

Die ersten Takte des Liedes erklingen.

»Der blaue Himmel kann auf uns herabfallen.«

Das ist er. Marcel ist aus dem Himmel gefallen, denkt Marlene, die ihre Arme vor der Brust verschränkt hält, als sei ihr kalt.

»Und auch die Erde einstürzen.« Édiths Blick geht neugierig, fast schon kindlich zu Boden, als erwartete sie in der Tat, dass sich gleich ein Blitz darauf abzeichne, eine Spalte auftue und sie darin versinke. Sie wirkt, als fände sie das nicht schlimm.

»Mir egal, solange du mich liebst …« Édith wird weich, lächelt beinah. *»… Mir ist die Welt völlig gleichgültig / Solange die Liebe mich jeden Morgen erfüllt …«* Jeden Morgen? Die Unendlichkeit der Tage, die vor ihr liegen, scheint ihr mit einem Mal klar zu werden, denn sie blinzelt, ihr angedeutetes Lächeln wird zur Grimasse. Édith stockt, muss sich beeilen, um noch den Takt zu halten. *»Solange mein Körper unter deinen Händen erzittert.«* Jetzt ist sie deutlich hinter dem Rhythmus, das kann jedoch noch als *»lay back«* durchgehen, *»… habe ich keine Sorgen, mein Herz …«* Da ist normalerweise keine Pause. *»… weil du mich liebst.«* Ihr Blick geht nicht mehr ins Leere, jetzt sucht sie etwas, sie sucht jemanden: Édith sieht herüber zur Bar.

»Louis«, flüstert Marlene und greift nach dem Arm von Édiths Manager.

Ein Ruck geht durch Édiths Körper, sie reißt sich zusammen. Haspelt durch die folgenden Zeilen, in denen sie beschreibt, was sie alles für Marcel tun würde, alles, alles, wenn er sie darum bitten würde …

Aber das wird er nicht mehr tun, nicht wahr? Niemals mehr. Marlene spürt schmerzhaft, wie sich ihre Fingernägel in den Oberarm graben.

»Wenn eines Tages das Leben dich mir wegnimmt …«

Jemand stöhnt. War sie das? Nein, jemand aus dem Publikum. Natürlich wissen sie alle Bescheid. Der Absturz und Tod von Marcel, das grausige Flugzeugunglück war schon in den Abendzeitungen, jeder Radiosprecher hat es schaudernd ausgewalzt. Nichts und niemand hat überlebt, siebenunddreißig Passagiere und elf Besatzungsmitglieder, darunter das Patenkind von Saint-Exupéry, alle bis zur Unkenntlichkeit verbrannt, doch nein, halt: Eine Stradivari, die teure Geige einer jungen Violinistin, ist wie durch ein Wunder nur zerbrochen und kann wieder zusammengesetzt und repariert werden.

Ein Wunder.

»Wenn du … wenn du einst stirbst, weit fort von mir …« Édith stockt.

»Eine Hinrichtung«, stöhnt Nicholas. »Eine öffentliche Hinrichtung.«

»Hol sie da runter, Louis«, flüstert Marlene, und der Manager setzt sich sofort in Bewegung, schlängelt sich zwischen den eng gestellten Tischen durch. Arnold weint jetzt unbeherrscht, sein Compagnon legt den Arm um ihn.

»Kümmert es mich … mich wenig / Solange … solange du mich liebst.« Sie begreift es, jetzt fängt sie an zu begreifen: Man sieht förmlich, wie die Nachricht von Marcels Tod auf der Bühne zu Édith durchdringt. Dass sie erst jetzt wirklich versteht. Ihre Augen werden groß, ihre Nasenflügel beben.

»Denn ich werde mit dir sterben …«

Noch bevor Louis bei ihr sein, sie auffangen kann, sackt Édith zusammen. Die Musik bricht ab, es wird totenstill. Das letzte Instrument, das noch zu hören ist, ist eine Geige.

Epilog

1952

»Du siehst wunderschön aus, Édith.« Marlene Dietrich steht hinter ihr, legt noch mal Hand an ihre Locken, streicht ihr ein unsichtbares Körnchen Staub von der Schulter. Das blassblaue Seidenkleid mit dem Plisseerock und dem dazu passenden Hütchen hat sie gemeinsam mit Édith bei Saks ausgesucht. Um den Hals trägt die Sängerin das Smaragdkreuz, dazu ein fünfreihiges Perlenarmband. Der Brautstrauß besteht aus Rosen.

»*Mon Dieu,* ich bin wirklich aufgeregt«, gesteht Édith und greift sich an den Hals, spielt mit ihrer Kette.

»Natürlich bist du das«, erwidert Marlene.

»Dabei kenne ich ihn doch schon so lange, war er doch schon immer da … Merkwürdig, wie das Leben manchmal spielt.«

»O ja.« Marlene seufzt. Sie denkt mit Schaudern an die zurückliegenden drei Jahre, in denen Édith nichts ausgelassen hat, um sich zugrunde zu richten. Ihre zahllosen Affären mit Sängern und, das war neu, mit Radsportlern, ihre merkwürdige Wohngemeinschaft mit Momone und anderen Schmarotzern in Paris. Ihre Tabletten- und Alkoholsucht, nach ihren beiden Autounfällen, abgelöst durch Morphium. Dazu die vielen Auftritte, Konzerte, Aufnahmen. Sogar ein Bühnenstück ist in dieser Zeit entstanden, das allerdings eher grässlich als gekonnt war.

Da kam der zehn Jahre ältere, ruhige und mitfühlende Jacques

Pills, Ex-Ehemann von Lucienne Boyer, gerade im richtigen Augenblick. Oder war schon immer da, wie Édith so treffend bemerkte.

»Er hat mir damals Marcel vorgestellt …«, sinniert die Sängerin.

Natürlich ist heute, bei ihrer Hochzeit mit Jacques, auch Marcel anwesend. Das ist er sowieso immer, zu dieser Gelegenheit jedoch noch mehr als sonst. Wenn auch nicht in spiritueller Hinsicht. Auch dafür ist Marlene ausgesprochen dankbar. Denn nach Marcels Tod hat sie, nein, haben sie *alle* unzählige Séancen über sich ergehen lassen müssen, bei denen ein Tischchen im Mittelpunkt stand, das als geisterhaftes Telefon zu dem Toten fungierte. Und das kräftig wackelte, zumindest wenn das entsprechend bezahlte Medium dafür sorgte. Dédee, die die Scharlatanerie einmal beenden wollte, wurde daraufhin von Édith aus dem Haus geworfen, alle anderen haben das Spiel notgedrungen mitgespielt. Die Sängerin brauchte einfach das Gefühl, weiter mit Marcel sprechen, sich wenigstens verabschieden zu können. Das Tischerücken war Gott sei Dank überwunden. Ihre Sehnsucht nach dem Boxer nicht.

Selbst heute nicht, an ihrem Hochzeitstag, stellt Marlene innerlich seufzend fest. »Marcel hat Jacques gemocht«, erinnert sie sich und legt noch eine von Édiths Locken zurecht.

»Ja, das stimmt.« Édith lächelt versonnen. »Er hat ihn damals mitgebracht zu einer dieser Veranstaltungen der französischen Gesellschaft. Marcel hat nur mich beachtet, nur mich. Für die anderen hatte er kein Auge. ›Ich bin um die ganze Welt gereist, um Sie wiederzusehen!‹ Das hat er als Erstes zu mir gesagt. Und auch immer wieder bewiesen. Um die ganze Welt zu reisen, nur um bei mir zu sein …« Ihr Blick bewölkt sich, und Marlene weiß, woran sie denkt. Die Schuldgefühle, Marcel zu diesem Flug überredet zu haben, werden sie ihr ganzes Leben lang begleiten. Wie könnte es anders sein?

»Wir wollen heute nicht traurig sein, Liebes. Heute nicht«, sagt sie zärtlich und streicht der Freundin über die Wange. »Es ist ein freudiger Tag: Du wirst heiraten. Und ich bin mir ganz sicher, dass Marcel dir dieses Glück gönnt.« Die Diva ist es inzwischen gewohnt, von Marcel nur im Präsens zu reden. Als wäre er anwesend, würde ebenfalls hinter Édith stehen, so wie sie selbst. Unwillkürlich sieht sie nach links neben sich, während ihr ein Schauer über die Arme läuft.

»Jacques ist ein wundervoller Mann, so ruhig und besonnen, so warmherzig. Ich mag ihn wirklich«, sagt sie, um das Gespenst zu vetreiben.

»Und ich, ich liebe ihn«, beteuert Édith. »Und wir singen wunderbar zusammen.«

Nach der kirchlichen Trauung und der geplanten Feier im noblen Le Pavillon haben sich die frischgebackenen Eheleute etwas ganz Besonderes ausgedacht für ihren gemeinsamen Auftritt im Versailles: Das Duett *Et ça gueule ça, Madame,* in dem Jacques davon singt, wie seine Ehefrau über ihn befiehlt und kommandiert und er nur beim Küssen die Herrschaft hat. Worauf Édith ihn zum Schluss anraunzt, endlich zum Schluss zu kommen nach dem ganzen Geheule: *»Alors, Jacques! Tu viens, oui?«* Das würde sicher für Lacher sorgen.

Und wahrscheinlich auch bestens das Verhältnis der beiden Eheleute wiedergeben, wie Marlene befürchtet. Armer Jacques. Er wird es nicht leicht haben gegen einen Toten.

Wieder wirft die Diva einen Blick nach links, doch natürlich steht dort niemand, kein Gespenst, kein Geist, nichts. Es liegt ein wenig Sand auf dem Boden. Das Zimmermädchen war anscheinend nicht gründlich.

»Also, *ma petite*«, lenkt sie sich selbst ab, »wollen wir es wagen?« Marlene beugt sich herunter bis kurz über Édiths Schulter, sieht die Freundin aufmunternd im Spiegel an und reicht ihr den Brautstrauß.

»Ja, gleich«, lächelt Édith. »Gib mir noch eine Minute allein, ja?«

Marlene runzelt leicht die Stirn, nickt dann jedoch. »Ich warte draußen.«

Sobald ihre Freundin den Raum verlassen hat, verändert sich Édiths Lächeln, es wird schwerer, wehmütiger. Sie lässt die Blumen in ihren Schoß sinken, ihre Hände sind ganz ruhig. Durch den Spiegel blickt sie hinter sich, nach links über ihre Schulter.

»Bon, Marcel«, sagt sie leise, »hier sind wir also.« Sie wartet auf etwas, lauscht. Dann lächelt sie plötzlich, als ihr auf einmal ein bestimmter Duft in die Nase steigt: Rosenduft natürlich. Wie könnte es anders sein! Édith lacht auf, so glücklich, dass es ihr das Herz zerreißen will. Sie schließt die Augen.

»Wir beide, wir werden die Ewgkeit für uns haben, Marcel, im unermesslichen Blau. Im Himmel gibt es keine Sorgen, mein Herz … Glaubst du, wir lieben uns …? Gott vereinigt diejenigen, die sich lieben!«

Ende

Nachwort

Édith Piaf war eine vielschichtige, überaus faszinierende Persönlichkeit, die sich (nicht zuletzt mithilfe ihrer Freundin Momone) immer wieder neu erfand und ihre Vergangenheit in den schillerndsten Farben ausmalen konnte. An dem »Mythos Piaf« und ihrer eigenen Legendenbildung arbeitete sie schon zu Lebzeiten. Selbst über ihre Geburt gibt es einiges an Geschichten: Édiths Mutter brachte sie allein in einem Hauseingang zur Welt, vielleicht half auch ein herbeigerufener Polizist. Der Mann opferte dafür entweder seinen Mantel oder rief in letzter Sekunde doch noch die Ambulanz. In einer dritten Version schaffte es Édiths Mutter noch in den Hausflur, und Nachbarn standen ihr bei der Geburt bei. Und das Geburtsregister in Belleville behauptet, dass Édith Piaf ganz unspektakulär im Hôpital Tenon in der Rue de la Chine ihren ersten Schrei tat.

Kein Wunder also, dass ihren Erinnerungen (*Ma Vie – Mein Leben,* Rowohlt Taschenbuch) nur bedingt zu trauen ist. Ich danke daher vor allem dem Musik- und Literaturwissenschaftler Jens Rosteck für seine empathische Spurensuche (*Édith Piaf – Hymne an das Leben,* List Taschenbuch, 2015), Charles Dumont und Bernard Marchois für die passenden Bilder (*Edith Piaf,* Edel Books, 2013) sowie Carolyn Burke (*No Regrets: The Life of Édith Piaf,* Knopf, 2011) und Monique Lange (*Edith Piaf: Ihr Leben in Texten und Bildern,* Insel, 2015) für ihre Schilderungen. Christian Clères (*Le Havre–New York,* Hazan, 1997) half mir mit seinen Schiffsfotos, zwischen den Kontinenten zu pendeln, und Joyce Carol Oates, eine meiner Lieblingsschriftstellerinnen und bekennender Boxfan, verschaffte mir den Zugang zu einer faszinierend-erschreckenden Sportart (*Über Boxen*, Manesse, 2013).

Ganz besonders danke ich meinem Mann, der wochenlang mit den Chansons und der Stimme von Édith Piaf leben »musste« – *merci mille fois.*